新观念儿童文学
理论丛书

吴其南 主编

# 中国儿童阅读
# 图画书的反应研究

宁欢 著

中原出版传媒集团
中原传媒股份公司
海燕出版社

### 图书在版编目（CIP）数据

中国儿童阅读图画书的反应研究/宁欢著. —郑州：海燕出版社，2020.6
ISBN 978-7-5350-7863-6

Ⅰ.①中… Ⅱ.①宁… Ⅲ.①儿童故事－图画故事－阅读辅导－研究－中国 Ⅳ.①I058 ②G252.17

中国版本图书馆 CIP 数据核字（2018）第 292016 号

出版发行：海燕出版社
地址：郑州市郑东新区祥盛街27号
邮编：450016
电话：0371-65734522　65727231
经　　销：河南省新华书店
印　　刷：河南新华印刷集团有限公司
开　　本：16开（710毫米×1000毫米）
印　　张：18.5印张
字　　数：370千字
版　　次：2020年6月第1版
印　　次：2020年6月第1次印刷
定　　价：52.00元

本书如有印装质量问题，由承印厂负责调换。

# 序

随着近年中国儿童文学的繁荣，特别是一些中国作家的作品被译成外文在国外出版并在一些国际评奖中胜出，儿童文学领域渐渐有一种舆论，说中国儿童文学已经是世界儿童文学的水平，走在世界儿童文学的前列了。文学创作主要面对人的感性，没有统一的可衡量的标准；文学理论的情况不同一些，但仍属于感性学，和主要面对客观世界的自然科学也有不小的差异，比较起来仍有困难。较稳妥的办法是先放下简单的价值判断，梳理一下彼此的表现，看看各自呈现出什么样的特点。只是，这是一项颇繁难的工作，要由很专业的人去做。在儿童文学理论这个领域，根据已经翻译引进的很有限的资料，我们看到的情形似乎并不像人们想象的那么乐观。

首先是话题，就是说什么，研究讨论什么。不同的话题不仅涉及不同的领域，而且代表不同的层次。西方的儿童文学理论，如佩里·诺德曼（以下简称"诺德曼"）的一系列著作，在谈什么样的话题？在谈儿童文学的双重意识，双重文本，双重隐含读者；在谈儿童文学中隐藏的成人，这一隐藏的成人如何定义了儿童文学；在谈儿童文学与其说是反映儿童欲望的文学，不如说是成人塑造儿童形象以表现自己对儿童的愿望的文学；在谈最初的儿童文学是欧洲中产阶级趣味的物化形态；在谈儿童并非一定天真，而是成人要他们天真，他们便天真了；在谈成人看儿童犹如现代人看原始人、城里人看乡下人、西方人看东方人，是一种殖民者看殖民地人们的心态和视角；如此等等。可我们的儿童文学理论在谈什么？20世纪80年代（即诺德曼写作《儿童文学的乐趣》那段时间），曾有儿童文学要姓"儿"、科学文艺要姓"科"一类让人哭笑不得的讨论。现在，这些问题是不谈了，谈得最多的是儿童文学要有教育性、趣味性，如何寓教于乐，作品的内容和形式如何统一；近年则是热衷于探讨儿童文学创作中的新动向，新媒介给儿童文学带来的内容和形式上的变化，儿童文学要有创新意识等。两相比较，一个明显的感觉就是中国儿童文学理论所谈的话题不够专业，像什么本质啦，大方向啦，新动向啦，要有创新意识啦，当前儿童读者的阅读兴趣啦，等等，这些问题更属于理论研究的外围，属于思想现状、市场现状的问题，应该留给思政教师、政工干部、市场分析员、出版社的编辑和发行人员去做。

当然还有如何谈的问题。话题和谈法其实是紧密地联系在一起的，现代文学理论的一个基本认识就是真理即方法，有什么样的方法就有什么样的真理。赛义德的"东方主义"是一种理论还是一种方法？站在后殖民的立场上看殖民主义对殖民地文化的影响，是一个立场问题、方法问题，但其揭示的无疑是一个深刻的理论问题。心理分析是一个方法问题，但其将目光投向人的潜意识，从潜意识的角度看儿童文学，看儿童心理，看人的成长，揭示的问题又是其他理论无法达到的。西方20世纪儿童文学理论是20世纪西方批评方法的产物。读他们的著作，犹如走进现代批评的森林，各种新的批评方法令人目不暇接。诺德曼从后殖民主义的角度看儿童文学，布鲁诺·贝特尔海姆从精神分析的角度研究传统童话，尼古拉耶娃从女性主义的角度讨论儿童小说……仅从使用方法的角度就让人眼前一亮，感到自己被带入了一个崭新的世界。反观我们的理论著作和论文，却多在社会学、政治文化、泛教育学的领域里打转。透过现象看本质啦，儿童文学要有儿童情趣啦，这些情趣与其说是作者和研究者从实际生活中观察到的，不如说是从某些教科书中现成借用来的，其和现代批评的隔阂也就可想而知了。

话题、方法后面的是观念，是一种对人、对文学、对儿童成长的理解。文学塑造人，影响儿童的成长，这一般是没有什么异议的。但文学如何塑造人，什么算成长，答案可能就非常不同了。中国古代文论一直强调文学对人、对社会的教化作用；到当代，则有了儿童文学就是教育儿童的文学的著名命题；到了近年，则又有了对娱乐、游戏等的推崇。但阿尔都塞等人谈文学，不仅视其为一种社会意识形态，而且视其为一种意识形态国家机器，认为文学不是一般地塑造人，而是像宗教、伦理一样生成人，将人传唤成社会生活中的主体——一种既独立又依附的人。由此，这一观点就和诺德曼所说的双重意识、双重文本、双隐含读者等有了联系。阿尔都塞的观点不是不可以讨论的，但至少比一味地强调教化、娱乐等更深刻、更具有理论含量吧？而且，教化的内容总是先在的，突出文学的教化意义，必然导致文学与宣传的合谋，成为宣传的附庸，而文学之为文学，其本性恰恰在于它是发现、召唤和开掘未知的世界，将存在作为存在者召唤出来。正是在这样的意义上，米兰·昆德拉称没有发现的文学是不道德的。如此，文学理论是否也应将自己的理论触角放在对"发现"的发现上？没有这样的视野而谈什么本质、大方向，不管说得如何都与文学批评没有多大的干系了。

中国儿童文学理论的这种现状当然是有其复杂的历史和现实的原因的。中国儿童文学的自觉本来就迟，自觉后的儿童文学很长一段时间处在被殖民的位置上，不仅被西方文化殖民，而且被成人文化殖民，人们也习惯了像殖民者看被殖民者一样看儿童的视角，将对儿童的预设当作不证自明一类的东西。更致命的是，儿童文学的读者虽然众多，却是从不读理论的，读也读不懂，他们的许多阅读愿望都是一些成人研究出来的。这就导致理论和阅读的某种脱节。也因此，研究的队伍一直很小，而且普遍缺少专业素养。早期的研究多是由作家、编辑、中小学教师兼做的，后来又加了一些文化行业的行政领导人，这种现象直至今天仍普遍存在。作家、编辑、中小学教师、行政领导人当然也可以研究儿童文学，但应有相应的专业素养。这种专业素养在目前中国那个小得可怜的评论家队伍中也一样贫乏。即使一些挂着专家教授招牌的人，在理论上也未必都谈得上入门，更不要说现代观念、现代意识了。我们现在常说新的批评方法，有的兴起于20世纪初，有的兴起于20世纪末，如精神分析等，离现在都一个多世纪了，我们一些人还在那儿将其作为一种反传统的力量予以拒绝。其实，说拒绝也未必准确，只不过是因不熟悉而习惯性地排斥罢了。

这后面自然还有一个理论工作者的人格力量的问题。阿尔都塞是将文学、文化等都归入意识形态国家机器的。如果同意米兰·昆德拉的观点，视文学为一种发现，有时难免会与意识形态形成某种形式的紧张，为此，一个真正的理论家是要做好付出代价的准备的。有人已经指出：知识分子以独立为第一义。独立于权力，独立于金钱，独立于大众。这话好说，做起来谈何容易。曾听一些出版社的编辑说，他们选课题、审读作品，有时是冲着评奖、能改编成电视剧等去的。想评奖当然不错，但任何奖都是有自身标准的。有得必有失，重要的是得到什么，失去什么。现在能影响儿童文学的，首先是出版，其次就是评奖，而真正的文艺批评是说不上什么话的。但这也不能成为一个时代儿童文学批评毫无作为的理由。儿童文学理论要真正发展，就必须有一批有独立人格的人，有一批有现代意识、现代文学观念的人，不张狂，不气馁，会学习，不跟风，即使处身旷野，也能想着前面的灯，朝着有光明的远方默默前行。

以此祝福"新观念儿童文学理论丛书"的出版。

吴其南

2019年10月13日

# 绪 论

随着社会的发展和阅读观念的更新，儿童阅读的重要性正不断为人们所认识和接受。图画书作为新型的阅读材料进入人们的视野，在当代中国不过是近二十年的事情，但其所受到的瞩目和期待，以及对亲子阅读和学校教学所产生的影响不容小觑。纵观我国书籍的历史，虽然也有如连环画等文图结合的叙事作品，然而当代意义上典型面貌的图画书，即文字和图画以更灵活的方式结合，进行功能性互补，并以标准书籍的样式呈现的图画书，则属舶来品。随着图画书热潮的兴起和不断升温，各出版社大量引进国外优秀的图画书作品，扶持原创图画书创作，各类阅读分享会、讲座、论坛在全国范围内相继展开，有关图画书的推荐活动层出不穷，研究者、创作者和阅读推广者通过各种渠道发出他们的声音，表达他们对图画书的认识和感悟，为图画书在中国的发展呐喊助威。无怪乎很多人认为图画书在中国已经或者即将迎来"井喷"时代。然而在诸多声音之中，有一些声音分外微弱，如果不仔细倾听，它们很容易被忽略。这些声音正是来自图画书作品的首要读者——儿童。

如今，大量的图画书创作者们在创作之初就认识到他们的作品是为儿童创作的。然而图画书创作完成之后，就进入出版社编辑出版，继而进入市场，整个过程儿童几乎都没有可能参与。当成人运用各种途径将图画书作品带到儿童读者面前时，文本才真正和他们的潜在读者——儿童建立了联系。相较于成人读者而言，儿童读者较少有意识和机会表述自己对文本的观点，也难以使自身的观点如成人一般产生更大的社会影响力。彭京美认为："由于对生动具体的儿童读者的接受活动缺乏广泛、深入的考察和了解，对现实的文学阅读流动缺乏敏锐、细致的调查和分析，所以我们往往以自己贫乏的理论想象力和僵硬的艺术感受力来代替儿童读者的实际文学接受状况，而真实发生的阅读事实则被无情地搁置。"①儿童读者对文本的理解和反应常常是被忽略的，这一过程便成为一种内化过程，没有组织成语言，缺少倾听者，也缺乏时间和机会去表达。然而，儿童是图画书的重要的读者群体，了解他们的反应的必要性是肯定的，其重要价值则是难以估量的。朱自强认为："儿童文学是读者意识最强的文学样式，儿童文学的读者研究是儿童文学研究的重要领域。"②图画书是儿童文学的表现形式之一，在图画书研究过程中，我们应倾听儿童读者在图画书阅读过程中的声音，揭示儿童的阅读反应，将儿童当作与成人读者平等的对象。基于这样的原则来分析和阐释儿童对文本的理解，或可保留儿童在阅读中的形象，使儿童因阅读而产生的想法和思考方式为更多人所知晓、所关注。本书正是基于这样的背景和愿望而产生的。

当然我们也要看到，作为一个广大的读者群体，儿童读者的身份和地位仍有待确认。在开始论述之前，有一些问题需要解决。这些问题关系到研究的前提和预设，也直接关系到本书所坚持的基本立场。

## 一、研究前提和立场

在研究儿童读者的阅读反应之前，我们必然要面对这样的疑问：如果将阅读视为一种能力，那么正处于文字学习和阅读阶段的儿童，他们是否具有判断一本图画书优劣的能力？他们是否具有深入阅读和理解图画书的能力？这正是相关选题的研究者首先需要面对的问题，也是相对于成人读者而言，儿童读者首先会受到的质疑。这一质疑有其合理性，由此，我们就不得不谈到儿童的理解、判断和阐释等各方面能力。儿童读者有关文本

---

① 彭京美：《儿童读者的发现对儿童文学教学的启示》，硕士学位论文，山东师范大学文学院，2010，第12页。
② 朱自强：《儿童文学的双重读者结构及其对创作的影响》，《昆明学院学报》2009年第4期第17页。

的观点是否值得重视，似乎就取决于对这一问题的回答。如果将儿童视为不成熟的读者，认为他们对文本的理解和判断可能会因为他们自身水平的限制而存在一定的问题，我们就很难站在与儿童读者平等的立场上，将他们对文本的反应和观点纳入到研究中来。即便是有类似的研究，研究者也很可能倾向于将儿童读者置于需要引导和协助的立场，试图通过研究来帮助他们增进对文本的理解。此时，研究者站在成人的立场上，以教育者的身份审视儿童读者，并试图给予协助。这类研究的意愿是值得肯定的，然而效度往往有待商榷。这类研究多源于这样的观念：儿童读者是有待提高的读者。

如果我们换一个角度看问题，即便儿童的观点与成人有所不同，但我们承认儿童读者在理解文本上的特殊性，尊重他们作为阅读者的身份，认可他们也有表达自己观点的权利，那么情况会如何呢？再进一步说，如果我们将阅读视为一种天性，那么情况又会如何呢？笔者认为，宽泛意义上的阅读是人生而有之的，犹如农夫阅读土地，渔夫阅读海洋，小婴儿阅读妈妈的脸色，这种阅读并不限于文字阅读，而更类似于图画阅读。当然对书籍的阅读需要相应的技能，这是不可否认的。然而阅读原本就是见仁见智的，文学阅读更是如此，一百个读者心中就有一百个哈姆雷特。如何判定此读者对文本的理解是准确的，而彼读者的理解则是有偏差的？如果你认同阅读是人生而有之的，那么对于这一问题我们就需要严肃地重新思考了。从这个意义上来说，若允许关于文本的不同观点存在，那么研究者就不会简单地以好坏或对错来区分这些观点，而是首先要接受这些观点产生的合理性，并试图探讨其产生的过程，挖掘其内在的动力，深入探索读者与文本所进行的互动。

基于以上观点，笔者认为，儿童读者也有阅读和表达的权利，儿童读者在现有的阅读技能和水平下所产生的阅读反应作为事实本身值得被探讨和分析，并应取得与成人读者的阅读反应相平等的地位。这就是本书所预设的理论前提。

当然这并不代表关于图画书的教学研究因为持有与本书不同的立场就

有失偏颇或无关紧要，恰恰相反，对教学的研究仍然是十分必要的，这样才能使图画书更好地为教育所用，使学生获得更大的收益。更进一步来说，本书预设的理论前提与图画书的教学研究，从某种程度上来说，是相辅相成的。路易丝·罗森布拉特（1994）的交互理论被广泛运用到教育研究与教学中，她强调反应是个体内化的产物，而意义建构是读者主动参与的过程，不同读者被特定情境下的特定文本所激发，会选择和建构出不同的反应。因此，对教学的研究应该首先基于对儿童读者的深入了解。在阅读过程中，儿童是如何理解文本的，文本对他们而言究竟意味着什么？他们在阅读和讨论中所表现出的差异性是如何产生的？在互动过程中到底发生了什么，使得他们因此而建构起对文本的差异性理解？对这些问题的回答，将有助于教师们更有效地设计教学环节，达成教学目标。

## 二、研究目的和研究问题

本研究的目的是通过描述中国儿童读者阅读中文图画书的反应，分析他们是如何理解文本并获得体验的，并概括他们阅读文本的共有反应和差异特征，从而探索不同儿童读者之间的互动是如何对他们的阅读反应造成影响的。在这一基础上，笔者拟建构阅读共同体理论，以及针对儿童特点的读者反应理论，以期为研究理论和方法的学者、图画书的创作者和编辑，以及中国广大的教育工作者和家长，提供指导和借鉴。

本书所提出的主要问题是：儿童读者阅读图画书的反应是怎样的？此问题预设了这样的前提，即儿童读者在阅读图画书时会产生一定的反应。为了更准确地研究，笔者对研究问题进行了仔细界定，分为三个方面：

首先，是对儿童读者的界定。儿童读者作为一个集合概念，因地域、时代、文化背景以及年龄阶段的不同，其阅读反应可能存在相当大的差异。而笔者想要研究的是中国儿童读者，即在中国出生并长大、以汉语为母语、以本民族文化为文化背景、处于小学阶段的当代儿童群体。

其次，是对研究文本的界定。笔者所探讨的不是传统的纯文字文本，而是文图结合的图画书文本。近年来，图画书以澎湃的势头席卷中国的阅读领域，不仅在亲子阅读中占据了牢固的地位，也大量涌入学校教育和课堂教学之中。笔者所关注的图画书为中文图画书，既可以是自国外引进并翻译成中文的图画书，也可以是我国原创的图画书，从根本上说，就是研究小学生能独立阅读的、以中文形式表述的图画书文本。

再次，是对阅读反应的界定。儿童读者阅读文本的反应可能会通过多种形式表现出来，而笔者所关注的则为儿童读者的口头反应，以及由口头反应展示出的因阅读活动而产生的情绪体验、情感倾向、逻辑思辨等。同时还要说明的是，这里的反应不仅包括儿童读者对文本的反应，还包括儿童读者在阅读后讨论过程中的反应。

儿童读者阅读图画书文本的反应是怎样的？这一研究问题主要通过下述三个层面来回答：

1. 描述儿童读者对文本的基本反应，分析他们是如何理解文本情节的；

2. 描述儿童读者对文本的基本反应，分析他们是如何理解文本的人物和主题的；

3. 探讨儿童读者之间的互动，分析互动过程是如何促成或阻碍他们对文本理解的趋同性和差异性的。

由此可见，本书重点研究的是关系，即儿童读者与文本、儿童读者与儿童读者之间的关系。本书的第三章将回答第一个层面的问题；第四章将回答第二个层面的问题；第五章将回答第三个层面的问题；随后第六章将在这三章的基础上再次进行理论探讨和阐释，进一步概括和提炼研究结果，并进行理论建构和修正补充，得出研究结论并给出建议。

## 三、研究意义

关于儿童读者阅读文本的反应的研究，具有重要的理论价值和实践意义，下文将分别进行论述。

### 1. 理论价值

第一，对读者反应理论进行修正和补充，拓展新的研究方向，开辟新的研究空间。

读者反应理论是在普遍意义上界定读者概念的，对读者对象并未进行分门别类地阐释，尤其是对那些占据重要地位、呈现出不同阅读面貌和需求的儿童读者并未展开有别于成人读者的专门研究。本书致力于对中国儿童读者的反应研究，聚焦儿童读者，正视儿童阅读者的身份，赋予儿童以阅读者的权利，在常见的阅读水平和阅读能力的评判标准之外重新关注儿童读者，分析他们在阅读中的状态、对文本的理解和阐释，研究在互动过程中的阅读反应，并建构针对儿童特点的读者反应理论，弥补以往读者反应理论对儿童缺乏关注和重视的状况。

此外，本书不是从纯理论角度收集资料，而是从研究现实中的儿童读者的角度来收集资料，并以此为基础来寻求理论的呼应和阐释。这一研究方法将为纯理论研究提供鲜活的案例，对勾勒儿童读者的真实面貌、呈现儿童在阅读中的实际状态，具有较为重要的实验价值，是建构和深化理论的一个突破口。

第二，倾听儿童读者的声音，关注小学年龄段，填补图画书研究的空白。

李维斯（1996）认为，研究图画书的途径至少有两种：一种途径是对书本身进行细致的描述和研读；另一种是仔细地、耐心地倾听儿童阅读图画书时说了些什么。然而，以往相关研究多集中在文本分析领域和阅读教学领域。从研究策略上讲，文本分析试图揭示的是作品的声音，阅读教学试图展示的是教学层面的探索，儿童读者自己的声音却被掩盖住。本书所要做的，正是倾听儿童读者的声音，使他们对文本的理解被更多人关注和接受，让儿童可以用自己的语言来表述他们的观点，同时去除对儿童读者的偏见，直面儿童读者在阅读时的反应。倾听儿童读者的声音，这一研究方法本身就体现出笔者的儿童观。

此外，由于图画书文图结合的特殊性，图画书的读者以学龄前儿童居多，以往研究多聚焦于这一年龄段的儿童。相较而言，对小学生图画书阅读的研究则相对薄弱。本书有意识地扩大了现今图画书阅读研究的适合年龄段，为图画书研究提供了新的研究视野，从某些方面填补了该领域理论研究上的空白。

**2. 实践意义**

第一，对图画书创作的意义。儿童读者会对一本图画书产生怎样的反应？儿童读者理解和阐释图画书的方式是什么？他们对文本的关注点和建议是什么？故事对他们而言到底意味着什么？对以儿童为潜在读者的图画书创作者而言，这些思考具有重要的参考价值。并不是说文本创作者要全然按照儿童读者的好恶行事，但儿童读者对文本的可能反应和理解文本的方式会为创作者提供创作文本的内在依据，提供可供参考的潜在读者形象，为创作者在创作之初就建立起与想象中的儿童读者之间的互动提供可能。创作者若能理解这一点，则更容易创作出为中国的儿童读者喜闻乐见、百读不厌的优秀作品。

第二，对亲子阅读和学校教学的意义。在中国，图画书目前在家庭教育和学校教育的推广需要以一定的阅读观念为指导。如何将图画书与教育有效结合起来，既不破坏阅读的乐趣、不让读者被说教和解读淹没，又能有效地实现语言、情感、认知等多方面的教育价值，这对图画书阅读研究而言是一个重大课题。本书的研究结果将为有志于将图画书纳入课堂学习和阅读项目的教师们、为乐于营造良好的家庭阅读氛围的家长们，提供思想上的指导和实践上的协助，使多方能从中获益。此外，本书提供了一种有效而有趣的阅读形态。笔者认为，家长和教育工作者应尊重儿童读者的差异性，摒弃对文本的单一和标准化解读，通过对阅读互动圈的理论认知形成阅读共同体。在此基础上，才能促成儿童在分享和交流中达成对文本的超越性认识，从而使阅读活动能够保留自身的独立性和自主性，并正面作用于儿童教育。

# 目 录

第一章　文献综述 /001

第二章　研究设计 /024

第三章　研究结果一　儿童读者对谜题的反应 /035

第四章　研究结果二　儿童读者对人物及主题的反应 /083

第五章　研究结果三　儿童读者之间的互动 /132

第六章　结论 /195

附录 /261

参考文献 /275

# 第一章 文献综述

## 一、读者反应理论

### 1. 综述

读者反应理论，又称接受美学、接受理论、读者反应批评、接受反应文论等。需要说明的是，"接受美学"和"读者反应批评"原属于不同流派，其理论家的观点有所不同，然而因其具有最大的相似特性——即坚持读者中心论，国内学术界将其归为一类，统称为读者反应理论。在翻译过程中，由于语言表达的差异性，形成了上述多种称谓方式。

接受美学这一概念是由德国康茨坦斯大学文艺学教授汉斯·罗伯特·姚斯在1967年提出的。"只有当作品的延续不再从生产主体思考，而从消费主体方面思考，即从作者与公众相联系的方面思考时，才能写出一部文学和艺术的历史。"[①] 自20世纪60年代末接受美学在德国诞生以来，在当代西方文艺理论界、美学界逐渐盛行，在当代西方文艺批评理论中占有独特的地位。

与此同时，作为一种当代西方的文学批评模式，读者反应批评兴起于20世纪60年代的美国，目前已发展成一种引人注目的文学批评理论和方

---

① 汉斯·罗伯特·姚斯：《接受美学与接受理论》，周宁、金元浦译，辽宁人民出版社，1987，第339页。

法。斯坦利·费什是读者反应批评的代表人物。

接受美学和读者反应批评极为有力地批判了主导西方文论界达半个世纪之久的形式主义文学批评理论，它们的矛头直指形式主义的文本自足论，实现了文学研究第三次重心的转移，即从作者中心、文本中心到读者中心的转移，开当今"读者时代"之先河。

文学研究取向三经更迭。龙协涛（1997）曾指出，作者中心论强调理解作品意义的根本依据是作者的创作；文本中心论认为作品本身和它的结构才是理解文学意义的依据；而演变到今日的读者中心论，强调读者本身的理解、反应、创造性理解才是文学意义的主要根源。下文为了表达的准确和简便，笔者将把以接受美学和读者反应理论为主的理论统称为"读者反应理论"。

读者反应理论有着深厚的理论渊源，主要有阐释学、现象学、结构主义等。该思潮的发端可追溯至20世纪30年代，当代哲学阐释学是对读者反应理论影响最大的理论之一。作为德国的一种思想传统，阐释学不仅深刻影响了接受美学的创始人姚斯，也对美国读者反应批评的理论家费什等人产生了重要影响，成为读者反应理论的哲学基础之一。20世纪在西方流行的现象学，是读者反应理论最重要的理论基础之一。费什同时也是位现象学学者，他称自己的著作是现象学著作，罗曼·英加登的现象学文学理论也对读者反应理论产生了重大的影响。英加登（1988）提出，读者是文学艺术作品的共同创造者，并指出艺术作品与其"具体化"的区别和艺术作品与审美客体的区别。刘峰（1988）对读者反应理论的发展做了梳理，他指出，20世纪50年代是读者反应理论的兴起时期，而到了20世纪60年代，读者反应理论进入理论与实践的全面发展阶段，在研究方法上明显受到结构主义的影响。到了20世纪70年代，读者反应理论研究达到高潮，各国批评家围绕读者反应、文学接受、作者与读者的交流等问题进行激烈论战，产生了一系列有影响的理论，使读者反应理论的发展蔚为可观。

刘峰指出："读者反应批评的特征是明显的，表现在：（一）它指出一个特殊的研究领域。在这个领域中，批评家们使用'读者''阅读过程''反应''接受''交流'等一系列具有特定内涵的术语和概念从事研究。(二)它具体考察的是,作家对他的读者所持的态度和要求;各种文学文本所意指的不同读者的类型;实际的读者在确定文学的意义方面所起的作用;阅读习惯和文本阐释之间的关系;读者自身的地位等等。(三)它具有一个连贯的发展过程。尽管所有现代西方文艺理论流派——新批评、结构主义、现象学批评、精神分析学批评、风格学批评、分解论等都对它的形成和发展起过作用,从而形成对读者、反应、阐释、文学文本等概念的多重定义,然而,按照这些流派出现的年代顺序排列,各种不同的理论倾向通过读者反应研究的聚焦,形成了一个有机的开放的发展系统,把人们引向关于文学和语言的一种新的理解。(四)它所涉及的要害问题是文学作品自身的地位。文学文本的客观性正是它最终所要破坏的概念。它通过重新调整文学作品与读者的关系,使人们从一个新的角度来理解文学及其意义。应该说,上述特征反映出读者反应批评已不是一种普普通通的批评思潮或运动,它实际上是整个西方文艺理论和批评合乎逻辑的发展和延续。"[1]

读者反应理论是读者中心论中的代表,它强调文本意义的建构不能离开读者,是在读者与文本交互作用时建构的。基于这一假设,读者反应派的理论家们从不同的角度对意义建构的过程进行解析。

刘永明指出接受理论的相关研究可分为两种情况,"一是重视从文学接受史到审美经验的文学史理论研究;另一则是以伊瑟尔为代表的重视文本与读者反应的文本接受理论研究"。[2] 德国的两位重要学者沃夫尔冈·伊瑟尔和姚斯则分别从这两方面对接受理论进行建构,被称为"接受理论双星"。

金元浦、周宁在伊瑟尔所著的《阅读活动——审美反应理论》的译者前言中提到,作为接受美学的两位创始人,伊瑟尔与姚斯建构接受理论的出发

---

[1] 刘峰:《读者反应批评:当代西方文艺批评的走向》,《文艺理论与批评》1988年第2期,第129—130页。
[2] 刘永明:《沃尔夫冈·伊瑟尔与文学接受理论》,http://blog.sina.com.cn/s/blog_5bddefc60100awlv.html

点是一致的——他们都将读者作为自己理论的基点,但他们采取的途径和切入的角度则各具特色。姚斯从对文学史的探讨开始定位接受理论;而伊瑟尔则从解释新批评和叙事理论开拓其接受美学之路。金元浦、周宁还指出姚斯和伊瑟尔在理论关注的中心上各有偏重,在学术风格上也有较大差异。

还有部分理论家着眼于读者与文本间交互作用的双向过程,其中包括路易斯·罗森布拉特,他们又被称为交互理论家。

本书的研究路径是,从特定文本出发,专注于读者反应的微观研究。故本书的理论基础将以伊瑟尔的读者反应理论为主,结合罗森布拉特和费什的理论,建构本书的理论框架。下文将对这三位学者的理论思想进行整理和论述。

2. 伊瑟尔的读者反应理论

伊瑟尔是德国康斯坦茨大学英国文学和比较文学教授,德国文学接受理论、康斯坦茨学派的主要代表之一。作为接受美学的创始人和德国读者反应批评的代表,伊瑟尔被誉为20世纪50年代以来最有成就的读者反应批评家之一,其代表作为《阅读活动——审美反应理论》。

刘永明指出,"伊瑟尔的理论兴趣主要在于个别文本与读者的关系,注重对文本接受过程中读者能动作用的细致考察,因而伊瑟尔的理论也被称作微观接受理论。同时,伊瑟尔阅读理论也常被称作'阅读现象学',它从'新批评'和叙事学的研究入手进入文学接受理论研究领域的,有着形式主义文论的深刻影响,其理论具有批评的分析性和适用性,对美国'读者反应批评'有着重要影响"。[1] 值得一提的是,朱刚(1998)曾指出,"伊瑟尔本人并不喜欢'接受'(reception)一词,因为这个词实际上概括的是姚斯的阅读理论,伊瑟尔本人更愿意用'作用、效果'(effect)来描述自己的理论"。[2]

伊瑟尔的阅读现象学理论较关注读者与文本的交流。伊瑟尔(1991)

---

[1] 刘永明:《沃尔夫冈·伊瑟尔与文学接受理论》,http://blog.sina.com.cn/s/blog_5bddefc60100awlv.html

[2] 朱刚:《论沃·伊瑟尔的"隐含的读者"》,《当代外国文学》1998年第3期,第156页。

认为,"阅读不是一种文本①在读者心灵中的直接的'内化',因为阅读活动不是一个单向的过程。而我们的理论所关注的重心,则是文本与读者相互作用的动态过程"。②他提出了"文本的召唤结构""隐含的读者""游移视点""一致性构筑"等一系列富有创见的理论思想,并深刻影响了美国读者反应批评理论。伊瑟尔(1989)认为,作品的实际位置处于文本和读者之间,若着重关注作者的技巧或读者的心理,都无益于揭示阅读过程本身,应该研究传递者和接受者之间的关系才有效。

刘永明指出,伊瑟尔在20世纪60年代发表的《文本的召唤结构》是接受美学的奠基作品之一。他认为,文本的召唤结构具有一系列的特征:不仅有"空白",而且有"空缺"。他还提出了"否定性"(有学者也称之为"不确定性")概念,意指文学文本在内容上对读者原有意识造成的冲击,在形式上对读者阅读"前意向"给予突破与转化,促进阅读兴趣。而接受过程是读者运用各自的经验通过各自的想象填补不确定性和空白的过程,由于填补方式和所填补内容的差异,不同的读者所把握到的作品的形象和意义也各不相同,在这种意义上,接受过程是一种"再创造"的过程。

"隐含的读者"是伊瑟尔提出的另一个重要概念,在批评界影响很大。伊瑟尔(1991)认为,如果要文学作品产生效果并引起反应,就必须允许读者的存在,同时又不以任何方式事先设定他的性格及其所处的历史背景。伊瑟尔把这里面的"他"称作隐含的读者,"他"预含使文学作品产生效果所必需的一切情感,而这些情感不是由外部客观现实造成的,而是由文本设置的。伊瑟尔认为,隐含的读者不等同于实际读者。伊瑟尔这一读者观深深根植于文本结构之中。

20世纪80年代读者批评家纷纷建构读者模型,用来说明各自的阅读理论。朱刚(1998)指出:"伊瑟尔读者模型的独特之处在于它超出了普通读者的界限,不仅依靠现象学在读者模型中设置了读者反应'投射机制'(即

---

①原著为"本文",所引用的原著中所有"本文",均调整为"文本"。
②沃尔夫冈·伊瑟尔:《阅读活动——审美反应理论》,金元浦、周宁译,中国社会科学出版社,1991,第130页。

读者的结构化行为），而且还在其中设置了引起读者反应的'召唤结构'，使得召唤—投射互为依托，构成一个有机的整体。"①

此外，伊瑟尔（1991）还提出了文本中的"内在视点"。他认为，文学作品是不同视点的汇集，这些视点主要指叙述者视点、人物视点、情节视点和为读者标出的视点。在描述视点的结构时，他借用了阿尔弗莱德·舒茨1971年提出的理论术语"主题与视野"。伊瑟尔认为，"正因为诸视点相互交织、相互作用；所以读者就不可能全部囊括所有视点，因此他在任何时刻采取的视点都构成他的'主题'"。②

伊瑟尔指出，"他（指读者）的组织方式从他在阅读过程中视点的不断转移中就可见出。他的组织方式反过来提供了一种主题—视野结构，使他能够承受作者独特新颖的世界观。主题—视野结构构成了文本与读者的主要联系，因为它将读者积极地带入组合各种不断变化观点的综合过程之中，各种观点的变化不仅是一种观点修改另一种观点，而且是影响过去与将来的诸观点的综合"。③

伊瑟尔提出视点之间存在转换的现象，并由此形成"游移视点"概念，但这一概念是就读者实际阅读过程而言的。主题与视野的结构从何而来？这一结构是蕴含在作品中还是存在于读者中？对以上问题，伊瑟尔（1991）做出了下述解释："主题与视野的结构隐含在一切视点的组合中，它使得文学文本能够完成其交流功能，即保证文本对世界的反应能够引起读者相应的反应。"④

伊瑟尔还提出"一致性构筑"概念。读者在游移视点中的心理综合被称为"一致性构筑"，它是读者介入作为事件的文本的基础。而对一篇文本的不同符号或图式，读者试图建立起它们之间的联系，将之集结综合，形

---

① 朱刚：《论沃·伊瑟尔的"隐含的读者"》，《当代外国文学》1998年第3期，第153页。
② 沃尔夫冈·伊瑟尔：《阅读活动——审美反应理论》，金元浦、周宁译，中国社会科学出版社，1991，第116页。
③ 沃尔夫冈·伊瑟尔：《阅读活动——审美反应理论》，金元浦、周宁译，中国社会科学出版社，1991，第117页。
④ 沃尔夫冈·伊瑟尔：《阅读活动——审美反应理论》，金元浦、周宁译，中国社会科学出版社，1991，第119页。

成一个一致性阐释，或称作格式塔。这个"一致性阐释"是文本与读者间相互作用的产物，所以既不能单独追溯既成文本，又不能单独追溯读者意向。对于一致性构筑的重要性，伊瑟尔（1991）说："一致性构筑是所有理解活动必不可少的基础，反过来它又依赖于选择过程。文本开发这一基本结构的方式是控制读者的想象，甚至为之重新定向。"[1]

笔者认为，既然视点是指叙述者的视点、情节的视点、人物的视点和为读者而设的视点，那么视点仍然指的是文本的视点，而隐含于一切视点的组合中的"主题—视野结构"也是文本所具有的。从这一点上来说，伊瑟尔的理论仍具有强烈的文本分析的特质，他的接受美学理论虽将读者纳入到审美领域中，却仍旧专注于对文本结构的探讨。

### 3. 罗森布拉特的交互理论

交互理论为了解读者对文学作品的反应提供了一个全新的视角。这其中以罗森布拉特（1994）的理论最具代表性，而其理论被广泛运用到教育研究和教学中。罗森布拉特认为，交互是指在整个阅读活动中涉及的各个方面相互影响相互作用的过程。在这个交互过程中，读者与文本之间形成互动圈；而被称之为"诗"（poem）的读者体验产物在互动圈中产生。同互动圈中的各个要素一样，整个阅读过程中的各个要素彼此会产生深远影响。一个特定的读者在一个特定的时间和地点阅读一本特定的书会产生一首特定的"诗"。只要其中的任何一个要素改变，互动圈也会随之改变，继而产生一首不同的"诗"。由罗森布拉特的理论可以推论出，每个读者所创造的"诗"是独一无二的。然而，他们在了解到他人的"诗"后，可能会对自己的"诗"产生不同的看法，继而创造一首新的"诗"。

交互理论视反应为个体内化的产物，因此罗森布拉特强调意义建构是读者主动参与的过程。每个读者在阅读过程中都必须充分运用语言技能和生活经验，将自己在特定情境下被文本激发的情感、影像和想法融合，选择和组成自己的预期和反应，并不断调整所建构的意义以形成最终的产物。这一过

---

[1] 沃尔夫冈·伊瑟尔：《阅读活动——审美反应理论》，金元浦、周宁译，中国社会科学出版社，1991，第151页。

程被罗森布拉特称为"选择性注意"。鉴于读者"选择性注意"的主动性质，它并不仅仅受文本的影响，同时也受到读者生活经验和文学经验的影响。

如前所述，每个读者所创造的"诗"都是独一无二的；甚至同一个读者与同一文本间的交互随着阅读情境的变化而改变。罗森布拉特（1985）强调，"阅读行为应该被视为在特定时间、特定环境、特定社会文化背景下，特定个体和特定文本的交互行为；它是个体和群体生活进行时的一部分。"[1] 因此，我们应该从个人、社会和文化的全方位视野看待阅读行为。

罗森布拉特的交互理论还提出，读者可用两种不同的方式阅读同样的文本：传达式和美感式。传达式的阅读重点在于解析和建构从文本中得到的信息；而美感式的阅读重点在于交互过程中被激发的感受，或者说所体验到的想法和情感。这两种阅读方式的区别也被称作读者立场的不同。读者立场会因阅读目的的不同而在阅读过程中不断转换。以图画书为例，以图画书唤起儿童的已有经验，将儿童的经验与故事联结，或针对故事内容提出想象性的开放问题，这一阅读方式能让儿童进行美感式阅读；而运用图画书唤起儿童知识性的经验，共同讨论分析图画书中的信息等阅读方式则能使儿童进行传达式的阅读。

交互理论赋予了"反应"一词丰富的含义。基于交互理论的研究审视读者与文本（常常指潜在的文本）之间的交互。肖特（1997）认为，意义在这种交互之外被创造出来，这一新的文本高于读者，也高于文本本身。交互理论的研究是多样化的，研究间的区分主要在于是只关注读者与文本之间的交互，还是也同时考虑交互过程中的社会文化情境。

罗森布拉特的交互理论经常被用于语言和纯文本的研究，但笔者认为它对图画书的研究有着同样重要的意义，它让教育者们认识到儿童对图画书的反应可能会显示出他们在图像和文字两个信号系统中的意义建构过程。了解和分析儿童对图画书的反应，就是视儿童为两个信号系统的意义

---

[1] Rosenblatt L. M., "The transactional theory of the literary work: Implications for research," In C. R. Cooper ed. Researching response to literature and the teaching of literature （Norwood, NJ: Ablex, 1985）, pp. 33-53.

建构者，视图画书为承载丰富图像意义和文字意义的资源。既然所有对文本的反应都是读者与文本互动的结果，而图画书文本又是文字与图画交互作用形成的，因此对图画书的反应也是读者与文字及图画间互动的结果。

根据罗森布拉特的理论，反应是读者与文本交互的产物，而这种交互是在特定的情境下产生的。读者、文本和情境，三者缺一不可。意义建构的过程就在三者的交互作用中得以完成。罗森布拉特（1994）认为即使是同一部作品，同一位读者，在不同次的阅读中都会产生不同的反应。汉考克（2000）认为读者反应的三个要素之间的关系就如图1所示。

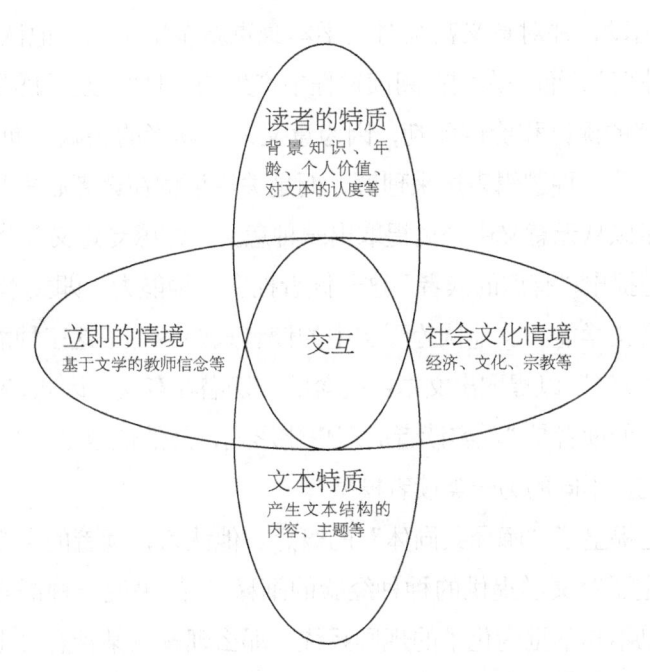

**图1 读者反应构成的要素：读者、文本与情境**

汉考克进一步阐述认为，读者反应是一位读者与特定教室情境或学习情境间独一无二的联结，没有两位读者对相同的文本拥有相同的反应，文学的读者反应理论鼓励表达个人的情感、个人的想法以及阅读事件中情绪的变化。

### 4. 费什的感受文体学

费什是美国读者反应批评的领军人物，他高扬"读者中心"的理论旗帜，提出"意义即事件""有知识的读者"等理论创见,开创了读者反应研究的新视域。费什的接受理论被称为"感受文体学"。他认为文学并不是白纸黑字的书本,而是读者在阅读过程中的体验,意义也并不是可以从作品里单独抽取出来的一种实体,而是读者对作品文本的认识,并且随着读者认识的差异而变化不定。因此,文本、意义、文学这些基本概念都不是外在的客体,都只存在于读者的心目之中,是读者经验的产物。因此,费什宣称,文本的客观性只是一种假象。

费什的理论比伊瑟尔的理论更为激进,他不仅承认了读者积极参与创造意义的活动,并对意义甚至对文学本身重新做出定义。他认为,"意义不在作品本身",而是人们在阅读过程中产生的一种经验。"感受分析不注重实际内容的探讨和价值评判,因为意义来自读者的头脑,而不是文本。不把句子作为一种逻辑表达来理解,而是关注语词在读者心里和身上产生的感受,足以从无意义中分离提取出一种意义,即感受意义"。[①]

费什还提出"有识的读者"这一读者拥有三种能力,即文本语言能力、语义能力及文学能力。他认为现实中的读者只要拥有了这三种能力就能成为"有识的读者",以提取出文本中蕴含的一切潜在意义。因此,朱刚(1998)指出,费什的读者是"现实读者的理想化形式,虽然他也是一个读者模型,却是性质完全不同的另一类读者模型"。[②]

费什还提出了"阐释共同体"的概念。他认为,读者的语言能力和文学能力决定了对文学提供的种种经验的阐释。"如果说一种语言的人共有一套各人已不知不觉内化了的规则系统,那么理解在某种意义上就会是一致的,也就是说,理解会按照大家共有的那个规则系统进行。"[③]李士军指出,"这种语言的规则系统就是'阐释共同体',是对读者阐释文本时做出的一

---

[①] 斯坦利·费什:《文学在读者:感情文体学》,载张廷琛主编《接受理论》,成都:四川文艺出版社,1989,第144—145页。
[②] 朱刚:《论沃·伊瑟尔的"隐含的读者"》,《当代外国文学》1998年第3期,第154页。
[③] 斯坦利·费什:《文学在读者中:感受文体学》,载王逢振等主编《最新西方文论选》,桂林:漓江出版社,1991,第69页。

种隐含的制约"。[①]

**5. 本研究的理论框架**

综上所述，本书在借鉴伊瑟尔、罗森布拉特和费什这三位学者理论的基础上，初步构建了适用于本研究的理论框架（如图2）。其中，伊瑟尔的微观读者反应理论为读者阅读具体文本的研究方式奠定重要的理论基础，罗森布拉特的交互理论为读者与读者之间的沟通和互动提供了可靠的理论依据，而费什偏重于细致解读的感受文体学理论则为读者通过阅读引发新的意义生成的方式和途径提供扎实的理论支持。

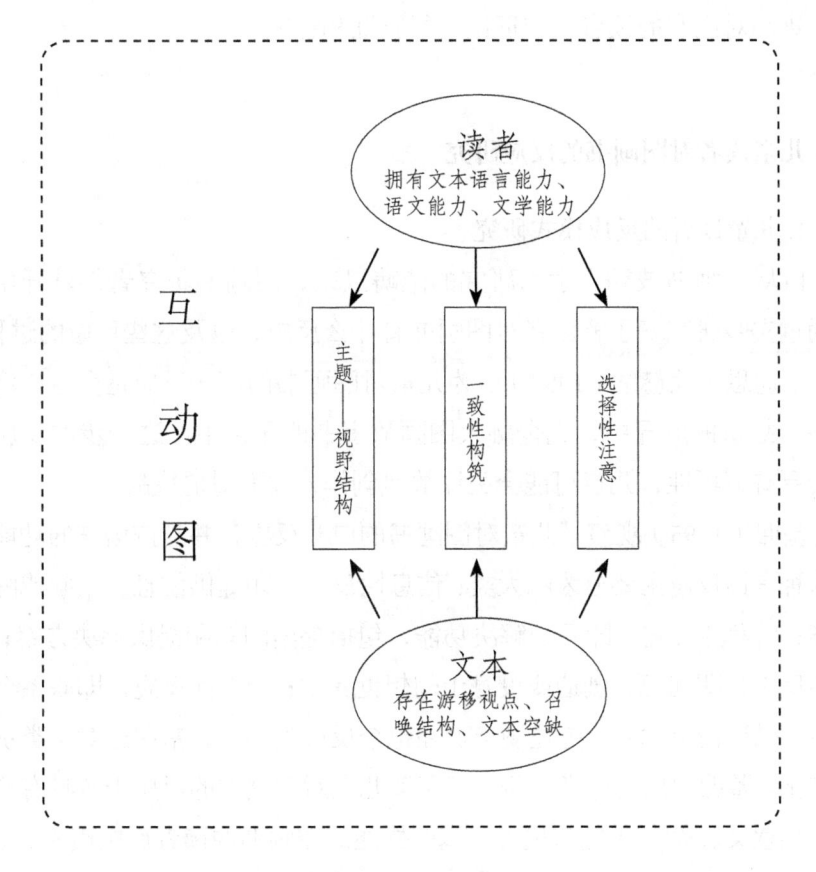

图2 读者与文本之间的互动

---

[①] 李士军：《费什读者反应批评理论研究》，硕士学位论文，黑龙江大学哲学与公共管理学院硕士论文，2011，第12页。

当然需要指出的是，以上读者反应理论主要是建立在对成人读者的研究基础之上的，罗森布拉特虽偏重于教育领域，费什的本职虽是学校教师，但是在他们的理论中并未明确提出儿童读者与成人读者的区别。此外，阅读文本多种多样，上述三位理论家构建理论的基础都是传统文本，即文字文本，尤其是费什，在其理论著作的字里行间，都能体现出他对文本语言感受的极为关注。然而，图画书作为文图结合的文本具有一定的特殊性，已有研究中对图画书阅读的研究相对较少。本书主要针对的是图画书阅读的研究，需要根据实际情况对新的文本进行分析和阐释，进而对已有的读者反应理论进行验证和补充。

## 二、儿童读者对图画书的反应研究

### 1. 儿童读者的反应模式研究

自从图画书被纳入学术研究的范畴以来，图画书研究者们就开始尝试通过实践研究来了解读者对图画书有什么反应，以及这些反应的过程。

朱迪思·莱赫纳（1993）认为儿童对图画书的第一反应是全身心沉浸在整个故事的展开中，完全融入图画故事书的角色中。进一步的反应可能会更有解析性，儿童可能会关注故事创作人要面对的挑战。

基弗（1995）观察了儿童对图画书的口头反应，并且按语言的功能性将这种言语反应主要分为四大类：信息性反应，即提供信息、指向或陈述功能；启发性反应，即问题解决功能，包括提出问题和提供解决方案；想象性反应，即回想、创造或投身于幻想世界中；个人性反应，即联系个人经验、描述情绪体验、陈述观点。在每个反应类别下，基弗还对子类别进行细化。基弗提出的分类对研究者了解儿童对图画书的反应十分具有启发和借鉴意义。表1-1完整呈现了基弗描述的图画书的读者反应模式。

表1-1 图画书的读者反应模式

| 主要功能 | 子分类 |
| --- | --- |
| 1. 信息性<br>提供信息、指向或者陈述功能。 | 1.1 报告图画的内容 |
| | 1.2 提供关于艺术风格或技法的信息 |
| | 1.3 描述或叙述图画中的内容 |
| | 1.4 将图画中的内容与现实世界中的事物进行比较 |
| | 1.5 将此书与其他书进行比较 |
| 2. 启发性<br>问题解决功能,包括提出问题和解决问题的方案。 | 2.1 对图画中的事件或内容进行发问 |
| | 2.2 推断事件、背景或者人物的个性、动机或行为 |
| | 2.3 推断起因、效果或者可能的结果 |
| | 2.4 推断图画的绘制手法——艺术家都做了什么 |
| | 2.5 推断绘画者的动机 |
| 3. 想象性<br>回想、创造或者投身于想象世界。 | 3.1 将自己代入角色或者作为旁观者进入书中的世界 |
| | 3.2 打比喻 |
| | 3.3 描述自己想象中的图像 |
| 4. 个人性<br>联系个人经验,抒发情感,提出观点。 | 4.1 将个人经验与事件、背景或人物相联系 |
| | 4.2 表达个人情感或者描述艺术元素作用于个人的效果 |
| | 4.3 表达意见或者评价图画 |

毛杜劳(1998)以教师和研究者的身份对4名6岁的学生进行追踪研究来探寻他们对某一本图画书的反应,其方式为记录学生在自然环境下的阅读和写作。在借鉴基弗分类方式的基础上,毛杜劳总结出了三类反应:描述性反应,包括复述故事和概括故事摘要;诠释性反应,包括评论故事,将故事与生活和个人经验联系起来;主题性的反应,包括学生对作家、作品主题、风格和创作技巧的赏析。

阿里斯佩、斯泰尔斯(2003)在前人的研究成果基础上,结合两人的研究数据制定了他们认为较为适用的分类模式。在他们的研究中,口头反应被分为密切相关的两组:感知类别和诠释水平;在每组之下,又分别制定了子分类和子水平的明细。

## 2. 有关文本对读者反应的影响的研究

虽然到目前为止，对于应该为儿童选择怎样的文本进行阅读，业内并没有定论或者统一的规则。但相关研究表明，文本确实对读者的反应有影响，尤其是具有某些特点的文本似乎更能激发读者的反应。

拉尔夫·彼得森、玛丽安·艾德斯（1990）探索了文本对读者反应的影响。他们认为，读者对文本的反应并不仅限于复现文本内容；而能让儿童有更深入、更复杂反应的书，其故事线一定是多线的，故事内涵一定是多层面的。有多条故事线和多层面内涵的书能极大地激发读者的情感和想法。多层面的故事更有助于儿童感知故事的复杂性，并且激发他们更丰富的反应。彼得森和艾德斯更进一步从七大文学要素（结构、角色、地点、观点、实时情绪、符号和象征）入手，分别讨论了故事对读者反应的影响。

在图画书的相关研究文献中，也有与彼得森和艾德斯相似的观点。例如迈因斯（2000），阿里佩斯、斯泰尔斯（2003）都认为，拥有多层面故事内容的图画书更能引发儿童的阅读兴趣，也能引起他们对故事背后的含义更深入的思考。

以上对图画书的读者反应研究的关注点大多集中在文本本身，但是图画书是图文结合的产物，它给读者带来的影响很可能具有不同于纯文本读物的特点。事实上，不少研究图画书的学者们已经意识到这一点，并且尝试探索不同图画书给读者带来的不同影响。

早期的一些研究者认为，很多已出版的甚至获奖的图画书作品并不适合儿童阅读。例如，基梅尔（1982）认为，莫莉·班的图画书作品《灰袍奶奶和草莓盗贼》"太过与众不同、世故，引不起很多儿童的阅读兴趣"[1]，而且这本书的图画风格是超现实而非现实的，儿童不会喜欢这样风格的图画书。斯默登（1976）指出，一些研究者在研究儿童对图画书的选择和喜好的过程中发现：儿童较喜欢彩色图画书而不是黑白图画书；他们较喜欢奇幻内容的图画书而不是熟悉的日常题材的图画书。

---

[1] Kimmel, E.: "Children's literature without the children". *Children's literature in Education*. 13（1），1982, P. 38-43.

然而，随着学者们越来越多地关注儿童对图画书的实际反应，他们开始对早期研究的结果提出不同的看法。基弗（1995）在考察小学一、二年级学生对不同图画书的反应之后，发现很多早期研究者认为不适宜儿童阅读的图画书也能激发儿童的反应，并且能对故事内容进行深入思考。对于这一现象，基弗认为，能激发儿童反应的图画书未必就是以儿童"喜欢"的方式呈现的图画书。以黑白图画书为例，学生第一感觉确实更喜欢彩色的图画书，但是一旦开始阅读，学生同样能接受黑白的图画，更有学生认为阅读黑白的图画需要更仔细地观察才能了解图画中所有的秘密，这无形中反而增加了阅读的乐趣。

此外，随着对图画书认识的不断加深，研究者对图画书的研究角度也在不断拓宽。约翰·沃伦·斯蒂格（1995）提出图画书的装帧设计也是影响读者意义建构过程中的因素。他讨论了诸如书和页的形状这些问题会如何影响一本书的传情达意。他认为书的开本大小会影响读者的意义建构，字号、字体、有无衬线、页面布局、图画与文字放置的方法等，都会影响一本书的传情达意。笔者认为，斯蒂格的这一观点正是呼应了贝德对图画书定义中的"图画书是完整的设计"这一点；而这一点也是有关纯文本故事的研究很少涉及的领域。

我国在这方面的研究刚刚起步，相对较少。陈苗苗（2014）通过分析国外图画书文本如何表现认知、情绪和情感、社会性发展领域，认为儿童发展心理学影响儿童文艺工作，并认为这一认识对中国原创图画书的出版有诸多启示。

本书所选择的阅读材料为图画书《大猩猩》，其作者安东尼·布朗是一位出色的图画书创作者。因此，也有不少研究者曾研究其作品。

阿森尼奥·耶稣·莫亚·吉雅罗（2011）同样研究了图画书《大猩猩》，通过比较口语和非口语的符号模式，将安娜和爸爸的隔离与安娜和大猩猩之间的成功交往互相比较，聚焦于友谊和陪伴，并从诺言、牵连、力量和亲密等方面对文本进行主题分类论述。上述研究采用的分析工具是韩礼德的系统功能语法、克雷斯和范·莱文的可视化社会符号学。研究结果揭示出口语和视觉模式在故事中的内在关联，从而强调主角安娜所投入的两种不同的现实；同时研究结果表明，作品中的图画（布朗所创作和选择的某些可视技术）似乎在读者识别故事主要人物方面比文字作用更大。

莫拉格·斯泰尔斯、伊夫林·阿里斯佩（2001）探讨了安东尼·布朗的另一本图画书 ZOO 的多层性。考虑到性别、阅读能力、阶级和种族等因素，研究者在三个城市的七所学校中抽取 84 位学生为研究对象。数据收集方法为个人访谈和小组讨论，为避免儿童无法清晰表达出自己的想法，还要求儿童可运用绘画方式对文本做出回应。在几个月后，研究者对四分之一的儿童进行了跟踪式的快速访谈调查。上述研究的样本则是根据两所差异较大的学校中 24 位 4 至 11 岁儿童的访谈（其中 6 位儿童只有小组讨论）记录而成。通过分析，研究者阐述了儿童读者为解释这样的视觉文本所做出的复杂响应，检验了儿童理解的特征。研究结果表明，某些对阅读印刷品尚无自信的儿童其实已发展出令人钦佩的图像分析能力。

### 3. 阅读中的读者研究

为了弄清楚读者在阅读时的具体反应，从 20 世纪 50 年代末起，就有不少读者反应理论家直接以学生为对象，进行关于阅读反应的实验与定量分析。

较早从事这类研究的是美国学者詹姆斯·R·斯夸尔。刘峰（1987）指出，詹姆斯·R·斯夸尔"以五十二名九年级和十年级的学生为实验对象，把学生在阅读一篇短篇小说过程中所说的任何话语都作为反应详细记录下来。然后用统计学方法集中对记录进行分析。每种反应按以下类别登记：文学评价、阐释、叙述、联想、自我介入、约定俗成的判断及其他。"[1] 分析结果表明，"尽管青少年的阅读反应表现出某种群体性倾向，可是每个读者的能力、素质和经验背景的独特影响仍然造成了个别的变化。"[2]

还有一些读者反应理论家把研究重点放在读者的心理上。这一派理论

---

[1] 刘峰（1987）：《读者反应批评：当代西方文艺批评的走向》，《文艺理论与批评》，1988年第2期，第132—133页。
[2] 同上书；第133页。

家中最著名的两位是戴维·布莱奇和诺曼·霍兰德。

布莱奇（1975）认为，意义存在于每个读者的头脑中，而不是文本中。因此他强调读者个人的主观反应。布莱奇的阅读理论把阅读反应分为三种：感知反应，情感反应和联想反应。布莱奇（1978）假设"每个人最急切的反应动机是了解自我"，他把阅读过程分为三个层次的步骤：第一层次是主观反应；第二层次是评论；第三层次是思想交换。

笔者认为，布莱奇的观点说明读者对文本的反应与读者的自身特点是息息相关的；也就是说，如果文本能反映读者本身的兴趣和需求，那么它就能激发读者参与反应的过程，进行各个层次的步骤。

霍兰德（1980）持有与布莱奇相似的观点，他将阅读视为体现着个体同一性（identity）的功能。文本之所以会有不同的诠释，是因为每个读者在心中创造的整体文本存在不同，其中体现了读者独有的人格特质。按照霍兰德的说法，读者在文学作品中找到的整体充满了个体同一性，因此每个读者"会找到与自己相关的个体同一性主题。每个读者将会以不同的方式使文本成为一种具有贯通性（coherence）的重要体验"。[1]

心理学派的读者反应理论家们为以学生反应为中心的文学教育方式提供了强有力的论点。然而，他们并没有考虑到可能影响读者反应的社会文化因素。正如卡勒（1981）观察到的，霍兰德个案研究中的学生自由联想其实更多地反映了他们的文化态度和社会化而非独有的同一性。个人的反应不可避免会受社会文化因素的影响，如与性别、种族、年龄等有关的社会文化观念。

佩里·诺德曼（1992）是较早认识到儿童对图画书中的图画的反应存在文化差异的研究者之一。他认为同一幅图画可以被一个人理解，但对另一个人来说可能毫无意义。诺德曼提醒研究者们，在考察儿童对图画书的反应时应该谨记每一幅图画其实都可能充满着特定文化下的意识形态意味，儿童只有对文化有所理解，才能真正理解图画的含义。

---

[1] Holland, N., "Unity Identity Text Self," In J. P. Tompkins. ed. *Reader-response criticism: From formalism to post-structuralism*. Baltimore（Johns Hopkins University Press,1980）,P.123.

迈因斯（2000）在其博士论文中试图探索不同种族的儿童对文本的不同反应，她选择了图画书《隧道》作为阅读材料，研究样本是3组来自不同种族背景的一年级小学生。她认为读者在阅读文本时是将文本当作一种文化产物的，他们利用自己所在环境的生活体验与文本进行交互，这样能减轻面对新的文化时的陌生感。迈因斯发现3个组之间存在阅读反应理论上说的文化差异，这种差异尤其表现在儿童对书中的日常对象、意识形态、文本中不同部分之间的联系等方面的反应上。例如，在看同一幅图画时，新近移民到英国的儿童会注意到森林中的蛇和龙，而英国土生土长的儿童则会把注意力放在图画与他们所熟悉的童话故事的关联上。阿里斯佩、斯泰尔斯（2003）在观察儿童分小组讨论图画书的过程中注意到，不同性别的儿童在低年级时对图画书的喜好程度并没有实质性的差别。但是随着年龄的增长，儿童在对图画书的喜好程度上开始产生明显的性别差异：低年级（一、二年级）时，男生和女生都很喜欢图画书和纯文本故事书；到了中年级（三、四年级），女生会更喜欢图画书，男生则更倾向于阅读纯文本故事书；而到了高年级（五、六年级），相较于文本故事书和图画书，无论男生还是女生都较愿意阅读杂志和漫画。

另外，阿里斯佩、斯泰尔斯也注意到，除对图画书的喜好程度有差异外，儿童对特定图画书的反应也存在性别差异，这主要体现在读者对书中人物及其行为的识别程度上。但阿里斯佩、斯泰尔斯认为这种差异也可能是由男生与女生的行为差异造成的。在阅读图画书和小组讨论时，男生往往难以像女生那样保持长时间的注意力和耐心，这有可能导致他们草草阅读或者草草对问题作答，研究者所观察到的反应未必就是他们对图画书的真实理解。

我国对小学儿童读者阅读图画书的研究主要集中在教学领域，而对教学领域的研究又集中在语文和英语课程上。虽有研究者涉及创作、亲子阅读、阅读兴趣、阅读反应等方面，但在数量上十分有限，在研究意识、研究视野、研究方法和研究成果等方面均有所欠缺，尤其是与阅读反应密切相关的研究论文更为稀少。

台湾学者黄慧珊（2002）在其硕士论文中研究儿童对幻想性图画书的反应时发现：大班幼儿会逐一指出故事中不合理的地方，并不时大笑或微笑，小学一年级以上儿童则较少有面部表情及肢体上的反应；儿童对于异于现实的情节大多感到疑惑，并会在阅读过程中提出他们的疑惑；有些儿童乐于探寻故事中不符合现实的地方，有些儿童对此则不愿意接受。她认为儿童对幻想性情节的诠释有三种类型：相信文本的解释、跳脱文本联系生活实际的解释、文本与生活实际相结合的解释。

顾爱华（2014）通过在暑期读书会时收集小学生阅读图画书反应进行质性研究。研究对象为16位上海普通家庭的小学生，大多数对图画书较为陌生。研究对象被分为两个小组，组一由小学一、二年级儿童组成，共11名儿童；组二从二年级到预备班不等，共5位儿童。研究所用图画书分为三种类型：以图画为主要叙事力量，以文字为主要叙事力量，以及图画和文字共同叙事。研究发现：小学生读者会根据生活经验和原有的阅读经验对图画书做出阅读反应；也会注意到图画与文字中的线索和令他们感兴趣的细节；同伴之间的互动会帮助他们厘清阅读的疑惑；有些低年级的小学生在阅读时喜欢从文本回到生活；对于图画书中的隐喻和象征的修辞手法，中高年级的小学生能在成人的指导下有效识别，少数低年级学生能在提示下识别隐喻等。同时研究认为，低年级小学生偏爱以图画为主要叙事力量的图画书，中高年级的小学生尽管能解读图画语言，却会为过于丰富的图画叙事困扰；低年级小学生在评价图画书时表现出强烈的道德倾向。

此外，中国台湾学者对儿童阅读图画书反应的研究也会专门集中在某个特定领域，比如对图画书主题的反应。廖介晖（1998）探索小学低年级儿童对生气主题图画书的诠释，所选材料为图画书《菲菲生气了》，研究发现学生都能解读出生气的主题，了解生气的原因，但都停留在不要生气的表层，不能解读缓解和处理生气的方法。此外在图画书的图像叙事上，学生都能从颜色、线条中感受到生气的情绪，也能注意到大小等对比构图。

同样来自台湾的林祯川（2002）研究小学四年级学童对李欧·李奥尼

绘本主题的诠释，指出大部分学童都能诠释出作品的主题，但诠释结果五花八门且存在较大分歧。比如图画书《小黑鱼》，学生共诠释出6种不同的主题；图画书《一个奇特的蛋》，学生共诠释出15种主题。

关于儿童读者和成人读者的关系问题，国内学者对此曾进行过研究。台湾郭恩惠（1999）曾对儿童与成人对儿童图画故事书的反应进行探究，并得出结论：成人能考虑整本图画书的所有要素，较客观地欣赏图画书，而儿童注重阅读图画书时的主观感受；在外在反应方面，成人较为克制，只有少许面部表情，而儿童会做出活泼的肢体语言；成人会以分析者、观看者、参与者三种姿态来阅读图画书，而儿童只有观看者和参与者两种姿态；从儿童的阅读反应可以了解他们的心理发展以及对世界的看法；成人陪伴儿童阅读可以增进儿童对图画书的理解。

陈子典（2004）提出，儿童文学欣赏的主体是少年儿童，但不能否认还有部分成人。他对比了儿童与成人在儿童文学欣赏过程中存在的相同点与不同点。

朱自强（2009）从读者现状的角度提出，"儿童文学的读者群是一种双重结构，由儿童读者、成人读者构成。儿童读者有两个基本特征：他们是儿童文学的主体读者；具有年龄阶段性。成人读者包含两种类型：主动的读者和被动的读者"。[1]

吴其南（2013）进一步从创作的角度入手，提出儿童文学不仅是写给儿童的，儿童文学中存在双隐含读者。他认为，"儿童文学是社会、成人和少年儿童的文学对话。它既要适应儿童的兴趣、能力和成长需求，将儿童设定为隐含读者；又要表现成人的理想、愿望，是一个成人自我满足的寓言。或表现与儿童相通的情感，或为实用的目的要在作品中说服老师和家长，或在对童年的回忆中渗进成人的情绪，或在写儿童的作品中表现对成人也有教育意义的内容，儿童文学都常把成人也设定为隐含

---

[1] 朱自强：《儿童文学的双重读者结构及其对创作的影响》，《昆明学院学报》2009年7月，第17页。

读者。"①

白爱宝（2014）指出儿童观在图画书中的重要性，"儿童有自己看世界的独特角度，有自己的情感，有自己的兴趣和需要，这种以儿童需求为导向的现代儿童观，是产生优秀图画书的重要观念支撑"。② 文章进而提出，要关注儿童的兴趣和需要，要关注儿童的生活经验，贴近儿童的生活。站在儿童的角度做图画书，不仅意味着要从书本中学习和研究儿童心理，还意味着编辑要走进儿童生活，向儿童学习，通过面对面的观察，了解儿童的生活经验、精神需求以及他们对图画书的选择兴趣。笔者认为，在提出深入了解儿童读者的需求方面，白爱宝这篇文章具有借鉴价值；然而其所指的儿童观最终仍是指图画书制作者所具有的，包括文字作者、画家和编辑的儿童观，即成人的儿童观。

由此可见，从真实读者到隐含读者，儿童文学的读者都存在双读者结构，这是儿童文学不同于其他文学的一种重要因素，作为儿童文学重要体裁之一的图画书亦是如此。在对图画书的现有研究中，专门针对儿童读者的研究本就不多，关注成人读者的研究更为稀少，而对于儿童读者和成人读者在同一个阅读环境中，两者之间相互关系的研究却尚未有过，这一空缺正是本书试图探索的方向。

**4. 阅读情境研究**

马丁内斯、罗瑟（2003）用了多种方法来考察儿童在不同情境下对文学作品的反应。他们指出，通过仔细观察不同情境下儿童自发的和被激发的反应，研究者可以逐步了解儿童对文学作品的反应。此外，许多读者反应的研究都描述了情境因素可能对儿童反应造成的影响。

费什（1980）的理论着眼于社会背景对读者与文本间交互的影响。在费什看来，意义建构是解读策略的结果。读者对文本的反应实际上是他们不断探寻作者意图和想法的行为；然而这种意图和想法本质上并不存在于

---

① 吴其南：《儿童文学不只是写给儿童的——关于儿童文学中"双隐含读者"问题的探讨》，《昆明学院学报》2013年4月，第1页。
② 白爱宝：《图画书出版中的儿童观》，《出版发行研究》2014年第3期，第31页。

文本内，而是需要读者解读才能得以验证，读者的解读策略使得他们可以做到这一点。但是解读策略并不是生来就有的，而是学习到的；不同的"解读群体"共享着某种解读策略。因此，读者所居群体所共享的解读策略会限制读者所建构的意义。

笔者认为，费什提出的"解读群体"的概念，实际上同时说明存在于读者间的解读方式和策略的稳定性以及个体读者解读方式和策略的多样性。读者对特定文本的反应不可避免地受到所处的阅读群体的影响，这个解读群体可能是家庭、学校或者其他社会文化群体；而反过来，个体也会用自己的解读方式和策略来影响所居的解读群体。因此，即使面对的是同样的文本，同一个读者在不同的群体情境下也可能做出不同的反应。

纽柯克、麦克卢尔（1992）利用小组讨论的方式对儿童对文学作品的反应做了很多实地研究，并获取了大量对话的文字记录。他们认为，研究者在组织学生进行小组讨论时，很重要的一点是"打破界线"，即打破阅读与讨论之间的严格界线。传统的小组讨论做法是先完整地阅读文本，学生再进行发问和讨论。纽柯克、麦克卢尔则主张不需要等到阅读完整本书，而是在阅读过程中，小组成员就可以随时描述自己从图画中看到的信息，或者复述书中的文字，并对文本进行评论。这样的做法反而能使整个小组讨论的过程更自然，也能激发学生更多的反应。

此外，纽柯克、麦克卢尔还观察到，如果对文本内容较为熟悉，儿童便能更好地参与到小组讨论中去。这一现象与莫罗（1988）和基弗（1995）的研究发现是相呼应的。莫罗的研究显示，儿童对文本的评价会随着重复的阅读而增加。基弗在考察课堂情境下学生对图画书反应时也发现，重读同一本图画书可以加深和拓宽学生对图画书的反应。此外，基弗的研究还发现，开放式的讨论可以有效激发儿童多样性的反应。

肖特、皮尔斯（1990）也认为，在探索儿童反应时，保持开放性是十分必要的；这样儿童能基于个人经验来对文学作品做出反应。如果儿童能选择读什么以及如何反应，他们就会利用自己以往的经验来建构图画书中的意义。

斯泰维格（1995）鼓励教师用"美感审视"的技巧来引发学生对图画书的反应，即教师用一系列问题来引发学生谈论从图画书中观察到的内容，并且同学生一起对图画书的内容进行思考和讨论。但也有研究者强调，教师在引导学生进行阅读的同时，不应过分主导整个阅读和讨论过程。卡罗里德斯（1997）引用了罗森布拉特关于读者立场的理论，并描述了"学生反应为中心"的课堂与"教师及文本为中心"的课堂的异同。卡罗里德斯提出，与"教师及文本为中心"的课堂相比，"学生反应为中心"的课堂能更有效地激发学生的美感式反应。

希克曼（1981）提醒研究者们，读者的实时反应未必能揭示读者当时内心的真正想法。同理，儿童对于文本的反应也是随着对文本的认识加深而逐步发展的。布里顿（1968）认为要给予儿童"完善和发展已有反应"的机会，而不是教给儿童所谓应有的反应。这种机会不仅是指提供儿童讨论文本的机会和场合，同时也要给予儿童足够的时间来对文本进行反应。

# 第二章 研究设计

## 一、研究方法的性质

本书采用质性研究方法。质性研究方法被认为适用于揭示人类体验的意义或本质的复杂性。采用质性研究的研究者们尝试从经历过此体验的人的观点出发来理解体验本身，并且通过多种途径收集真实情境下的数据，从而全面且深入地理解并描绘体验本身的变化和复杂的本质或特征。

由于本书的关注重点在于中国儿童读者在阅读中的反应，包括他们对图画书的理解、体验、观点的生成和意义建构的动态过程，故而采用质性研究方法更有效，能更深入而细致地对研究问题进行描述和分析。

解读一本图画书的方式并不是唯一的，每一位读者的阅读经验都是独一无二的，这些经验呈现出什么面貌取决于特定情境下读者与图画书之间的交互。同时，本书的实验也尽量在真实的环境中进行，并让儿童的阅读过程自然展开，尽量不加以控制。

## 二、研究设计

### 1. 设计思路

研究者撰写了以下研究资料规划矩阵（见表2-1），以便一目了然地呈现整个研究设计的思路。后文将对矩阵中的相关内容进行详述。

表2-1 研究资料规划矩阵

| 研究范畴 | 研究问题 | 数据收集方法 | 数据 | 分析方法 | 结果 |
|---|---|---|---|---|---|
| 儿童读者与文本 | 儿童读者如何对文本情节做出反应？ | 小组讨论 | 小组讨论录音内容转录稿 | 诠释学和比较分析法 | 对儿童读者的基本反应进行分类和描述 |
| | 儿童读者如何对文本中的人物和主题做出反应？ | | | | |
| 儿童读者与儿童读者 | 儿童读者之间的互动状况如何？ | | | | 分析互动过程如何促成或阻碍儿童读者对所选图画书的共同理解和差异性的形成 |

## 2. 研究地点

本研究选取北京的一所寄宿小学为研究地点。之所以选择北京，与笔者的个人经历有关。笔者曾在北京的教育领域供职5年，运用以前所积累的资源更易于找到愿意参与研究的学校。同时，北京作为全国教育行业的重要区域，学校领导和教师对于研究的态度也较为开放，利于开展实地的研究。

之所以选择寄宿小学，与研究者进行的初探性研究有关。在初探性研究中，研究者偶然到访了一所寄宿小学，通过与教师和学生一段时间的接触发现，寄宿小学学生的背景往往更多样化，这样的选择可以让研究纳入更多社会背景的儿童。与此同时，这所寄宿学校参与了北京市政府资助的儿童文学阅读项目，教师已经意识到图画书应该成为该项目中重要的阅读材料，却不知该如何选取图画书，如何运用图画书进行阅读。笔者选择在此所学校开展研究，更能与教师建立良好的互动关系，为教师提供有益的建议。

## 3. 研究样本

本研究主要是为了考察儿童读者阅读图画书的可能反应，为了充分考察这一研究问题，需要采取有目的性的、而非完全随机的取样。已有研究表明，学生的年级差异会影响到学生的阅读反应，因此本研究纳入不同年级的学生作为研究样本。为了兼顾年级的覆盖性和差异性，笔者分别从一年级、三年级和五年级挑选样本。在选择的过程中，由于教师对学生的背景情况更为了解，因此笔者会在相关教师的帮助下，尽可能选取多种背景的研究样本。"多样化背景"可能包括不同的家庭背景、性别、学业表现等方面。同时，样本的选择还要以儿童自愿参与为大前提。最终研究者选取12名小学生，其中包含4名一年级生，4名三年级生，4名五年级生参与研究，男女学生数量各半。所有参与的儿童都以普通话为母语。参与研究的儿童读者的基本情况如下：

表2-2 儿童读者基本情况表

| 姓名代码 | 年龄 | 年级 | 性别 | 基本情况 |
| --- | --- | --- | --- | --- |
| H | 7岁 | 一年级 | 男 | 完整家庭，但父亲长期不在身边；成绩一般；性格较内向；表达较被动。 |
| Q | 7岁 | 一年级 | 女 | 完整家庭；成绩中上；性格外向；表达意愿强烈。 |
| M | 7岁 | 一年级 | 男 | 完整家庭；成绩一般；性格较内向；不善表达。 |
| F | 7岁 | 一年级 | 女 | 完整家庭；成绩中上；较配合访谈，但表达意愿不强烈，能力也有欠缺。 |
| Z | 9岁 | 三年级 | 男 | 完整家庭；成绩中上；性格活泼、外向；表达意愿强烈。 |
| C | 9岁 | 三年级 | 女 | 单亲家庭，和父亲关系较亲密；成绩好；性格稳重、善于倾听，较内向；表达能力较强。 |

续表

| 姓名代码 | 年龄 | 年级 | 性别 | 基本情况 |
|---|---|---|---|---|
| Y | 9岁 | 三年级 | 男 | 完整家庭，但父亲经常出差；成绩较差，语文刚及格；抗拒表达自我。 |
| L | 9岁 | 三年级 | 女 | 完整家庭；成绩好，语文成绩突出；较配合访谈，但表达能力一般。 |
| D | 11岁 | 五年级 | 男 | 完整家庭；较勤奋，成绩中等，访谈前近半年进步较快；从调皮分子之一变为循规蹈矩的学生。 |
| I | 11岁 | 五年级 | 女 | 单亲家庭，但父母处理得较好；勤奋，成绩中上；性格循规蹈矩。 |
| B | 11岁 | 五年级 | 男 | 单亲家庭，但父母处理得较好；不太勤奋，但聪明，成绩中上；妈妈带大，有点女性化，与女生打成一片。 |
| W | 11岁 | 五年级 | 女 | 单亲家庭，提到此事会敏感、流泪，渴望母爱，奶奶陪伴的时间多；聪明、天才儿童、成绩拔尖，是班上最爱看书的孩子；表达意愿强烈。 |

**4. 图画书选取**

要考察儿童读者对图画书的阅读反应，选择适用的图画书非常重要，为此笔者预先设定了一定的选取原则。

首先，所选取的图画书应是已得到广泛认可的优秀作品。优秀的图画书不但能激起儿童的阅读兴趣，而且能促使他们更大程度地投入阅读过程，从而充分保证阅读过程中教师能激发他们对图画书的反应。

其次，所选取图画书内容和主题要适合儿童的年龄。布莱奇（1978）认为，如果文本能反映读者本身的兴趣和需求，那么它就能激发读者参与反应的过程。由于选取的图画书需要兼顾到3个不同年级的儿童，即图画书的适读年龄至少为6至12岁，因此所选取的图画书应具有较广的适读度：内容既不能太幼稚，也不能太成熟；主题最好是不同年龄的儿童都熟悉的话题，具有普适性。

再次，所选图画书的文字难度不能超出本书实验所选儿童的阅读能力范围。图画书中图画所占的比例往往较大，文字相对较少；而相对于文字来说，图画这种表现形式更直观、更易于理解，对儿童读者造成的障碍也相对较少。加之所选取的图画书必须兼顾到3个不同年级儿童的理解水平，因此不适宜选取文字难度太高的作品，以免造成低年级儿童的阅读困难。

结合以上选取原则和初探性研究的经验，本书选取图画书《大猩猩》的中译本作为阅读材料。《大猩猩》是英国著名图画书作者安东尼·布朗的成名作；这本出版于1983年的图画书获得了包括凯特·格林纳威奖[1]在内的诸多大奖的肯定，被先后译成十余种文字出版。《大猩猩》通过描述一个被单亲爸爸忽视的孤单小女孩和一只和蔼可亲的大猩猩之间发生的带有奇幻色彩的夜游故事，巧妙地反映了单亲家庭中的亲子关系。彭懿（2008）指出，这一作品从故事主题和绘画风格上都带有安东尼·布朗强烈的个人色彩。弱势儿童、阶级关系和家庭问题等反映人类生活尤其是家庭生活阴暗面的主题一直是布朗所热衷表现的经典主题。同时，一如布朗其他的图画书作品，《大猩猩》更多用带有超现实派意味的图画来讲述故事；文字的表述近乎平铺直叙，只为故事提供了大致框架，图画中却蕴含着丰富的细节和信息。

之所以选择这本图画书，是因为以下几点：它是已获得业界和读者广泛认可的获奖作品，质量有保证；以家庭为主题，叙事完整，具有普适性；文字较简单，更多地通过图画来传情达意。

《大猩猩》中译本目前有两个版本，一版为台湾出版的，为繁体字版；一版为河北教育出版社于2007年4月出版，也同样使用林良先生的翻译，为简体字版。本书所使用的阅读材料是后者。

由上可见，《大猩猩》符合研究者对图画书文本的选取要求，但也要考虑到其特殊性。诺德曼（1992）曾提醒研究者们要认识到儿童对图画书中图画的反应可能存在文化差异。《大猩猩》并非中国本土创作，而是出自英国

---

[1] 凯特·格林纳威奖是在1955年由英国图书馆协会为纪念19世纪伟大的童书插画家凯特·格林纳威女士而创设的儿童图画书奖项，是英国儿童图画书的最高奖项。

创作者之手，虽经过文字翻译，但仍可能存在一定的文化差异问题。然而笔者并不探索不同文化背景下的儿童读者对图画的反应是否存在文化差异，或者这一文化差异是如何表现的，而是对中国儿童读者的阅读反应作就事论事的分析，无论这些反应是否存在文化差异，都不属本书的研究范围。

### 三、数据收集方法

本书的数据收集方法以小组讨论为主，在必要时会辅助个人访谈。

#### 1. 小组讨论

尽管读者的口头反应并不能完全精确地说明读者的思想，但面对面的口语交流仍然是了解读者阅读体验的最直接方法。维果茨基（1962）指出，口语交流将人的思想有形化，而且也是人类意识和表达思想的最常见方式。目前，各种口语交流的方式已经被研究读者反应的学者们广泛使用。其中，小组讨论和个人访谈是比较常见的形式。

本书选择小组讨论作为主要的数据收集方式，是基于以下两个原因：

首先，小组讨论的方式在中国的学校教育中较为普遍，学生对这种分享个人体验的学习方式比较熟悉。这种方式的益处在于可以减轻个人访谈可能给学生带来的紧张感觉，营造更轻松的阅读和交谈氛围；与同伴之间的互动也能启发学生的思维，这些都有利于学生对图画书做出更丰富而真实的反应。

其次，文献综述中提到，阅读反应理论（罗森布拉特，1994）认为，身处同一情境下他人的反应也会影响读者自身对同一个文本的反应。选择小组讨论的方式，有利于更广泛且深入地探索影响读者反应的因素。

本书将主要借鉴艾登·钱伯斯（1996）称之为"告诉我（Tell Me）"的小组讨论方法；拟分步骤、用不同性质的几类问题来引发小组讨论。钱伯斯及其研究团队长期运用这一方法指导儿童进行阅读及小组讨论的实践活动。这一方法中的问题可分为"基本问题""概论性问题"和"特别问题"等几类。"基本问题"和"概论性问题"是适用于任何文本的问题；而"特别问题"则是针对特定文本的问题，需要根据文本的特点，并同时参照基本问题和概论性问题的回答情况来灵活制定。其中"基本问题"包括"这本书里有没有什么是你喜欢的？""有没有什么是你不喜欢的？"等等；"概论性问题"包括"你在翻开书之前，认为这会是个什么样的故事？""你读过其他这种类型的书吗？"等等。钱伯斯在书中总结出一份很长的问题框架；然而他也一再强调，"Tell Me"是一种研究方法，而不是机械式的教材计划。列出问题清单的意义在于参考和提示，辅助访谈者厘清思绪，而非让访谈者逐条提问。实际上，访谈者应该视具体情况灵活调整问题框架，在此基础上更专注于受访者在讨论中自己发展出来的问题，让讨论更自由；并以此为跳板，深入对文本的探索。本研究从钱伯斯给出的问题框架中选择适用的问题，并结合初探性研究中应用的实际效果，最终制定出了用于正式研究的问题列表（见附录1）。

此方法具体的操作过程将在下文中提及。

### 2. 个人访谈

个人访谈将视研究需要进行，研究者不会对每一名儿童都进行个人访谈。只有当研究者认为个别儿童读者在小组讨论中的反应特别，但表达又不够充分，有待进一步了解时，才会选择性地进行。个人访谈将采用半结构方式，研究者会预先准备一些有针对性的问题，问题列表根据实际情况而定。

### 3. 数据收集流程

样本被选取出来之后，将其分为6组，每组由一男一女两名同年级、不同背景的儿童组成。之所以将小组讨论人员数量控制在两名，是基于初探性研究的经验，是为了保证每一位小组成员都能最大限度地发表自己的观点，便于笔者及时询问问题而不至于引起缺漏。笔者组织每组儿童分别进行小组讨论，每次讨论皆不超过1小时，时间一般安排在午休或放学后。

小组讨论前，笔者预先准备好问题列表。此外，笔者会预先就研究的目的与儿童进行沟通，并说明要进行的研究完全没有测试评量的性质，也不需要交功课。在小组讨论中，笔者会向组里的两名儿童分发图画书，由他们自己选择是两人一起读还是各自阅读，是朗读还是默读，随后开始自然阅读过程。阅读结束后笔者会组织小组讨论，并用预先准备好的问题列表来引发整个讨论过程。列表中的问题都是开放式的,便于有效激发儿童多样性的自然的反应。整个阅读和小组讨论过程均被录音。

虽然已预先准备好问题列表,小组讨论中也会覆盖到列表中的所有问题,然而笔者不会严格按照列表上的既定顺序来发问,而是根据讨论的实际情况顺势而为,引出话题,以便最大限度地保留儿童读者讨论的自然过程。此外,笔者也有可能视儿童的实际反应情况临时追加列表之外的问题,以便更完整、清晰地探寻儿童读者的反应。笔者会尽量就每个问题兼顾到每位儿童的反应。

需要强调的是,本书整个数据收集的过程是以尊重儿童的意愿为前提的。笔者事先向儿童说明来意,他们可以选择参与与否;在实验过程中儿童也可自由选择继续或提前退出;录音会在征求儿童的同意后进行,过程中也可随时叫停。最终,小组讨论的录音带由笔者本人转录为文字,成为本书的主要数据。实验中如需补充个人访谈,其录音带也由笔者转为文字记录,作为附加数据。

经转录后统计,小组讨论的转录稿共 6 篇,总字数为 120874 字(汉字)。本书在实际数据收集过程中并未追加个人访谈,故没有形成相关转录稿,特此说明。

**4. 研究者的角色定位**

在质性研究中,研究者与研究对象建立和谐的关系是保证数据质量的必要条件(格列斯内,1999)。只有与儿童读者建立和谐的关系,赢得他们的信任,并且愿意倾听他们的想法,才能让他们在自然的状态下对图画书做出真实的阅读反应。因此,研究者的基本角色定位对于收集数据的效度至关重要。研究者并不是对儿童读者发号施令的专家、权威或老师,而是诚恳的倾听者和引发者。

在本次实验的小组讨论过程中,笔者不会去评论阅读反应的好坏或者对错,而是会鼓励儿童读者表达真实的、自发的想法,并通过适时提出开放性的问题来引发小组讨论。笔者会避免对图画书发表个人化的见解,以免影响儿童读者的想法和反应。当儿童读者的表述遇到问题时,笔者会根据实际状况给予充分思考的时间，或运用重复或组织其语言并进行询问的方式来协助他们表述阅读反应。总之，在数据收集过程中笔者应做到使儿童读者在自然的环境中舒适自如地对图画书做出真实反应。

**四、数据分析方法**

数据分析将秉承一个原则，即笔者不会预设学生的反应，将收到的学生反应数据按既有框架分类，而是在分析过程中逐步让学生反应的分类自然呈现。

数据分析将运用阐释学原理，对儿童读者的讨论和对话进行内容分析。马新国（2008）指出，阐释学（Hermeneutics）也称"解释学""释义学""诠释学"，广义上是指对文本之意义的理解和解释的理论或哲学。"Hermeneutics"源自希腊语（ερμήνευω），意思是"了解"。这里所谓的"文本"并不限于书面文件，还包括讲话、表现、艺术作品和事件等。阐释学既是一门学科，也是一种研究方法和哲学思潮。

施万特（1997）指出，比较分析法将贯穿数据分析的整个过程，即分析过程中不断出现的新数据会持续测试之前呈现的反应分类和特质；不同分类间和分类内的数据会被不断地比较，进而对反应分类和反应过程中表现出的特质进行修正、延伸和确认；而也有研究者会将被重新整理和确认的反应分类和特质应用于之前分析过的数据，检查是否也能套用。整个分析编码的过程具有回归性和重复性的特点。

正式的数据分析将大致参照格列斯内（1999）的方法，分两个阶段进行。首先，在前期的数据分析中，笔者将仔细研读小组讨论录音的文字记录，识别数据中学生反应分类的初步趋势，并尝试将数据组织成有意义的模块，然后修正所识别的数据初步趋势。其次，等大部分数据收集上来后，笔者将整理和分析编码的数据：将数据正式分门别类，同时保留其他分类方式和继续思考的可能性，笔者会从中识别能对研究问题做出回答的部分。

本书数据分析中的编码单位，主要是按照读者阅读图画书时所表达的想法来划分。单位间的分界点以读者想法中焦点的变化点为标识，即当读者想法的焦点产生变化时，新的编码单位也随之产生。

**五、研究的信度、效度和局限**

一个有水平的质性研究，需要保证研究结果的信度和效度。本研究通过以下做法来达到这一点。

首先，三角互证法，多重渠道和证据，从不同的角度审视同样的现象，是保证信度的有效方法。本研究除对小组访谈的数据进行分析外，还将结合读者反应的相关理论对数据进行论证，利用不同来源的资料验证研究结果的一致性，来保证实验的信度。

其次，要有效地收集儿童读者真实的反应，在讨论过程中，笔者会被严格定位为倾听者和引发者。在讨论开始之前，笔者会向研究对象说明该研究不带有任何测试评量的性质，尽量减少研究对象面对提问的紧张感和防备感。在研究过程中，笔者会主要使用开放性的问题来引发小组讨论，并鼓励学生表达真实的、自发的想法，并避免对图画书或学生的想法发表见解，尽量减少对学生的想法和反应的影响。整个研究过程会尽量做到使学生在自然的环境中能舒适自如地对图画书做出真实的、可信的反应。所有小组讨论都会被录音，并将录音内容逐字如实转为文字稿，严格审视有没有出现笔者过度提示或引导的地方。要有效地收集读者真正的反应以及做出有效的比较，除此之外，还需保证各组的讨论涵盖范围的全面性和一致性。笔者将注意就拟定的所有问题试探研究对象反应。

再次，资料的分析力求严谨。所有小组讨论都会被录音，内容逐字如实转为文字稿，作为分析之用。而在数据分析过程中，阐释学方法和比较分析法将贯穿整个过程，分析编码的整个过程将是回归的和重复的，以保证结果是可信的。笔者在编码完成之后会寻找一位不参与该研究且精通质性研究方法的同事，请其分析和检验部分编码；笔者还会将编码后的结果反馈给参与该实验的学生及他们的老师，并听取意见。这些做法都有助于尽量降低笔者潜在的主观分析偏差。

本书旨在探索中国儿童读者阅读图画书的反应，由于资源限制等原因，本书存在一定的局限性。

首先，存在取样上的限制。本书实验样本仅限于北京的一所学校，共有12名小学生参与。因此，研究结果可能仅能反应本书中的样本情况，而无法完全推论到中国其他背景的样本身上（如其他城市背景或农村背景等）。但本书仍将在有限资源的基础上，尽量纳入多种背景（不同年级、性别和学业能力等）的学生，因此虽然存在以上限制，如果某种反应在不同的情况下重复出现，还是能在一定程度上反映部分中国儿童读者阅读图画书的反应状况的。

其次，本书只选取了一本图画书作为阅读资源，因此，研究结果可能仅能呈现研究对象对特定图画书的反应，而无法完全推论到其他图画书上。然而安东尼·布朗的图画书作品是国外笔者经常用的研究工具，便于将研究结果与国外的研究成果进行比较。虽然本书结果未必能推论到其他创作水平不一致的图画书作品上，但由于所选取的图画书具有一定的代表性，研究结果对同类优秀作品应具有一定参考价值。

再次，本书只对研究对象的口头反应进行分析。尽管口头反应在儿童的反应中十分具有代表性，但仍可能无法涵盖通过其他方法（如写作、绘画等）得到的反应情况。

最后，尽管笔者在研究中将自己定位为倾听者和引发者，力求为研究对象营造一个能做出真实反应的环境，但仍不可能完全避免对研究对象的反应产生一定的影响，进而影响到其反应的真实性。

笔者只能试图通过前期的训练和模拟、小组讨论中有意识地加以注意等各种方式来尽量减小由此所带来的影响。此外，即使笔者真能完全摒除其引导性，他作为一个具有耐性的聆听者，其行为和态度本身也可能已对儿童读者的阅读和反应产生一定的影响。故本书中所呈现的阅读反应不一定会在儿童平日课堂或生活中出现；纵然如此，本书研究结果也可以提供参考，显示在适当的条件下，儿童读者的确可能出现某类阅读反应。

## 第三章　研究结果一　儿童读者对谜题的反应

> 文本解释的多重性，就像一个不得不由自己来解的谜一样。解释的多重性导致我们自身格式塔的形成，刺激我们去竭力平衡所有由我们造成的激烈矛盾。
>
> ——沃尔夫冈·伊瑟尔[1]

本章将回答研究问题一：儿童是如何理解文本情节的？为便于理解，在此简单回顾图画书《大猩猩》的内容：安娜非常喜爱大猩猩，但从未见过真的大猩猩。她很想去动物园看大猩猩，但爸爸总是忙，很少理她，只是给她买了一个大猩猩的玩具。在安娜生日的夜晚，大猩猩来到安娜的房间，带安娜去动物园看大猩猩，还带她吃饭、看电影，和她跳舞。第二天早晨醒来，爸爸问安娜要不要去动物园。

在访谈中，儿童读者阅读图画书《大猩猩》主要的反应之一是"故事里到底发生了什么"，即故事到底是安娜的梦，是真实发生的事情，还是有其他可能？由此引申出另一个问题：爸爸和大猩猩的关系到底是什么？这是文本中最大的谜题，吸引了大多数儿童读者的注意，成为他们关注和讨论的焦点。之所以称之为谜题，是因为上文中引自伊瑟尔所说的话，他将文本解释的多重性比作一个不得不由自己来解的谜。儿童读者在应对文本

---

[1] 沃尔夫冈·伊瑟尔：《阅读活动——审美反应理论》，金元浦、周方译，中国社会科学出版社，1991，第155页。

中最大的谜题时,提出了各种观点,与文本产生了深入的联系。下文将对儿童读者的这一反应进行系统的整理和详细的分析。这些整理和分析共分为三部分:数据呈现、讨论分析、本章小结。

本章要回答的核心问题是:关于谜题有哪些观点?它们是如何形成,又是如何转变的?在本章数据呈现部分中,笔者对3个年级共12位儿童读者的访谈数据进行编码和整理,试图完整如实地呈现出儿童读者对谜题的各类观点以及观点间的转变。在本章讨论分析部分中,笔者对数据进行分析讨论,从文本角度分析引发谜题的文本依据,从儿童读者对谜题的特殊反应分析其特殊反应产生的原因,从三年级Z和C讨论谜题的过程角度分析谜题观点如何形成以及如何转变,继而从理论角度论述儿童读者的观点转变现象,并将其与伊瑟尔的"游移视点"相对照,由此提出"观点转变"概念。最后从Z的难题入手论述儿童读者与自我的对话和互动过程。本章小结部分将对整章内容进行概述。

## 一、数据呈现

通过对访谈中涉及谜题的数据进行编码统计,笔者发现儿童读者对谜题的观点主要分为五类,笔者将此五类列于表3-0中。"人次"表示提出相应观点的人数,"人名"表示提出此观点的具体读者姓名代码,"年级"表示提出此观点的儿童读者所处的年级。

表3-0 儿童读者对谜题的观点整理

| 编号 | 观点 | 人次 | 读者姓名代码 | 年级 |
| --- | --- | --- | --- | --- |
| 1 | 安娜在做梦 | 10 | M、F、H、Q、Z、C、W、B、I、D | 一、三、五 |
| 2 | 大猩猩是爸爸装的 | 8 | H、Q、Z、C、W、B、I、D | 一、三、五 |
| 3 | 这是童话 | 3 | M、L、D | 一、三、五 |
| 4 | 真的大猩猩闯进来 | 3 | Q、Z、D | 一、三、五 |
| 5 | 有好几种可能 | 3 | Z、C、D | 三、五 |

因数据是通过小组访谈的方式采集的，涉及儿童读者之间观点的相互激发和对照，且他们的观点前后多有转变，为了更好地呈现观点转变的动态过程，故下文将分别呈现每组访谈中儿童读者对谜题的观点及转变过程。下表（表3-1至表3-6）中的"序号"表示访谈中讨论谜题的次数和先后顺序，比如表3-1有5号，表示此次访谈中涉及谜题的讨论共5次，先后顺序从1到5。凡是连贯的、未被其他话题打断的谜题讨论，无论实际持续多长时间，均计为1次，此中涉及观点变化的，也以阿拉伯数字的形式记录先后顺序。同一次讨论中的观点列于同一行中，不同次讨论中产生的观点列于不同行中，凡没有发表观点的则留空。为准确陈述儿童读者的反应，表格内容所引均为他们的原话，不再一一加注双引号。此外，为展示儿童读者的观点提出的前后语境，表格下方将对访谈情况进行说明。

表3-1 一年级H、Q有关谜题的观点

| 序号 | H | Q |
| --- | --- | --- |
| 1 | 我感觉她是在做梦。 | 我刚开始还以为都是真的呢。可是她是从"真的"开始做的梦。 |
| 2 | 不知道，好像昨天那个……好像昨天的猩猩是爸爸扮的。 | 就是他自己扮的时候把那个猩猩皮脱掉，然后再穿上那个衣服。 |
| 3 | （略激动）我感觉安娜在梦游！ | |
| 4 | 这（指做梦）最有可能。 | （1）嗯，我都感觉不出来了。反正又像那个他扮的，又像她自己做梦。<br>（2）做梦好像有这么神话（奇），那还是做梦吧，我选做梦。嗯，不选那个爸爸扮了。嗯，爸爸扮有点儿不真实（笑）。 |
| 5 | | 它是……真是唯一……最最最好的一个梦，我觉得是。 |

续表

补充说明：

　　安娜做梦和爸爸扮大猩猩这两个观点都是H率先提出的。H和Q两人的观点前后都有转变。在访谈中，H先后提出两个问题：为什么晚上吃饭的店都关门了猩猩还可以去？为什么把草建成猩猩的样子？之后H在思考中回答了自己的问题，并提出观点："我感觉她是在做梦。"Q表示赞同，表示之前她还以为"是真的"，现在发现"她是从'真的'开始做的梦"。两人开始有意识地寻找梦是从哪里开始的，并达成一致。中途两人都一度表示"没有看不明白的地方"，也"没有不喜欢的地方"。后来当H发现爸爸口袋里的香蕉，主动提出第二个观点："好像昨天的猩猩是爸爸扮的。"Q并没有立刻给予响应，但在随后的对话中显示她默认了H的观点，还提到爸爸扮大猩猩是披着"大猩猩的皮"。之后没多久，H再次提出新观点"安娜在梦游"，这与做梦的观点有区别，表示安娜不是躺在床上梦到，而是在半梦半醒之间真的经历了这一切，此时两人都认为不像做梦。在后续的讨论中，Q一度又有游移，认为是"做梦"，之后马上提出两种可能性并列的答案。H则认为"做梦最有可能"，Q也受到影响二选一选了做梦。之后她补充了自己的观点，认为这是安娜"唯一最好的梦"。

表3-2　一年级M、F有关谜题的观点

| 序号 | M | F |
| --- | --- | --- |
| 1 | 嗯——她梦见那个……她和一只大猩猩出去玩了。 | 对。安娜梦见……嗯……大猩猩和……嗯……她跟大猩猩出去玩儿了。 |
| 2 |  | 对，她在梦里已经……嗯……知道猩猩什么样了。 |
| 3 | 因为它是玩具，能变大变小。 | 不对。它这个是在梦里，所以可以变大变小。 |
| 4 | 它不想让别人知道它是一只猩猩。 | 因为这个是在梦里。<br>不想让那个……那个大猩猩它知道它们是同类，大猩猩一看就知道这是它们的同类。它是不想让大猩猩知道它和人生活在一起。 |

续表

补充说明：

  M和F第一次提及谜题却是在复述整个故事时，他们都提到了安娜"梦见"大猩猩，自然流露出对谜题的理解。总体而言，F从头到尾都认为这是个梦，观点无转移，M主要也认为是梦，但提及其他观点。他们并未主动讨论这一问题，只是在访谈者提问其他问题时会无意识地谈及，这种情况共发生了三次。第一次，当访谈者问及最后为什么安娜会快乐，F说因为她在梦里见到了真的猩猩，这里无意识地展示出F对谜题的解释：梦境。第二次，当访谈者问及猩猩为什么能穿上爸爸的衣服。M给出的答案是"因为它是玩具，能变大变小"，这个解释偏向于认可这是个童话。F立刻否认，指出是因为"在梦里"，所以可以变大变小。随后第三次，当访谈者问及为什么公园里的猩猩都没有穿衣服，而只有这只大猩猩穿了衣服？F再次表示"因为在梦里"，M则提出新的答案："它不想让别人知道它是一只猩猩。"这里可以看出他认为大猩猩就是猩猩，和爸爸无关；M还补充了自己的观点，认为大猩猩不想被猎人或动物园里的人抓住。F也补充了这一观点，认为"不想让大猩猩知道它和人生活在一起"。

表3-3 三年级Z、C有关谜题的观点

| 序号 | Z | C |
| --- | --- | --- |
| 1 | （1）对！我也觉得是（指爸爸装的）。<br>（2）可能是她做梦。<br>（3）但我觉得这也是真……真的，就是有一只大猩猩闯进来什么的。<br>（4）（开始犹豫，语速变慢）而且，我还想到这个也有可能是爸爸装的。<br>（5）对，有好几种可能。 | （1）我觉得是她爸爸装成大猩猩的。<br>（2）有可能是爸爸装的；也有可能不是爸爸装的，（是）她做梦。 |
| 2 | （突然插话）还有一个可能是她爸爸装的。（略为停顿）真的，真的！ | 嗯。 |

补充说明：

  阅读完作品后，C立刻提出了明确的观点：爸爸装成大猩猩。Z立刻表示赞同。此后Z对谜题提出了三种观点，其间也有摇摆，一度回到原先的观点。C对此都有回应。两人对谜题的讨论非常集中，在访谈开始阶段就自发地、详细地讨论了这一问题，在转变观点的过程中互相激发和补充，联系文本寻找线索，进行深入讨论。

表3-4 三年级Y、L关于谜题的观点

| 序号 | Y | L |
|---|---|---|
| 1 |  | （1）嗯，就是觉得玩具都变成猩猩了，玩具都变成真的了。<br>（2）童话童话童话，童话都是不真实的，呵呵。 |
| 2 | 玩具变成真的，你发生过？ |  |
| 3 | 这猩猩是玩具啊。 |  |
| 4 | （1）你不觉得那个长得像大猩猩吗？<br>（2）(急促地)哦，我觉得像大猩猩了！<br>（3）不！可！能！<br>（4）我都说了这个爸爸长得像猩猩，你还不信。 | 去看大猩猩的时候就可以喂大猩猩……喂大猩猩那根香蕉了。 |

补充说明：

Y、L对于谜题并未进行直接探讨，上表列出的仅是一些相关响应。比如访谈者问及觉得故事如何，L的回答是"玩具都变成真的了"。访谈者问及为何作者会画这样的故事，L提到"童话都是不真实的"。再问及类似的故事是否在自己身上发生过，L表示发生过，Y立刻反问"玩具变成真的，你发生过？"可见Y也倾向于认为玩具变真这一情节。后来L谈到猩猩很可怕会把安娜吃了时，Y再次重申"这猩猩是玩具"。整篇访谈两人均未提及任何关于安娜在做梦的观点。在访谈者有意提醒的情况下，L注意到香蕉，但认为这是去动物园喂猩猩的；Y对爸爸和大猩猩之间的关系似乎有所察觉，但并未明确表达观点，且反复说"不可能"。

表3-5 五年级D、I有关谜题的观点

| 序号 | D | I |
|---|---|---|
| 1 | （1）她做了一个梦？还是，她爸爸扮演了一个大猩猩。还真的长大了。<br>（2）我觉得是爸爸扮演的。<br>（3）好像也是做梦吧。 | 我觉得应该是梦。 |

续表

| | | |
|---|---|---|
| 2 | 可是爸爸怎么会是这样的呢？ | （1）我看……没怎么看明白，但是我就感觉……呃……她虽然有点儿像做梦；但又有点像是那个，爸爸的那个，就是说那个，扮演然后带她去动物园。（略带困惑地笑了）<br>（2）对呀，这（爸爸扮）有点儿矛盾。 |
| 3 | （1）这个大猩猩好像也是扮演的。<br>（2）也可能它是一个童话。 | （1）也没准儿是爸爸扮演的。<br>（2）那（爸爸扮演）就太矛盾了。 |

补充说明：

　　阅读完文本之后最先引起讨论的话题便是谜题。D用提问的方式即刻呈现出三种可能性：做梦、爸爸扮演、真的长大了。这一开放式的提问之后，两人却是各从中选择了一个答案，I认为是梦，D认为是爸爸扮演，并不再讨论玩具"真的长大了"这一可能性。在整个访谈中，I和D两人对谜题的观点和改变顺序正好相反，I一开始认为是做梦，在访谈进行的过程中发现了爸爸裤兜里的香蕉和大猩猩在餐桌上吃的香蕉间的关联，开始转变观点，带着困惑，认为是爸爸扮演，后来又反思了这一观点，觉得"有点矛盾"，但没有形成其他观点。D一开始认为是爸爸扮演，后来很快找到作品中的一些线索，反思了自己的观点，认为是做梦，之后根据I的反思提出了第三种观点"也可能它是一个童话"，可惜这一观点没有得到I的任何响应。两人并没有集中讨论这一问题，但这一问题仍然贯穿在访谈中，且他们的观点前后均有转变。

表3-6　五年级B、W有关谜题的观点

| 序号 | B | W |
|---|---|---|
| 1 | 嗯——还真是啊（指做梦）。 | 我估计她是梦。 |
| 2 | 她爸爸假装大猩猩。 | 就是晚上他穿着那大猩猩的衣服，然后带她出去。 |

续表

| 3 | (1) 噩梦。<br>(2) 天哪！太可怕了（指药丸）。她肯定先做的梦……<br>(3) 对，（爸爸调换）很有可能。<br>(4) 所以八成是爸爸。 | (1) 爸爸趁她不在的时候，向灰太狼要了缩小药丸，然后吃了钻这里面；然后呢，再、再向红太狼要变大药丸，然后吃了（药丸）他就——哈哈哈哈！<br>(2) 还是这洋娃娃睡觉的时候，爸爸偷偷把那玩意扔了，换一更大的，然后洋娃娃醒了。然后呢，他又把那玩意扔了，然后他自己过来啦。（边说边笑）。<br>(3) 肯定这是爸爸。 |
|---|---|---|

补充说明：

  W在阅读文本过程中即做出判断，认为安娜在做梦。阅读完全文后，B发现了香蕉，并得出爸爸假装大猩猩的结论，W立刻表示赞同，并通过翻阅大猩猩、安娜和爸爸、安娜的背影的两幅相似图画，确定了这一观点。访谈者提问夜里猩猩为什么会变大时，B认为是"噩梦"，W并未否认，但她给出的解释仍是基于爸爸扮演大猩猩，第一个解释是爸爸拿了缩小药丸和变大药丸（动画片《喜羊羊和灰太狼》中的道具），B认为这解释"太可怕了"；W立刻提出另一个解释：猩猩变大是因为爸爸调换了一个更大的，这次B觉得"很有可能"。随后W通过阅读安娜生日当天与爸爸在一起的那幅图以及文字部分，联系前文猩猩穿爸爸衣服正合适，确定"这是爸爸"，B的观点"八成是爸爸"表达的是可能性，并没有百分之百肯定。

## 二、分析与讨论

### 1. 综述

  根据伊瑟尔（1991）提出的文本和读者间相互作用的理论，在本章的分析与讨论部分将在他的理论基础上分别展开对文本的分析和对读者反应的分析，并运用伊瑟尔的"游移视点"和"一致性建构"这两个概念来分析和解释儿童读者在提出谜题观点过程中存在的游移和转变现象，并在此基础上分析"游移视点"再阐释这一现象上的局限性，进而提出描述这一现象更准确的概念"观点转变",提出儿童读者在文本讨论过程中存在观点转变现象,并试图从文本和读者的关系角度对这一现象进行分析和解释。

由表3-0可知,儿童读者对谜题共提出了五种观点,其中"安娜做梦"和"爸爸扮猩猩"获得了大多数人的认同。由表3-1至表3-6可知,在对谜题的讨论过程中,儿童读者的观点大多有转变,这种转变往往具有下列特点:

第一,观点的转变具有双向转变和反复特点,即对同一位儿童读者而言,从观点A过渡到观点B后,并不是排除了观点A的全然可能性,在后续的讨论中仍可能从观点B再次转变为观点A,或者转变为其他观点。

第二,观点转变的表达存在一定模糊性,即儿童读者在表述时,倾向于使用"好像是""应该是""可能""我感觉""我估计""八成是""也没准儿是"等表意模糊的字眼,来表现自己的游移,从这个意义上来说,本书中儿童读者的模糊表达反而具有准确性。

第三,表达观点转变的意愿。纵使儿童读者在某种程度上感受到观点表达的模糊特质,但仍倾向于表达这种游移和模糊。有的儿童读者对无法判断的情况也会如实相告,比如他们会说"我都感觉不出来了""我没怎么看明白"。

第四,观点转变的生成性和未完成性,即在访谈中对谜题的讨论并不是一次性完成的,而是在加深对文本理解的过程中逐渐生成的,并展现出继续深入的可能。

第五,观点转变的时间跨度不一,在访谈过程中,不同儿童读者的不同观点的形成有时会经历较长时间,有时则在短时间内集中转变。

第六,在观点转变的提出方式上,一般由小组中一位儿童读者率先提出,另一位儿童读者做出赞同、否定、补充等响应的情况均有发生,由此出现小组成员之间互相提醒、激发,获得观点转变的倾向。其中一年级读者比较倾向于不对他人观点表示赞同,而在自己的表述中直接把他人观点"拿来用"。

儿童读者之所以会产生上述的观点转变,一方面是因为文本对于儿童读者的敞开和召唤，另一方面是因为儿童读者对于文本信息所进行的重组和重构。关于前者，伊瑟尔（1991）认为，文本中存在着一定的空白，留待读者通过阅读去填补，但同时文本也以某种结构对读者的阐释进行限制，避免读者抛开文本任意发挥。下文将从引发谜题的文本依据入手，考察文本如何为儿童读者的观点转变提供支持。

**2. 引发谜题的文本依据**

在进一步研读图画书《大猩猩》的过程中，笔者发现，儿童读者的观点转变在文本的敞开和建构中寻找到了可能与依据，也就是说，文本为读者的再阅读和再认识提供了可能性和空间，在讨论过程中观点的反复、错位和转变是对文本阅读的深入过程，这一过程包含着对文本内容的再认识，在这一过程中读者的智慧和声音与文本的智慧和声音形成了合奏与共鸣。本节将呈现针对谜题的两种主要观点，来详细分析文本是如何为儿童读者对谜题的观点转变提供可能的。

**2.1 观点一：大猩猩是爸爸装的。**

儿童读者对谜题的认识大多开始于认为安娜是做梦，之后因发现了最后一幅大图中爸爸裤子后口袋里的香蕉，才意识到大猩猩可能是爸爸扮的。这半根香蕉，看似小小的细节却带来了对文本的重新解读。除此处外，文字中只字未提香蕉，之前的图画中只出现过一次，就是在安娜和大猩猩吃饭时，大猩猩拿着半根香蕉正在吃，面前的桌子上摆着满满一盘香蕉（见《大猩猩》正文第23页。扉页为第1页，余下页码依序排列，下同）。大猩猩和香蕉之间的关联更多是常识性的，而香蕉和爸爸之间并无任何联系，所以当最后一幅大图中在安娜看不见的地方（见正文29页）出现那半根香蕉时，一种疑惑就在儿童读者心中出现：为什么爸爸的裤子口袋里会有香蕉呢？当他们试图去解释这个问题时，他们将文本中的三个人物的关系进行重组，从而发现爸爸和大猩猩之间的关联。当儿童读者有了疑惑，他们往往会再次翻阅文本，从文本中寻找线索，这是他们和文本互动的典型方式。而他们越是关注文本提供的信息，他们就越能发现故事的复杂，因为文本为他们同时提供了支持这一观点（爸爸装扮大猩猩）和反对这一观点的两类线索。从支持观点的角度，大猩猩在吃着香蕉（画面呈现），爸爸一反常态要带安娜去动物园的情节（文字表述），还有大猩猩穿爸爸的外套大小正合适（文字和画面均有）等等，这些细节都为爸爸扮演大猩猩提供了支持和依据。同时文本中也隐藏着另一些不符合这一观点的线索，比如如果是爸爸应该不会荡树枝秋千，到晚上店铺早就关门了，玩具也不会变大，而且爸爸已经带安娜去过动物园还要再去，已经吃过蛋糕还要再吃（Z说），爸爸和动物园里的大猩猩怎么会握着手（I说）等。这些线索大多仍是细节，在文字和图画中点到为止，有时甚至没有直言，而需要读者进行逻辑推理才能发现不合理之处。上述两类线索互相拉扯，彼此对立，看似不能融合，却妥帖地出现在一个文本中，从而形成了最大的谜题。

这一谜题的设置为儿童读者阅读文本造成了一定的障碍，也就是说，这种障碍反而是在一定程度的发现的基础上产生的，发现并不是解决了问题，而是带来了新的一连串问题，延长了儿童读者阅读和思考的时间，促成了他们反复翻阅文本并进行思考和解释的过程，这对邀请儿童读者进入文本并解读文本，与文本互动提供了机会和空间。谜题的入口正是爸爸裤子口袋里的香蕉，它占据着画面的边缘位置，而且只露出一半，隐隐约约地向人讲述着什么，而这"讲述什么"正是文本对读者的敞开，有待读者自己去填补。这一填补又不是无缘无故、天马行空的，而是在文本已有的情节内容之中，针对爸爸和大猩猩之间的关系所做出的暗示。文本并未对香蕉的出现做任何解释，而只是呈现出它的存在，这里是文本中主要的空缺（GAP）之一，这一空缺呼唤读者对香蕉这看似不和谐的事物在此时此地的出现做出解释。儿童读者可以根据自己的理解做出不同的解释，他们也确实这么做了：某些儿童读者接收到了文本的暗示，开始思考爸爸装扮大猩猩的可能性；也有些儿童读者（如 M、L）则认为这是爸爸带去动物园给大猩猩吃的，这样的解释似乎也合情合理；还有人认为香蕉是爸爸给安娜的礼物，带安娜去动物园时给安娜吃（如 M）。由此可见，即使是指向性相对比较明确的香蕉，在儿童读者那里也完全可能存在不同的解读，这从一个侧面反映出信息与判断之间存在的裂痕。

从文本角度来看，香蕉所提供的空缺以某种隐蔽的方式显现，这一重要线索并没有被放在任何显眼的位置来突出它的重要性，而是在画面右侧靠近边线的地方，在爸爸的牛仔裤后方的口袋里，这一位置从画面效果上来说是比较次要的，这使香蕉具有了"隐蔽"的特点，它是"被隐藏"在那里的。加上它的位置是在安娜的身后，在她完全看不到的地方，却又对读者保持了一定的开放性，这某种程度上再次促成了叙事的"秘密感"，使这根香蕉有了神秘性和被进一步解读的可能。除了位置上的特点，读者还可以发现另一些因素使香蕉的细节变得格外丰富，比如说这根香蕉不是完整的，而是藏在口袋里露出了半截，这种叙述方式强化了"隐蔽"的特点；加上香蕉以画面来呈现，文字中只字未提，这与图画书文图叙事各自的特点有关。相较于文字的直白讲述，图画本身以沉默无言的方式呈现出实景，让读者有机会去自己发现，这无疑是更适合这半根香蕉的表述方式，沉默的表述充满暗示性质，有可能被某次阅读或某位读者忽略，同时又可能在另一次阅读中或被另一位读者发现，然而发现时就会带给读者很大的惊喜甚至更大的难题。相较于图画的直观呈现，文字则以讲述的方式介入故事，一旦在文字中提及香蕉，或者通过文图共同来表述，那么这根香蕉的神秘和隐蔽很可能就会消失，儿童读者对文本的审美感受时间将被缩短，发现谜题的乐趣和探索的好奇也将被大大削弱。

香蕉存在于只是呈现而不做解释的文本叙述中，并且有意识地对文本叙述做出限制，与此同时，香蕉本身与父亲形象的不和谐又从某种程度上暗示儿童读者对此做出解释的必要性。此处的暗示不仅包括香蕉本身和画面中的位置，也包括其在整个文本中的位置。香蕉出现在文本内页的倒数第二页上，也是最后一幅占据整个单页的画面。这一位置本身具有特殊性，曾有儿童读者并未仔细观察这一画面便翻页，读到最后一页（见正文第30页）时，觉得很惊讶居然这样就结束了，于是很自然地重新翻回前一页继续阅读和观察。由此可见此页在文本设计中被强化阅读的可能性，因其结尾过于简洁明了，造成戛然而止的效果，出乎读者的意料，使得儿童读者翻到前页再度细细观察，因此香蕉这一细节比内页中的其他细节更容易引起关注。同时在爸爸的红色衣服和蓝色裤子的映衬下，黄色的香蕉鲜明了然，较容易被辨识出来。于是香蕉在文本中被巧妙地置于既重要又隐蔽、既隐蔽又彰显的地位，其出现位置和出现方式都具有得天独厚的优势，提醒儿童读者它的重要性。

2.2 观点二：安娜在做梦。

在谜题中，还有一种解读是安娜在做梦，那么对于这种可能性文本又是如何描述的呢？文中写道（见正文第8页）："生日的前一天晚上，安娜上床的时候很高兴，因为她跟爸爸要了一只大猩猩！半夜，安娜醒过来，看见脚边放了一个小小的包裹——里面有一只大猩猩，不过只是个玩具。"文字写在跨页的左页，上面配一幅小图，画着安娜走上楼梯。右页是一幅大图，没有文字，画着安娜坐在监牢一样的大床上，看着玩具猩猩，神情低落。接着往下翻，左页（见正文第10页）写道："安娜把大猩猩扔到墙角的玩具堆里，又回去睡了。深夜里，发生了一件很奇怪的事情。"文字上方并排三幅图画，画着玩具猩猩变大，站了起来，吓坏了布娃娃。右页（正文第11页）是一幅大图，没有文字，画着顶天立地的大猩猩站在安娜的床头。我们可以看到文字部分明确了事情发生的时间，从"生日的前一天晚上"到"半夜"，然后到"深夜"，也简略交代了事情的始末。但是正文第8页的描述是按照安娜所做的事情和她看到的事情为准，采用的是有限制的第三人称视角，与传统的全知全觉的第三人称叙事相比略有不同。从文字表述的内容上来看，安东尼运用的是安娜本人的有限视角来讲述安娜所知道的事：她向爸爸要了礼物，醒来后发现猩猩玩具的事。文字并未交代爸爸对安娜愿望的反应，也没有交代床边的猩猩玩具是从哪里来的，似乎暗示玩具是爸爸买的，他把玩具放在床边。而安娜对此并不满意，从"不过只是个玩具"的评价和正文第10页中"扔到墙角"的行为可以看出安娜不再像睡觉前那么高兴了。文字部分以第三人称叙事，所叙述的主要内容却是以安娜为第一人称视角的，这种将第三人称和第一人称视角相结合的相当克制的文字叙述方式，多以暗示的方式表述，再结合图画中的不同视角，使文本中出现大量没有言明的内容，从而生成较多的空白需要读者自己去想象和填补。

　　这些空白有的比较明显且易被填补，比如文字并未讲述安娜看到玩具后的心情，却以某些外化的行为和表述的语气凸显出安娜的不愉快，使读者可以体会到她失落的情绪。这是比较容易填补的空缺，儿童读者可以自身的感受体验安娜此时此刻愿望落空时的情绪。然而还存在某些空缺，是上床睡觉后的安娜所看不到的，即谁在床头放上了小包裹，这一夜父亲在做什么。要发现这些空缺不管对安娜还是对儿童读者来说，都不是一件简单的事情，这需要意识到自己所知晓的事情的有限性，同时需要对无法知晓的他人行为的感受和体谅。此外我们还可以看到，文字本身要描述安娜的心情是很容易的，然而文字没有描述她的情绪，只是描述了她的行为——把玩具猩猩扔到墙角的玩具堆里，又回去睡了。这里的叙述视角既不是第一人称视角也不是第三人称视角，因为第一人称从安娜的角度出发，完全可以描述她的心情；第三人称作为全知全觉的上帝视角，也可以讲述她的情绪；而这里使用的是高度限制性的第三人称视角，也可称为旁观者视角，仿佛在安娜身边有个观察她的人，只能看到她的行为，看不到她的心情，这一行为描述带给读者更强烈的视觉感受，引导读者通过安娜的行为去揣摩她有多沮丧。文字并没有对其所描述的人物和情景有过多加工，而是直接描述所看到的事情，这是文本中的文字所具有的特点。这一特点为读者加工这些文字，对其进行深化和想象提供了极大的可能，同时也促成了关于安娜做梦的观点。文字里说安娜"又回去睡了"，那么她到底有没有睡着呢？后来发生的事情是她的梦，还是真实发生的呢？我们难以通过文本给出答案。因为在这关键的时刻，文字只是平淡地说出"发生了一件很奇怪的事情"就结束了，然而究竟发生了什么事情，到底有多奇怪？文字再也没有描述。在这一关键之处图画出现，承担起叙事的任务，补充了文字省略的部分，呈现出深夜发生的事情的过程。三幅图画（见正文第10页）表现出猩猩变大，甚至站了起来，此处图画展示出其叙事特性——只呈现而不解释，这与爸爸口袋里的香蕉一样。为什么玩具猩猩会变大，它是怎么变大的，到底发生了什么？作者没有任何交代，读者只看到猩猩自己变大了，吓坏了旁边的洋娃娃。有趣的是，洋娃娃被吓坏了，瞪大眼睛，头发竖立起来，这本身就是一件奇怪的事，而洋娃娃却对大猩猩的变大表示了奇怪和震惊。然后猩猩站到了安娜的床头，这幅大图（见正文第11页）是很有震惊效果的，三年级的 L 就被其吓到，认为它要吃了安娜；一年级的 Q 也有同样的看法；三年级的 Z 也觉得恐怖，但他表示喜欢恐怖的；五年级的儿童读者就相对比较淡定，认为大猩猩虽然可怕，表情却是温和的。这幅图同样是从安娜的主观视角出发看大猩猩，对于小小的安娜来说，猩猩真是个庞然大物，在仰望的视角中形成压迫感，然而正如五年级读者发现的，它微笑的表情却和庞大恐怖的体形形成反差，安娜的这一主观视角让儿童读者更加身临其境地体会到安娜的心情。

要注意文本中没有提及的内容。从正文第10页安娜"又回去睡了"，到正文第12页"安娜很害怕"之间有"中断"，这一中断不仅存在于文字和图画的联合叙事中，同时也是伴随着图画书的"翻页"而形成的。翻页在图画书阅读中具有重要的意义，目前的标准书是一页一页，每页犹如一个断层，天然地划分出某个叙事段落，在翻页过程中自然而然地进行情节的延续或叙事重心的转移。伊瑟尔（1991）曾通过反驳"叙事流"的观点来说明"中断"在文本中的重要性，他所指的虽然是文学作品中的"中断"，然而这一概念在图画书中同样适用。作为文字和图画相结合来叙事的特殊的文学体裁，图画书每一次的翻页就是一次显而易见的"中断"，文本中可供填补的空缺也天然地存在于翻页中。此处读者并不知道安娜究竟有没有睡着，不知道图画所显示的猩猩变大是安娜梦里的场景还是在安娜的现实生活中真的发生了。这些省略为"安娜在做梦"的解读提供依据的同时，也为其他观点（比如"这事真的发生了"）埋下了伏笔，不确定性得以彰显。这与上文谈到的"信息和判断之间存在裂痕"的观点一脉相承，文本提供了同样的信息，然而对于信息的解读和判断则可以是各不相同的。如果再深入分析这两处的裂痕何以产生，我们会发现上文中所说的香蕉作为线索的价值来自一个事物在与其不相和谐的位置所需要的解释，这种可供解释的原因存在多重性。而此处，裂痕之所以产生主要与图画所呈现的视角的多重性有关，从根本上说，并不能确定那个看到图画中所呈现的场景的"看者"究竟是谁。如果那位"看者"是安娜之外的旁观者，那就表示这是真实发生在安娜卧室的情景。如果那位"看者"是安娜本人，那么就有两种可能：第一，安娜没有睡着，那么这就是真实发生的事情；第二，安娜睡着了，那猩猩变大就是她梦中所见，由此就会推断出对于谜题的不同解释。还需要注意的是，由于画面的呈现展示出真实发生的感觉，而且呈现的是发生的当下，这就为看似不可思议的奇怪事件奠定了某种真实感。于是潜在作者的倾向性被刻意模糊了，叙述视角的多重性也表现得相当隐蔽，多义性便自然而然地显现出来。由此可见，图画叙述视角的不确定性和多重性是造成此处文本歧义的关键原因。

分析到这里，也许有人会提出质疑，认为将文本以此种方式析读，阐释其高度的设计感和叙事策略，这对文本的真实作者是否要求过高？真实作者安东尼·布朗在创作《大猩猩》时真的如上文所述那样有意识地对文本进行设计和控制吗？对于这一问题，我们可以引用美国的读者反应理论家费什的话作为回答："人们尽可以去分析一种效果，而不去管它是偶然产生还是有意为之。"[1]

综上所述，儿童读者对于谜题的观点转变并不是读者自创自发的，而是在文本的敞开和建构中找到了其可能性与合理性，文本为儿童读者的观点转变提供了支持。造成文本多重性和产生歧义的原因可以追溯到图画书文图结合的特殊性，同样图画书中存在的空白与文图结合的叙事方式、图画书的翻页功能也密切相关。文本中的文字以高度限制性的第三人称视角叙事形成了大量留白，加之文本中的图画叙述视角存在不确定性和多重性，两者的叙事互补则产生更错综复杂的效果。造成文本多重解读的另一方面原因则是从文本和读者的关系出发，提出在文本提供的信息和读者的判断之间存在裂痕，这一问题将在下文中继续论述。

---

[1] 斯坦利·费什：《文学在读者：感情文体学》，载于张廷琛编《接受理论》，四川文艺出版社，1989年，第159页。

此外，形成谜题基本观点的文本依据都不仅仅限于文字或图画，而是由文字和图画相结合形成合力来共同建构的结果。文本为了建构谜题同时提供了支持几种观点的线索，这些线索既可以通过图画提供，也可以通过文字来提供，必要时也可以文图均有提供。每一个基本观点的形成既依赖于文本所提供的信息（包括文字的信息、图画的信息，以及对文字和图画信息的综合所得出的信息总体），同时也依赖于文本所没有提供的信息（包括文字没有提供的信息、图画没有提供的信息，以及文字和图画中都没有明确提供的信息）。提供的信息固然重要，没有提供的信息也同样非常重要，后者形成了大量空白。这些空白并不是孤立的，而是相互关联、错综复杂地盘绕在一起，在不断关联中甚至会相互促成一个更大的空白和视野。对于空白之间的关联性文本可能会有所暗示，但这种关联的最终实现则需要儿童读者来完成。

### 3. 特殊反应分析

现实中的儿童读者有多种差异，即便是文本为儿童读者观点的形成和转变提供了依据，在每一次阅读过程中仍可能会存在不同的状况。如上文所述，虽然儿童读者对谜题的普遍反应存在观点转变，然而也有一些特殊情况发生，为了获得更准确合理的结论，有必要对这些状况做分析和说明。这里所谓的"特殊反应"，主要是指儿童读者在讨论过程中没有发生观点转变，或者尚未形成关于谜题的观点的状况。

在访谈的 12 位儿童读者中，有一位没有形成观点转变，即一年级的 F，她始终坚持认为"是安娜在做梦"；有两位没有形成明确观点，即三年级的 Y、L 小组。下面将分别对这两组情况做探讨，分析产生这些特殊反应的原因。

由文本可知，引发"爸爸装扮大猩猩"最重要的文本线索在于爸爸裤子口袋里的香蕉（见正文第 29 页）。由访谈可知，儿童读者都是因为发现了这根香蕉才推测出"爸爸装扮"的可能，五年级的 W 甚至称之为"一根伟大的在屁股上的香蕉"。那么对于这一重要线索，F 是如何来解读的呢？让我们来看一看。

摘录 3-1

（M、F 在看爸爸揽着安娜的图。）

M：这笔都弯了。

F：这个不是笔，这个（是）香蕉！

N[1]：是香蕉哈。

F：嗯！

N：呃——爸爸为什么会揣个香蕉呢？

F：因为他是……他……他想送给他女儿。但他……他不想让他女儿看见他给女儿（的）一个惊喜。

N：哦，他想把这根香蕉送给他女儿，（F 沉默）是吗？（F 点头。）M 觉得呢，后边儿为什么会有一根香蕉啊？

M：呃——因为他想带她去，那个动物园的时候让她喂大猩猩玩儿。

N：哦！让她喂，用来喂大猩猩玩儿的哟。

F：嗯，不对不对。如果就算是他要带到动物园去的话，肯定是他……他肯定准备……带到大猩猩……准备带到动物园去，是因为怕安娜饿了，（万一她饿了）就给她吃。

画面呈现而不解释，只画出香蕉在那里，至于为什么在那里，则引起不同的解释。F 对香蕉的解释是"送给女儿的礼物"，后来她修正了 M 的解释，相较于大猩猩吃香蕉，她更倾向于是爸爸留给安娜吃的。而同组的 M 虽然发现了香蕉与大猩猩之间的关联，却对香蕉与爸爸的关系做出另一种解释，认为"香蕉是爸爸去动物园时用来喂猩猩的"。因为文字部分正说到爸爸要带安娜去动物园（见正文第 28 页），M 将香蕉与文字内容相联结，得出这一相当合理的解释，三年级的 L 也有同样的解释。此处 M 之所以得出这一观点，并不是因为他对信息的关联性认识不够，而是因为他对不同的信息断片进行了关联，这是很值得注意的。从这个角度而言，观点和观点之间并没有优劣之分，而只是产生于对于信息断片的不同关联。M 所

---

[1] N 指笔者，下同。

做的信息关联是在同一跨页的文字内容和画面中的香蕉之间；然而这半根香蕉并不是第一次出现，在大猩猩带安娜吃饭的画面中（见正文第23页），大猩猩就在吃香蕉。五年级的I发现了其中的关联，指出爸爸口袋里的香蕉可能就来自那天晚上餐桌上的香蕉，三年级的Z也指出这一关联，由此他们得出了和M不同的结论。

这里我们用伊瑟尔（1991）提出的"断片"概念来阐释所提供信息的相对独立性质，这些信息断片散落于文本之中，儿童读者在对文本内容进行重构时，会大量涉及对这些信息断片的重新组合与联结，这就像拼图的过程。信息断片之间存在众多关联和组合的可能性，儿童读者在关联信息断片时，有时会在文字和图画之间进行关联，有时在图画和图画之间进行关联，有时在同一跨页之间进行关联，有时在不同跨页之间进行关联。正是由于信息断片之间可以形成各种不同的联结，而儿童读者在阅读中有权力对信息断片进行不同的组合与联结，截然不同的观点才会产生。比如将信息断片A和信息断片B联结，或者将信息断片A和信息断片C联结，就像两点间连成一条直线一样，这两个联结就以A为起点延伸向不同的方向，因此所引发的推测便很可能会导致不同的结果。如果文本提供给读者足够多有意义的信息断片，也就是说在AB和AC方向上的某个点又可能与其他的信息断片相联结，那么更多的可能性就可能被揭示出来。各种不同的联结会形成一张不规则的大网，或者犹如一座迷宫，每一条道路都可以被探索，儿童读者可以选择沿着错综复杂的道路中的任何一条，到达某个尚不为人知的角落，而这种沉浸于文本之中的个人选择和探索也同时带来了读者所表现出的个体差异。

通过文本分析我们发现，文本中提供的谜题线索并不是独立的，而是相互呼应的，它们往往处于文本的不同位置。也就是说，即使儿童读者无法通过香蕉这一关键信息来解读出爸爸和大猩猩的关系，或者错过了这一线索，还有另一些信息断片承担着作为谜题线索的功能。这些谜题线索也可被称为文本中的"伏笔"，比如说大猩猩穿爸爸的衣服正合适（见正文第12、13页），比如说两幅相似的背影画面（见正文第22、30页）。F和同组的M均未主动将"香蕉"这一信息断片联结上述线索。当访谈者有意主动问及时，他们是这样进行解释的。

摘录 3-2

N：你们觉得这个大猩猩怎么……怎么会就刚巧能穿上爸爸的衣服呢？

F：因为——

M：呃——因为它是玩具，能变大变小。

F：不对。

M：它又在梦里——（被 F 大声打断。）

F：它这个是在梦里，所以可以变大变小。

M 提出另一个有趣的想法，他将"穿爸爸的衣服正合适"这一信息断片与猩猩玩具变大的三幅画（见正文第 10 页）进行关联，得出"玩具能变大变小"的解释，这又是一次对信息断片的个人化重组。M 这一观点具有童话意味，然而 F 立刻否定，并再次重申"梦"的观点，她的言辞和行为都显出某种坚决的态度。在访谈中，访谈者继续追问：

摘录 3-3

N：哦！那它……你看在动物园里的猩猩都没穿衣服，为什么它穿……它穿衣服呢？

F：因为这个是在梦里。

M：它不想让别人知道它是一只猩猩。

N：哦！不想让——（被 F 打断。）

F：（急切地）不是……不是他，那个人——（被 M 打断。）

M：不想被……被猎人抓——（F 试图插话。）

F：（急切地）他不是那个——（被 M 打断。）

M：被那个动物园的人抓住。

N：哦！

F：（急切地）不是这个意思！是它——（被 N 接话。）

N：什么意思？

F：不想让那个……那个大猩猩它知道它们是同类，大猩猩一看就知道这是它们的同类。它是不想让大猩猩知道它和人生活在一起。

对于访谈者一连抛出的几个问题，F都以同一答案回复，梦确实是一个通用的解释，可以用它来回答大部分问题。而M提出另一种观点：它不想让别的大猩猩知道自己是猩猩。这是一种很有想象力的解释，在M看来，不是爸爸扮演大猩猩，而是大猩猩为了某些理由伪装成安娜的爸爸。由于安东尼·布朗在文本中使用极具限制性的第三人称叙事，因此人物的动机不可知。而M所设想的是大猩猩的"行为动机"，这是M对人物动机的空白的一种创造性填补。F虽然反驳了M的观点，但是她的观点仍旧是从动机角度给予阐释，也就是说，她其实沿用了M的思路。后来，F认为这只大猩猩是唯一获得自由的，它应该是要去救别的大猩猩，所以它才穿上爸爸的衣服。正因为这样的解释，她再次与"爸爸装扮大猩猩"的观点失之交臂。

从摘录3-2、3-3我们再次看到，对文本中个别信息断片的解释存在多重性，有些线索可能会同时支持不同的观点，不同的观点又会强化和促成对文本的不同理解，这也从某种程度上说明了细节阐释的重要性。F从个人角度出发，以她认为合理的方式去解读，大多数儿童读者都是采用类似的方式。然而，F对已形成观点的某一解读方式之外的可能性缺乏意识。在获得新的信息断片时，她更倾向于将其与她已经形成的观点相联系，并寻找其中的合理性。虽然M和F都没有形成"爸爸装扮"的观点，然而M对文本的创造性解读仍然是可圈可点的。相较于M，F则更为固守于自己的观点，较少重组信息断片，这是她的观点未产生转变的原因之一。同时我们也可以做出这样的推断：对于多义性文本而言，过于确定或者说自信的态度反而会造成观点的局限，而反思和质疑精神所带来的不确定性，比如下文会详细论述的Z的难题，往往会呈现出更大的可供深入的空间。

如果我们将儿童读者M和F的对话与同为一年级的H、Q小组对比就会发现，H根据香蕉很快得出"爸爸装扮"的观点，Q在之后的表述中自动吸取这一观点并进行补充，因此两人均实现了自身的观点转变。类似的情况也发生在其他访谈中：一方先提出某一观点，另一方给予响应。我们无法知晓如果没有 H 的表述，Q 是否能发现并主动提出这一观点，或者 Q 需要多长时间才能达成观点转变。但是可以确定的是，H 的"爸爸装扮"的表述为他们的讨论开拓了新的视野，对 Q 的观点转变有很强的促进作用。反观 F 和 M，他们并未达成"爸爸扮演"的观点，或许也和同组的阅读伙伴所提供的观点及其走向有关。

同组的儿童读者之间表现出一定的相互影响和相互激发的关系，在提出新观点时这种关系显得尤为突出，这一特点可以说是本书实验中的小组讨论的整体特质。所谓整体特质，是指若以小组为单位分别比较这些讨论，那么同组的儿童读者之间会呈现出某种共通和趋同的现象，他们共同影响了整个讨论的过程，并最终形成讨论的整体质量和特性。相关问题将在第六章专门论述，这里先简单谈谈三年级 Y 和 L 对谜题的反应。

在整个访谈中，Y 和 L 从未直接探讨谜题，除 L 认为这是童话外，两人都没有形成其他明确的观点。这主要与 Y、L 在互动过程中遇到的障碍有关，这些障碍有些得到了解决，有些则一直持续到访谈结束。Y 一开始就心不在焉，试图草草结束访谈，可见他对此次阅读并无期待，而且还把某些不良情绪带进文本中。这种情况对 Y 的参与效果带来一些影响，幸而访谈者及时和 Y 沟通，询问他的感受，了解他的情况，并做出了相应调整，于是这一问题暂时得到缓解。除此之外，Y 自身的特点和习惯也给本书实验的交流带来了障碍：他竞争意识较强，若 L 的任何观点与他一致，他就会认为 L 在学自己，并数次出言制止；Y 经常反驳 L 的观点，自己却没有提出明确的观点，倾向于"破"而不是"立"；Y 对自己不感兴趣的内容缺乏忍耐力；Y 对自己不理解的东西缺乏探究的好奇和热情，对回答不出的问题持拒绝的态度；此外，Y 缺乏文本分析的经验，相比提出观点而言，他更愿意借助权威的评论。以上是在讨论过程中 Y 出现的主要问题。L 相对比较合作，但是她对不少问题的认识停留在表面；她有表达和交流的愿望，但是语言啰唆，有时词不达意，语句中多有停顿，夹杂着"那个那个、什么什么"之类的无关信息，干扰了她的表达。这些交流过程中遇到的障碍在访谈中被凸显，形成了这一讨论区别于其他几组讨论的某种特质。

Y、L 从未提及安娜做梦这件事。因此在访谈快要结束的时候，访谈者有意提到香蕉。详见摘录 3-4。

摘录 3-4

N：你们有（没有）注意到他裤兜里装了什么吗？

L：啊？

N：他裤兜里装了个什么注意到了吗？

L：香蕉。

N：装了根香蕉，嗯。

L：我觉得像是——（被 Y 打断。）

Y：（急促地）哦，我觉得像大猩猩了！

L：大猩猩，有黄的吗？我觉得就是一根香蕉。

N：装了根香蕉。那为什么他那儿会……会装一根香蕉呢？

L：哟，明白了！去看大猩猩的时候就可以喂大猩猩……喂大猩猩那根香蕉了。

Y：不！可！能！

L：有可能啊。

Y：我送你三个字，不！可！能！

L：本来就是啊，带她（指安娜）去动物园的时候就拿根香蕉喂大猩猩。

N：你觉得是拿来喂大猩猩的。

L：嗯。

Y：我送你两（应为"六"）个字：一，切，都，不，可，能！

N：你觉得不可能去喂大猩猩，那你觉得那香蕉是（用来）干吗的啊？

Y：便于携带，随便吃。（L 大笑。）

N：拿来自己吃的是吗？

Y：嗯。

L：那为什么不带苹果（而）非得带香蕉啊？

Y：他喜欢吃，行吗？

　　L：（无奈而大声地）啊呀！

　　从上述摘录可知，香蕉似乎让Y察觉到爸爸和大猩猩之间的关系，但他并未表述观点，也没有阐述自己的理由，而是采取排斥的态度，反复说"不可能"，这使得L难以探知他的想法，并在此基础上给Y回应。L询问"大猩猩，有黄的吗"，说明她并未理解Y的意思，她继而认为这是去动物园喂猩猩的，和M的观点一样。

　　值得一提的是，在阅读完文本后复述故事时，Y先开口回答，L紧跟，两人共同完成故事的复述。他们共同争抢着事无巨细地回忆了整个故事，描述得非常详尽，远超过同年级Z、C的复述。但从他们对文本的分析来看，他们的复述更像是记忆式的响应。他们看似读懂并记住了故事的主要内容，但在复述过程中，他们并没有发现印象深刻或是感兴趣的内容并加以提取，因此信息断片的重组和联结并没有产生。这种流水账似的复述，并不能说明他们与文本产生了关联。因此，我们大致可以推断，对故事内容记忆的准确性和细节化并不代表儿童读者对故事核心的整体把握。此外，两人完全是复述文字内容，很少涉及画面信息，这或许也是两人并没有形成明确观点的重要原因。对文图共同叙事的图画书而言，图画所担当的叙事功能具有举足轻重的作用。

　　综上所述，在特殊反应分析这一部分中，笔者重点探讨了没有形成明确观点或观点没有转变的儿童读者的特例，并分析这种特例产生的原因。笔者认为，文本提供的信息断片联结的可能性众多，正是由于儿童读者对信息断片建立了不同的联结，才会得出不同的观点，从而走向不同的方向。从原则上来讲，观点和观点之间并没有优劣之分，即使文本本身可能更接近于某一观点，然而儿童读者有权利对文本进行个人解读，对信息断片进行自由组接，并形成对文本的不同理解。从这个意义上说，即便是与其他几组儿童读者面对同样的文本信息，却没有得出"爸爸装扮"的结论，这一现象应该获得理解和接受。在面对多义性文本时，F始终坚持自己的观点，这主要是因为她对信息断片很少进行重组和联结，更倾向于接受已有的解释。我们由此可以看出，F比较缺乏批判性思维，她较难觉察文本中存在的问题，同时揭示出读者对文本保持不确定观念的重要价值。而Y、L组之所以产生如此糟糕的讨论效果主要是与以下几个因素有关：均未对文本信息进行加工；不了解图画书的特质，很少关注图画信息；在对话中遇到一些障碍。

### 4. 三年级Z、C讨论谜题的过程分析

分析完特例后，我们再回到儿童读者在谜题观点的典型表现上来。大多数儿童读者在讨论谜题时均表现出明显的游移倾向，在讨论过程中完成了观点转变。以表3-0的内容为基础，我们将儿童读者提出的谜题观点的数量从高到低排列，得出下表。

表3-7 儿童读者关于谜题的观点的数量表

| 人名 | 提出观点 | 年级 |
|---|---|---|
| D | 5 | 五年级 |
| Z | 4 | 三年级 |
| C、Q | 3 | 一年级、三年级 |
| I、B、H、M、W | 2 | 一年级、五年级 |
| F、L | 1 | 一年级、三年级 |
| Y | 0 | 三年级 |

如上文所说，对于谜题的讨论是在小组中进行的，儿童读者之间存在相互影响、相互促进的关系。那么儿童读者的观点到底是怎么形成的，又是怎样转变的？我们唯有通过细致的过程分析，才能回答这一核心问题。因此，笔者选用三年级Z、C的访谈数据进行个案分析。之所以选择Z、C组，主要有以下四点原因：一是他们的观点比较具有典型性，涵盖了讨论中出现的最主要的四种观点；二是他们对谜题的讨论非常集中，转变的过程比较清晰；三是两人的反应和语速均很快，尤其是Z，常常立刻响应，边思考边讲述，言语中显示出其思考的脉络，更有利于分析观点是如何转变的；四是两人的互动过程呈良性，没什么交流障碍，能使笔者在比较理想的互动状况中考察两人之间的对话过程，较容易观察两人是如何相互促进、相

互影响，共同完成对谜题的探讨的。

在访谈过程中，Z 和 C 就这一谜题进行了详细而深入的讨论，其间两人数次改变原先的想法，形成新的观点，继而又进行反思，并不断从文本中寻找线索来证实或推翻自己或他人的想法。在讨论过程中，Z 提出对故事的四种不同的解读，其中有一种很快就被 C 反驳。下文将在访谈实录的基础上，分别分析三个观点的形成和转变。

### 4.1 观点一：爸爸装成大猩猩

在访谈中，一读完整本图画书，未等访谈者发问，C 就对这个故事发表了自己的看法。她的观点非常明确，而且直指谜题本身。

摘录 3-5

C：我觉得是她爸爸装成大猩猩的。

Z：对——我也觉得是。

C 简明扼要地对人物关系做出了判断，可见她对书里隐藏的秘密很敏感。这一观点立刻得到了 Z 的赞同。为什么 C 会有这样的反应呢？当访谈者询问时，C 给出的论据是从文本中得来的。

摘录 3-6

N：为什么呀？

C：因为他这（儿）还有根香蕉呢。

N：哦，这有根香蕉啊。

C：对呀。

Z：对。您看！（手指着画面中爸爸裤兜里的香蕉）

这是在此访谈中，香蕉第一次作为重要线索被提出来。香蕉是书中不止一次出现的重要细节，也被儿童读者当作解读故事的关键线索。其实文本中有不少细节供读者们去发现，而唯独这根香蕉格外引起 C 和 Z 的注意。究其原因，正如上文所说，香蕉被巧妙地置于既重要又隐蔽、既隐蔽又彰显的位置。这种"隐蔽"有时也会让儿童读者错认，比如 M 就一度以为那是支笔（见摘录 3-1）。随着故事情节的推动，儿童读者在文本的最后发现香蕉，谜题仿佛才有了被揭开之感。根据这个决定性的细节，C 迅速得出"大猩猩是爸爸装的"的观点。

香蕉成为迷宫入口的另一原因，是香蕉和猩猩之间的关联性。猩猩喜欢吃香蕉是众所周知的常识，而爸爸的裤兜里恰好藏着一根香蕉，这就是一件既有趣而又需要解释的事情了。潜在作者通过这种隐蔽的暗示将爸爸和大猩猩联系在一起，并在故事讲述中强化这种关联，Z发现了这一点。

摘录3-7

N：哦，有根香蕉就觉得是大猩猩吗？

C：嗯。

Z：不是，还有个线索呢，您看这(儿)。

N：你说。

(Z开始在书中翻找。)

C：而且她说，她爸爸平常都不带她去动物园，今天他就……他就带这个小女儿去动物园了。

Z：对。

N：哦——

Z：而且这个，还吃着香蕉呢。(指着书中大猩猩吃香蕉的画面。)

安娜和大猩猩坐在餐桌旁边吃香蕉的图画（见正文第23页），被Z用来进一步证实自己的观点。爸爸裤兜里有香蕉和大猩猩吃香蕉这两个只出现在画面中的信息断片，被Z加以关联并推测。C将大猩猩吃香蕉与一个出现在文字中的信息断片相关联，却得出了相同的结论，与Z提出的"线索"相呼应，Z立刻表示赞同。值得注意的是，这是Z第一次使用"线索"一词。在他心里，爸爸和大猩猩的关系似乎就如同有待侦破的谜题。为了解开谜题，他需要寻找文本中的蛛丝马迹，循着这些"线索"，就可以发现真相。对Z而言，上述从正面证实观点的例子似乎还不够，他继续从反面思考这一问题。

摘录3-8

Z：对。再说，如果是真实的话，大猩猩怎么可能进饭馆呀，对吧？

N：如果(是)真实的话，大猩猩不可能进饭馆。

Z：对。

C：而且大猩猩不可能会说话呀。

N：不可能会说话。

C：嗯。

Z：对呀！（语调升高）更不可能会跳舞。

Z 在这里第一次提到了"真实"。结合上下文，此处所说的"真实"应该是指：如果大猩猩是真实的大猩猩（而不是爸爸装的），那么它怎么可能进入饭馆呢？这种"如果……那么……"的句式已经是比较严谨的推断句式了，通过这种假设和推断，Z 认为"大猩猩不是真实的大猩猩，而是爸爸装的"。这一论述得到了 C 的赞同，C 提出同样性质的论述：大猩猩不可能会说话。Z 在此基础上又提出"更不可能会跳舞"。这里对信息断片的组接显示出更强的综合性和更大的跨度，对更多信息进行逻辑上的判断，从而验证自己的观点。如果说香蕉是文本细节，那么"进饭馆""跳舞"这些信息断片则属文本情节，在大情节和小细节之间，儿童读者自由穿梭和组接，不断进行重构。C 随着 Z 的思路也从反面进行论证，这三个同一性质的例证都是文本中出现过的内容，且层层递进，论证了两人共同的观点：大猩猩是爸爸装的。然而 Z 在阅读文本时曾经评价"这好逼真哪"，如果大猩猩真是爸爸装的，那么爸爸是怎么装成那么"逼真"的大猩猩的呢？

摘录 3-9

N：爸爸怎么就能装成猩猩呢？

Z：等会儿！我忽然——（被 C 打断。）

C：戴个头套呗。

Z：我……我一般经常装成那种僵尸啊、骷髅啊什么的去吓我爸爸妈妈。（N 笑）真的特别像！把灯关了，特别特别地（像），就跟真的一样。

N：（笑）你怎么知道的？

Z：（语速很快）就是，我们家不是有那种闪光的油嘛，我涂在身上，然后关上灯，然后其他的都看不清，就只能看见那样……那样的是像骷髅的形状，然后就吓到他们了。

N：（大笑）他们以为是真的呀？

Z：真的非常像，对吧？（转头询问C。）

C：没看见过。

对于爸爸如何才能装成大猩猩，C的态度比较不以为然，"戴个头套呗"，似乎她并不认为这是个多重要的问题。在她看来，关键问题或许只是"爸爸装成大猩猩"，而不是"爸爸如何装成大猩猩"。更关心这类技术性问题的是Z，在自己的发言被C打断后，Z顺势为C做出了解释，他从自身经验出发，说明爸爸装成大猩猩是可以实现的，因为他自己也试过扮成僵尸。这也是在访谈中Z第一次比较详细完整地描述由文本引发的与个人生活经历相关的联想。

虽然两人都在如何装扮的问题上给出了解释，但他们的解释并不充分。C的解释无法说明Z提过的"逼真"问题，而Z运用的个人化的经验，似乎也无法说服C，因为C"没看见过"，而且他举的例子的情况跟爸爸装成大猩猩的情况也不相同。之后Z还把文本中爸爸的脸和大猩猩的脸进行比较，认为两者"肯定就像咯"。文本中，作者确实有设置结构相似的两幅图画（和安娜一起用餐），其中一幅画的是爸爸，另一幅是大猩猩。但Z指出的并不是那两幅。文本中爸爸的正脸只出现过一次，侧脸三次，这四幅图画中，没有一幅可以看出爸爸和大猩猩相像。Z这一例子颇有些牵强，更像是为了证明而证明。由此可见，儿童读者有时也会被自己先入为主的观点影响，对信息断片产生想当然的判断。

至此Z和C的一次论述过程完毕，形成了基本观点。由上述分析可见，Z、C通过对信息断片的重构明确提出自己的观点并进行论证，倾听对方的观点并给予补充，这使得他们的互动过程十分有效，互相获益。他们对信息断片的组合有扩展和深入的趋势，并且他们一开始倾向于组接较为明显的信息断片，随后将故事中的其他信息从文本中抽离出来，对这些信息进行选择和重组，以支撑自己的观点。此外笔者还发现，Z、C两人在关联不同的信息断片后可能会得出相同的结论。在论证自己的观点时，他们会从正反两方面进行论证，且经常翻阅文本，从文本中寻找线索，偶尔也借助自己的个人经历。

### 4.2 观点二：安娜在做梦

在访谈者开始提出新的问题时，Z 并没有放弃原有的思考，立刻开始反思刚刚获得的答案。这之后又开始寻找线索、重构信息断片并进行推断，最后得出新的结论：不是爸爸装的，而是安娜在做梦。两人对文本中难解之谜的反思，甚至对已有认识的推翻式思考，是这次访谈的激动人心之处。

摘录 3-10

N：你们现在看完这整个故事，觉得有什么看不明白的吗？还是都看明白了？

（C 开始思考，Z 对于之前问题的思考还在延续。）

Z：而且我还有点儿想到，这个也可能不是爸爸妈妈装的，（是）她爸爸装的，知道为什么（吗）？（紧接着自问自答。）爸爸说，"乖，你过生日想不想去动物园玩玩？"

N：哦，那为什么说了这句话就不是爸爸装的了呢？

Z：因为他刚带她去动物园，又（要）带她去动物园。

N：哦。

C：但是我——（被 Z 打断。）

Z：而且这个（安娜）吃着生日蛋糕对吧，她刚吃完那么多东西，（语调升高）又吃生日蛋糕！

C：那有可能她还没吃啊，这不在这儿摆着的嘛。

Z：对，而且这蛋糕可能是假的。

在这段谈话中，Z 立刻对两人刚刚得出的结论做出质疑，并以自问自答的方式主动说出理由。Z 之所以会质疑，是因为他在继续重组文本提供的信息时，感到这些信息存在与之前结论不一致的部分。比如，他认为同一个人不可能不知道自己做过的事，不会要求再做一遍。如果出现这样的情况，那么说明很可能不是同一个人。这种推断是很有逻辑的。对于 Z 的质疑，C 立刻反驳 Z 的第二个理由，却没有响应第一个理由。C 说的"这不在这儿摆着的嘛"，是指第二天清晨爸爸亲吻安娜的那幅图（见正文第

29页）里的蛋糕。在这里，C 倾向于就事论事地对画面进行分析，Z 则一贯乐于对画面进行想象，以想象来填补画面之外的空缺。在 Z 看来，桌上放着的蛋糕，安娜迟早都是要吃的，而他之所以提出第二个理由，并不仅仅是说安娜吃了那么多东西还要再吃生日蛋糕，而是指如果大猩猩是爸爸装的，那么昨晚爸爸已经带安娜吃了那么多好吃的（包括蛋糕），为什么他还要再给安娜买新的生日蛋糕呢？在这一点上 C 误解了 Z 的意思，只对吃蛋糕的时间提出反驳。

尤其要注意的是，Z 用来反驳观点的第一个理由中所用的事例，正是 C 曾用来证明同一观点的事例，即爸爸问安娜要不要去动物园（见摘录3-7）。C 的解释中蕴含着她的推论。她认为爸爸做了和大猩猩一样的事情（愿意主动带安娜去动物园），这在某种程度上说明了爸爸和大猩猩的相似之处。这也是她在访谈中第一次提到爸爸前后表现的反差，从她的推断看，她似乎认为爸爸的这一反差是需要解释的，这解释就是"大猩猩不是别人，正是爸爸装的"。然而 Z 用同样的论据说明了"大猩猩不是爸爸装的"，这样的推断针锋相对。由此可见，即便是基于同样的信息，也可以产生截然相反的判断。

Z 在反驳了自己原来的观点后，在书中发现了新的"线索"，这一线索为他总结出新的观点提供了十分有力的证据。

摘录3-11

Z：对。(语调升高)但这个猩猩这儿——哦，我知道是什么意思了！

N：你说。

Z：您看（咳嗽），这儿……这个，这不是玩具的嘛，对吧？（指着夜里玩具变大的那一页。）

N：嗯。

Z：而且这玩具也不可能变大呀？！

C：对呀。那倒不可能。

N：玩具不可能变大？

Z：对，可能是她做梦。

N：可能是她做梦？

C：嗯。

Z：对。然后做完这个快乐的梦又醒来，想告诉爸爸，对吧？（转向C询问。）

C：嗯。

　　Z翻到夜晚玩具变大的那一页（见正文第10页），指出"玩具不可能变大"，这或许是他从文本中找到的最有力的证据，彻底反驳了"大猩猩是爸爸装的"的观点。经过Z的这番陈述，C终于动摇了，表示认可Z的观点。Z在得到C的认同后，进一步提出"可能是她（安娜）做梦"的观点。当在现实中不可能发生的事情在画面中发生时，对儿童读者来说最容易的解释或许就是做梦，因为梦里有可能发生任何现实中不可能的事情。由此，Z得出新的结论。在此段对话的整个过程中，Z完成了一次思路清晰、有理有据的论证，并且成功说服了C，提出了新观点和对故事的新解释，即安娜在做梦。

　　当然C对Z反思的认可并不仅仅是缘于玩具变大这一个理由，在之后的访谈中C也表述了她自己的理由。

摘录3-12

　　C：因为她爸爸不可能会……会……会在树上荡来荡去吧。

　　这里显示出文本在逻辑上难以解释的悖论。由大猩猩不可能会做那么多只有人才会做的事情，得出"大猩猩是爸爸装的"的结论。（见摘录3-5）可是如果按照这样的逻辑来推断，大猩猩会做很多爸爸不可能会做的事情，由此又可以推断"大猩猩不是爸爸装的"。而文本中的大猩猩确实做了很多只有人才会做的事，同时也做了很多人不会做而猩猩会做的事。这要怎么解释呢？同时支持两种互不兼容的观点的多义性文本，给儿童读者提供了难解的谜题，在儿童读者对文本的一致性构筑中设置了重重阻碍。

　　这里借用伊瑟尔（1991）的"一致性构筑"概念来进行解释。所谓"一致性构筑"，也称"格式塔"，是指读者试图建立文本中符号、片段之间的联系，将之集结综合，从而形成一个整体的心理过程。Z和C在转变观点的过程中，不断结合各层面的文本信息，进行选择、比对，思考其逻辑关系的合理性，反思现有观点和文本中出现的问题是否有冲突，寻找另一种可能性。这种寻找和探索体现出儿童读者在对文本进行整体把握过程中所进行的复杂的综合和重构，其目的是建立更为合理的、能涵盖文本信息整体的格式塔。

伊瑟尔（1991）认为，"所有这些转化的技巧都有一个共同点，即读者生产的不一致性使他对自己的格式塔提出质疑"。[1] Z、C 都显示出这种倾向，Z 尤为明显，他对自身的质疑主动而迅速，这种质疑极大地建立在文本基础上，增加了他的质疑的可信度和合理性。伊瑟尔（1991）还提出，"一致性构筑是所有理解活动必不可少的基础，反过来它又依赖于选择过程。"[2] 在一致性构筑过程中，Z、C 对文本的选择包括对信息断片的选择、对信息断片之间众多关联可能性的选择、对信息进行判断时所运用的逻辑关系的选择。伊瑟尔对选择和排除关系进行论述，他认为"选择本身就包含排除，被选择所排除的因素作为潜在的关联系列保留在边缘地带了。读者就是这样展现可能的联系之网，而后又从这一网络中做出选择的。制约选择的要素之一是，我们在阅读中要作为另一个人来思想。"[3] 从访谈可见，儿童读者的"选择"首先需要"发现"，文字和图画中的信息只有被读者注意到、继而被发现之后，才可能被激活，从而进入读者的选择范围，并在这选择中同时排斥了其他可能性。只有经过这个加工过程，文字和图画中的信息才会得以凸显。"作为另一个人来思想"指的是并不根据读者自身来进行选择，而是跟文本提供的信息所导致的某些确定的特定关联来进行选择。伊瑟尔认为文本会对某些特定联系有所倾斜，这是由文本视点的相互作用和相互联系造成的，而这些选择是格式塔形成的唯一途径。笔者认为，文本

---

[1] 沃尔夫冈·伊瑟尔：《阅读活动——审美反应理论》，金元浦、周宁译，中国社会科学出版社，1991，第158页。
[2] 沃尔夫冈·伊瑟尔：《阅读活动——审美反应理论》，金元浦、周宁译，中国社会科学出版社，1991，第151页。
[3] 沃尔夫冈·伊瑟尔：《阅读活动——审美反应理论》，金元浦、周宁译，中国社会科学出版社，1991，第151页。

确实倾向于某些特定关联，但这些特定关联并不是唯一的，在多义性文本中更是如此。因此，读者对于文本的一致性构筑会遇到因这些不同的关联所造成的矛盾和冲突，儿童读者将需要应对这些矛盾和冲突。比如《大猩猩》中，文本通过香蕉暗示爸爸装扮大猩猩，通过玩具变大暗示安娜在做梦，这两个重要线索犹如迷宫的入口，将读者引入迷宫的主要通道。Z 和 C 不断调整自己的想法，组合新的信息，进行质疑、反思、发现、选择、重构，试图形成新的格式塔。他们的观点转变也是在一致性构筑的过程中形成的，转变后的观点是在打破原有格式塔的基础上，通过发现、选择和重构信息断片，在此基础上形成另一个全新的格式塔的雏形。之所以称其为"雏形"，是因为只有关于故事情节的谜题部分并不能形成封闭的格式塔，完整的格式塔包含着由此延伸出的主题和意义，关于这一问题将在第四章进行详细探讨。

此外还要强调的是，在提出观点的过程中，无论是 Z 还是 C 在信息断片的联结上都不是孤立的。也就是说，他们都会从文本中寻找大量信息而不是用单一信息去证明或者推翻自己的观点，这也是保证他们观点可靠性的一个潜在依据。孤立的信息是没有意义的，指向性不明朗，是无法顺利完成合理的推测的。信息需要通过彼此之间的联结来摆脱孤立的状态，从而使信息具有整体性，成为完整拼图的一部分。信息断片之间的互相支撑、互相映衬为解读故事提供了线索和契机，是读者解读故事的"入口"。读者只有发现这个"入口"，才能穿过故事所展示的四通八达的隧道，抵达从未到过的地方。从这个层面来说，《大猩猩》中隐藏着非常丰富的信息和线索，这些信息和线索被设置在文字和图画的角角落落。图画中的信息和线索，等待读者通过思考和选择将其从画面的背景和主体中凸现出来；而文本不会主动告诉读者这些断片，只向"发现了它的人"呈现，这大概也是阅读的乐趣之一。这些断片往往具有丰富的象征意义，具备了多义性解读的可能，可以指向不同的观点，为不同的观点作辩护，也就是说，信息作为一种文本事实，本身并没有单一明显的价值判断，而将这一判断的机会留给了读者。

综上所述，一致性构筑，即格式塔作为文本与读者间相互作用的产物，促成了儿童读者观点转变的心理基础，他们通过质疑、发现、选择、关联等过程来进行文本的重构，并在对文本的一致性构筑中形成观点转变，为形成一个全新的格式塔奠定基础。同时，本次的数据分析再次显示出信息和判断之间的距离。

### 4.3 观点三：有好几种可能

在观点转变之后，对文本的一致性构筑仍旧没有完成，文本中仍然存在无法解释的信息。在这种情况下，Z 和 C 如何继续他们的思考？当儿童读者的一致性构筑遭遇到具有多重性指向的文本时会发生怎样的情况？这是本小节将要探讨的问题。

摘录 3-13

N：也就是说这整个的过程就是做梦？

Z：对，我觉得。但我觉得这也是真……真的，就是有一只大猩猩闯进来什么的。

C：不可能吧？你看这只大猩猩变大以后，这儿没了呀。

Z：（开始犹豫，语速变慢）而且，我还想到这个也有可能是爸爸装的。

C：嗯。

N：也有可能是爸爸装的？

Z：对，有好几种可能。

C：有可能是爸爸装的，也有可能不是爸爸装的，她做梦。

Z：对。

在这里，Z 提出了新的可能："但我觉得这也是真……真的。"在表述中，他肯定了"整个过程就是做梦"的观点，但同时又提出"但我觉得这也是真、真的"，这里用"但是"表示了转折关系，说明 Z 一方面预设"做梦"就"不是真的"，而书里的这个故事虽然是"安娜做梦"，但"也是真的"。这并不是指"即使做梦也是有真实感的"，因为随后他循着这个"真的"立刻提出了一种假设："就是有一只大猩猩闯进来什么的"。从这一假设可以看出，

Z认为还存在不同于梦境的另一种可能，就是在安娜睡觉的时候，现实中有一头大猩猩闯进了她的卧室。

Z没有论述这一假设，我们无法得知他为何会得出这样的观点。而他的新观点很快就被C否定了，C用的是文本中的证据，即安东尼用三幅连续的小图（见正文第10页）显示玩具变大的情景，来解释站在安娜床头的雄壮的大猩猩就是那个小玩具变成的。Z没有争论，而是继续阐释"而且，我还想到这个也有可能是爸爸装的"。由此可见，在提出两种比较明确的观点之后，Z进入了观点的混战阶段，各种不同的观点同时出现，争执不下，似乎难以取舍。

伊瑟尔（1991）指出，"在文学文本中，格式塔本身就携带着自我修正甚至自我毁弃的因子。这是文本中时常发生的现象"。[1]文本不仅提供某一明确观点的证据，同时也为观点的相互混战设置了背景。儿童读者尽量在文本中寻找可以解释所有问题的答案，然而这种一致性构筑不断受到阻碍，使他们不得不试图尽力去平衡那些"不一致"，从而形成观点的交锋。在这种交锋中，即使是之前已经被排除的某些可能性，比如"爸爸装扮大猩猩"又再次冒出头来，向儿童读者显示出它的合理性。"被排除的可能性愈益蠢蠢欲动，它们便愈益呈现出交替转换的态势，而不满足于仅仅产生一些次要的影响。在日常语言中，我们称这些可能为选择的多重性。这些多样的可能，尽管并不正面扰乱，但也干扰了一致性构筑过程。"[2]（伊瑟尔，1991）多义性文本带来选择的多重性，这种多重性为儿童读者解释文本带来了极大的挑战，在Z、C小组中，这种挑战转化为阅读乐趣。尽管自己的谜题难以迅速解开，他们仍然满怀好奇和热情去思考和分析，保持着一种全然乐于接受挑战的姿态。正是在这一过程中，他们不断被卷入文本，与文本发生深入的联系，获得对文本的新认识，文本也以更为复杂的方式

---

[1] 沃尔夫冈·伊瑟尔：《阅读活动——审美反应理论》，金元浦、周宁译，中国社会科学出版社，1991，第152页。

[2] 沃尔夫冈·伊瑟尔：《阅读活动——审美反应理论》，金元浦、周宁译，中国社会科学出版社，1991，第155页。

向他们呈现自身。这是文本与读者之间互相嵌入、产生关联的良性状态。

在访谈中可以看到，关于故事的多种可能性到底是梦境还是现实，含糊不清的细节和画面，使儿童读者们不断质疑和反思自己的观点。对没有完全读懂或理解的东西，Z、C 并没有感到排斥或厌恶，反而都表示很喜欢这本书，甚至还会时不时想起来继续响应文本中的谜题。以下这段对话摘录于 Z 和 C 复述完故事内容之后。

摘录 3-14

Z：（突然插话）还有……还有一个可能是她爸爸装的。（略为停顿）真的，真的！

N：（笑）还是觉得是爸爸装的。

C：嗯，我还是——（被 Z 打断。）

Z：那个……呃……猩猩穿她爸爸的大衣什么的都正好合适，对吧？

C：（赞赏地）嗯，那倒是。

Z 关于这种可能性的思考一直在继续，甚至在回答完访谈者的其他问题、在复述完整个故事之后，Z 突然又重新提起关于爸爸和大猩猩关系的话题，可见这个话题是缠绕在他心头的。他再次以细致入微的观察从文本中发现了新的证据，来证明自己观点一的可能性。由此可见，难解之谜会引导着读者重新阅读和思考文本，这类谜题的设置也是让读者重回文本进行深入细致的阅读和思考的一种强有力的保障，这种设置同时使得这种阅读本身不是枯燥的，而是充满乐趣的。

伊瑟尔在他的读者反应理论中强调了读者自身的能动性。这种能动性在本研究中的儿童读者身上同样也能看到，他们在处理文本信息时展示出敏锐和创造力，对文本所提出的挑战给予努力响应，从而得出不同的观点，并达成观点的转变。需要指出的是，相较于根据单一文本所得出的观点本身，儿童读者在构筑文本的一致性过程中尽力平衡各种矛盾的思维过程显得更为重要。这是一个连续不断的思维运动过程，不同的观点试图在新的构建中脱颖而出，这个过程包含着儿童读者对已形成的观点的反思和质疑，也包含着儿童读者对尚未形成的观点的呼唤和期待。笔者认为，这不仅仅是儿童读者与文本的互动过程，也是儿童读者与自身的互动过程。

正是在不断与自身进行互动、反观自身观点的局限性的基础上，Z很快就从这些观点中跳脱出来，达成对文本的新认识："有好几种可能。"这种认识是在前几种观点的基础上形成的，是在对前几种观点的不断思考、反驳、论证以及深入解读的基础上达成的一种对多义性文本的"和解性认识"。通过这一认识，Z从整体上对审美对象的多重性特质进行了把握，而不仅仅局限在从某一视角对文本进行阐释，或者局限在某一种可能性上。相较于前两个观点，Z的这一论断具有超越的性质，不固守于之前提出的任何一种答案，而是在此基础上描述了产生各种理解的可能性。也就是说，Z所做的其实是在观点和观点之间建立联结，而某些儿童读者仅仅在观点和观点之间进行选择。比如一年级的Q、H，五年级的I、D，他们虽然也针对谜题提出好几个观点，其间也有反复和游移，Q、D也提及谜题的多种可能性，但最后他们都从中选择一个最有可能的答案，以此来结束这一话题。相较而言，Z的观点则是十分具有开放性的答案，他保留了对文本继续思考的可能，并不固守要寻求唯一答案。

这是儿童读者在谜题建构的过程中具有非常重要的价值和意义的一种反应，不仅是对自身已有认识的超越，也是对文本叙事特点的深入理解和反思，具有某种开放性的态度和兼容的特质。三年级的Z已经认识到对同一事物的解释可能有好几种，甚至互相之间是不同的，但是作为读者可以同时接受不同的观点，并意识到这些观点本身既有合理的地方也有无法解释的地方。Z的这种认识是相当理性的。

从摘录3-13可知，C对Z的观点给予认可，并在此基础上聚焦于两种可能性上：一是爸爸装扮成大猩猩，二是安娜在做梦。这是C对之前对话的一次总结，她总结出的是两人在对话过程中比较重要的两种观点。然而，C的归纳缩小了可能性的范围，而Z的判断则是有"好"几种可能，不仅包含上述提到的那两种，还包含着进一步思考的潜在愿望，暗示出更广阔的解读空间。

笔者研读访谈会发现，儿童读者对可能性的探寻贯穿于这一谜题的始终，在儿童读者的表述中多次使用了"可能"或"不可能"这样的字眼，以此来帮助自己进行思考和推断。儿童读者不断提出新的可能，在经验和文本的基础上做出判断，从合理性的角度不断思考可能性问题，最终达成对文本意义建构的多种角度和不同理解。这一过程是富有意义、激动人心的，伴随着阅读的收获和喜悦，不断与文本互动，不断与自我互动，不断与其他读者互动，在此基础上不断超越已有认识，完成新的文本建构。

这里我们分析了 Z、C 提出的有关文本的三种主要观点：安娜做梦、爸爸装扮大猩猩、有好几种可能。上述三个观点之间并不仅仅是平行的关系。由于儿童读者在解读文本的视角上存在选择的倾向性，或者文本本身设计的因素，儿童读者提出观点一和观点二的先后顺序或许有所不同。但是观点一和观点二属于同一层面的观点，即从不同的视角观察文本并对文本进行阐释；而观点三则是对单一文本视角的超越，与前两个观点并不是从同一层面上认识文本的，而是以前两个观点为基础，进入更高的层面。

综上所述，通过对 Z、C 的对话分析发现，Z、C 从访谈一开始就对文本中的谜题提出明确的观点，两人的观点都有多次改变，这种改变是在不断深入阅读文本、并反思自己之前的观点的基础上产生的。在形成新观点的过程中，Z、C 对信息断片的组合有扩展和深入的趋势，并会从正反两方面论证自己观点的合理性。对观点存有疑惑时，他们往往会再次翻阅文本，从文本中寻找线索，根据文本信息而不是单单依靠自身想象来修正观点。文本的信息和读者的判断之间是存在距离的，这一现象为 Z、C 的观点转变提供了前提，而观点的转变是为了达成对文本的一致性构筑。儿童读者经过质疑、发现、选择、关联等过程来进行文本重构，并在对文本的一致性构筑中形成观点转变，为形成全新的格式塔奠定基础。某些儿童读者会进一步在观点和观点之间建立联结，在此过程中他们会意识到选择的多重性，并在此基础上达成对多义性文本的"和解性认识"。整个重构过程既是儿童读者不断被卷入文本并主动发掘，与其发生深入联系的过程，尤其需要注意的是，这同时也是儿童读者与自身对话和互动的过程。

### 5. 理论建构：游移视点和观点转变

如上文所述，观点转变的内在动力是对文本的一致性构筑。然而伊瑟尔对"一致性构筑"的概念是建立在"游移视点"基础上的。"游移视点"是伊瑟尔的阅读现象学中最重要的概念之一，伊瑟尔用这一概念来阐释读者在阅读过程中视点的变化。伊瑟尔在《阅读活动——审美反应理论》中提出，由于文本阅读的特点是通过对不同的段落依次进行阅读，所以文本的各个部分绝不可能在一个短暂的瞬间被同时感知，所以文学内部存在的一个必不可少的游移视点在不断运动。伊瑟尔认为，"游移视点"存在于文本内部，属文本本身的固有结构，而不是读者所具有的。而就读者角度而言，他认为读者的知觉的发生呈阶段性，每一阶段都包含着构成对象的某一方面，但不管是哪一个阶段都无法完全表现读者的知觉。"正是这种表现的不完整性，使得文本在读者意识中不断得到转化。"[1]

需要指出的是，"游移视点"强调的始终是直接阅读过程，即实际阅读的每一个瞬间读者的反应。"游移视点不断地在文本的视角之间转换，每一次转换都表现了一个清晰连接的阅读瞬间。……游移视点以改变视角的方式来解释自己"[2]。伊瑟尔所指的"延伸和记忆之间对称性相互作用"也是从分析文学文本中的句子序列入手，在句与句之间描述读者对于文本的阅读。正是在阅读文本的实际过程中，我们才能够理解伊瑟尔所指的"过去、现在和未来"在每一个阅读瞬间所指向的特定含义。伊瑟尔认为以游移视点掌握客体的方式是文学特有的。"因为文学阅读所面对的这些对象并不像经验的现存对象那样是可以被确指的，它们是处于不断的转化之中的。"[3]

伊瑟尔的这一理论与本书的研究目的与研究材料之间存在一定差异性。首先，本书所研究的并不是儿童读者在阅读过程中产生的反应，而是

---

[1] 沃尔夫冈·伊瑟尔：《阅读活动——审美反应理论》，金元浦、周宁译，中国社会科学出版社，1991，第130页。

[2] 沃尔夫冈·伊瑟尔：《阅读活动——审美反应理论》，金元浦、周宁译，中国社会科学出版社，1991，第136页。

[3] 沃尔夫冈·伊瑟尔：《阅读活动——审美反应理论》，金元浦、周宁译，中国社会科学出版社，1991，第130页。

在阅读完整个文本、对于文本有了整体了解之后对文本产生的反应，本书研究的读者反应包含儿童读者对文本思想和情感把握的过程，关注的是对文本的综合性理解和评价。从这个意义上来说，本书所研究的是伊瑟尔的阅读理论的后续阶段。其次，伊瑟尔所针对的文本只是典型意义上的文学文本，即以文字为主要符号构成的文学文本；本书所选择的文本则具有一定的特殊性，文字不再是构成文本的唯一符号，图画也是构成文本的符号，图画这一视觉符号在图画书叙事的过程中起到举足轻重的作用。研究对象的不对等性和文本的特殊性使得"游移视点"这一概念无法贴切而完整地解释儿童读者对文本的反应。

伊瑟尔在其读者反应理论中不断提及转化和动态性。笔者在本书的研究资料中也发现同样情况：儿童读者的观点不断存在游移和转变，表现出不断发展变化的动态过程。也就是说，读者不但在实际阅读过程存在视点的游移，而且在阅读完整个文本并进行整体把握的过程中也会存在观点的转变。目前尚无理论对这一现象进行概括。笔者认为，观点转变是读者在整体把握文本过程中出现的合理现象，是对文本形成新的格式塔、产生新认识的过程，在读者对文本的一致性构筑受到阻碍时尤其可能发生。

需要再次声明的是，"游移视点"与本书所指的"观点转变"是两个不同的概念。首先，视点只是观察文学文本的某种特定的视角，"观点转变"不仅局限于"视点"的转变，而是对视点之外的文本各元素在综合作用的情况下所得出的整体判断。其次，"游移视点"是在文本阅读过程中产生的，是根据文字提供的不同视点之间的游移而理解文本的动态过程；"观点转变"发生在读者阅读完整个文本之后，是读者对文本有了整体了解和一定把握后所形成的对文本的看法，而在时间的推移和读者的成长的过程中，这种观点可能会继续转变。"游移视点"在实际阅读过程中产生，在阅读过程结束后，这种视点游移是否有后续影响，伊瑟尔的理论中并未谈到这一点。由于本书搜集的材料并不包含实际阅读过程，所以也难以对这一问题展开深入讨论。再次，"游移视点"与文字符号所呈现的叙事特殊性有关，而在文图结合叙事的图画书中是否具有同等作用则有待进一步的研究证实。

综合看来，相比"游移视点"而言，"观点转变"不仅适用于图画书这类文本，也适用于纯文学文本。

### 6. Z的难题：读者与自我的互动

在访谈中，除F、Y、L外，其他儿童读者普遍都出现了观点转变。其中，三年级的Z提出了一个典型的例证，其实这种前后矛盾、观点相斥的现象不仅发生在Z身上，也普遍存在于大多数儿童读者的表述之中。故本书称之为"Z的难题"，用以指代儿童读者在文本阅读过程中出现的想法前后矛盾的现象。下文将以Z为个例分析儿童读者在介入文本的过程中表述前后不一的现象，并从中揭示出儿童读者在阅读过程中不仅与文本存在互动，也存在与自我的互动。

在访谈中，Z的语速非常快，几乎每个问题刚被提出时他就抢先回答，几乎完全没有思考时间，有的反应是完全即兴的、直觉式的，他的反应中多表现出所获得观点的可能性而不是观点形成的必然性，同时他常常会在前后意见不一时不断调整自己的观点，经常自己提出观点后就立刻自我否定了，有时经过反思甚至推翻自己已有的认识，有时意识不到自己的某些说法是前后矛盾的。Z常常会自言自语、自问自答，展现出某种自发的Think Aloud（大声思考）的思维策略。他自问自答的话语过程几乎重现了他的思维过程，从访谈中可以看出他是怎么一步一步进行推断和反思，继而得出某个结论的，然后又是如何从文本中寻找新的线索，因发现新的问题而感到疑惑并进一步深入思考的。正因如此，Z的例证很有研究价值，他完全把思维过程言语化，其表述并没有经过过滤和调整，他也没有在经过比较详尽细致的思考后再表述自己的观点。Z的这一表现，在为笔者了解Z对某一问题的认识过程方面，提供了很大的便利。由此，我们也可以解释为什么他的观点有时会出现前后不一的状况：他所表达的是当下的想法，而他在思考某一问题过程中不断捉摸、反思、质疑，这一过程使他的观点并不能呈现出前后统一、稳定的特征。

Z体现出其他儿童读者所普遍具有的一种典型面貌。他们比成年人更倾向于表达当下的想法，常常一边思考一边组织语言（有时表述过程很漫长，尤其是低年级的读者）。他们根据新的刺激和信息（如他人的观点或自己的发现）随时随地更改自己的想法，往往并不固执于自己原有的观点，随时准备接受新的信息、打破原有的认识，从而对文本进行重构。也正是通过观察Z，笔者发现儿童读者在解读文本并对其做出反应的过程中，他们的看法和观点的获得并不是一蹴而就的，也就是说，儿童读者观点的获得过程并不是静止的，而是一个不断发展变化、不断接受新的刺激、不断重组和整合的动态过程。儿童读者的观点转变就是其中非常关键的一种重组过程。很多时候儿童读者所表述的就只是实时的获得和体验，相较之下他们并不太关注去形成长久的、较为稳定的观点和想法。在访谈中，C也有相似的反应，但她的表达是经过内化的，她趋向于通过思考而获得一定的把握和平衡后再将其观点表达出来。因此，她的反应相对Z而言是比较稳定的，但她的观点同样会有变化，尤其是她关于"爸爸"的表述，这将在下一章进行详细论述。由于C反应的内化特质，不利于研究者观察和发现她的思维过程，所以更多看到的是她改变观点后的结果，只能通过这一观点转变去揣摩和推断她的思考过程。

另外值得一提的是，三年级的Y虽然没有提出明确的谜题观点，但同样也存在前后矛盾的言论，不过他的状况和Z有所不同。从认为文本"还行"到"好看"到"没太多喜欢"再到"奇幻"，最后认为"还不错"，Y经历了一个漫长的过程。对于"还不错"，Y解释说，"因为好看，又不好看，所以不错"。这里Y的评价和之前的陈述是统一的，他的反应总体上是比较平淡的，没有特别被吸引或者很喜欢。但是"好看"和"不好看"又是矛盾的，Y也分别表达过"好看"和"不好看"的部分。这一现象说明儿童读者在面对文本时的复杂感受，有时并不是能用简单明确的语言来描述的。然而Y从一开始说"一切皆有可能"到最后完全否定了最初的观点，认为"一切都不可能"，这也是跨度很大的颠覆性言论。Z也提出过"有好几种可能"，并且根据对故事的理解提出过具体的可能性。两人的观点看似相仿，不同的是，Z的观点是从对故事的详细思考和分析中得到的，而Y则是以自身的观念加诸故事。此外，二者所形成的这些观点之间，在是否有逻辑联系方面存在差异。Z的前后矛盾的观点是经过思维碰撞之后得出的有转折性质的结论，这些结论会极大改变他自己对故事的看法，并使他在此过程中获得新的体验。这种碰撞是效果良好的学习过程，也是和文本的互动过程。Y虽然也形成了不同的观点转变，但是这些观点之间并没有形成一定的逻辑关系，也无法看出前后的互相关联，他的某些观点是在他缺乏更多评价技巧的情况下做出的。他对文本的评价大多是词或短句，如"一切皆有可能"，对这句话中的真实含义却似乎没有经过认真透彻的思考，而是拿来就用，这就产生了下文Y对故事的价值判断其实抱着"不可能发生的事情绝不要发生"的观点。Y还会在响应某问题或反驳某问题时进行反驳式提问，有时这种提问并不完全代表他自己的观点，有时我们可以从这种提问推断出他并没有理解对方发言的内容。但是，他会发表质疑，只是为了寻找对方表述中的漏洞。摘录3-4简单展示了Y、L的交流方式，在本书第五章中将对此进行详细探讨。

　　从上述分析可知，在观点的产生和形成中存在一个相对复杂的过程，这一过程同时也是读者在对文本做出判断并进行意义建构的过程。实时的想法集聚起来，通过归纳证实而成为观点，这一过程会经历反复和动摇，也会在不断思考中进行改进、反省和更新。这种反应无论是通过语言表现出来，还是只隐藏在读者的内心，研究者都可以清晰地看到它的存在。笔者认为，在阅读和讨论过程中不仅存在着文本和读者之间的互动和相互影响，在单一读者内部也存在着读者与自我的互动，这种互动和交流是在阅读过程中形成的，是受到文本激发的，不同于其他时刻与自我的互动。儿童读者的观点转移不仅是读者和文本互动的结果，也是读者与自我的互动结果，这一结果是阶段性的，可能会被新的观点和认识所取代。个体思维的过程也是一个读者与自我的对话过程，新观点和看法在对话中产生，形成文本建构的动态过程。在文本建构的过程中，如果儿童读者能在文本中找到相应的线索和证明自己观点的例证，并符合读者自身的逻辑和常识判断，能够构成某一格式塔，那么这一想法就能得到强化，进而形成观点。否则想法就会很快被新的想法覆盖，退入背景中，等待机会再次与新的信息断片相联结并再次显现。

　　文本与读者之间的互动从根本上说是对话关系，两者通过对话而形成。在阅读过程中并不是文本向读者提出问题，而是读者向自己提问，然后自己来回答这一问题，这一过程是对文本的发现和选择的过程，具有读者的个性和强烈的个人意识。通过读者对文本的个人选择，文本得以向读者呈现自身。对文本达成的新认识是通过对话形成的，这种对话包括读者和文本对话、读者和自我对话、读者和其他读者对话三个层面。所以这不仅是文本和读者的互动，而且是在文本的激发下，读者自身的内部的互动，以及不同读者之间的互动。

　　本章分析与讨论部分主要论述的正是这种读者与自身的对话和互动过程，以 Z 为代表的儿童读者们在阅读和讨论过程中普遍显示出与自身对话的倾向，无论是联系文本所进行的观点转变，还是联系自身所代入的个人经历和情绪，都显示出读者自身的复杂思维和情感的运动过程。在儿童读者形成观点和观点转变的各个阶段，都存在着读者与自身的互动。在重构文本的过程中所经历的质疑、反思、发现、重组，以及一小部分儿童读者所达成的超越观点，都不仅揭示出读者和文本间的互动，而且彰显出读者自身所进行的对话和互动。

　　不同的儿童读者在处理与文本、与自身的互动关系时，使用的方式、比重、倾向也会有所不同。有些读者更依赖与自身的对话，比如一年级的儿童读者更倾向于大量讲述个人经历，通过这种方式他们得以介入文本并体验文本，但有时过量的个人经历也会淹没对文本的关注。有些读者更依赖于自我的判断和相应的角度，因为不喜欢大猩猩就对文本失去不少兴趣（如 Y、L），或因为自身的快乐而影响到阅读的整体情绪和对文本的判断（如 W、B）。而有些读者则更专注文本的内容，较少代入个人的情感和喜好，当然这种判断多是相对的，比如三年级的 C 相对于同组的 Z 来说就更专注于文本，她对文本的喜好随着故事的走向和人物的情绪而发生变化，而 Z 对文本的判断则相对更容易受更强烈的个人喜好影响。有的读者更倾向于反思和质疑自己的观点，有较强的批判性思维，愿意深入探索文本，他们在与自身对话的过程中显示出更强的互动和反思，从而促成他们不断从文本中获得新的观点。而有的读者则相对倾向于维持对文本的固有观点，较少进行反思，与自身对话的能力较为薄弱，更愿意从正面或已有的路径去思考问题。比如一年级的F，她会一直固执于自己的观点，认为安娜就是做梦，但她同时又会在讨论中较多讲述个人经历，这是她与自身互动的方式。儿童读者会在与文本对话、与自身对话中形成某种平衡。在这种平衡中，会体现出儿童读者在阅读中自身的某些特质，其对话的方式、两种对话的比重、所产生的效果和优劣是难以一概而论的。

同时还要说明的是，读者与文本的互动、读者与自我之间的对话和互动是水乳相融的过程，不是相互割裂的。虽然在本书中将其分别讨论，但这是为了说明在文本与读者的互动关系之外，还隐藏着容易被人忽略的读者与自我之间对话的过程。这一过程充分证明了读者在阅读中的能动性，以及在文本和自我两个方向上所进行的拓展和尝试。在阅读过程中，儿童读者与文本对话，综合文本不断思考，同时通过直觉发现文本信息断片并将其重组，综合运用情感体验和逻辑思维对自身观点进行反思、批判和超越，并结合文本去证明和重构。通过文本所提供的载体，儿童读者达成了自我与世界的某种贯通和对话。

## 三、本章小结

本章从多义性文本的谜题入手，分析儿童读者的观点是如何形成以及转变的。儿童读者对谜题的反应具有深入研究的价值，归纳起来，主要有以下原因：首先，儿童读者对谜题的探讨涉及对故事的整体性理解，在故事的讲述中，儿童读者是否读懂谜题对于厘清文本主题、叙事结构方面具有非常重要的作用。其次，儿童读者们花费了大量时间对谜题进行探讨——思考故事的始末，在文本中寻找证据，不断做出推断并转变观点，这一反应过程恰恰反映出他们是如何对文本中的关键信息做出推断的。再次，在观察儿童读者进一步寻找文本线索的过程中，我们也可以发现文本是如何以一种有预期的、已确定的呈现方式对儿童读者的猜测和推断进行响应的。

这种响应可分为两大部分的内容：一是对儿童读者的观点表示支持，并提供例证；二是隐含与此观点不吻合的内容，同样提供例证。通过访谈可见，文本通过对儿童读者的一致性构筑造成阻碍，极大地影响儿童读者的阅读，促成他们对谜题的探索，从而促进阅读过程的深入。最后，儿童读者对谜题存在多种观点，部分读者通过思考达成对谜题的"和解性认识"，即超越单一可能性的局限，意识到文本所具有的多重性。他们所关注的并不是答案的准确性和排他性，而是可能性和开放性，具有强烈的反思和超越性质，这种认识甚至超过了儿童读者如何去理解这一特定的文本本身，而更像是一种普遍性的经验和对故事的可能性的理解。

通过整理儿童读者对谜题的各种观点，笔者发现儿童读者在阅读和讨论文本过程中普遍存在观点转变。本章首先从文本角度进行分析，认为文本为儿童读者的观点转变提供了支持。笔者认为，造成文本的多重性和产生歧义的原因主要是图画书文图结合的特殊性、文本信息和读者判断之间存在的裂痕。此外，形成谜题基本观点的文本依据都是由文字和图画相结合、形成合力并共同建构的结果。文本形成的大量空缺需要读者来填补。

然而，有些读者在阅读中并未提出明确的观点，或者存在各人观点不同的情况，也有读者并未达成观点转变，这些特殊状况是由什么造成的呢？经分析可知，由于儿童读者对文本中不同的信息断片建立联结，便会得出不同的观点，观点和观点之间并无优劣之分。并未进行观点转变的儿童读者存在某些特殊的阅读习惯和倾向，比如较少对文本信息断片进行重组和联结，更倾向于接受已有的解释，相对比较缺乏批判性思维。未提出明确谜题观点的儿童读者存在的问题是：没有对文本信息进行内部加工；不了解图画书的特质，很少关注图画信息；在对话交流中遇到障碍。

通过对三年级 Z、C 讨论谜题的过程分析，我们可以发现儿童读者的观点是如何形成以及如何转变的。在形成新观点的过程中，儿童读者会重新翻阅文本、寻找线索，对信息断片的组合有扩展和深入的趋势，并会从正反两方面论证自己观点的合理性。文本信息和读者判断之间的距离为儿童读者的观点转变提供了前提。观点转变的目的是达成对文本的一致性构筑。儿童读者在不断深入阅读文本，并反思自己之前观点的基础上，经历质疑、发现、选择和关联来进行文本重构，并在对文本的一致性构筑中形成观点转变，为形成全新的格式塔奠定基础。某些儿童读者会进一步在观点和观点之间建立联结，意识到选择的多重性，并在此基础上达成对多义性文本的"和解性认识"。

通过上述分析，笔者达成对于"观点转变"的概念性认识。观点转变是读者在整体把握文本过程中出现的合理现象，是一个对文本形成新的格式塔、产生新认识的过程，在对文本的一致性构筑受阻时，这种转变更可能发生。笔者接下来从理论上论述这一概念的合理性，通过与伊瑟尔（1991）的重要概念"游移视点"相对照，分析两者的不同，进一步确立"观点转变"的概念地位。同时也发现，审美对象不断获得重构的过程不仅存在于文本阅读行为中，也出现在阅读完文本之后的整体性把握和思考讨论中。

通过分析 Z 的难题和以 Z 为代表的儿童读者的观点转变过程可以发现，整个文本重构和观点转变过程既是儿童读者不断被卷入文本、与文本发生深入的联系的过程，同时也是儿童读者与自身进行对话和互动的过程。伊瑟尔（1991）的理论所关注的重心是文本与读者相互作用的动态过程。然而，笔者发现，在单一读者内部也存在着读者与自我的互动，这种互动是因阅读而形成的，是受文本激发的、不同于其他时刻与自我的互动。不同的儿童读者在处理与文本、与自身的互动关系时所使用的方式、倾向、两者的比重也会有所不同。读者通过阅读建立了向外面对文本、向内面对自我的一体化通道，达成了自我与世界的某种贯通和对话，而这种贯通正是通过文本这一载体达成的。

综上所述，本章回答了开篇所提出的核心问题：关于谜题有哪些观点，它们是如何形成，又是如何转变的。然而根据伊瑟尔的理论，对谜题的讨论严格来说并未构成完整的格式塔，只有加入对文本的主题和意义探寻之后，封闭的格式塔才会真正形成。下一章将在谜题的基础上继续分析儿童读者对于文本主题和立场的反应，探寻多义性文本所具有的主题和意义，以及与此相关的人物立场。

# 第四章　研究结果二　儿童读者对人物及主题的反应

> 情节的终结并不是其自身的终结——它总是有着言外之意。我们并不是为讲故事而讲故事，而是为了展示某种超越自身的东西。所以，一个体现了情节发展的格式塔仍然不是完全封闭的。只有当这一活动的意义能为进一步的格式塔所体现时，这一封闭方才形成。如前所见，这里存在着多种不同的可能性，我们只能有选择地实施其中之一。
>
> ——沃尔夫冈·伊瑟尔[1]

本章将回答研究问题二：在儿童对文本的基本反应中，他们是如何理解文本人物和主题的？

第三章探讨了儿童读者在面对多义性文本时在故事情节层面的反应，然而根据伊瑟尔的理论，探寻文本意义和主题之后，封闭的格式塔才会形成，读者进行一致性构筑的完整形态才会呈现。所以本章在前一章的基础上重点阐释儿童读者对文本人物和主题的反应，这也是本书所得到的儿童读者的重要反应之一；进而阐释传统的读者反应理论在遭遇到现实读者时会产生怎样的状况，并试图对此加以解决。之所以将儿童读者对人物的态度与对主题的讨论归入一章，是因为这两者之间存在着密切联系，下文将对此进行详细分析。本章共分为三部分：数据呈现、讨论分析、本章小结。

---

[1] 沃尔夫冈·伊瑟尔：《阅读活动——审美反应理论》，金元浦、周宁译，中国社会科学出版社，1991，第147—148页。

本章要回答的核心问题是：儿童读者如何描述主要人物？儿童读者对人物的基本态度是什么？儿童读者如何在分析人物的基础上形成对主题和立场的概括？在解决以上三个问题的基础上，笔者将进行理论建构。

在本章第一部分的数据呈现中，笔者对3个年级共12位儿童读者的访谈数据进行编码和整理，试图完整如实地呈现出儿童读者对人物的描述和对主题的讨论。在本章第二部分，笔者对数据的分析讨论将包括六部分内容：第一，为综述，描述数据并做整体阐释。第二，重点阐释儿童读者是如何表述对父亲的同情及这种表述合理性。第三，在此基础上，将进一步论述儿童读者对主题的讨论，借用现象学家阿尔弗莱德·舒茨的"主题与视野"概念对此加以论述。第四，对儿童读者的特殊反应进行阐释。第五，将从文本角度出发，讨论文本如何为两种截然不同的立场和观点找到兼容的可能性。第六，在第三章的基础上继续进行理论建构。本章第三部分将对整章内容进行小结。

**一、数据呈现**

这里将呈现12位儿童读者对人物的态度以及对主题的看法。通过对访谈中的相关数据进行编码统计，整理儿童读者的观点，列于表4-0中。之所以将谜题观点也列在其中，是为了便于查看儿童读者对谜题的观点与对人物和主题的观点之间的关联。主题和谜题栏中的数字均表示读者观点的数量，是否有转变也会注明。凡小组中观点一致的会写"同#"。

表4-0 儿童读者对人物的态度和主题观点

| 读者 | 谜题观点 | 对人物的态度 ||  主题观点 |
|---|---|---|---|---|
|  |  | 对安娜的态度 | 对父亲的态度 |  |
| Q | 观点3（刚开始以为是真的，最后提出是梦的可能性，但转而进行二选一。）有观点的转变。 | 觉得她很孤单。 | 意识到前后的转变，为父亲找忙的理由。 | 2（特别好的朋友；这个大猩猩应该当她爸爸，那个爸爸应该当她梦中的那个人。） |

续表1

| 读者 | 谜题观点 | 对人物的态度 ||  主题观点 |
| --- | --- | --- | --- | --- |
| | | 对安娜的态度 | 对父亲的态度 | |
| H | 2（提出安娜在梦游的新观点；选择最有可能的"做梦"。）有观点的转变。 | 同Q。 | 同Q。 | 2（好朋友；爸爸应该独自生活，大猩猩陪着女儿，或三者一起生活。） |
| M | 2（安娜在做梦；提及有童话故事倾向的解释，但未点明。） | 没有明确态度。 | 认为爸爸不带安娜玩只是因为他不清楚安娜的愿望。 | 2（大猩猩也有善良的心；大猩猩和人有感情。） |
| F | 1（安娜在做梦。）无观点转变。 | 为安娜感到伤心，但同时认为她应对父亲明确提出要求，认为她太冲动了。 | 开始认为父亲不好，太狠。后来认为父女之间的问题安娜也有责任。 | 1（大猩猩也是善良的，但只限于故事中。）无观点转变。 |
| Z | 4（安娜在做梦；大猩猩是爸爸装扮的；真有大猩猩闯入；最后提出有好几种可能。）有观点转变。 | 认为故事前半部分安娜很伤心、很可怜，后面变快乐了。 | 认为父亲的前后变化大，前面不理人，后面很温柔，为父亲的转变找理由。 | 2（故事源自作者的经历；伟大的父爱，父母的爱。）有观点转变。 |
| C | 3（爸爸装成大猩猩；安娜在做梦；有好几种可能。）有观点转变。 | 同Z。 | 同Z。 | 1（父母对小孩子的爱。）无观点转变。 |
| Y | 0 | 认为安娜闷、寂寞。 | 不赞同L，试图为父亲开脱，但未明确表达观点。 | 0 |

续表2

| 读者 | 谜题观点 | 对人物的态度 ||  主题观点 |
| --- | --- | --- | --- | --- |
| | | 对安娜的态度 | 对父亲的态度 | |
| L | 0 | 同Y。 | 意识到父亲的前后变化，认为父亲故意喊累，不理安娜。 | 1（女孩喜欢猩猩。）无观点转变 |
| W | 2（安娜在做梦；大猩猩是爸爸装的。） | 认为安娜非常非常孤独。 | 意识到父亲前后有变化，认为父亲很爱安娜。 | 2（父亲的爱；故事源自作者的经历。）有观点转变。 |
| B | 3（安娜在做梦；大猩猩是爸爸装的；噩梦。） | 同W。 | 同W，同时认为父亲为了安娜很辛苦。 | 2（赞同W。）有观点转变。 |
| I | 2（安娜在做梦；大猩猩是爸爸装的；）有三次转变，最后一次未形成观点。 | 认为安娜孤独、不高兴。 | 意识到父亲前后的变化，并认为他的变化是为了让安娜快乐。 | 3（喜欢大猩猩；友好相处；想让她快乐。）有观点转变。 |
| D | 5（安娜在做梦；大猩猩是爸爸装的；这是童话；真的大猩猩闯进来；有好几种可能。） | 同I。 | 同I。 | 3（喜欢大猩猩；平等自由；爱孩子。）有观点转变。 |

因数据是通过小组访谈的方式采集的，涉及儿童读者之间观点的相互激发和对照，同时考虑到有些观点前后有对照或转变，故本书的数据将按访谈小组的顺序进行呈现。表4-1至表4-6（见附录2）中的序号表示访谈中讨论人物或主题的次数和先后顺序，具体讨论的是哪一个人物也会注明。比如表4-1中对人物的描述有4次，其中1次关于安娜，3次关于父亲，按在访谈中出现的先后顺序排列。凡是连贯的、未被其他话题打断的讨论，无论实

际持续多长时间，均计为1次。其间可能进行多次描述，均一一记录。同一次讨论中的观点列于同一行中，不同次讨论中产生的观点列于不同行中，凡没有发表观点的则留空。为准确陈述儿童读者的反应，表格所引内容均为儿童读者的原话，不再一一加注双引号。此外，为展示儿童读者的观点提出的前后语境，表格下方将对访谈情况进行补充说明，如无补充则不说明。

## 二、讨论分析

### 1. 综述

由表4-0可知，在对安娜的态度方面，除了一年级的M没有明确表态，大多数儿童读者都认为安娜很孤单、可怜。除了三年级的L，大多数儿童读者都对爸爸表示了同情态度。对安娜的态度前后有所转变的是一年级的F，她一开始认为爸爸不好，太狠了，后来认为安娜也有问题，没有和爸爸说清楚自己的愿望，从安娜的立场开始转向爸爸的立场，为爸爸的冷漠寻找理由。其他儿童读者对安娜的态度并无转变，对爸爸的态度却都经历了转变，从一开始对爸爸感到生气到为他寻找理由，也体现出从安娜立场向爸爸立场的转变。只有三年级的L停留在原先对爸爸的态度上，认为爸爸故意喊累，不理安娜，可能有时间却说没时间，在对谜题的解释上，她始终没有发现爸爸和大猩猩之间的联系。同组的Y对此表示不赞同，认为安娜是爸爸的亲女儿，爸爸不可能这么做，但是他并未完整表述自己的观点，对L也未能形成影响。五年级的B对爸爸的态度经历了二次转变，从认为"爸爸累"到"她爸爸也真是的，不给她买台大彩电"，再到"她爸爸会累坏的"，总体仍旧对爸爸表示出同情态度。

在主题方面，儿童读者提出的主题可概括为三种：安娜喜欢大猩猩；人类和动物平等、友好；父母的爱。第一种相对比较浅显，属直接的文本层面；第二种在第一种主题基础上有所引申；第三种则涉及家庭内部父女关系问题，属比较深入的主题概括，是儿童读者内心愿望的投射，也与主人公安娜之间获得了某种呼应。除此之外，一年级的M、F还有其他的主题概括，如"它有善良的心"，这是他们基于大猩猩的立场获得的。当问及作者为什么会写这个故事时，三年级的Z和五年级的W都认为这是作者的个人经历。大多数儿童读者对主题的概括均经历了由浅入深的阶段，从主题1到主题3，当然也有例外，比如三年级的C非常专注于主题3（父母的爱），三年级的L始终停留在主题1（安娜喜欢大猩猩）上，三年级的Y没有表述出任何主题。一年级的儿童读者对主题的表述有着无意识的精彩，呈现出多角度的主题概括，五年级的儿童读者对主题的概况则相对成熟而主流。

表4-1至表4-6体现出在小组讨论中儿童读者对人物和主题把握的前后顺序和"观点转变"过程。对文本的最初把握是从情节的多义性入手的，这是最直观的，同时对人物做了什么还是没做什么在情节展示上的依据，达成对人物的理解，而由人物和情节的共同作用再进一步达成对各种主题和立场的不同的理解。笔者在访谈前虽列了提纲，但是在访谈过程中并不是严格按照提纲的顺序来提问的，而是更倾向于根据被儿童读者的讲述和响应伺机提出问题。只在一些特殊情况下，比如说访谈因为某些特殊原因被中断，或者因儿童读者在某一问题无法再继续回答时，访谈者才会提出与之前的谈话内容无甚关联的新问题。所以，被访者响应文本的顺序也具有一定的参考价值，体现出他们的关注点和思想脉络的前后顺序。

在儿童读者阅读完整个文本、对文本的整体信息已经有所把握后，观点转移仍会发生。这一观点转变不仅体现在谜题上，也体现在对人物的态度和对主题的把握上。文本内容是一体的，对情节的理解的变化也会涉及在主题和立场上的态度，这体现出封闭某一格式塔的内在需求。儿童读者在情节、人物和主题方面的观点转变是相辅相成的，之所以将儿童读者对人物的态度与对主题的讨论放于一章，正是由于这两者间存在密切联系，可以探讨其关联性。比如从安娜做梦引申出安娜喜欢大猩猩，基于安娜的立场，再到人类和动物是好朋友这一主题；又比如从爸爸装扮大猩猩引申出爸爸对安娜的爱，基于父亲的立场，再到父母的爱这一主题；三者之间存在一定程度的关联性。然而，在本书中，只有五年级的孩子发现了这其中的关联；三年级的 C 虽然提到这一点，但并未表达出对其关联的认识；一年级的孩子则根本没意识到这一点。

下文将从儿童读者对父亲的同情态度、儿童读者对主题的讨论两方面分别进行阐释，着重分析读者和自我的互动，引入"主题与视野"概念，为读者的观点转变提供依据。在此基础上，笔者将专门分析某些特殊反应，并阐释文本在这一过程中的作用，从而初步建构理论模型。

**2. 儿童读者对爸爸的同情态度**

纵观所有访谈数据，三个年龄段的儿童读者大多表现出对父亲的同情态度，积极为父亲的忙碌、冷漠寻找合理的解释。即使没有明确倾向于父亲立场的儿童读者，也没有一人在访谈中对父亲的冷漠与忽略进行指责或抱怨，这一现象很值得深入分析。下面将分别描述和分析三个年龄段读者对父亲的态度，以及儿童读者对作品主题的讨论。

先来看三年级访谈数据。在对三年级 Z、C 的访谈中，基于对谜题的讨论，Z、C 两人也形成了对人物立场的转变，也就是从安娜的立场到父亲的立场的转变，并对父亲表示了同情，进而揭示出文本的主题是"父亲的爱"。在讲到各自不喜欢的画时，C 首先表示不喜欢安娜独自看电视那幅，随后又指出不喜欢的文字部分，语气中少见地带有情绪。

摘录 4-1

C：而且我还不喜欢这个小女孩问爸爸，爸爸说忙这些。（指文字）我生这个爸爸的气。他从来都不带这个小女孩去玩。

Z：对。您知道为什么最后祝她生日快乐吗？肯定是他反思了。

N：反思了？谁反思了？

Z：她爸爸。

N：她爸爸反思啦，嗯。

C：也可能是这个……她爸爸……也可能是她爸爸那个……平常工作，是（因为）他没钱带她去动物园。他努力挣钱，他正在挣钱。

Z：（迫不及待地）他现在开工了，然后挣了钱。

这是 C 第一次提到对爸爸的态度，她的态度是否定的，C 在整个访谈中始终关注爸爸是否带安娜去动物园这个核心问题，这是她最关心的。之后 Z 试图去解释为什么在文本的最后爸爸祝她生日快乐，他觉得父亲之所以会改变是因为"他反思了"。这一解释是书中（无论是图画还是文字）完全没有提及的，而只是 Z 的主观想象，是他对文本的创造性填补。无论是相对于安娜而言还是相对于读者而言，书中爸爸的形象几乎都是模糊的，从未被正面描述，但是 Z 主动想象了这个模糊形象的心理活动，这一心理活动是对人物形象的一次主动建构。这种主动建构和他的思考方式有关，也和两人之间的讨论互动有关，这是一个互相激发的过程。随后，C 提出另一种可能，她在 Z 的猜测基础上又进行想象。C 的猜想犹如神来之笔，瞬间激活了那个沉默不语的父亲形象，使之变得清晰丰满起来。从这里可以看出，C 对父亲的态度开始转变，从原来的不理解和责怪转变为理解和同情，并提供了符合现实生活的合理解释（努力挣钱，为了带安娜去动物园）。

在谈及个人经历部分可以得知，C 是单亲家庭，"我爸平常周五都在忙，周六有的时候晚上才回来，有的时候太忙了，星期天才回来。"平时爷爷奶奶陪她。C 好几次提到自己的爸爸，比如爸爸对她学习上的要求并不非常严格，"我爸让考 90 分以上就可以了"；如果想买什么东西或者想去哪儿玩，爸爸也会带她去；向别人推荐故事时，C 还提到"平常我……我在家里有什么好看的故事，都给我爸讲一讲"，"如果他觉得好看，我会再找一找这样的故事"。从 C 讲述的内容上看，她与爸爸的关系是比较亲密、和谐的，可见 C 的状况虽然和安娜有所不同，但她仍然能理解和体会安娜的心情。

有趣的是，当访谈者问道"看完这个故事有没有想起自己的事情来，或者类似的事情有没有在自己身上发生过"，两人的回应如下：

摘录 4-2

N：那你们看完这个故事有没有想起来自己的事情啊？或者这样的事情在自己身上也发生过呢？

Z：发……发生过。

C：嗯，（略为停顿）那没有，我爸从来都对我很好。

C 认为没有，因为"我爸从来都对我很好"。这里从侧面显示出 C 对安东尼笔下的爸爸的看法，认为他对女儿安娜其实并不足够好。C 即便在给安娜爸爸的行为找出合理的理由之后，仍然抱有这样的看法，这种情况也是值得注意的。也就是说，对爸爸的宽容和理解、对安娜的同情和支持，这两种观点是同时存在于 C 身上的。这两种看似矛盾的观点又似乎并不矛盾，因为这是一种两难的处境，C 试图在这种两难中寻求一种平衡，使两种立场之间非此即彼的关系被弱化。Z 关于谜题"有好几种可能"的观点是在对前两种观点不断思考、反驳、论证，以及深入解读的基础上达成的对文本的"和解性认识"。这似乎与 C 对爸爸的同情所达到的和解不谋而合。然而对立的两种立场虽然有和解的可能，却也仍存在互相独立的趋势，两种立场是并行不悖的。相较 Z 和 C 而言，有的儿童读者则更强调这一对立关系，比如一年级的 F 对安娜和爸爸的对立关系感受更强烈，在对爸爸表示理解的同时就认为是安娜的错，她没有和爸爸讲清楚。

在与三年级 Y、L 的访谈中，当访谈者进一步询问爸爸和安娜之间的关系时，L 开始翻书寻找，再次表达自己的观点，Y 同样给予响应。

摘录 4-3

L：（爸爸的）态度就是，不想回答安娜的一些问题。就是说，老是不愿意回答。比如说，这里本来……好像可能……本来是有时间，他……但是故意就说没时间，第二天还是没时间。周末他还故意喊累，那个爸爸……那个不愿意——（被 Y 打断。）

Y：（低声但是语气夸张地）好累呀！腰酸背痛！

N：你为什么说他是故意喊累呢？

Y：不是故意的呀。（L 沉默两秒。）

N：为什么觉得他是故意喊累？是觉得他就不想……不想回答她的问题，也不想带她去动物园玩是吗？

L：对。

Y：她女儿怎么可能不想。

L：（疑惑地）啊？

N：你觉得爸爸可能是故意说他累，不想带她出去玩的。

Y：怎么可能？

L：有可能，因为它（指绘本《大猩猩》）这儿说，他从来都不陪她做什么。

Y：那不可能你自己的女儿不想要吧？（Y和L沉默三秒。）

N：（笑）自己的女儿不想要？

L：（笑）好像是一句病话呀，病句。

　　这是Y、L之间比较有价值的一次冲突，表达出各自不同的观点，可惜没有进行深入的探讨。L和Y都摆出了自己的观点，两者观点对立。L认为爸爸故意不理安娜，她从书中文字部分找到依据；Y则觉得不是故意，而是真的累，他从人之常情的角度为爸爸辩护，"那不可能你自己的女儿不想要吧"，这种说法是站在父亲的立场，通过揣摩一般父亲的心理而为书中的爸爸辩护的。他还模仿出爸爸"腰酸背痛"的样子，和C一样对父亲表示了同情，与C的差别在于，Y虽从生活经验中得出类似的想法，但是并未联系作品深入思考。需要说明的是，Y和L并未发现作品中的谜题（大猩猩和爸爸的关系），但是仍对父亲的态度产生了争论。Y的表述确实不太准确，但他要表达的意思是明确的，L的响应是针对Y的表达方式而不是内容，这使对话没有深入下去。

　　五年级的W虽然在讨论谜题时在"安娜做梦"和"爸爸扮演"之间游移，但更倾向于后者，并在表达对人物的态度时始终坚持爸爸的立场。而父女在厨房的那幅画（见正文第3页），W对其进行深入分析。

摘录4-4

N：这幅图里的爸爸给你们什么样的感觉？

W：爸爸给我严肃——（被B打断。）

B：他很开心，你看！（B让W换个角度看这幅画。）

W：（大笑，但还是继续陈述）小心翼翼！严肃、娴静、小心翼翼！像是刚刚被灌了水银，已经死掉了，但是他一直会保持那个样子。

Y：不会，他会眨眼的。

W：我觉得他现在很严肃，我觉得他太严肃了。

N：太严肃了呀。

W：不像（开始翻书），这幅（指安娜生日那幅），而且这幅画里的比那幅画里的帅。

N：是吗？

Y：对。

W：那幅太工作化了，这幅那爸（爸）还能怀孕呢！（B和N又惊又笑。）

N：啊？

W：这幅我觉得这爸爸他开朗了一点点，而且金黄色的头发柔了一点点，不像这个死板的钢铁。

"小心翼翼和娴静"似乎是对画面感觉的描述，而不只是针对爸爸的。此外，W"灌了水银"的描述实在是很到位很有力，画中的爸爸确实像不会说话也不会动的标本一样坐在那里。"严肃"几乎不仅是人物形象造成的，跟整幅画面的用色和风格也有关系。W还主动比较前后两幅画中的爸爸，找出爸爸前后的变化，并认为后一幅比较帅。从她对画面的分析而言，上述观点不仅仅是一种心理加工和判断，也是有画面细节支撑的，是从画面本身的细腻描述来突出读者的感受。W的描述非常到位，比喻和形容都很有情绪感，富有艺术张力，就语言评价而言也是值得称道的。在被问到对书中印象最深的内容时，W再次表述"爸爸其实也很爱女儿的，为了女儿他宁愿扮成大猩猩"。W还详细想象并描述了爸爸如何完成扮演任务，带给安娜这样的一次冒险。

摘录4-5

W：这块儿的猩猩，是因为他们到半夜了，这个安娜肯定很懒，她睡得比较早，大概她……大概她……前一年大概就睡了。

B：啊？就……就……就（是）睡美人了。

W：然后呢，她爸爸就在这一年里，忙着到处贴什么猩猩的像，还……还为那个电影院交付了三千万亿块钱，（笑）请他们把电影里的什么自由女神像，什么超人全都改成大猩猩；然后呢——（被B插话。）

B：幸好我不是那爸爸。

W：（笑）然后呢，再跑到草地上把这些草全都雕刻成大猩猩。

N：哦——

B：幸好我不是那爸爸，要不然我就没钱了。谁能拿三千万亿，英镑啊？那起码也得拿印度的钱币——卢比。

N：干了这么多事情啊。

B：嗯——

W：我觉得这都是作者有意安排的。

B：她爸爸会被累坏的。

W：或者是……或者是爸……或者是她爸爸让那些同事在那里。然后呢，给他们刷上点儿绿漆，（突然开始角色扮演）说，"啊，同志们啊！为了我的女儿，你们就在这里站一夜吧！"而且他交付了三千万亿块钱！

　　W可以用丰富的想象力设想睡美人的情节，却坚持另外的神奇都是爸爸亲自做的，由此更突出父亲的爱。W用角色扮演的方式展示爸爸让同事扮演草和猩猩的情况，很有代入感。W除了将自己代入安娜父亲的角色，也将自己代入了安娜母亲的角色，试图去改变安娜孤独的处境。

摘录4-6

N：这里面的安娜给你们什么样的感觉？

B：非常孤独，非常孤单。

W：带给我一种孤独的感觉。（突然提高音量）那么大的房间！那么一点点的电视和那么一点点的安娜。

B：她爸爸……她爸爸也真是的，不给她买台大彩电。

W：要是我的话，我肯定给她买一大堆。要我是她妈的话，我会给她买一只这么大的大猩猩（W边说边用手比画），把她屋子给填满。

N：（笑）塞满？

B：那她就被压死了。（W大笑。）

W：要我的话，我会陪着她。我会陪着她，把灯开开。然后呢，我们几个买来一只大猩猩……（被B插话。）

B：这又不一定是怎么着，还可以打篮球呢（图中左上角的球状物引发B的联想）。

W：然后我们买……买来一个大猩猩，然后买来一个大猩猩我们玩。因为这样子的话她肯定要把这个灯要开大了，这样子就显得——哇！这个房间里头充满了灯光，最后把他俩给烤死了，哈哈哈！（自己大笑。）

"要是我的话"，这是W对故事的参与和改变，她表现出巨大的行动力和参与性，改变了安娜现在的处境。陪伴、把灯开亮，这些都是非常有温情和情感指向的行为，展示出儿童读者个人的力量——改变安娜的处境和自我生活的力量。相较而言，三年级的C虽能够理解安娜的心情却无能为力，只能"生这个爸爸的气"，而W则是拯救式地将自己代入到故事之中，帮助安娜满足愿望，摆脱如此寂寞的处境。然而从"开灯"到"烤死"，W以自身独特的方式改变了这幅画悲伤的氛围，使其变得夸张搞笑，她从故事层面开始代入，很快就脱离故事层面进行离奇的想象。

同为五年级的I和D在谈到爸爸前后的变化时，两人进行了颇有意味的讨论。

摘录4-7

D：还有……她……她爸爸从、她爸爸从一开始的那种不带她……不带……不带那个安娜去玩儿，最后怎么就变成了……嗯……他就……她爸爸就主动地就带安娜去玩儿了。

I：因为那是她过生日啊！

D：哦。

N：嗯，你觉得她是过生日所以爸爸才会有这种变化？

I：对。

N：那过完生日你们……你们觉得会怎么样呢？

D：嗯，她爸爸能……一直能那样。（I同时也在发言，两人声音叠加在一起。）

I：爸爸可能也有一点儿改变。

D：对，有点儿改变了。不再那么严肃，对那个安娜也开始陪伴着她。

I：也开始关心（她）。

D：对，也开始关心安娜了。

I：对。（D此处插了一句话，不过声音被I盖过去，听不清）我感觉就这幅图没准儿爸爸能看到（指安娜独自吃饭看电视那幅）。

N：嗯！你是说安娜的这个样子？

I：对。

N：没准儿就能看到。

I：对。因为他看到安娜这个样子，然后呢（吸一口气），如果到以后……如果到以后的话他也能改变一些。

虽然I和D认为是因为安娜生日爸爸才带她去动物园，但他们对于生日之后安娜的处境均抱乐观的态度。I甚至设想出爸爸作为读者的状况，"就这幅图没准儿爸爸能看到"，这一说法惊人且意味深长。她表达出当爸爸看到安娜这么孤单就会理解安娜的伤心，就会想让她快乐，从而做出一些改变。这不仅体现了I对父亲的态度，也为父亲行为的转变提供了可靠的依据。她称安娜的爸爸为"爸爸"，表现出某种人物的替代感和移情作用，这是故事内容层面的；她称这个情境为"这幅画"，说明了她对这一情境的认识是作为一本书中的一幅画来呈现的某种意识，这种认识是故事叙述层面的。I将这两个层面混同起来，或者说至少在表述中显示出这种混同感：爸爸看到的到底是这幅画还是安娜当时的情境，这里也存在对故事不同解读的可能。

一年级 H 和 Q 在看到第一幅亲吻小图时，Q 就说"我有感觉这个大猩猩像她爸爸"，原因是他们之间的年龄感。"因为这大猩猩比那个……她老点儿。"H 表示了赞同。之后在安娜生日早晨的那幅画中，Q 再次提及爸爸和大猩猩的相似之处，但仍没有真正意识到两者之间关联的可能性。

摘录 4-8

　　Q：然后，这个就开始不是梦了，这个就是她真正的爸爸啦。对！生日这……这时候（翻到安娜生日那天跟爸爸一起的图画）。他把爸爸画得跟大猩猩也差不多了。

　　N：（吃惊地）是吗？哈哈——把爸爸画得跟大猩猩差不多了？

　　Q：啊！你看，这画的（指着爸爸的脸）！

Q 区分梦与现实的标准是大猩猩和爸爸的身份对换。两人也没有发现爸爸口袋里的香蕉，对主题的概括仍停留在"动物是我们的朋友"这一层面上。但 Q 对爸爸和大猩猩相似性的表述仍在继续。

摘录 4-9

　　Q：因……因为大猩猩跟她爸爸差不多，大又高。她爸爸也特别高、特别大，跟猩猩差不多（笑）。（边说边翻书。）你看这么高、这么大，差点儿都过房顶了。（Q 指着大猩猩变大后正面站在安娜床前的图。）

在阅读过程中，他们也意识到了爸爸的转变，Q 认为爸爸一开始对安娜"特别冷酷"，到"后来就对她超级暖"，并试图为这种转变寻找理由，对爸爸的处境表示理解。

摘录 4-10

　　N：（尝试将对话拉回正题）所以你们觉得爸……爸爸变化是以前——（被 Q 接话。）

　　Q：以前老哭脸，然后……后来笑脸。

　　N：笑脸了，然后有时间陪安娜了。

　　H：对。

Q：对！有时间陪安娜了。肯定他工资变高了。

N：（笑）工资变高了？

Q：嗯。

H：公司的员……员工多了，然后呢，休息就多了。

　　Q将陪伴的时间和工作挂钩，H的解释是公司员工多了，工作量小了，所以休息就多了，也很合理。在访谈过程中，两人虽然对谜题有过深入的讨论，提出了多种观点，但并没有意识到谜题和主题之间的关联。只有在访谈最后，Q才吐露惊人之语，让人发现她已经比她之前所表达的更深入地触及到了故事的核心。

摘录4-11

N：我们刚刚……刚刚又那个……咱们又讨论了这么多，你们觉得这个……就是这个作者想告诉大家的或者想表达的一些东西有什么变化吗？

Q：嗯，我——（被N打断。）

N：他有没有——你觉得，（意识到自己的打断）你先说。

Q：嗯！我就觉得这个……那个越往后她就越快乐。

　　Q认为作者想表达的是"越往后她就越快乐"，这是多么充满希望的一种表述啊。这个故事可以为Q带来这样的欢乐和想法，实在很难得，最终故事仍旧成了安慰，或者说是Q自己引领着自己所感受到的安慰。在访谈者的追问下，Q继续表述。

摘录4-12

Q：我就感觉到，这个大猩猩应该当她爸爸，那个爸爸应该当她梦中的那个人（笑）。

N：大猩猩应该当她爸爸，爸爸应该当她梦中的哪个人？

Q：（大声地）因为大猩猩对她……对她最好了！

H：我感……我感觉大猩猩应该当她爸爸，然后……然后她爸爸应该去找……应该去——嗯，我也不知道怎么说，就是……就是……就是独立一个人生活。

N：爸爸应该独立一个人生活啊？

H：那个……让大猩猩陪女……他女儿，或者他和……他和那个大猩猩还有他女儿住在一起。

N：哦！让大猩猩（陪着）。不过她是不是在梦中的，是吗？

H：对！

Q：对啊，在梦中。

N：哦。

Q：嗨！反正是做梦，不会有这么好的事儿的（笑）。

"我就感觉到，这个大猩猩应该当她爸爸，那个爸爸应该当她梦中的那个人"，这是Q对文本高度准确且饱含诗意的概括，她完全能够体会到安娜的愿望，甚至是安娜寄托在大猩猩身上的那种特殊的情感。因为"大猩猩对她最好了"，这是Q对于爸爸的期望，融合在了安娜对大猩猩的喜爱上。笔者认为，这里Q的表达非常令人赞叹，她以十分自然的方式超越了仅仅认为"爸爸扮成大猩猩"的观点，几乎完美地表达了文本中大猩猩和爸爸的关系，以及现实生活和梦境之间的差距和关联。其表述非常确切，而且具有强大的力量。这样的文学表述甚至在高年级的儿童读者身上也未曾出现。

H"让大猩猩陪着女儿"的说法则进一步说明了他让大猩猩取代爸爸的愿望，而后一句"他和那个大猩猩还有他女儿住在一起"，则是转而接受了爸爸的冷酷并愿意让他保持原状。这样的处理同时兼顾了安娜的愿望，让她和最爱的猩猩一起生活。

最后，Q的一句"嗨！反正是做梦，不会有这么好的事儿的"，似乎终止了他们对美好愿望的畅想，对现实中不可能的无奈再次出现。但Q仍可以笑颜以对，她有自己的方式来面对生活中的残忍和无奈。

同为一年级的M、F一开始都对父亲表示否定，尤其是F，态度很激烈。她指着安娜和爸爸在厨房的那张画（见正文第3页）说，"这一张她爸爸根本就不理安娜。就当……安娜不……安娜不是他女儿似的。嗯……光看报纸。"她还很不喜欢爸爸伏案工作、安娜站立一角的图（见正文第5页）。"我觉得爸爸不好"，"她爸爸太狠了"，F的语气中充满了埋怨和不满。

摘录 4-13

N：哦！那你……那你们看完这个故事，那个有什么感觉呀？就……就（是）心里觉得是什么样的感觉呢？

F：嗯……不知道。

N：比如说，是觉得好玩，或者高兴，或者是——（被 F 接话。）

F：我感觉伤心。

N：伤心？为什么伤心啊？

F：因为她爸爸老是不带她……不带安娜出去看动物园。呃——不对，老是不带安娜出去，看……看大猩猩。

N：哦！不过那个……可是最后爸爸不是带她去了吗？

F：因为之前安娜特别想去看大猩猩的时候，爸爸不带她去。

N：哦，特别想去的时候不带她去。

M：他不知道他……他女儿想……她想知道大猩猩是什么样的。

N：哦，你觉得爸爸不知道哈。

M：嗯，然后到最后他知道了。

F：还有那个安娜，我还想问一下那个安娜应该提前跟爸爸说一下，"爸爸，我特别想了解大猩猩，您……您有时间就带我去行吗？"这样那个——（被 M 插话。）

M：他就带她去了。

F：（未被打断）这样爸爸才会带她去，这样这么有礼貌。

N：哦！你觉得那个安娜之前没有跟爸爸说过吗？

M：啊。

F：没有。

F 很坦白，一年级的孩子可以非常直白地讲自己不知道，这是多好的事。有人认为这故事很搞笑，F 却觉得伤心。文本有其多面性，儿童读者很可能会获得截然不同的感受，他们的局限性在于他们看到什么就会以为是什么。即使爸爸后来带安娜去了，F 仍觉得伤心。M 则为爸爸解释，认为爸爸不知道安娜的愿望，F 突然听取了 M 的意见，转而认为爸爸是因为不知道安娜的想法才不带她去动物园，是因为安娜没有说清楚。

综上所述，大多数儿童读者在对人物的认识上，均对爸爸表示出同情态度。谜题中有关"爸爸装扮大猩猩"的观点，从某种意义上揭示了爸爸的爱，与读者态度的转变有一定的关联性。有的读者会从自身经历出发为爸爸解释，也有儿童读者并没有解读出谜题，但是仍然对父亲抱有同情的态度，比如三年级的Y、一年级的F、M。可见在谜题和对人物的态度之间存在某种关联，但这种关联不是唯一和必然的。

### 3. 儿童读者对主题的讨论

对父亲的同情并不仅仅是对作品中某一人物的实际态度，而是涉及整部作品的主题和儿童读者自身的立场转变，新的价值观和主题的获得同时也包含对父女之间关系的普遍认识和对父亲的态度。正如本章开篇所摘引的伊瑟尔（1991）的话所讲的"情节的终结并不是其自身的终结"，一个体现了情节发展的格式塔不是完全封闭的，只有当意义排除了其他可能而被揭示出来后，才能成为封闭的格式塔。所以，在情节层次上，存在着一种高度的主体本位之间的一致性。但在意义层次上，我们必须做出的选择决断之所以是主体性的，并不因为它们是随意的，而是因为只有选择一种可能性并排除其他可能性，才能封闭一个格式塔。这一选择取决于读者的个人气质与经验，但这两个格式塔（指情节层次与意义层次）的相互依赖，仍是一个主体本位之间的有效结构。

立场是读者对待文本和故事的最基本的观点和态度，是我们自身在解读文本时具有决定性意义的一种选择，它决定了读者会选择站在哪一边，我们会倾向于支持哪一方。很多时候我们是难以同时兼顾双方的，如果我们既支持此方又支持彼方，那么我们的观点就会前后矛盾、漏洞百出。大多数时候我们需要对立场做出选择，无论是在阅读中还是在现实生活里，这样才能形成一个可被阐释和理解的并相对稳定与确定的观点。在阅读中，这种选择看似是我们的自由选择，但有时因为受到个人视野、情绪、经历的限制可能并非如此。下文将分析儿童读者对主题的看法，并结合其对父亲的态度，完成其立场分析。

三年级 Z、C 组在谈及作者的创作意图和作品主题时，对爸爸形象的理解有质的飞越。Z 和 C 同时发言，但因为音量较小被打断，后来 Z 主动询问 C 刚才在讲什么。

摘录 4-14

Z：（转向 C 询问）你刚刚说想表达父母的什么？

C：嗯，父母对小孩子的爱。

N：想表达父母对孩子的爱？

C：对。

Z：猩猩也是父母吗？

C：不是！这个……这个——（被 Z 打断。）

Z：那猩猩看来也挺爱她的呀！

C：（无奈地）哎呀，不是！（N 被逗笑）我觉得是这个父亲之前很忙，是因为他正在努力挣钱。（他）想带这个安……安娜去好好地玩一玩。

C 明确提出自己的观点，细细想来是很惊人的。Z 的疑问其实说明他并没有理解 C 话语里的意思。表面上看，这确实只是一本讲述大猩猩和小女孩的书，而 C 通过对父亲的理解性解读看到了父亲冷漠背后的无奈，认为作品想表达的是"父母对小孩子的爱"，这是 C 完成对人物的理解后对作品立场的一次颠覆。看上去 Z 不是很理解 C 的说法，但是当访谈者询问他相同的问题时，他却给出相同的答案。

摘录 4-15

Z：（语气很夸张）他想表达伟大的、伟大的、伟大的——父爱！

N：（笑）伟大的父爱。

C：父母……父母的爱。

N：哦，父母的爱。

Z：也就是母爱和父爱。

鉴于 Z 的表述中呈现出某种夸张意味，姑且不讨论他是如何转变观点的。值得注意的是，C 刻意修正了 Z 的答案，不是"父爱"而是"父母……

父母的爱"。这本图画书里完全没有提到母亲，C却在这里特意提到母亲，为何如此？这里有几种解释：可能是C的固有印象，将父亲和母亲作为一个集合名词来理解，但作为单亲家庭的C不太可能出现这样的情况。考虑到C在访谈中回答问题的思路均十分清晰，表达非常明确，意见毫不含混，从未出现模棱两可的答案，所以暂时排除她无意识地随意表达此观点的可能性。还有另一种可能，也是笔者认为最有可能的：她的表达显示出C认为书中的父亲形象不仅是父亲本身，也是一种象征，这一形象同时代言了缺席的母亲。出于对书中的父亲的同情和体贴，她也可能会善意地设想书中的母亲不在场也有某种值得同情的理由。于是，即使在文本中母亲缺席的情况下，C也仍旧不忘将其归纳进去。

还需要考虑的是，即使是对父亲表示同情，也可以采用其他的理由。C所给出的理由是"爸爸去挣钱了"，这个解释似乎很像中国的现实生活中成人给孩子的解释，然后孩子用同样的话语来响应书中的内容。这个解释本身是带有成人立场的，是成人站在自身角度给孩子的解释，这似乎也从侧面说明了孩子对成人世界的理解基本是建立在成人的讲述和解释之上的。现实生活中的孩子大概是很难有机会在夜晚爬墙进入动物园，去看那些被关在笼子里的动物（这其实是书中的巨大的隐喻与象征）。孩子对成人世界的理解是有限的，也是单薄的，他们对自己的父亲到底在做什么，并没有非常明确的认识。而挣钱这一理由似乎与孩子能理解的"玩"是对立的，"挣钱"暗示着某些重要的事情，为了继续生活下去必须要做的事情，同时孩子似乎也能够意识到挣钱这件事与他们自己的生活是有所关联的。这种关联在孩子对零用钱的态度上可见一斑，但这种态度又似乎不是直接与他们的生活相关联的。例如，Z说"三年级的他已经没时间花钱了"，而事实上他真正想用钱来换取的就只是零食而已。C对零用钱的态度是更保守的，她把所有钱都存起来，将来"如果家里没钱了，就可以花她的钱"。C对零用钱的处理方式与她在访谈过程中表现出来的礼貌、规矩和成熟等特质是相吻合的，这样懂事的C也更容易对文本中的父亲进行善意的理解并给予同情。而在她心目中，现实生活中的父亲的形象似乎是与"零用钱的给予者""挣钱养家者"的身份联系在一起的。

再来看三年级 Y 和 L 对这一问题的讨论。

> 摘录 4-16
>
> N：你们觉得这个作者为什么画这样一个故事，（他）想表达一些什么东西呢？
>
> L：想表达……想表达这个女孩喜欢猩猩，呵呵呵。
>
> N：想表达这个女孩儿喜欢猩猩？
>
> Y：（低声地）你说得太简单。（L 笑了。）

L 提出了观点，但是停留在比较浅表的层面；Y 对 L 的观点给予了负面评价，但未形成自己的观点。这使得他们对此问题的交流难以继续深入。

相较一、三年级儿童读者而言，五年级儿童读者对谜题（故事情节）和主题之间的关联有更深刻的认识。五年级的两组成员都会把对主题和立场的理解与文本中的谜题结合起来考虑，意识到两者之间存在联系。五年级的 W 明确提出"她爸为了让女儿高兴，自己扮成大猩猩"，并在此基础上指出"中心思想赞扬了爸爸，括号，大猩猩爱女儿——爱女儿爱到疯了，自己忘了自己是谁，结果把自己当成大猩猩了"，一再对文本中的爸爸表示同情。

由 W 自述的经历可知，W 也是单亲家庭，平时自己由爷爷奶奶照顾，爸爸工作非常忙（这一点和安娜的父亲很像）。但是，她和爸爸的关系还是比较亲密的，"我告儿你我爸特喜欢这么着。嗯——宝宝——"还模仿爸爸跟她亲密的样子。她还想象如果自己遇到大猩猩会怎么办，"我会说，爸，你别装了，我早知道了"。

> 摘录 4-17
>
> N：那你们觉得他（作者）想，就是写这个故事想……想表达些什么呢？
>
> B：想表达——（被 W 打断。）
>
> W：想表达父女之间的 love 呢。
>
> B：嗯。

N：父女之间的爱。

B：对对对对对，她表达的看法，就是我的看法。

W对文本中父亲形象的反应前后非常一致，而B则是比较动摇的，在讨论不同话题时有过改变。在回应W的观点时，B几次提到"她爸爸会被累死的"，但是B所指的是W重构中的爸爸角色，尤其是W所重构的情节：爸爸为了让安娜高兴，辛苦扮演大猩猩。"嗯。就今天晚上她爸爸扮猩猩肯定会被累死的，还得先化上装，然后第二天早上还得再——（被打断）"，B还表示幸好他不是安娜的爸爸。在安娜独自看电视的那幅画中，B对爸爸还是有所抱怨的，"她爸爸也真是的，不给她买台大彩电。"这是比较物质性的抱怨，没注意到安娜的真正需求是情感性的。在W讲安娜生日早晨的那幅画时，B又觉得"她爸爸好帅哟——"这时，B对父亲的评价很正面。可见，B对父亲的态度是随故事情节和解读的转变而变化的，最后附和W的表述，还加以总结，认为安娜是"大猩猩的女儿"，并同意W对主题的概括。B还曾表示"要是我爸爸也能装大猩猩来陪我玩就好了"。可见他的思考也是代入式的，不过不是把自己代入到故事中，而是把故事代入到自己的生活中，并提出对自己父亲的希望。

五年级的I对主题的概括一开始是"（作者）喜欢大猩猩""人和大猩猩是友好的"。D表示了赞同，并补充说，"动物也应该有自己的自由""人和动物应该是平等的"。然而通过对谜题的揭示，在两人发现大猩猩可能是爸爸装扮的之后，他们对作品主题的认识立刻发生了改变。

摘录4-18

N：假设你们就把它想成这个大猩猩是爸爸扮的话，那你们觉得这个作者想要表达的东西有变化吗？

I和D：有！

I：有点儿。

N：是吗？说说。

I：就是爸爸……那个——（被D打断。）

D：爸爸也爱——（D未被打断。）

Ｉ：想让她快乐。

　　Ｄ：对，爸爸也爱自己的孩子，想让自己的孩子快乐，所以——（被Ｉ打断。）

　　Ｉ：孩子快乐？然后呢，所以他扮成这样。

　　Ｄ：嗯。

两人从爸爸扮演的动机分析，得出爸爸爱安娜的结论，Ｉ还从中读到了感动。

摘录 4-19

　　Ｎ：你们看完这整个故事就是……是什么样的一个心情呢？什么感觉呢就是？

　　Ｉ：我感觉一个是感动，一个是特别平淡。

　　Ｎ：（些许吃惊）感动？有感动的部分哟。

　　Ｉ：嗯。

　　Ｎ：感动在哪里呢？

　　Ｉ：就是……还是刚才……就是说，爸爸特别忙碌，不带那个孩子出去。但是在她过生日那一天，就……就放下所有的工作就带她出去了。

这种感动并不是Ｉ一开始就发现的，而是在不断思考、与同伴互相激发的过程中总结出来的，是在讨论过程中生成的思想。同时两人都表示，如果是安娜的梦，那么爸爸的动机就不存在，他们都没有质疑或指责爸爸对安娜的冷淡，而是接受了这些，认为作者主要想表达的是动物和人的关系以及动物没有自由的痛苦。

关于谜题与主题之间关系的认识，Ｉ在讨论过程中曾明确涉及过。

摘录 4-20

　　Ｉ：但这个是爸爸扮演的呢还是做梦还没搞清楚。然后呢，就一下就蹦到那个——要表达什么，这……这……太快了（笑）。

由此可见，Ｉ认为对内容的确定是第一步，在此基础上寻求要表达的主题是后一步，而内容的不确定性则干扰了对主题的概括。当访谈者询问他们为什么文本会写得模糊不清时,他们给出了精准的回答。

摘录 4-21

N：你们有没有想过那个作者为什么要把这个故事的线索写得那么……感觉模糊不清呢？就是感觉没有一个一定的答案的东西？

D：可能是让我们——（被 I 打断。）

I：想让——（被 D 打断。）

D：让我们去疑——（被 I 打断。）

I：发现。

D：对！让我们自己善于发……去发现其中的一些事。

I：然后去体会。

N：嗯！让你们自己去体会。

D：让我们有想象力，而想象力有……他为……他为什么要……这个可能是她爸爸扮演的有一个……要是她爸爸扮演的可能就有一个中心。如果是，她做梦也有一个中心。嗯，童话呢，也有一个，童话和做梦应该都有一个中心。

N：嗯，它可能……不同的……不同的故事就有不同的中心。

D：对，让我们都能……让我们去大胆地想象。

N：哦，大胆地去想象。

I：去想象他到底是爸爸扮演的还是做梦（笑）。就这个。

在访谈中，D 多次提到童话，而在这里第一次完整表述出故事的不同可能性，并把童话这一可能也列入其中，表示故事所描述的这一切都发生过。他还指出"中心"和内容可能性之间的关联，这涉及对情节和主题关系的探讨。D 还提到多种可能性的好处，认为这种设计让读者去疑惑和大胆想象。I 最后那句话可见她并没有真正理解 D 的意思，她对文本的理解仍带有唯一解读的特质，也并没有把这一切真的可能会发生（D 将其表述为童话）的这一可能性列在其中。

I、D 在访谈中，从反思作者为什么写这么模糊的故事，引申到之前对主题和中心的讨论。在这里，伊瑟尔所说的因格式塔形成的不一致对读者的影响比较鲜明地呈现出来。伊瑟尔（1991）指出，"读者在格式塔形成过程中产生的不一致性才呈现出它们真正的意义。它们具有这种影响，即让读者能够实际上意识到他所生产的格式塔的不适合性，以便能将自身从他所参与其中的文本中分离，并且从头开始去观察自己被导引的情形。这种在参与过程中体悟自身的能力是审美经验的一种基本特征。观察者在一个陌生的、中途的位置上发现自身：他被卷入其中，并觉察到了自身的卷入。"[1] 读者对潜在作者的创作目的进行分析，通过文本与真实作者形成了某种呼应，并质疑和反思之前自己对文本的判断，这一过程是读者超越自身、"观点转变"的一次尝试。

同时也要看到，I、D在讨论中更倾向于将自我和文本区分开来，具有相当强的客观性。在讨论之前他们对文本的评价是"太简单了，没有启发"，他们更专注文本所呈现的主题和意义，而不是自己对文本的解读。我们由此可以瞥见儿童读者对自身在阅读中地位的认识，这种认识会反过来影响他们的阅读行为：他们试图在作品中寻找什么，他们如何看待和评价作品，他们进入作品的可能性有多大，他们和作品产生了什么样的关联。这一现象是由读者对自身和文本的关系的认识造成的。虽然在之后的访谈中I、D对这部他们不喜欢的作品进行了相当深入的讨论，挖掘出很多有趣的话题，但他们仍然将解读作品主题和意义置于阅读的首要位置，并将此作为对文本的评价。这一方面显示出他们对文本深层结构的关注，另一方面说明他们对文本的响应和阐释并不是有意识的。在对主题的认识上，他们俩都认为"作品应该有一个主题"，这样的观念无论源自哪里，都展示出某种偏执一方的传统阅读观念和对作品评价的固定方式。

一年级读者对主题的把握出现比较大的差异，有的读者对主题的表述不输于高年龄的读者，只是这种表述需要等待，而且会在儿童读者无意识

---

[1] 沃尔夫冈·伊瑟尔：《阅读活动——审美反应理论》，金元浦、周宁译，中国社会科学出版社，1991，第161页。

状态下的自然流露。比如Q在访谈最后对主题不经意的表述令人眼前一亮，她说感觉在这个故事中，"越往后她就越快乐""这个大猩猩应该当她爸爸，那个爸爸应该当她梦中的那个人"。这样敏锐而充满诗意的表述不仅展示出她对作品的理解和对作品意图的把握，而且在此基础上形成某种尚未被概括或定型的对美好愿望的文学表达。需要我们注意的是，Q并没有意识到自己表述的可贵，她只是自然而然地在不经意间将其说了出来。而有的儿童读者对主题的概括则仅限于安娜喜欢大猩猩或人类和动物是好朋友这样的层次，多是在复述文本的内容，没有做进一步的深化。比如一年级的F、M和三年级的L都属于这一状况。

伊瑟尔（1991）从阿尔弗莱德·舒茨那里借用一对术语"主题与视野"来描述视点结构，这一概念对本书也同样适用。伊瑟尔认为，作为文学文本的作品是不同视点的汇集，这些视点包含叙述者视点、人物视点、情节视点和为读者标出的视点等四个视点，伊瑟尔称之为文本的"内在视点"。伽达默尔（1999）指出，所谓视野指的是"从一个观察点上可见的一切"[1]。伊瑟尔认为，"正因为诸视点相互交织、相互作用，所以读者就不可能全部囊括所有视点，因此他在任何时刻采取的视点都构成他的'主题'。"[2]。值得注意的是，伊瑟尔对主题的理解比较宽泛，他并不认为主题指的是整个文本的主题，而是指在阅读过程中读到某一具体内容时才存在的主题。在描述"主题与视野"时，伊瑟尔这么说："视野并非任意选择的，它由先前阅读的主题成分构成。例如，如果读者眼下读到主人公的某个行为——这就是此刻的主题——他的态度就由过去对主人公的态度的视野决定着，而且受制于叙述者的观点、其他人物的观点、情节的观点和主人公本人的观点等等。"[3] 因此，在阅读进行的过程中，随着阅读行为的继续，可将

---

[1] 汉斯·格奥尔格·伽达默尔：《真理与方法》，洪汉鼎译，上海译文出版社，1999，第286页。
[2] 沃尔夫冈·伊瑟尔：《阅读活动——审美反应理论》，金元浦、周宁译，中国社会科学出版社，1991，第116页。
[3] 沃尔夫冈·伊瑟尔：《阅读活动——审美反应理论》，金元浦、周宁译，中国社会科学出版社，1991，第116—117页。

主题分为之前的主题、此刻的主题，之前的主题决定了此刻的视野，此刻的主题又由过去的视野所决定。在伊瑟尔所定义的主题范围内，因视点的转移而造成的主题转移是可以被理解的。然而，本书主要研究的是阅读完整个文本之后儿童读者对文本的观点、认识和立场，笔者所指的主题并不是读到主人公的某一行为而产生的"此刻的主题"，而是指基于对作品的整体把握而产生的具有涵盖整个作品的主题。即便在读完作品后，对整部作品主题的把握仍然会出现变动或转换。需要特别指出的是，在伊瑟尔看来，主题与视野结构是文本所具有的构成文本和读者之间的主要联系。关于这一结构与文本的关系，伊瑟尔（1991）是这样解释的："主题与视野的结构隐含在一切视点的组合中，它使得文学文本能够完成其交流功能，即保证文本对世界的反应能够引起读者相应的反应。"[1] 由于伊瑟尔所定义的四个内在视点仍然指的是文本的视点，而隐含于一切视点的组合中的"主题—视野结构"也是文本所具有的。从这一点上来说，伊瑟尔的理论仍具有强烈的文本分析的特质。他的接受美学理论虽将读者纳入到审美领域中，却仍旧专注于对文本结构的探讨。他关于主题与视野结构产生影响的方式的描述仅限于理论，一旦遭遇到现实读者则出现诸多问题。笔者通过对现实读者的研究发现，主题和视野结构是读者的个人选择，无论读者在选择过程中是否受到文本或他人的潜在影响，无论何种因素对读者的选择过程造成或大或小的影响，最终决定选择何种视野并从该视野出发获得主题的决定权掌握在读者手中。读者有权对此做出选择并获得不同的视野和主题，有权选择这一视野或不选择这一视野，由此形成了读者对文本理解的差异性。

张廷琛主编的《接受理论》中收录的伊瑟尔的文章指出，"只要有两个以上相互联系相互影响的立场，就足以构成一个参照域——这是所有理解过程的最小组织单位，也是游移观点的基本组织单位。"[2] 虽然游移视点与

---

[1] 沃尔夫冈·伊瑟尔：《阅读活动——审美反应理论》，金元浦、周宁译，中国社会科学出版社，1991，第119页。
[2] 沃尔夫冈·伊瑟尔：《文本与读者的相互作用》，载于张廷琛编《接受理论》，四川文艺出版社，1989，第53页。

本书的研究领域无关,然而伊瑟尔对参照域和立场的论断却符合本书的论断。安娜和父亲构成了相互联系和互相影响的两个立场,由此形成了参照域,为读者的观点转变提供了契机,无论是站在安娜的立场上,还是站在父亲的立场上,都能以此形成情节上的意义所在,从而形成封闭的格式塔。

综上所述,儿童读者表述的文本主题主要分为两大类:一类是人类和动物是朋友,这是基于安娜喜欢大猩猩的前提而得出的主题,是从安娜在做梦这一情节中推断出来的,是对安娜和大猩猩的关系的引申;第二类是父母的爱,这是基于安娜和父亲的关系而得出的主题,是从父亲装扮大猩猩的情节推断出来的,是对父亲角色的同情与引申。低年级的儿童读者对主题的概括状况不一,即使表述非常到位却对此缺乏意识;高年级读者很专注于对文本主题和意义的探寻,能够发现谜题和主题之间的关系。主题与视野这一概念能有效解释读者在主题和立场中的观点转变,然而这一概念并不是如伊瑟尔所言为文本所具有的,而是由读者决定选择何种视野,概括出何种主题,这一概念从侧面说明了读者对文本理解的差异性。

### 4. 特殊反应阐释

在安娜和父亲的立场之外,儿童读者还发现了其他立场,这也是值得关注的。这一特殊的立场既不是安娜的立场,也不是父亲的立场,而是从大猩猩的立场看问题。在讨论为什么动物园里的猩猩都不穿衣服,而只有这只猩猩穿衣服时,M、F给出了富有创造性的解释。

摘录 4-22

N:你看在动物园里的猩猩都没穿衣服,为什么它穿……它穿衣服呢?

F:因为这个是在梦里。

M:它不想让别人知道它是一只猩猩。

N:哦!不想让——(被F打断。)

F:(急切地)不是……不是他,那个人——(被M打断。)

M：不想被……被猎人抓——（F试图插话。）

F：（急切地）他不是那个——（被M打断。）

M：被那个动物园的人抓住。

N：哦。

F：（急切地）不是这个意思！是它——（被N接话。）

N：什么意思？

F：不想让那个……那个大猩猩它知道它们是同类，大猩猩一看就知道这是它们的同类。它是不想让大猩猩知道它和人生活在一起。

  F一开始的解释重回谜题，梦确实是一个通用的解释。M则提出了另一种和爸爸无关的解释，这种解释很有想象力。M、F在M的解释上进行补充，认为大猩猩是怕被动物园的人抓住，所以穿衣服隐藏自己，这里已经从大猩猩的视野去看问题了。F做进一步的解释，认为大猩猩是想向在动物园的同类隐藏自己的身份，很快F就阐明了原因。

摘录4-23

F：跟人生活在一起，它们……大猩猩就会觉……别的大猩猩就会觉得很过分。嗯，跟大猩猩过在一起……好好的，干吗要跟人过在一起？

M：啊。

N：哦。你觉得这是……它们会觉得生气是吗？其他大猩猩？

F：嗯，对！

N：哦，哦，是因为这个。

F：自己住，而且还有一点，就是它自己出去，自由了。不把我们（指动物园的大猩猩）放出去自由，（我们）也觉得特别过分。

  F给出的原因具有阐释大猩猩心理活动的意味，而且具有比较排他的群体意识。之后，F又在此基础上进一步从动物园里的大猩猩的视角入手分析问题，这也是一种新的解释。两人对这一立场的解读继续被概括为主题，这一主题很值得关注。

**摘录 4-24**

N：哦！你们那个就看完这整个故事，觉得这个作者呀，就（是）画这个故事的这个人，他想……就是跟你们说一些什么呢？就想、想表达一些什么意思呢，他画这本书？

F：（边想边说）他可能想表达……想表达大猩……你看起来大猩猩特别凶猛，可是它也有善良的时候。

N：哦，大猩猩也有善良的时候。

M：它有善良的心。

N：哦，它有善良的心。

F：对。它有……它也有一颗善良的心。

这是访谈中唯一一组从大猩猩的视野获得主题的儿童读者。他们这一立场和主题的概括显示出重要特质：文本中的不同人物，无论是主要角色还是次要角色，无论是否会表达自己的观点，无论在文本中占据何种地位，都有可能为读者所发现并形成自身的立场。

### 5. 文本为读者观点转变提供的镜像

儿童读者在阅读和理解图画书的过程中，带着对自己的反思，带着疑惑和不解，会从文本中发现线索，同时又倾听别人的观点。那么文本是如何提供空间让他进行想象和做出解释的？这就是本部分试图讨论的问题。按照伊瑟尔的说法，文本本身提供了多样化解读的可能性，这就是文本的"开放性结构"。然而笔者认为，文本是不可知的，你如何知道文本试图提供什么和已提供了什么？我们知道的只是读者是如何对它进行理解和阐释的。同样道理，我们难以确定作者安东尼·布朗在创作之初是否就有这样的设计在里面，也难以评判这样的设计是否真的会对读者起作用，或是这种解读仅仅是由于读者自身的阅读造成的。真实作者和文本之间隔了一层，文本与被读者解读和理解了的文本之间也隔了一层。

笔者认为，《大猩猩》所具有的多义性并非文本本身所具有的，而是读者通过阅读和讨论发现的。经过读者的阅读和讨论，已有的文本将会生成新的文本，即由读者构建的文本。由于读者自身的差异性，他们建构起的新文本各不相同，文本向他们呈现出不同的面貌，因此多义性才得以产生。然而我们将读者的种种不同的解读归于文本自身，以为多义性是文本自身所具有的，这是一种误解。关于新文本的问题，之后还会详细阐释，本部分先说明文本为读者所提供的究竟是什么，以及文本和读者的关系为何。文本为读者提供的并不是固定不变的多样化阐释的空间，而是不断转换的读者自身的镜像。文本是一面镜子，映照出读者自身。读者从这面镜子中看到的，正是他从文本中所读到的，是他建构起的新文本，这一新文本为他自己所有，被他所理解和体验，是他的所有物。

当然不可否认的是，文本本身也包含很多转变，从故事的开头到结尾，我们可以发现主人公心情的转变、爸爸的转变。文本中这种人物的转变是很有戏剧性的，在开头、结尾之间一定发生了什么，才会造成这样的改变，这似乎也符合编故事的技巧。而这样包含转变的文本似乎与读者的观点转变之间存在一定的联系，似乎正是由于文本的转变而引发了另外一系列的转变：作为读者的观点转变。然而通过研究发现，读者的观点转变并非是由文本造成的，因为这一转变并不是发生在每位读者身上，有从头到尾坚持观点的读者，也有难以根据文本得出自身观点的读者。读者具有相当程度的自主性，可以对文本做出不同的反应。读者所具有的能动性及其在阅读中对文本的创造性阐释体现出了难以预估的巨大价值。笔者认为，即使文本具有某些希望读者达成的意图，然而文本的这一倾向在读者面前未必能够达成，读者有权利接受某些文本的"诱导"，但也完全可以表示拒绝。读者对文本的观点转变是在自身所构建的新文本的基础之上的，这种转变伴随着新的发现。从根本上来说，文本为作者提供的是"镜像"，读者通过文本看到自己，对文本的重新解读也是读者对自身的再度发现。

本书的文本不是一般的文本，而是图画书文本，文图结合的叙述方式使其具有有别于文字文本的特殊性。下文将以笔者为读者，从图画书文本角度来分析人物。文本中一共出现了三个主要人物：安娜、爸爸、大猩猩。图画书中的文字部分是以第三人称写的，理论上应该是客观的全知视角。但在叙述中呈现出一个重要特点：文字描述更偏重于安娜的感受、喜好和情绪。这一视角和描述的特点会为读者带来如下阅读感受：读者通过文字描述所感知到的是客观的事实，而且是关于事实的全部信息。这从某种程度上会让读者易于忽略故事中的另一个人物（父亲）的感受、喜好和情绪，同时又较难意识到这一点。因为如果文字是以安娜的第一人称"我"来描述的，读者就能很清晰地感受到视角的局限性，并反思这一局限性。另外，作者选用第一视角和侧重性较强的描述方式。这样的方式有两个优势：一是能够描述主人公安娜所不知道或没有意识到的事情；二是能让读者了解或"看到"这些事情。比如若用第一人称视角来处理夜晚猩猩变大的情节时就会遇到一些问题，仿佛安娜已经知晓事情的发展和夜晚的不可思议，这会使故事的神秘感减弱。然而，第一人称描述会让读者更有代入感，而第三人称则更适合读者用旁观者的角度去看整个故事，并和人物划分出界限，内容上有极强倾向性的文字描述使读者的情感天平很快就倾向于年幼的安娜，并由此对父亲的行为产生不满。同时，第三人称叙事者与作品人物保持一定距离的叙述方式也为读者看到安娜所看不到的、体会安娜所不知晓的世界（成人世界的无奈）提供了空间。正是因为读者比安娜看到更多的信息，所以才可能得出和安娜不一样的结论，对父亲的态度产生改变，对大猩猩和父亲的关系产生怀疑。由此可见，从文字描述的视角来看，第三人称叙事的文本为儿童读者提供了接近主人公安娜、从人物中抽离且通过一定距离去看待人物的可能；第三人称叙事为文本中谜题的表述提供了某种客观视角和不可解释的神秘感。

　　图画书是由文字和图画结合来讲述故事的艺术形式，除了分析其文字层面，也需要对画面进行分析。图画则不仅提供视角，也提供不依赖于视角存在的信息。比如画面中的香蕉，在文字中从未被提及，但是画面以沉默不语的方式揭示出来。在这一画面中作者采用了第三人称视角（也就是旁观者视角），这一视角既展示出潜在读者的视角，又与真实读者的视角保持一致。然而视角所提供的视觉信息（香蕉、墙上的画、爸爸的姿势、安娜闭着的眼睛等等）并不包括在视角本身之中，而是存在于视角之外的具有相对独立性的信息。

画面有它自身的叙述方式，这种方式与文字叙述结合之后形成了某种既互补又对照的美妙合奏。从画面的视觉中心和主体内容来看，画面最先画的是安娜，不管是在封面、扉页，还是环衬的第一幅小图画，安娜都占据绝对的中心位置。但是画面所呈现出的视角却各不相同，以第三人称视角和第一人称视角为主。封面画的是安娜和大猩猩，是从第三人称视角（全知视角）进行描述并提供信息的。第二幅图（见正文第3页）虽然出现了爸爸的形象，但是从画面的透视角度及其产生的延伸感而言，爸爸是坐在我们（读者）对面的，而图中的安娜则背对着我们，也就是说，读者的位置被设置在安娜的身后，透过这样的位置看到了图画中的场面。这样的第三人称视角所形成的画面透视使得读者更容易透过安娜的视角去看、去听、去感受。文本从一开始就形成了转变不定的"叙述视角"，既提供空间让读者站在安娜的角度去体验整个故事，有时又拉开与安娜的距离，站在旁观者的角度去看待整个事件。

在文本之后的叙述中，我们可以发现无论是在文字还是图画里，安娜和爸爸的隔膜都越来越明显，通过一系列精心设计的对照，两人的逐步分化、对立被表现出来。比如在早晨的厨房（正文第3页），或者在夜晚的书房（正文第5页），父亲都忙于手头的事情，沉默地忽视着安娜的愿望。这两幅图都是安娜的第一人称视角。之后就出现了两幅非常具有象征意味和饱含情感的画面：安娜独自一人看电视（正文第7页），安娜在卧室床上的画面（正文第9页）。这两幅图都是第三人称视角，通过一个不存在的第三者看安娜的孤独和困境。在访谈中可以发现，儿童读者对安娜看电视的画面（见正文第7页）反应都非常大，他们都提到了这幅画中强烈的情绪指向，而这与画面中所包含的心理空间的营造密切相关。画面中的房间十分宽敞，房间里面只有一台放在地上的电视机，电视机的光笼罩着独自坐在角落里的安娜，甚至连那光都让人觉得冰冷。安娜吃着简单到不能再简单的三明治，或许这就是她的晚餐；她必须要自己去面对整个黑暗的房间，唯一可以听到的声音就是电视里的声音。通过绘画的内容、构图、颜色、光线的设置，以及视点的聚焦，营造出一种心理空间，以描绘安娜此时的心情。

# 第四章 研究结果二 儿童读者对人物及主题的反应

再配以文字上的描述，作者把安娜的孤独、苦闷、寂寞表达得淋漓尽致。这幅画是每个受访者都提到的画面。到这里（文字和图画共同的聚焦点），安娜和爸爸的对立已经形成，而这种人物上的对立会潜在地要求读者选择自己的立场。

在故事的后半部分，当大猩猩出现时，通过大猩猩的行为与爸爸的行为的对比，这种对立从某种程度上得到进一步加强。在故事叙述中，尤其是在画面的设计上，作者运用了相当多的对比和对照，使儿童读者能通过比较来深入思考和解读故事，并促进对爸爸和大猩猩关系的理解。比如大猩猩的餐桌和爸爸的餐桌那两幅画（见正文第3页和正文第23页），类似的构图，却选用了不同的颜色和冷暖调、不同的人物行为和表情、不同的背景和桌布、不同的食物，传达出完全不同的感受。这两幅画中蕴含着充沛的情感指向，作者通过象征手法、借助于色彩和构图达成了画面的情感指向。作者在画面中营造的空间并不单纯是现实空间或超现实空间，也有明显的对于人物心理空间的勾勒，比如安娜独自看电视的画面。此外还有爸爸提着包去上班和大猩猩半夜背着安娜爬围墙的两幅画（见正文第4页、16页），也塑造出了日常的、无趣的、刻板的生活和幻想的、惊险的、不可思议的生活之间的反差。还有安娜趴在爸爸的椅子后面看着爸爸，安娜被大猩猩扛在肩膀上看着前方，以及生日前一晚安娜慢慢上楼和生日早晨安娜飞快跑下楼的画面（见正文第6页、24页、8页、28页），还有大猩猩挽着安娜的手的背影和爸爸挽着安娜的手的背影（见正文第22页、30页），这些对比和反差都以图画的方式出现，默默地敲击着读者的情感，呼唤着读者从故事中找到自己的立场，并对故事中的谜题进行思考。

当然需要说明的是，上文的这些描述是笔者将自身作为读者对文本所进行的解读。在对儿童读者的访谈中，上述内容并未完全被其发现和阐释，比如不少儿童读者即使经过提醒也并未发现画面之间的对照和相似性。也就是说，文本向儿童读者所呈现的面貌和其向笔者所呈现的面貌是不同的，并不能因此就认为儿童读者所读到的不够充足或者未领会作者的意图。正如前文所述，只是由于读者各自的差异性而进行着不同的文本的阐释和建构。笔者是在自身作为读者和研究者的基础上对文本进行阐释，从而做出上述分析，力图详尽完整客观，但仍旧难以免去个人化解读。

笔者认为，通过文字和画面的叙述视角之间的合力，形成了较为鲜明的"潜在读者"的立场，也就是说，当安娜的愿望和父亲的行为产生冲突时（这种冲突一直存在，继而又被大猩猩出现后的故事情节强化了，并形成了相对立的立场），"潜在读者"更易于站在安娜的角度去看待问题，与安娜的情绪达成共鸣。而这似乎也从现实读者身上得到了验证，受访的儿童读者都对安娜表示出某种程度上的支持。鉴于安娜的年龄和感情需求，文本叙述（无论是图画还是文字）都呈现出较为明显的儿童视角。儿童视角的设定会让儿童读者更容易进入到故事之中，因为故事的主人公及其感受与儿童读者自身感受有更多的共通之处。第三章曾讲到文本中的文字包括大量没有言明的内容，比如文本似乎暗示在生日前一天晚上是爸爸给安娜买了玩具猩猩（见正文第8页），然而其中仍存在问题：如果安娜直到晚上才跟爸爸诉说了生日愿望，为什么半夜爸爸就把猩猩买来放在床脚了呢？是爸爸连夜出去买的，还是爸爸早早就知道了安娜的愿望，为她准备好了礼物？这些未被提及的文本空缺对塑造父亲这一形象或许有些用处，然而却被刻意省略了。笔者之所以认为这些内容是被刻意省略的，是因为这种对于父亲的省略在文本中是始终统一的。无论是在文字和图画中，还是在整个行文表述中，安娜父亲形象的模糊性这一设计，从某种侧面说明文本仅仅强调了他作为父亲的这一身份，而他的真实自我始终不被理解和关注。从这个意义上说，文本中的父亲形象尤其孤立和苍白。作者所展现的很可能是安娜主观视角中的父亲形象，是带有安娜心理感受的父亲形象，而并不是父亲自身。要回复到父亲自身，解释其行为的理由，则需要儿童读者对人物进行创造性建构。

即使在儿童视角的笼罩下，读者也可以从其他的立场对文本进行解读。有趣的是，文本并未在文字和图画中对另一人物——爸爸的行为进行价值上的直接判断，而只是做客观的陈述，并为父亲这一形象留下了大量空缺和未定点。由此，父亲所代表的成人立场（我们姑且这样称呼它）的隐蔽性和对成人立场解读的可能性被小心翼翼地保留下来。文本没有故意设置线索，以便读者去发现这一成人立场。直到读者提出对父亲的同情，为父亲的冷漠寻找理由，这一隐性立场才凸显于众人面前，获得了真实而动人的力量。

虽然说对文本的解读是读者发现的，对立场的坚持是读者提出的，然而文本仍然提供了不断转换的读者自身的镜像，使读者具有发现和提出的文本基础。从文本角度而言，《大猩猩》这本图画书的优秀之处不仅在于读者可以对故事进行多角度地理解和阐释，更为重要的是，它同时具有两种不同甚至是对立立场的解读的可能性，我们通常认为两种立场是不可能同时存在于同一文本中的。然而当文本只是呈现而不作解释和判断时，那么做出判断的就是各位读者，他们得出的判断也是多种多样的。这些判断受读者的所见所闻所感影响，都包含着他们自身的差异性。正是由于《大猩猩》这一文本本身并不包含对人物行为的单一价值判断，而是把建构和评判的机会留给读者，这才使得读者可以从不同立场去解读文本，获得对不同主题的认识。儿童立场、成人立场这两种立场之间存在着解读顺序的先后，这种先后往往是由立场的彰显和隐蔽造成的，而不是由理解的难易程度造成的，也不存在理解深浅上的判断。至少首先被笔者解读到的，是在文本的设计下更容易被发现的是比较明显的层次中的问题，而这种层次上的区分又受到图画书的首要读者（即儿童读者）的影响，在文本的设计上兼顾了儿童读者进入故事的容易度和可能性。

《大猩猩》的文本在用各种方式塑造和强化儿童立场的同时，把成人立场的种子埋得很深很深。当读者同时从两个立场去解读这个故事时，他们会获得更深的情感体验和对日常现实的认识。"父亲"一直都在那里，只是在这一刻，读者会感到自己仿佛通过这样的认识使得自己对这一词的理解变得完整了。即使对成人读者而言，这也是非常重要而深刻的体验。因为在这一过程中，他们突破的是自身以及对自身的认识，这种突破是具有超越性质的。文本里充满哲学意味，充满抽象的、反思的、不合常理的想法，本身就具有某种超越的可能。文本中抽象的思维方式及其所隐含的哲理，让我们得以超越现在的自己，这是真正优秀图画书的魅力之所在。更深入地说，文本也为我们提供了一种和解的可能，而这种可能正是建立在文本展示给我们的那种对立的基础上的。当读者终于发现了这种可能，就会发现选择哪种立场并不重要，重要的是不同立场间的相互理解。在书中，安娜和爸爸可以通过夜晚的幻想经历真实的感受，从而获得和解。那么在现实生活中，我们又该怎么做呢？儿童读者C向我们提供了一种和解的方式。正如文本所展示的，表面上看上去是对立的双方，其实是互相渴望、互相依存、彼此相爱的。同时文本以一种非常宽容的、超越性的叙事态度，体现了对看似对立的双方的理解，让人感到在这个短短的故事里包含着大大的慈悲之心。读者立场的转变是对自身已有限制的超越，也是对他人的重新认识和理解。然而，换一个角度看问题，看似简单，其实并不容易，需要有转换角度的意识，并且真正从内心深处接受原本自己所不知道或不认可的事情。阅读和讨论是一条通往理解的道路。一个一直未被理解的父亲形象，一个忍辱负重、受到指责却无法为自己辩解的父亲形象，从书里走出来，触动了我们的心灵。进一步去想，书中成了理想父亲形象的"父亲"（大猩猩），不就和电影里无所不能的超人猩猩一样吗？这么想，我们放下书时，似乎就理解了现实中总是沉默的父亲。

　　从对谜题、人物和主题的分析可以看出，三个年龄段的儿童读者都常常说出不同的观点来反驳自己之前的观点，从而达成观点转变。有的儿童读者没多久就改变了自己的想法，我们可以说他的立场不够坚定，也可以说"他还没有站定立场"。笔者曾向他们指出这一点，询问为什么他们的说法前后矛盾，可是他们自己无法回答这一问题。尽管如此，我们从研究中发现，他们并不固执于已有的观点，他们在深入探索故事的时候，坦率而真诚，愿意顺从于自己的内心，从而关注当下的感受，而并不关注自己观点的连贯性和统一性。笔者认为，当孩子以读者身份出现时，他们身上的这一点特质是最能打动笔者的地方。也许我们会认为那只是因为他们逻辑性不强，他们的观点还没有真正形成，或者用他们的阅读水平有限、他们的分析能力不够成熟等因素去解释这个问题。但是，他们那种随时反驳自己的姿态、不固守已有认识而随时接受认识的倒塌和重建的精神，让笔者看到了他们思维的活跃，看到他们在对文本进行意义建构的过程中生成的更多的可能性。当然这并不是说这种状态是完美无缺的，笔者承认，儿童读者也存在自身的局限，比如他们很容易被新的观点吸引，提出看法后不太懂得继续深入，他们在讨论中并不会有意识地在解决某一问题后才开始新的问题。（他们对问题是否已解决的认识比较模糊）他们的观点比较细碎，也较为凌乱。然而所有这些局限都无法遮掩在访谈过程中，当有新想法冒出来的时候，那种美妙和欢乐的体验——那是儿童读者的智慧和声音。

这种儿童读者的智慧和声音与文本的智慧和声音形成合奏与共鸣。儿童读者们敏感地意识到在图画书中被对立起来的双方，其实并不是真正对立的。当安娜的失望、孤独和伤感的情绪笼罩着我们的时候，我们或许会深刻地感到这种对立，一堵无法逾越的高墙耸立在安娜和父亲之间。但当这种情绪逐步得到缓解，或者当儿童读者用自身的经验去理解父亲，他们就会为他们所爱的人（父亲）找到一个理由，并用这个理由来解释图画书中父亲的行为。这种理解方式本身是建立在孩子（现实中的儿童读者）对父母的爱和信任之上的。当成人读者从书中反思父亲的冷漠与疏离时，儿童读者也在为安娜的不理解和伤心寻求一个合理的解释。在寻求解释的过程中，他们看到了成人的无奈，同时理解了这种无奈。从这个意义上来说，文本中不断被强化的对立设置被无形地化解了，文本在读者的阅读过程中实现了对其自身的超越，至此文本的镜像功能被进一步显现出来。儿童读者以自己的方式重新理解了父母与孩子的关系，化解了双方的对立，在安慰了安娜的同时也被安娜安慰着。（C说她最喜欢最后一句"安娜很快乐"）理解成了安慰，现实中可能存在的矛盾在对文本的解读中得到了和解。而这种"和解"的重要意义之一在于它使我们避免了在自身和最爱的亲人之间做出选择，这样的选择将是非常残酷的。从现实意义上讲，这样的文本设计让现实读者看到别人的家庭和别人的故事，让孩子们以此来对照自身，形成对自我的反省，让孩子们与父母之间互相理解有了可能。就这一点而言，儿童读者所建构起的文本本身具有相当重要的现实意义。

综上所述，多义性不是文本本身所具有的，而是因读者对文本进行了个性化阐释才产生的。文本为读者的观点转变和多义性阐释提供了镜像，文本是一面镜子，反射出读者自身的差异性。从文图结合的角度来看，文字部分和图画部分综合运用了不同的叙述视角和叙述方式。安娜的主观视角的运用使儿童读者的代入感变得很强烈，同时使得父亲角色的空缺空前巨大。儿童视角是读者最容易发现的视角，然而文本并不否定"成人视角"（以父亲的处境和立场为依据）的生成。在儿童读者的解读中，成人视角彰显出对父亲的同情以及父女之间和解的可能。

### 6. 理论建构

#### 6.1 意义个体化

在探讨主题和中心思想时，意义问题就不可回避地摆到笔者面前。意义来自哪里？伊瑟尔认为，意义来自文本和读者间的相互作用，他强调读者的能动性和相互作用。然而，作为其理论的重要组成部分，召唤结构是文本的内置结构，游移视点是文本自身的特质。由此看来，伊瑟尔的读者反应理论仍旧非常偏向于文本的意义，具有相当的不彻底性。而伊瑟尔也意识到这一点，他在《阅读活动——审美反应理论》一书中这么说道："当前，心理语言学实验已经揭示，意义不能仅仅通过直接或间接地译解字母单词，而只能通过群集的方式来汇集。"[1] "文本的真正意味所在，是在阅读时我们反作用于我们自己的那些创造物的活动之中。"[2] 从以上伊瑟尔的观点中仍然可以看出，他认为的意义仍是"文本的意义"。按照他的观点，任何一部作品意义的生成，都需要读者的积极参与，每一个读者都发挥思维与想象的作用，去解读作品，对文本中的"空白""未定点"进行"填空""对话""兴味"，从而发挥作为接受主体对作品意义产生的再创造作用。但这并不是说，如此得到的文本完全是读者的主观构成，作为读者创作活动而出现的解释

---

[1] 沃尔夫冈·伊瑟尔：《阅读活动——审美反应理论》，金元浦、周宁译，中国社会科学出版社，1991，第142页。

[2] 沃尔夫冈·伊瑟尔：《阅读活动——审美反应理论》，金元浦、周宁译，中国社会科学出版社，1991，第155页。

范围，毋宁说是对文本"不可穷尽性"的证实。"换句话说，通过阅读，读者找出文本的'空白''未定点'，而读者所发现的则是作品文本的意图所在。文本的意图是多重的甚至是无限的。但又永远隐含在文本之内，处于作品本身的范围之内，最终都可以追溯到作品的文本。因此，读者的活动，只是实现已经隐含在作品结构中的东西。"[1]

那么意义真的如伊瑟尔所言是文本内置的吗？为了讨论这一问题，我们先来回答另一问题，即意义是由谁产生的？然而回答这一问题的前提是，承认意义是由某一特定的对象产生的，即默认了这一对象已然存在。如果我们把这一问题转化为"意义是如何生成的"，则能通过改变提问的方式，考察意义的生成过程，将目光聚焦在读者和自身、读者和文本、读者与读者的互动关系中，重新定位读者、文本在意义生成过程中的地位和作用。"意义是如何生成的"这一问题是研究文学和阅读的核心问题，关系到人们如何来认识文学阅读，以及如何来开展相关的欣赏、批评和教学活动。早年的作者中心论认为意义是由作者赋予的，在作者的创作过程中意义就已经产生，于是人们不遗余力地研究作者的创作意图及其意图对作品的投射；后来随着新批评的兴起，文本中心论逐渐进入人们的视野，他们毫不迟疑地重新回答这一问题：意义是由文本产生的。他们宣称"作者已死"，提出"创作谬误"和"感受谬误"，认为只有作品才是意义的唯一提供者。在这样的观念之下，人们自然倾向于将作品与作者、读者及其所处的时代背景中抽取出来，以微观的方式对作品本身进行细致的分析。到了 20 世纪 60 年代，随着接受美学和读者反应批评理论的兴起，文本中心论被读者中心论取代，造成了文学理论和阅读史上的一次颠覆性认识，一贯被认为是被动接受者的读者第一次进入文学研究的视野。伊瑟尔（1991）提出文本和读者之间的相互作用，他认为文本具有某种隐含的结构，给读者提供某些"空白"和"未定点"，由读者主动去填补，在这一过程中文本才真正转化为"作品"。伊瑟尔的理论将读者的重要性揭示了出来，读者在阅读过程中

---

[1] 李士军：《费什读者反应批评理论研究》，硕士学位论文，黑龙江大学哲学与公共管理学院，2011，第123页。

与作品发生关联。然而，伊瑟尔仍然认为文本中蕴含着能对读者产生作用的"文本结构"。费什（1989）则将读者的作用提到新的高度，他认为"意义即事件"，阅读行为本身就具有意义。这一观点的开创性在于在该理论体系中读者成了意义的给予者和建构者，阅读中的读者对作品的感受（主要是指文字作品）成了研究对象。当然，费什在赋予读者对作品的决定权的同时也指出，他所指的读者是"有识的读者"，他对读者的文学素养和表达能力是有要求的。

在这里重提这一问题的重要性在于，如果意义是作品已经具有的，那么读者的任务就是去如实地寻找并理解它；如果意义产生于读者，那么读者需要更加主动地去思考和探究，从而赋予作品以意义。

笔者认为，意义不是文本所具有的，而是读者建构的；意义不是生来就有的，而是逐渐生成的；意义的产生不是一蹴而就的，而是需要经历一个不断变化、转换、调整、平衡的过程。通过对意义的追寻，读者形成不同的观点，并在这一过程中达成观点转变。意义的生成具有某种偶然性，意义是针对读者个人的意义，个体发现意义的时间、契机，发现的意义的具体内容，对自身的影响，自身对意义的感受，都会因个体而有所不同；不存在能涵盖所有读者的个性和差异性的意义。从这个意义上说，意义是个体的意义，意义只有作用于个体才能彰显其价值，这就是意义个体化。

那么意义个体化是否会带来相对主义、个人意识过剩等问题？笔者认为，阅读中的意义个体化强调的是意义的个人属性，认为意义不是文本所固有的统一的意义，而是在读者差异性基础上形成的个人的、独立的意义。意义的个体化主要是通过读者与自我、读者与文本之间的互动而实现的，由此我们可以看出读者在阅读中的重要地位。所谓普遍性的意义，从根本上来说是不存在的，但是个体化的意义之间通过汇集、激发、交流和对话，可以形成能够被众人共同认可和接受的意义，这一共识的意义需要读者与读者之间的互动来达成。

文本作为镜像，映照出读者自身的面貌。读者的响应是在对文本信息的重组、概括、质疑、反思的基础上，通过自身的特质凝结而成的，由此将生成属于读者自身的新文本。文本的意义并不存在最终答案，是存在于对意义的追寻和探索的过程中的，始终是未完成的。文本为读者提供了一个可以被讨论、交流和分享的平台，借助于文本读者达到对自我和世界的重新认识。上述结论也适用于儿童读者。从上述视角上来看，儿童读者与成人读者并不存在本质不同。当然儿童读者的阅读有其特殊性，图画书作为一种特殊体裁也有其特殊性，这在后文中会加以论述。

### 6.2 对阐释循环的解释

狄尔泰把传统解释学推进到更为完善的阶段。狄尔泰认为，要实现对这些文字的可靠性阐释，应当"通过文字重建作者当时的生活，达到对于过去历史的认识和阐释；要真正理解作者和作者的生活，进而理解当时的历史，必须先理解作者的本意。不过狄尔泰看到，要实现这一目的，阐释者会陷入'阐释的循环'"。[1] 所谓"阐释的循环"，"是指阐释者对一个文本整体意义的理解，必须通过局部词句的理解来完成，而对局部词句的充分理解又必须假定已经有了对整体的理解。这是一个互为前提、互为因果的循环论证过程，不仅存在于文本字句与全文之间，也存在于文本细节与主旨之间。"[2] "从理论上来说，我们在这里已经遇到了一切阐释的极限，而阐释永远只能把自己的任务完成到一定程度。因此，一切理解永远只是相对的，永远不可能完美无缺。"[3] 不过，狄尔泰没有因此放弃他追求的目标。进入20世纪后，他开始在胡塞尔现象学中寻求解除"阐释的循环"带来的影响。

笔者认为，狄尔泰所认为的相对的理解程度与对意义的追寻是一致的。文本不存在终极的意义，也不存在所谓完美无缺的理解。然而阐释的循环这一问题是否可以通过这样的方式来解决：读者在阅读过程中通过对局部词句、图画的信息叠加来逐步了解文本的全貌，此时无论是对局部词句和图画信息的理解，还是对整体文本的理解都处于动态变化之中，读者在阅

---

[1] 马新国：《西方文论史》，高等教育出版社，2008，第124页。
[2] 同上书，第599页。
[3] 张隆溪：《二十世纪西方文论述评》，生活·读书·新知三联书店，1986，第180页。

读过程中不断调整其可能性，并逐渐获得大致形态和整体把握。因此，读者的阅读过程是一个渐进的动态过程。也就是说，如果在某一个阅读过程的时刻点停下来，此时获得的局部信息与暂可称为完整的信息之间存在一种互相阐释的关系，但这种关系并未固定下来，而是始终处于变化之中；由于对书籍完整性的潜在意识（来自读者的综合判断以及对剩余书页的直观把握），已阅读完成的整体和局部的关系与尚未阅读完成的整体和局部之间，仍旧存在着不断被补充、突破、得到确证或被颠覆的可能。然而在阅读过程中有一个重要时刻，即在读者完成整个文本阅读后，读者首次获得文本所提供的信息全貌，阐释的天平开始从局部向整体倾斜。读者开始基于所获得整体信息对局部进行响应、思索和重新审视。之所以说这是一个具有关键意义的时刻点，是因为看似从这一时刻开始阅读过程已经结束，其实读者因阅读而产生的思维过程却并没有结束，反而仍在继续。

　　如果把阅读比作爬山，那么从阅读完作品的这一时刻开始，读者已经走完了登山之路，站在了山顶。目前的读者反应理论学者都致力于研究读者在登山过程中产生的种种感受，并未对登上山顶之后的读者反应进行阐释。登上山顶之后会发生什么呢？一览众山小，以看似固定和一致的方式——文本提供的方式，山顶的风景将展现在读者面前，然而每个读者所看到的事物以及从中获得的感受各有不同。这可能是由于读者所站的位置影响了他观看风景的视线，也可能是一路走来的种种感受影响到他们观看风景的感受，也可能是因为他们自身的某种特质或当时的情绪影响了他们观赏风景的兴致。总之，他们被平等地提供了走到并站在山顶可以看见的所有事物，他们所看见、所感受、所表达的却千差万别。这不仅仅出现在易引起模糊性和多义性的抽象的语言文字上，直观的画面和形象同样会存在类似的情况。直观的画面和形象有时反而会因其画面的沉默特性而具有更显著的多义性，这一多义性形成于从画面叙事到意义建构的过程中。同样一幅画面可以推导出这一种结论和解释，也可以从其他角度进行阐释，达成另一种结论和解释。

　　阅读过程结束后，阅读感受并没有就此结束。在接下来的阅读过程中，读者依据已获得的整体和全貌重新组合局部语句和图画，重新审视局部的价值和意义，对照整体文本对局部的信息再次进行评估、判定和把握。也就是说，前一过程（也就是阅读中）倾向于从局部出发揣测整体，阅读完成后则倾向于从整体出发重新审视局部。前一过程中的整体只是预期中的整体，后一过程中的局部是在整体中的局部，这一不断变化的动态过程以及读者在其中的不断摇摆、思考和平衡，就是阅读思维和心理反应的真实面貌。在这一过程中，文章细节和主旨之间的关联也被揭示出来，这一现象在访谈资料中清晰可见。然而这一循环并不是毫无规律的，而是有所侧重和依赖的。读者在阅读中侧重什么，依赖什么，与读者从文本中获取信息的时间顺序和数量有关。这一循环过程也不是原地踏步的，而是在对立中持续前行。在每一次循环中，读者所获得的对作品的理解并不是停留在原地，即使在相互牵扯、否定中，即使在作品的主旨和细节之间摇摆，即便是观点仍旧相似，但这一过程体现出思维不断超越自我和进行修正的特点。在这一过程中，读者对文本的思考也在继续深入。

我们从某种程度上响应了"阐释的循环"问题，指出读者对文本的阐释是如何在这种彼此牵扯的矛盾的动态过程中持续前行的，发现了整个阐释过程中的生成性和动态性，并将整个阅读过程分为阅读中和阅读后两个阶段，进一步论证了读者观点转变的必然性。

6.3 读者自主

在第三章中，笔者论述了读者与自我的互动过程，指出在读者与文本互动之外还存在着读者向内部探寻的过程。下文将在此基础上进一步阐释读者与自我的互动，并提出"读者自主"的观念。

读者与文本的互动、读者与自我的互动是读者向内和向外建立起的一体化通道，读者处于这条通道的某一阶段上。不同的读者所处的位置是不同的，有的读者更靠近文本，会基于文本做阐释；有的读者更靠近自我，在表述中大量讲述个人经历或进行自我否定、反思和超越。然而，不管读者处于自我和文本之间的哪个位置，这一位置都是由读者本人决定的。这种决定可能不是有意识的，而是受到潜意识或习惯、性格、情绪等多种因素的影响。读者在阅读的不同阶段和过程中可能会有意识或无意识地改变这一位置，也就是说，即使同一读者在阅读同一文本时，这一位置也不是恒定不变的。文本与自我之间是一个连续统①概念，读者可以处于这个连续统的任意位置。比如，五年级的W、B因阅读过程中过于快乐，二者将自身的特质代入到文本和对文本的阅读与讨论中，在文本中投射进自己的情绪和影子，从而将文本化为自身所有物，这体现了他们对文本的自主把握。在访谈中他们的这一特质会得到不同程度的表现，有时更倾向于自我表达，有时更倾向于文本析读，呈现出动态变化的过程。由于读者的差异性，即便是同一文本，在不同读者眼中也是不相同的。他们在自主选择和发现的基础上"意识到"并"确证"文本的不同面貌，由此建构出属于自己的新文本，这体现出读者面对文本时的自主性。

读者不仅能动，而且是自主的。读者的自主性表现在读者在阅读文本之前就是独立个体，文本对其进行刺激之后，读者形成某些具体的反应，但仍作为独立个体进行反应。从根本上来说，文本并没有打破读者的自主性，文本的内容（包括谜题、人物和主题）都要经过读者的把关才能为读者所理解或接受，文本中的所有信息都要接受读者的判断才能真正为读者所消化，而创造性阐释则更依赖于读者重构文本的能力。文本并没有打破读者的自主，反而使读者的自主性进一步强化和凸显。读者借助文本更了解自我，从文本中看到自我。文本经过读者的个人解读后，生成新的意义，这体现出读者在阅读过程中的重要价值。

当然也要看到，有些文本确实会对读者产生举足轻重的影响，那么我们应如何解释这类文本在互动中的地位和作用呢？它们是否会影响读者的自主性？笔者发现，并不是文本对读者产生了举足轻重的影响，而是读者基于文本得到的认知对读者自身或者其他读者产生了重要影响。因此，最终打破读者认知并给予读者震动的不是文本，而是人，是人的认知。也就是说，自我或他人的认知打破了原本的基于文本的认知，从而获得重构文

---

① 连续统是一个数学概念，意思是连续的集合。此处指读者位置在文本和自我之间连续变动，下同。

本的契机，然而重构新文本的过程仍然有待读者的自主选择、重组和发现。关于读者自主的理论将在第六章继续深入建构。

综上所述，读者与文本的互动、读者与自我的互动之间存在着密切关系。通过两种不同的互动，读者不仅与文本发生深刻的关联，而且得以重构文本。当然个体读者所占有的只是"文本的一种面貌和状态"，文本自身的面貌是难以揭示和穷尽的，然而我们可以以讨论文本的方式了解更多人的想法，从而明白自己的想法只是其中之一，并从自我中超越出来。从这个意义上来说，读者与读者间的互动对于儿童读者理解和阐释文本具有非常重要的意义，第五章将对此进行详细论述。

## 三、本章小结

本章在前一章的基础上重点阐释了儿童读者对文本人物和主题的反应，阐释了传统的读者反应理论在遭遇到现实读者时会产生怎样的状况，并试图对此加以解决。本章数据呈现部分对访谈数据进行编码和整理。讨论分析部分是对数据的分析和讨论，共分为六个部分。其中，第一部分为综述，对数据进行了统一论述。

在第二部分中，笔者分析了儿童读者对人物的认识和态度。大多数儿童读者均对爸爸表示出同情。谜题中有关"爸爸装扮大猩猩"的观点，从某种意义上揭示了爸爸的爱，与读者转变态度有所关联。有的读者会从自身的经历出发为爸爸做解释，也存在并没有解读出谜题但是仍然对父亲抱有同情态度的儿童读者。由此可见，在谜题和对人物的态度之间，存在某种关联，但这种关联不是唯一和必然的。

在第三部分中，笔者运用"主题与视野"这一概念分析儿童读者所概括的主题，指出选择何种视野并从这一视野出发获得何种主题的决定权掌握在读者手中，由此形成了读者对文本理解的差异性。此外，文本内容是一体的，对情节的理解的改变也会影响主题和立场的改变，这体现出封闭某一"格式塔"的内在需求。只有五年级的孩子发现了这其中的关联；三年级的 C 虽然提到这一点，但并未表达出对这种关联的认识；一年级的孩子则根本没意识到这一点。

第四部分在对儿童读者的特殊反应的阐释中，笔者在安娜和父亲的立场之外，分析了儿童读者的其他立场，比如从大猩猩的立场看问题。这说明文本中的人物都有可能为读者所发现并形成自身立场。

第五部分揭示出文本在互动体系中的地位——文本为读者观点转变提供镜像。从文图结合的角度来看，文字部分和图画部分综合运用了不同的叙述视角和叙述方式。儿童视角是儿童读者最容易接受的视角，然而在儿童读者的解读中，从成人视角解析文本却有了更重要的意义。文本是一面镜子，映照出读者自身，读者通过文本看到自己，对文本的重新解读也是读者对自身的再度发现。多义性文本并不是文本本身所具有的，而是读者通过阅读和讨论发现的，并在此基础上生成的新文本，即由读者构建的文本。由于读者自身的差异，他们建构起的新文本各不相同。

第六部分的理论建构主要从三个方面完成。首先，提出意义个体化概念，进一步确立读者在阅读中的主体地位和重要价值。通过对意义的追寻，读者形成不同的观点，并在这一过程中达成观点转变。意义的生成具有某种偶然性，意义是针对读者个体的意义，个体发现意义的时间、契机，发现的意义的具体内容，对自身的影响和感受，这些因素都会因个体而有所不同；不存在能涵盖所有读者个性和差异性的意义。从这个意义上说，意义是个体的意义，意义只有作用于个体才能彰显其价值，这就是意义个体化。其次，对狄尔泰提出的"阐释的循环"给出解释，笔者指出阅读中和阅读后是读者理解阐释文本的不同阶段，阅读过程结束后，阅读感受并没有就此结束。

在接下来的阅读过程中，读者依据已获得的整体和全貌重新组合局部语句和图画，重新审视局部的价值和意义，对照整体文本对局部的信息再次进行评估、判定和把握。也就是说，前一过程（也就是阅读中）结束后，阅读感受并没有就此结束，阅读过程还在继续。读者在阅读中倾向于从局部出发揣测整体，阅读完成后则倾向于从整体出发重新审视局部。前一过程中的整体只是预期中的整体，后一过程中的局部是在整体中的局部，这一不断变化的动态过程以及读者在其中的不断摇摆、思考和平衡的过程，就是阅读思维和心理反应的真实面貌。最后进一步论述读者与自我的互动，阐发读者自主性，提出"读者自主"概念。笔者认为，文本从根本上来说并没有打破读者的自主性，文本的内容（包括谜题、人物和主题）都要经过读者的把关才能为读者所理解或接受，文本中的所有信息都要接受读者的判断才能真正为读者所消化，而创造性阐释则更依赖于读者重构文本的能力。文本不但没有打破读者的独立自主，反而使读者的自主性进一步强化和凸显。文本经过读者的个人解读后，建构出属于读者的新文本。

在第三章和第四章论述了读者与文本、读者与自我之间的互动关系之后，下一章将聚焦阅读文本后的讨论过程，分析阅读小组中的两位儿童读者对文本的理解是如何通过对话和交流逐渐生成的，以及两人之间的相互影响和小组讨论所呈现出的特质，关注读者和读者之间的互动，以此完成对多层次、多视角的阅读互动圈的建构。

# 第五章 研究结果三 儿童读者之间的互动

本章要重点探讨的是儿童读者和儿童读者之间的互动，并回答研究问题三：探讨儿童读者之间的互动，分析互动过程如何促成或阻碍他们对文本的共同理解，讨论儿童读者之间的差异性。

笔者所采用的研究方法为小组访谈法，并最终确定以双人访谈的形式进行。之所以选择双人访谈这种方式，是为了最大限度地获取儿童读者对文本的观点和想法。然而在分析过程中笔者发现，这一研究方法十分适用于研究读者与读者之间的互动关系。两位儿童读者组成了读者与读者之间进行对话的最小单位，既保证了被访者能较深入地参与到文本的讨论中来，保证被访者最大限度地表述自己的观点和想法，同时也提供了被访者之间交流对话的可能性。因此，该实验设计不仅提供给研究者更深入地观察阅读个体的机会，同时也提供了大量观察儿童读者之间如何进行互动，如何相互激发、争论、质疑、反驳、坚持自身观点或达成共识的机会。

本章共分为三部分：数据呈现、讨论分析和本章小结。本章第一部分在对三个年级的数据进行整理和判断后，选择三年级两组共四位儿童读者的访谈数据进行编码，将其互动状况分类统计，完整如实地呈现出这两个讨论小组中儿童读者的互动状况。本章第二部分基于上述两组的数据统计，结合其他小组的互动状况进行讨论，分别分析不同小组呈现出的互动特质、儿童读者在互动中显示出的差异性、儿童读者互动的具体状况及效果，并在此基础上进行理论建构。本章第三部分对整章内容进行小结。

## 一、数据呈现

本节的数据来自三年级的两个讨论小组。之所以选择这两个小组，是因为他们属同一年级，具有可比性；同时两组讨论呈现出截然不同的面貌，具有典型性和分析价值。之所以不呈现其他小组的数据，是因为考虑到分析的具体性要求。本章的互动分析将涉及讨论的实际操作层面，对不同讨论阶段出现的问题、儿童读者的差异性、互动状况的细枝末节进行微观分析，从数据中选择典型案例进行分析更有益于研究目标的达成。

通过对三年级两个小组的讨论状况进行细读和归纳，笔者发现儿童读者在文本阅读和对话过程中所进行的互动状况主要分为三大部分：一是与访谈者（即笔者）之间的互动，主要为回应访谈者的提问；二是儿童读者对自身的响应和互动，这在前两章中已有论述；三是两位儿童读者之间的互动，主要包括对对方提问的响应、对对方陈述的响应两方面。因本章主要研究的是儿童读者之间的对话和互动过程，所以下文将主要整理归纳此方面的数据。

需要注意的是，表格按实际发生次数计，若儿童读者就同一个问题出现向对方连续赞同、反驳等响应，则实际产生几次就计几次。且表格中所列出的内容可多选，如访谈过程中，儿童读者采取忽略态度，既转移话题又同时表述，则可多选。表格所归纳的数据涵盖整个访谈过程。在表格中出现的"非判断性响应"，主要出现于儿童读者在表述个人喜好和个人经历的对话中，并未对对方的表述做出判断性响应（如赞同、否定等），但对对方的陈述仍有响应的状况。这是笔者提出的新概念之一，下文会有专门分析和论述。

表5-1 三年级Z、C访谈互动状况表

| 响应类别 | | 具体表现 | Z（次） | C（次） |
|---|---|---|---|---|
| 对对方提问的响应 | | 有回应 | 1 | 3 |
| | | 无回应 | 0 | 1 |
| 对对方陈述的响应 | 赞同 | 表示赞同 | 22 | 15 |
| | | 补充他人观点 | 21 | 4 |
| | | 发展他人观点 | 2 | 3 |
| | | 借鉴他人观点或表达方式 | 2 | 2 |
| | 反对 | 表示反对 | 6 | 12 |
| | | 表示怀疑 | 1 | 1 |
| | | 陈述反对理由 | 6 | 9 |
| | | 提出自己观点 | 1 | 1 |
| | 忽略 | 自我讲述 | 3 | 3 |
| | | 转换话题 | 8 | 0 |
| | | 同时表述 | 2 | 5 |
| | | 沉默 | 0 | 0 |
| | 攻击 | 指责抱怨他人 | 0 | 0 |
| | | 嘲笑他人 | 0 | 0 |
| | | 排斥他人 | 0 | 0 |
| | | 威胁挑衅他人 | 0 | 0 |
| | 非判断性回应 | 对方讲述看似无关的个人经历，实则与主题存在一贯的思想脉络 | 2 | 3 |

表5-2 三年级Y、L访谈互动状况表

| 响应类别 | | 具体表现 | Y（次） | L（次） |
|---|---|---|---|---|
| 对对方提问的响应 | | 有回应 | 8 | 7 |
| | | 无回应 | 2 | 6 |
| 对对方陈述的响应 | 赞同 | 表示赞同态度 | 6 | 7 |
| | | 补充他人观点 | 2 | 2 |
| | | 发展他人观点 | 0 | 0 |
| | | 借鉴他人观点或表达方式 | 0 | 2 |
| | 反对 | 表示反对态度 | 28 | 17 |
| | | 表示怀疑 | 8 | 4 |
| | | 陈述反对理由 | 6 | 6 |
| | | 提出自己观点 | 7 | 4 |
| | 忽略 | 自我讲述 | 7 | 8 |
| | | 转换话题 | 6 | 2 |
| | | 同时表述 | 12 | 8 |
| | | 沉默 | 1 | 3 |
| | 攻击 | 指责抱怨他人 | 17 | 0 |
| | | 嘲笑他人 | 5 | 2 |
| | | 排斥他人 | 1 | 1 |
| | | 威胁挑衅他人 | 4 | 0 |
| 非判断性回应 | | 讲述看似无关的个人经历，实则与主题存在一贯的思想脉络 | 0 | 0 |

## 二、分析讨论

### 1. 综述

通过分析访谈稿发现，儿童读者提出观点、反思观点的过程与他们和其他读者之间的对话互动过程密切结合在一起，几乎是不可分离的一个整体。儿童读者在提出观点的过程中不断反复游移，对文本信息进行重构，对自我观点进行反思。这一与文本、与自我的互动过程持续不断地进行着，当介入不同读者的反应并相互作用时，这一过程就会变得更加复杂。有时儿童读者之间存在对双方观点的自然比较，会对对方观点进行思考，并借助这种思考来补充、反驳或形成自己的观点。他们也会在互动过程中保持倾听，有时也会打断别人的陈述或表达自己的新想法。在良性的互动中，儿童读者之间较多地表现出明确的赞同或否定态度，并陈述理由，对对方的观点进行补充或修正；而在不良互动中，儿童读者较多忽略对方的观点，或由于某些原因对对方的陈述表现出攻击态度，互动过程也呈现出某些障碍和问题。

非判断性响应是笔者在访谈数据中发现的一种儿童读者之间普遍存在的特殊响应方式。在讨论问题涉及个人喜好或个人经历时，儿童读者对对方的陈述不再做出明确判断（比如表示赞同或否定），但同时他们又没有忽略对方的陈述，也没有表示出攻击性态度。此时他们大多采取这种策略：在对方表述喜好后表述自己的喜好，或者在对方讲述个人经历之后也讲述自己的个人经历。这种响应往往承接对方的思路，与对方思路有连贯性。这一现象可以解释儿童读者对他人所体现出的与自身差异性的认识，这一概念将在下文详细论述。

儿童读者对文本的讨论再现了他们的思考过程，使得对文本的讨论变成了思考过程。阅读同伴关系的生成对他们产生对话和互动的过程具有重要影响，而他们的对话和互动过程又反过来促进了两人之间阅读同伴关系的生成，二者是相辅相成的。

在分析儿童读者（即受访者）的互动过程之前，笔者先对访谈者和受访者的关系做出概述。在访谈中，访谈者并没有参与讨论，也没有有意识地去促进儿童读者之间的互动，而只是提出访谈问题，询问双方意见。由于访谈前两位儿童读者同时阅读了图画书《大猩猩》，且问题是对两位儿童读者同时提出的，故同一组的两个儿童读者在发表自己观点的过程中，自然形成了对话和互动的关系。这种关系是基于对同一文本的共同阅读和讨论，是一种自发的阅读同伴关系。访谈者有时会对儿童读者的观点做出回应，但仅限于复述儿童读者的观点，这主要是因为有些儿童读者表述时往往吐字不清，或声音较轻，访谈者需要对听到的内容加以确认。

严格来讲，对互动整体状况的分析不仅包括互动形式和策略、对对方观点的态度和响应，而且也包括在互动过程中提出的观点和所获得的体验。笔者在第三、四章论述了儿童读者对谜题、人物和主题的观点，这些观点并不是孤立提出的，而是在儿童读者对话和互动的过程中提出的，每个儿童读者多受到小组互动过程的影响，具体可参考第三章和第四章数据呈现部分。因考虑到本章将要进行互动分析，故在第三章和第四章中不仅呈现了儿童读者的观点，同时也呈现出这些观点是如何在互动中产生这一过程，并对每一小组儿童读者的观点互动之间的关联进行了对照。下文将在第三、四章的基础上进一步分析儿童读者之间的反应和响应，下面先对不同小组在互动过程中呈现出的整体特质进行分析。

**2. 小组互动特质分析**

笔者通过分析访谈资料发现，同一组的儿童读者在互动过程中相互影响、相互作用，进而形成小组互动特质，这一特质体现在通过小组互动形成观点的路径上，也体现在小组和小组之间所呈现出的整体风格和面貌上。

由表 3-1 至表 3-6 可知，在提出观点的顺序和路径上，有三组儿童读者（一年级 H 和 Q、M 和 F，五年级 B 和 W）都先提出"安娜在做梦"，随后在继续思考的过程中观点有所改变（F 除外）。只有三年级 Z 和 C 小组最先提出的观点是"爸爸装扮大猩猩"，随后两人在继续思考的过程中观点也有所改变，最后提出"有好几种可能"，达成了对文本的开放性认识。而五年级 I、D 组正相反，D 读完文本后就概况出三种可能：是安娜做梦，还是爸爸扮演大猩猩，还是玩具真变大了？这一提问的方式带有对文本的思考，有一定的开放性，显示出 D 对文本的整体归纳能力，有益于讨论的展开。然而 I、D 观点动摇之后，最后选择了可能性最大的结论。

由此可见，当儿童读者阅读完整个文本后，在组织把握文本的路径和走向上有所不同。总体看来，这种路径主要分为归纳路径、演绎路径两类。归纳路径是从细节入手，在讨论过程中逐步归纳相关信息，进而提出某一观点，然后通过反思和质疑，在继续归纳的过程中出现观点转移。一年级的儿童读者基本都属这种类型。需要注意的是，此类型中每一环节点都可能出现停顿的现象，也就是说儿童读者进行到归纳的某一阶段时可能停滞不前，难以进行到下一环节。比如一年级的 M 虽然归纳出某一观点，却并未进行反思和质疑，故而没有出现观点转移；又比如三年级的 Y、L 从细节入手，却并未归纳出明确观点。演绎路径是从结论入手，进行演绎反思，从而达成观点转移。这类读者在实际阅读中已经初步完成了对文本的归纳，所以在讨论之初就提出某一观点，他们往往使整个讨论建立在一个比较高的起点上。比如三年级的 Z、C，五年级的 W、B、I、D。Z 和 C 从归纳出的结论"爸爸装扮大猩猩"开始分析、反思，最终获得对文本的超越性观点"有好几种可能"，即不再局限于某一观点，而是达成对文本可能性的整体把握，并保留了继续思考的可能。而 I、D 则在迅速归纳出故事的三种不同可能的基础上进行演绎反思，对各种可能进行比较，最终安于一种结论，显示出对唯一性和标准答案的追寻。

正如班保·里奇在《审美对象的形式结构》中所说："任何审美经验都表现了'演绎'运作与'归纳'运作间连续不断的相用。"[①] 儿童读者在把握审美对象的互动过程中也显示出归纳和演绎两种不同的路径。然而需要指出的是，上述两种路径是指两位儿童读者在阅读完文本后所进行的一次完整的互动过程的概括。此外这一路径是整体概括，即涵盖了读者阅读完文本后的完整的讨论互动过程，既不是指儿童读者直接阅读过程或其间的某一阶段，也不是指儿童读者讨论互动中的某一阶段。此处所指的归纳路径和演绎路径也不是排他的，儿童读者在把握文本的过程中往往同时兼用演绎和归纳，即演绎中有归纳，归纳中有演绎。正是从读者阅读完整个文本后进行讨论的整体过程中，这种演绎路径和归纳路径才得以确立。

接下来笔者将谈谈小组互动的整体特质。所谓整体特质，是指如果以小组为单位将这些讨论分别进行比较，会发现同组的儿童读者之间存在某

---

① 班保·里奇：《审美对象的形式结构》，载于张廷琛编《接受理论》，四川文艺出版社，1989，第230页。

种共通和趋同，他们共同影响了整个对话和讨论的过程，并最终形成了互动的整体风格、质量和特性。笔者提出这一概念，是为了解释不同小组在各自互动过程中所体现出的整体面貌和趋同性，以及这种趋同性有别于其他小组的互动特质。这是与其他小组相区别而形成的概念。

　　笔者通过整理和分析访谈资料发现，有些小组的整体特质表现明显，有些则相对比较模糊。比如五年级的W、B组就属互动特质十分明显的一组。W、B阅读所有的文本画面都觉得开心，整个阅读过程非常快乐，他们觉得蒙娜丽莎像和自由猩猩像特别搞笑，甚至动物园里不快乐的动物，B都可以换一种角度看画面，从而找到会让它们看上去变得快乐的方法。在解读安娜独自看电视那幅画时，W很能体会安娜的孤独，她提出把灯打开，原本这是为了温暖安娜。可她转而说结果灯光太强，把人给烤死了。原本悲伤的画面一经W的想象变成了搞笑版，驱散了原本悲伤、孤独的气氛。W提到"两人都是班里的搞笑分子"，这显示出儿童读者对文本的解读也与自身的个性及阅读时的情绪息息相关，而他们所做的使得文本不再是文本自身，而是通过阅读让文本染上读者的特质和情绪。在此过程中，读者完成了对文本的把握和阐释，使文本真正成为"读者的文本"，融入读者自身的面貌和状态。三年级的Y、L曾表示这本书一点儿也不搞笑，可见搞笑的感觉是W、B两人读出来的，这种感觉因W、B自身特点而被放大。而对Y、L来说，文本则呈现出另一种面貌和意义。值得一提的是，W、B这种欢乐情绪虽然有利于阅读轻松愉快地展开，但过度兴奋则会造成相反的效果：产生大量无关因素和无关话题。一般插科打诨后是W负责把话题拉回来，或者主动提醒自己和B平复一下情绪，并回到文本，这也有效推动了对话的进行。

　　W、B两人讨论时默契度很高，一唱一和，他们对对方所有的对话和观点都有快速的响应。两人观点高度一致，没有不同意见。W习惯于提出观点，回答问题，给出自己的解释；B更倾向于做出回应，且在主要观点上均为赞同，做出补充。W倾向于表述确定的观点，实则在互动中对谜题的观点表现出游移不定的状态；B在语言表述上更委婉，兼顾可能性，实则观点比较确定（确定认为爸爸装扮大猩猩）。W 会自发地、主动地不断阅读文本，熟悉文本，从中寻找线索，重新翻到自己喜欢的画面再看一遍，以便能够重温欢乐，常常把自己逗乐。W、B 会一起研究画面，不断发现其中的新细节，互相交流。W 对画面的感觉很敏锐，能发现作者别有用心的设计，体会颜色和构图对人物情绪的影响。对不可解释的问题，W 会迅速提出各种匪夷所思、富有想象力的答案。

总体而言，W、B 组在互动过程中思维活跃，兼具幽默感和搞笑天赋，甚至能把故事中原有的悲伤读成欢乐；两人一唱一和，高度默契，形成了相当明显的互动特质。相较于 W、B 组的快乐及对文本的高度渲染，同为五年级的 I、D 组的互动过程则显得相当客观。I、D 两人均保持中立的态度，就事论事对文本进行评价。

就对文本形成的观点数量而言，I、D 两人是所有组中最多的。他们对故事的评价一般，尤其是文字叙述，觉得很平淡，认为故事也没有给人以启发，这说明他们对故事的精彩程度和文字描述有了较高的要求，文本似乎并不能满足他们的要求。两人对文本中画面的评价比文字高，觉得画比较幽默，I 认为画得挺仔细，D 认为画得有想象力。在互动中，I 逐渐占据话语权，在对画面非常仔细的观察和感受后，她长时间地发表了自己的意见。I 十分注意人物的表情，对画面的设计感有比较直观的认识，对画面细节非常关注，对整个对话的贡献较多。D 虽然一开始对谜题部分进行分析的积极性较高，但整体在细致分析文本尤其在解读画面时更倾向于倾听，在其他主要观点上他均赞同 I 的想法。

由此可见，一开始对文本评价一般的儿童读者在互动过程中仍会挖掘出更多新发现，形成较多收获。同为五年级的 I、D 组显示出的互动特质与 W、B 截然不同，他们更客观，更细致，更关注对文本的发现和判断。

同样三年级的 Z、C 组和 Y、L 组的互动特质也十分鲜明。Z、C 组的互动状态呈良性，讨论集中而高效，观点鲜明，两人相互补充激发，共同形成了对文本的众多看法。而同年级的 Y、L 组互动讨论过程相当零散，被无关因素打断，没有形成成形的观点，两人多次出现冲突的状况，彼此之间竞争意识较强。Y、L从互动中所获得的观点,甚至比不上一年级的儿童读者。尽管如此,他们的互动却呈现出非常鲜明的特质。

　　由此可见,小组互动特质是在不同小组互动之间经过比较获得的,是相对而言的。比如说,笔者通过比较五年级W、B组和I、D组发现,W、B更倾向于自我情绪对文本的渲染,而I、D则更倾向于对文本的客观分析。然而W、B和I、D在互动方式上也有共同点,比如两组都倾向于一人主导一人倾听;主导者均为女生,主导者作为主要表述者往往会发表大量观点,常常会对整个互动过程的进程产生较大影响,但同时倾听者并未脱离于互动过程,而是作为倾听者和观点补充者存在的,同时也有发表观点的时间和机会。

　　此外,小组互动特质具有实时性和变换不定的特点,也就是说笔者讨论的小组互动特质只限于这两位读者在某一时间对某个文本进行互动的特质,并不是固定不变的。也就是说,即使是同样两位读者在阅读另一文本时也未必会产生相同的互动特质,新的读者加入、阅读的环境、阅读情绪等其他细微因素的改变,都可能会对小组互动特质造成影响。

　　综上所述,小组在互动过程中会形成一定的互动特质。当儿童读者阅读完整个文本后,他们在互动过程中显示出对文本进行组织把握的不同路径,这种路径主要有演绎路径和归纳路径两大类。不同的小组也会呈现出各自的特质,这些特质是通过小组比较获得的,同时这些特质具有实时性和变幻不定的特点。此节所分析的是小组整体的互动特质,然而小组中的互动最终是由单个的儿童读者共同促成的,儿童读者的个体差异性会对整体的互动过程造成相当大的影响。讨论儿童读者的互动,我们无法忽视儿童读者的个体差异性,下文将对此问题进行细致分析。

### 3. 阅读中的儿童读者差异分析

　　读者和读者是不同的,不同读者在面对同一文本时会做出怎样的反应,这是值得深入研究的问题。个体差异的存在会极大地影响阅读和互动的进程与效果,从某种意义上来说,互动和对话过程正是由于对话双方的差异性存在而更显得激动人心。本书所采用的质性研究方式对研究个体差异又具有明显的优势,可以通过研究个案、研究细节,深入探讨儿童读者面对同一文本时表现出的差异性。在分析个体差异这一问题时，初期面对的最大难题是，不同的儿童读者之间是难以比较的，如何去全面比较他们，标准如何，如何判断个体差异并将其归类？若想解决这一难题，我们需要访谈之外的大量研究来辅助。也就是说，我们难以用手头所有的有限数据来说明儿童读者自身的差异性，以及形成此种差异的原因。为了解决这一难题，后期笔者把研究范围收窄，专注于研究阅读和互动过程中的儿童所展现出的差异性，包括儿童读者对文本的态度、响应和互动方式的差异性。值得一提的是，本书的探讨对象只针对阅读和互动中的儿童读者，不再涉及其在日常生活中普遍显示的差异或性格特征。此外，下文也会讨论互动过程如何对阅读个体的差异性产生作用和影响。

在访谈问题设计中有"你们是否喜欢这个故事"这一基本问题，以询问儿童读者对文本的直观感受，这也是儿童读者较容易回答的问题之一，由此得到他们较为鲜明的态度表达。在讨论过程中，笔者还会询问儿童读者最喜欢的和最不喜欢的地方及其原因。在回答这些问题的过程中，不同年级、不同小组的儿童读者从自身出发表达了各自的好恶，呈现出对文本的感受和理解的差异性，并在互动过程中对阅读同伴的好恶进行了响应。下文将选取三年级的Z、C组和Y、L组的访谈资料，从儿童读者对各自喜好的陈述入手，分析个体差异性是如何影响他们对文本的判断的，又是如何在互动中呈现出各自的特点的，最终是如何在互动中达到彼此激发促进或针锋相对的互动效果的。之所以会选择这两个小组，是因为他们在个体差异和互动环节中所表现出的典型性，具有极大的研究价值；同时这两组属同一年级，两组之间也具有一定的可比性，有利于更深入的研究和分析。

3.1 阅读中的Z和C差异分析

当访谈者询问Z、C是否喜欢《大猩猩》时，立刻得到了他们的肯定回答，但两人在讲述喜欢的理由时表现出不同的态度。

摘录5-1

N：那你们觉得喜欢这个故事吗？

Z：喜欢！

C：喜欢！

N：那为什么喜欢呢？说说理由。

Z：（语调升高）非常有趣！非常好看！如果变成电影、电视，就更好看了，我觉得。

N：哦！C呢？说说理由吧。

C：嗯，我觉得，这个……这个——老师，我可以说，我喜欢哪一小段吗？

N：可以，可以。我下一个问题就准备问你们都喜欢哪些呀。

C：我喜欢最后一小段。

N：最后一小段？

C：对。（边翻书边说）就是从"安娜冲到楼下"，一直到"安娜好快乐"。（指出的是文字段落。）

N：哦。为什么喜欢这段啊？

Z：不是，我喜欢——

N：你等会儿啊，先让她说。

Z：（对C）你先说。

C：因为这段她爸爸终于能有时间带她去动物园了。

Z给出的理由是"有趣、好看"，并将其和电影、电视做了比较，觉得如果是电影等动态形式就更好看了，这不仅说明了他对电影、电视的偏爱，也说明他已意识到在图画书和电影、电视这两种呈现方式之间的区别和联系。相对而言，C的回答是更令人回味的，她并没有直接响应，而是试图通过改变问题来提供自己的答案。虽然难以确定C回避问题的理由究竟是什么，也许因为回答为什么喜欢并不容易，需要对内心感受的剖析；也可能是因为她有急于分享的东西要告诉笔者。无论如何，C试图改变提问内容的行为本身是具有自我意识和力量的，这也引起了笔者的反思。当然在大多数情况下，两人是很合作的，愿意回答笔者的提问并使讨论流畅地继续下去。

C指出的喜欢之处是文字段落，有非常明确的起点和终点，内容集中在第二天早晨安娜醒来之后，在图画书的页面布局上则为正文的最后三页。值得注意的是，C指出的并不是那天早晨的所有情节，因为图画书前一页写道"第二天早上，安娜醒了，看到了那只玩具大猩猩。安娜笑了"，作者还为这个情节配了一张大图（见正文第27页）。但C没有选安娜和玩具大猩猩的部分，而是选择了从安娜下楼去找爸爸开始的这段叙述。这一点是很值得注意的，之后笔者还会继续分析C的态度，会发现她对故事的理解是前后统一的，始终聚焦在核心矛盾（安娜和爸爸的关系）上。笔者继续询问C为什么喜欢这段，C说"她爸爸终于能有时间带她去动物园了"，这是C第一次展示出她对故事的好恶是建立在故事本身的情节发展和安娜最终的愿望在现实中达成的基础之上，之后的讨论中她一再显示出这一特点，下文还会详述。

　　在C的表述过程中，Z发表过不同意见，他急于表达自己的喜好，被笔者制止。之所以制止是因为Z之前也曾打断C的发言，导致C失去表达自己见解的机会，需要笔者之后特意追问。这次笔者的介入是为了让C能完整表达见解，也是对Z的提醒。Z立刻接受了提醒，很有风度地退让了。直到C表达完毕后，Z征求了意见，这才继续发言，可见Z的合作态度。

　　摘录5-2

　　Z：该我了吧？

　　N：你说。

　　Z：嗯，我（是）从"这个生日的一天晚上"到最后。

　　N：（笑）到最后这么多呀？

　　Z：嗯。

　　N：为什么喜欢这一大段呢？

　　Z：因为我看安娜非常快乐。

　　Z的陈述借鉴了C的方式，也是以文字为界，并明确起点和终点。可以推测他在发言被制止后耐心倾听了C的想法，并在此基础上提出自己的喜好。他选择的是从"生日的前一天晚上"（Z说的应是口误）开始，与C不同的是Z增加了大猩猩和安娜一起度过美好夜晚的部分，也就是书中那段仿佛脱离现实的充满幻想的冒险经历。Z表示喜欢的理由是"我看安娜非常快乐"，可见他同样专注于对主要人物安娜（同龄人）的情感体验，但他的喜好范围是比较宽泛的。之后笔者询问是否能指出最喜欢的一张画或两张画时，Z还问"可以几张画？超过5张吗"。可见如果情况允许，他可以指出很多喜欢的图画来。Z和C此处的选择与之后对另一个问题的答案是互相印证的。

摘录5-3

N：那你们看完这个故事，合上书，印象最深的是什么呀？

Z：印象最深的就是，大猩猩和小女孩快乐的时候。

C：（插话，比Z慢半句但有重合）最后一句，"安娜很快乐"。

C的回答精炼和确定，指明是文本的最后一句话。虽然后来C无法回答为什么自己最喜欢这句，（这是一个事实，而其中的理由并非这么容易表述）但我们可以从中推测出结尾对她具有的巨大力量。一般阅读完文本后，文本给读者留下的余味更多会受结局的影响，也就是说，即使安娜的故事不是一个从头到尾都欢乐的故事，安娜的不快乐可能在现实中会延续很长时间，但在文本叙述中，故事的叙述时间却对此做出了调整，延长了快乐的时间，并通过一个明亮而欢乐的结尾，将这种快乐保留在儿童读者的记忆里。温暖的结尾给C留下了深刻印象，而对图画书创作而言，儿童读者的这种反应或许暗示了创作者并不是不能处理一些令人痛苦的情节或生活，在最后给予安慰和出路或许能有效缓解类似题材所带来的沮丧情绪。

通过比较两人的响应，笔者发现Z的答案仍然比较笼统，这与他说喜欢从"生日的前一天晚上"开始到结尾的说法不谋而合，因为此时正是"大猩猩和小女孩快乐的时候"。当笔者进一步询问原因时，Z这么说：

摘录5-4

N：你说，你为什么喜欢刚刚那一大段啊？

Z：因为我最喜欢看快乐的书，刚才我看那个安娜非常的快乐。

N：那你为什么前面那一部分不喜欢呢？

Z：嗯，我能从中看出来安娜有点儿伤心。

N：从哪儿看出来安娜有点儿伤心？翻给我看看。

Z：嗯，您看啊，安娜喜欢大猩猩。她看有大猩猩的书——（开始翻书，并用怪腔调念书上的文字，被C打断。）

C：老师，我觉得是从这幅图看出来的。（C将绘本翻到安娜看电视的那幅。）

Z：（马上接话）对。

  我们难以确定怎样的书对Z而言是快乐的，至少在《大猩猩》中，人物所感到的快乐已传达给Z，使他自身的情绪和故事主人公的情绪重合，从而体验到同样的快乐。之所以不喜欢故事的前半段，因为Z觉得"能从中看出来安娜有点儿伤心"。这是Z对安娜的情绪的判断。在第一遍完整阅读后，Z已经能感受到故事前半部分安娜是伤心的，而后半部分安娜很快乐。从文本的角度来看，这一判断十分合理，而且Z从人物情绪的角度划分故事，也是值得赞赏的方式。当笔者询问哪里看出安娜伤心时，Z开始读文字，他是从正文第一句开始念的，一共念了两句，就被C打断了，C指出了安娜看电视那幅画（见正文第7页，此页位置就在Z喜欢的段落之前一页）。通过比较可以发现，Z在文字中寻找证据，而C则从画面中寻找，这两种方式都是可行的。如果细读文字，其中确实没有很强烈的情感倾向，也没有出现过"安娜不快乐"的字样，Z选择从头开始一句句念文字是有道理的，因为安娜的情绪其实隐含在故事情节之中，而这些情节又是以文字的形式表现出来的。相较而言，画面则是直观的视觉呈现，具有更强有力的情绪特征，尤其是C所指出的这幅图。在故事正式开始讲述的前三个跨页里，右侧的大图都体现出爸爸和安娜的关系，第一幅冰冷的厨房里爸爸和安娜面对面却无更多交集（见正文第3页）；第二幅爸爸背对安娜忙于工作（见正文第5页）；第三幅爸爸没有出现，安娜一个人躲在房间的角落里看电视（见正文第7页）。C指出的正是第三幅画面，在前两幅画的基础上，第三幅将安娜的孤单渲染到极点。下面来看看两位读者是如何讨论这幅画的。

摘录5-5

N：（从）这幅图看出来的啊？这幅图怎么了？说说吧。（两人开始争先恐后地回答。）

Z：您看！

C：（语气少见的有些激动，语调也提高了）因为她爸爸都不带她去看大猩猩——（被Z打断。）

Z：他都走了，她就在这儿看大猩猩的电影——（被C打断。）

C：她就在那儿看电视。

Z：（语调很低沉，语气有些伤感和同情）然后还吃着零食饼干什么的，看起来挺可怜的。

N：看起来挺可怜的？

Z：嗯。

C：嗯。

N：哦，就是因为她自己一个人在那看电视是吗？

Z：嗯。

C：也不是，就是因为她爸爸都不带她出去玩，她只能（重读"只能"）在这儿看电视。

Z：对！（安娜）也没什么好干的，画猩猩那本子又画满了。

N：（笑）那这幅图是不是你们不太喜欢的图啊？

C：感觉很伤心。

Z：呃——这个图我也挺喜欢的。知道为什么吗？因为她在吃东西，我看着就眼馋。（笑。）

　　两人互相打断，争着发言，可见对这幅图反应很大。尤其是对C而言，这是比较特殊的情况。在访谈中，如果访谈者不发问，或者Z不与C讨论，C一般不会主动阐述。这一点与Z不同，Z更急切，总是第一时间做出回应，抢着回答问题。C最初对这幅图的解读仍旧围绕爸爸不肯满足安娜的愿望这一点，她对这一画面做了推理性加工，表达了产生这种画面的原因。Z虽然打断了C的发言，但他的发言从爸爸的角度入手，是建立在C的基础上的，"他都走了，她就在这儿看大猩猩的电影"，C立刻纠正"是看电视"。在画面中，电视是背对读者的，而Z却相当自然地猜测电视内容，说电视上放的也是大猩猩，这就更加凸显了安娜悲伤的情绪。Z还注意到细节部分，画面上的三明治在他的描述中变为饼干，这是用日常生活用品代替画面中某些不熟悉的内容来进行解释。然后Z和C得出了一致的结论：（安娜）看起来挺可怜的。

从对画面内容单纯描述（安娜一个人看电视）是无法直接过渡到对其悲伤心情的推论上的，这里面有巨大的空隙。所以笔者继续提问，因果关系词的使用让这种空隙变得尖锐化了。于是，C做出这样的表述，"就是因为她爸爸都不带她出去玩，她只能在这儿看电视"，C再次将这幅画与她一直十分强调的爸爸的态度联系起来，也就是说她跳出对单幅画面的浅显理解，而是把这幅画放入整个故事的情境中去理解。类似的情况也发生在Z身上，Z说"也没什么好干的，画猩猩那本子又画满了"。这是将此图的解读与扉页的画面联系起来考虑，是非常具有画面关联性的推断。

值得一提的是，笔者出于再次确认的目的，再次询问两人是否不喜欢这幅图时，却得到了十分有趣的回答。C没有直接回答"喜欢"或"不喜欢"，而是回答"感觉很伤心"。她再次回避了问题，没有直面回答，而以对自己情绪的描述来代替对画面的好恶。从上文可见，C之所以提及这幅图也是因为她认为这里表现出安娜的伤心，并不是要选择"不喜欢的图画"，所以C的态度是前后一致的，她对自己的表态很谨慎。Z则突然推翻了自己刚才的评论，说"这个图我也挺喜欢的"，然后自问自答"因为她在吃东西，我看着就眼馋"。这算是半开玩笑的理由吗？笔者认为Z并没有开玩笑，这是他内心真实的想法，此种状况体现出儿童读者在面对一幅画时复杂情绪的并存。Z虽然不喜欢画面中呈现出的孤单感觉，却喜欢人物正在做的某些行为，比如吃东西。Z之前提过安娜吃饼干的细节，由此可推出他的关注点。但Z眼馋安娜是因为他是把"饼干"当作"零食"来理解的，如果他意识到安娜正在吃的并不是零食,而是晚餐(可能因为爸爸太忙,没空做饭,所以安娜只能吃三明治),不知他会做何感想。总而言之,Z 之前注意到安娜在吃东西的这一细节和之后他因为眼馋安娜可以吃东西从而喜欢这幅图画之间,是存在联系的。对 Z 来说,喜欢一幅图也可能是因为图中人物的某些行为是自己喜欢的,而不是从图画在整个故事中承担的功能去判断的,也就是说,儿童读者对单幅图画的好恶既可以是通过上下文做出判断的,也可以脱离上下文进行判断。C 比较倾向于前者,Z 两种兼而有之。

摘录 5-6

N:你们刚刚说了喜欢的一部分,那有没有比较喜欢的一张画或者两张画呢?

Z:喜欢……非常……这是一张,可以几张画?超过 5 张吗?

N:不用不用,就说最喜欢的两——(被打断。)

Z:最喜欢的是——这个算一张啊。(安娜独自看电视那张。)

N:最喜欢这张就因为她吃东西啊?

Z:不是不是,这不是最喜欢的。

C:我喜欢这张。(指生日当天爸爸亲吻安娜的那张,见正文第 29 页。)

Z 出现了摇摆不定的情况,这在访谈中时常发生。摇摆不定也许是因为他感受到了访谈者的某种质疑,也可能是因为习惯于还未思考成熟就开始回答问题。笔者认为这不是不可信的谎言,而是 Z 将他的思维过程表述了出来。正如第三章所言,Z 的访谈适合于做个案研究,因为从中我们可以看到他的思维过程而不仅是他的思维结果。Z 的反应不是确凿不移的,而是在不断摸索、思考、比较中完成的,这不仅是阅读后的反应过程,也是 Z 逐步探索自我并确认自我、与自我互动的过程。这种情况被笔者称为"Z 的难题"。与之相比,C 的回答则简单直接,且十分确定,可见她是经过仔细思考、比较后得出的答案,她呈现的是思维的结果而不是过程。访谈者紧接着询问 C。

摘录 5-7

N：（向C）你喜欢这张是吧？这张为什么喜欢？给你什么感觉呀？

Z：为什么呢？

C：她爸爸终于能带她去动物园了。

　　C喜欢这幅图令Z感到奇怪，大多数时候他赞同C的观点，但这一次他似乎不能理解，所以他也提出了疑问。可见这幅图并没有列入他的喜欢清单里。而C的回答再一次落实到故事情节的关键点：安娜愿望的满足——"她爸爸终于能带她去动物园了"。C是在理解整个故事的情况下做出的判断，从故事叙述的角度来看，她选择的这幅图正是集中体现现实中的爸爸态度转变的最为重要的一幅，是整个故事的转折点，包含了愿望和情感上的最大满足。C表示除了这幅画，她还喜欢封面，Z表示赞同。

摘录 5-8

C：老师，我还喜欢封面。

N：封面？为什么喜欢？

Z：（马上接话）我也喜欢封面！

C：他们两个很开心。

Z：对。而且我也……我可是我们班著名的爬杆人——（被C打断。）

C：你什么时候爬过？

Z：不信我给你演示一下。（Z跃跃欲试准备演示。）

　　C只选择了两幅最喜欢的图，从在文本中所在的位置和所起的作用而言，这两幅图无疑是重量级的。且在选择最喜欢的图画时，C将封面也包括在内，而不是仅仅从文本内页中选择。这是一种突破式的见解和选择，特别是当封面的画并没有出现在内页中，甚至还和内页所描述的故事内容并不完全相同时，C有意识地将封面也纳入备选的范围中，这包含着C对图画书这一特殊文学样式的潜在理解。Z也很喜欢封面，但他给出的理由从承认画中人物的开心迅速滑入个人体验部分，他从画面中人物吊在树枝上的行为联想到自身的爬杆经历，"我可是我们班著名的爬杆人"。由此可见，Z虽然也喜欢封面，但他对封面的喜爱更多是从个人体验的角度出发，

## 第五章 研究结果三 儿童读者之间的互动

他面对画面时有很强的代入感，个人体验极大地帮助他完成对画面的解读。再来看看 Z 喜欢的另外两幅画，以及他对这种喜欢的描述。

摘录 5-9

Z：我喜欢这张，特恐怖！（大猩猩变大站在床头的那张图，见正文第 11 页。）

N：恐怖？怎么恐怖了？

Z：这大猩猩——（模仿猩猩发出叫声，结果咳嗽了。）

N：恐怖你还喜欢呀？

Z：嗯。

N：恐怖不会特别吓人吗？

Z：你知道我都收集啥吗？都是一些打猎物品，我当然喜欢恐怖的啦。告诉你我去过丛林，有蟒蛇啊、老虎啊什么的，都去（见）过。

C：骗人。

Z：没骗人。

N：再说一张。

Z：还有这张。（猩猩超人那张。）

N：这张为什么喜欢呀？

Z：因为有 Superman。对了，大猩猩怎么说？（自问自答）哦，有 Supermonkey，超猩猩嘛，超人。

N：哦，所以你就觉得喜欢了啊。

Z：嗯。

除封面外，Z 喜欢的是大猩猩站在安娜床头和超人猩猩这两幅图。在表现大猩猩站在床头的恐怖时，他还模仿猩猩的叫声，这是画面外声音的延伸，也是 Z 对画面的想象性补充。Z 表示自己"当然喜欢恐怖的啦"，由此又联系到他自身的经历。C 认为他"骗人"，C 的判断是基于 Z "去过丛林"这句话，而不是针对 Z 喜欢恐怖的感觉。这种对话方式与讨论封面时如出一辙，无论是 Z 在表达喜欢时联系自我经历的方式，还是他略带些自吹自擂的语气。然后 C 适时出言否定，而 Z 为了表明自己的"清白"加以反驳（无论是用语言还是行动），整个过程与讨论封面时十分相似。至于喜欢超人猩猩这幅图，完全就是因为有超人猩猩的存在。（五年级的 W 更喜欢蒙娜丽莎和自由女神像，也是因画中出现了喜欢的人物而选择了这幅画）总体而言，"喜欢"对 Z 来说似乎很容易，画面中出现的某个人物、某种感觉、某种行为都可能被他喜欢，而且引起他的喜欢的事物往往具有某种震惊效果。Z 并不需要整体理解故事，只是单幅画面就可能会吸引他。这种情况也发生在 Z、C 讨论不喜欢的画面时。

摘录 5-10

N：你们有没有什么不喜欢的画啊？

C：嗯，有。

Z：说实话，我真的有点儿没有。

C：我就不喜欢这幅画。（指安娜独自看电视那幅。）

N：觉得她挺可怜的，是吗？

C：嗯。

Z：我不喜欢这幅。（指爸爸和安娜在厨房的那张。）

N：为什么不喜欢这幅啊？

Z：因为您看哪，有两种方式（原因）。您看她爸爸在那儿看报纸，理都不理她。还有一种，这肯定是盐什么的，最讨厌那个胡椒、盐什么的了。（指餐厅桌上的摆设。后一种理由让 Z 自己咯咯直乐。）

C：还可能是白糖呢。

Z：白糖？白糖我喜欢。

问及不喜欢的画，这次 C 直面回答了，只有一幅她不喜欢，就是安娜独自看电视那幅（见正文第 7 页）。Z 也算直面回答，但表述上略有保留，且与后面的回答也有矛盾之处，似乎是他的第一感觉并没有不喜欢的画，然后慢慢找才找到一幅，即爸爸和安娜在厨房的那一幅（见正文第 3 页）。Z 的理由非常明确，有两个：一是揣摩安娜的心情做出的，即"她爸爸在那儿看报纸，理都不理她"；二是因为餐桌上摆着胡椒和盐，而他自己最讨厌这些东西，所以他不喜欢这幅画。前一部分是根据故事情节做出的好恶判断，而后一部分则完全是根据自我意识而形成的个人好恶。在之后的访谈里，Z 还提到"我爸喜欢看报纸。我爸喜欢上网看新闻什么的"，不确定这是否是他对画中爸爸的行为如此敏感的原因。

在选择喜欢或不喜欢的内容时，Z 和 C 的相似之处在于他们选择画面时都选大图。不同之处主要在于，C 的表述几乎都是围绕核心内容，她对文本的把握是全局性的，而 Z 则非常注意细节。在访谈过程中，Z 在继续翻阅文本的过程中不断发现新的细节，包括扉页上猩猩戴的领结、晚饭时大猩猩和安娜吃的是香蕉、第二天早晨图画里的蛋糕可能是假的，还发现玩具变大、猩猩穿爸爸的大衣正合适，以及安娜看电视的那幅图中吃饼干（实为三明治）的细节，跳舞那页安娜踩着大猩猩的脚也引起了 Z 的不理解，还有安娜和爸爸在厨房时餐桌上摆着的瓶瓶罐罐等，这些都是 Z 在访谈中提及的文字和画面中的细节。在给作者提修改建议时，Z 也提了三处非常细节的建议：一是文字部分"她看有大猩猩的电影"中"有"字应该去掉（见正文第 2 页）；二是安娜看电视时不应该吃饼干（见正文第 7 页），而应该吃方便面，因为 Z 自己最喜欢吃方便面；三是安娜站在爸爸椅子后面那张小图，Z 认为安娜应该站在爸爸旁边，这样说话更礼貌（见正文第 6 页）。

综上所述，Z、C 在互动过程中表现出一定的差异性。通过比较发现，C 是比较成熟、冷静的判断者，她会总结完自己的观点再阐述；Z 则在第一时间直接表述，然后再补充和修整自己的观点，由此产生"Z 的难题"。Z 更专注细节，而 C 善于把握整体。Z 很善于用生活中的个人经历来帮助自己思考问题，个人经验和喜好是他借助去理解文本的主要依据之一。此外，Z 对文本的反应更多是个人化的反应，而 C 倾向于对文本本身做出反应。虽然两人都说喜欢这本书，但是 C 的喜欢是因为文本本身，是存在于自身以外的某种因素和外力；而 Z 则是来自对自我的认识，他之所以喜欢更多是因为他自己。C 喜欢的所有画面都是在理解故事后做出的判断，她喜欢最后一幅画是因为在这里安娜的愿望达成了，爸爸终于肯带她去动物园；而她不喜欢安娜坐在角落里看电视的画面，则是因为安娜很伤心。而Z的好恶则是更自我的，因为不喜欢盐和胡椒，因为喜欢超人和恐怖的事物，他就会把画面或画面中的某些细节从故事中拆卸出来单独做评价。从这个意义上说，文本对Z来说更像一面镜子，从中可以映照出自己的模样，而C则像折射的镜面，文本经过她反射出来，从她的表述中可以清晰地看到文本的存在。根据文本做出反应和读者凸显于文本中、借助文本来反应自身，这似乎是两种不同的面对文本的态度，儿童读者往往会根据自身的个性或习惯而倾向于对文本采取其中一种态度。

当然Z、C在互动中不仅体现出差异性，也表现出某种相似性。比如总体而言Z、C反应都很快，语速快，思维敏捷，表达清晰；他们都爱思考，有探索的好奇和热情，关注文字也关注画面。笔者在访谈中了解到两人是同桌，关系不错，互相了解，有共同语言（都读过某些书）。同为三年级的Y、L在互动中则表现出与Z、C截然不同的状况，作为一次令人相当遗憾的对话和互动过程，Y、L的案例具有极大的分析价值。下文将对三年级的Y和L在阅读中表现出的差异进行分析，必要时也会与Z、C的状况进行对照和比较。

3.2 阅读中的Y和L差异分析

在同为三年级的Y、L的访谈中，两人的互动效果和质量与Z、C相比差很多，他们对文本的思考和解读也远没有Z、C透彻丰富，两人对文本的兴趣相应也没有Z、C强烈。当然这是笔者从总体上比较Z、C小组，对Y、L小组的互动过程进行的初步评价。个体在阅读和互动过程中的获得是无法一言以蔽之的，下文将通过具体的互动过程来分析Y和L在阅读中呈现出的个体差异。

**摘录5-11**

N：大家看看这个封面，猜猜，这是一个什么样的故事？

L：嗯，一个小女孩和一个大猩猩的故事。（Y开始低声笑，持续了至少三秒。）

N：嗯，一个小女孩和一个大猩猩的什么故事？（两人沉默了至少三秒）有没有谁有什么想法？（两人继续沉默）看看封面能看到什么？（两人沉默了至少四秒）如……如果没有的话我们也……也可以接着往下翻，也没有关系的。

L：我不知，这是什么啊，是不是——（被Y打断。）

Y：飞机哎这个。

N：什么啊，看见？

L：这个是……这个是……这个是——（被Y打断。）

Y：大猩猩嘛。

N：大猩猩拿着飞机啊？

L：嗯，是不是……是不是——（还在思考。）

N：Y呢，有什么想法吗？

Y：（低声地）怎么这么多猩猩啊？（L低声笑。）

N：你觉得讲的是个什么故事啊？（两人沉默了至少五秒）那我们接着往下看一页好不好？

L：嗯。

　　访谈一开始，笔者抛出了同样的问题。L先做了响应，内容与Z最初的响应十分相似，认为封面讲的是"一个小女孩和一个大猩猩"的故事。Y没有语言上的响应，也没有对L的答案表示赞同或反对，而是低笑且笑因不明。另外，此次访谈中两人从头到尾的笑声也值得揣摩：他们为什么笑，是什么让他们觉得好笑，是习惯抑或是其他？在经过两人长时间的沉默后，笔者建议继续阅读，此时L出言阻止，她仍在看封面，似乎发现了什么，语气不太确定，或许她需要更多时间去思考。可还没等她表达完自己的想法，Y就插话了，指出画面上的细节——飞机。L想继续表述，没等她说完，Y就代她做出了回答——大猩猩。对于Y两次打断式的响应，L并没有给出进一步的回应。此时访谈者询问Y的想法，Y并没有直接回答，而是以提问代替回答，又像自言自语地低声说"怎么这么多猩猩啊"，说明他关注细节，看出封面上有很多猩猩，但也表示出一定程度的疑惑。从中可以看出，L读到了画面提供的基本信息和部分细节，却没有在此基础上对画面情节做更多的推测和想象，她两次要表达意见均被 Y 打断，且没有继续表达或给出响应。Y 对笔者的提问基本处于回避态度，均没有正面回答，且声音很轻，前两次响应都不是完整的句式，而是只用了名词性短语，无法表述或解读他的态度。

在翻到亲吻小图时，L 发出一声怪叫，Y 无明显反应。L 先发言，认为他俩恋爱了，因为"一个男一个女"。Y 在看这幅图时只说过一句话，且仍然是疑问句，"还是这个……还是这个……喜欢这个呀？"这基本上是重复了 L 的看法。不过两人从画面中人物的行为推测了人物内心的情感，可算作一点小小的推进。然而 L 没有进行响应，只是在笑。

摘录 5-12

N：再往下翻一页，大家看看，觉得这个小女孩是个什么样的人哪？

Y：笔记本。（L 笑了，Y 也笑了。然后两人沉默了三秒。）

N：看看这个小女孩是个什么样的人？

L：（停顿了两秒）像个……那个——爱记东西的。

N：爱记东西的人，哦。

L：看这做笔记呢。

N：哦，做笔记呢。嗯，Y 觉得呢？

Y：（小声地）温顺。

N：（没有听清）嗯？

Y：温顺。

N：温顺的人。

L：（与 N 同时说）温顺，那她是狗吧。呵呵呵。

看到扉页时，Y 率先响应，但仍旧回避了问题，且再次使用单个词，他似乎更倾向于注意画面中的细节和对象，而对画面的动作性和叙事性不太敏感。L 在停顿后响应了访谈者的问题，她和三年级的 C 一样都是对行为做出判断，并将被固定在画上的这一行为日常化，将这个行为看作是小女孩的一个特点，她的这一响应是基于画面的直接内容的，并没有延伸或想象的成分。相较而言，C 认为"爱画画"则是经过思考加工的，且推断非常符合情境。再来看 Y 的反应，他仍没有积极主动地回答问题。在笔者的特意询问下，Y 提出了新想法，抛出一个形容词"温顺"，仍没有表述完整的句子，但用这个词来形容画面中女孩的安静模样倒是比较贴合。然而此时 L 给予了回应，"温顺，那她是狗吧"，这话似乎并没有太大恶意，但仍属挑衅性质的响应，可能涉及 L 对"温顺"一词所使用语境的理解。这一表述为两人之后对话中的竞争关系及互相挑刺、互相反驳的基调奠定了"基础"。

阅读完整个文本后，访谈者询问 Y、L 是否都看明白了，有没有哪里不懂或者有疑问的，并征求他们的意见。L 给予了比较积极的响应，Y 则没有回答。接下来访谈者请他们讲讲这个故事，这次是 Y 抢先回答，然后两人几乎是同时从头到尾脱稿背了一遍故事主要的文字部分，基本以 Y 为主导（此时他声音响亮，语句表述完整），L 紧紧跟随，两人互相重复和接续对方的话，共同完成了故事的复述。这段复述非常详尽，而且没有再翻书。这说明他们对故事的整体情节是印象深刻的，对细节的把握也很到位。开始复述没多久，Y 就说出了"安娜"的名字，不再称她为"小女孩"。下面摘录复述中的部分内容来分析 Y 反驳 L 的状况以及他们的语言特点。

摘录 5-13

Y、L：第二天，她爸给她买了一个玩具小猩猩。到夜晚，那个玩具猩猩变成真的猩猩了。然后那个（大猩猩）问安娜说，"你想去动物园吗？"安娜说"想"。然后猩猩穿着她爸爸的衣服和帽子，直奔动物园去了。嗯，夜已经深了，动物园也关门了。然后他们就翻墙过去了。翻了墙看到了好多。他们去了灵长类那一区，看到了非洲的猴子，还有——

L：什么……婆……婆……婆——（原文提到"婆罗洲的大猿猴"。N 笑。）

Y：看到了好多猴子。

L：它们——看起来都挺漂亮，但都感觉不快乐。

Y、L：然后呢，看完了就说，"你还想干什么？"

L：那个大猩猩说，"我想去看电影"。

Y：不是大猩猩说的。

L：呃。反正就是……反正就是——（被 Y 打断。）

Y：安娜说，"我想去看电影"。

根据摘录 5-13 可见，他们的讲述非常细致完整，说明 Y、L 对文字阅读得很仔细。L 对"婆罗洲"这个词不够熟悉，所以无法清晰表达，但是这个词给她留下了印象，这一点是确定的。在之后的复述中，两人还提到大猩猩和安娜去逛街这种只在文字中出现的细节。两人在详尽的描述中唯一遗漏的是大猩猩和安娜跳舞的情节(这一情节在文字和图中都有展示)，而且两人在阅读完很长一段时间里都没有发现画面中爸爸口袋里的香蕉（见正文第 29 页），也没有对爸爸和大猩猩的关系产生任何疑问，直到访谈者提问才开始思考这一问题。由此可以推测，Y 和 L 在阅读过程中也会关注图画、描述画面上的情节，但他们更倾向于阅读文字，是以文字为纲来理解整个故事的。这与 Z、C 对文本的理解的方式不同。Y、L 一开始对这个故事并没提出疑问，且兴趣一般，主要原因可能在于文字是比较平铺直叙的，故事精彩且暗示悬念的地方恰恰集中在图画中。况且，文字部分很适合讲述，文辞简单，提供的都是主要信息，容易识记。这样的文本就像是传统童话，而不像描述性很强的小说，这也为两人的详细复述提供了便利。在共同复述中，Y 两次纠正了 L 的说法，第一次见上文，即不是大猩猩说想去看电影的。Y 记得很确切，且这一信息是无法从画面中得到的，而是从文字叙述中得到的。之后，Y 又好几次纠正了 L 的说法。

**摘录 5-14**

Y、L：然后大猩猩说，"好，现在就去"看一看电影。看完说，"肚子饿了"，然后呢，她说"我们去逛街，逛完了吃东西"。吃完了就说她累了，喊困，然后她就去……那个……那个……回家睡觉去了。

L：她对那个大猩猩说"第二天见"——（被 Y 打断。）

Y：（轻声地）是大猩猩对安娜说。

L：哦，反正他们俩一起说。呵呵呵。然后，那个——

N：然后怎么样了？

L：然后那个大猩猩第二天又变成了玩具。

Y：（轻声地）不是、不是、不是（一连说了很多个"不是"）。错、错、错（一连说了很多个"错"）。

N：大猩猩又变成玩具了。

L：然后，她爸爸就说"女儿生日快乐"——（被Y打断。）

Y：不是，不是生日快乐。

Y、L：说，"祝你生日快乐！你想去动物园吗？"

Y：安娜想起了昨天，是说——（突然拖长音不知在说什么，L也跟着发出一样的声音。）

L：好像想到了什么，然后就那个……那个什么——

N：（笑）哟，你们都背下来了。

Y：全是我说的。

L：（笑）我也说啦。

Y的第二次纠正也是正确的，确实只有大猩猩对安娜说了"明天见"，安娜没有说。Y似乎对行为的主动者与被动者的判断很敏感，包括亲吻画面中"谁喜欢谁"。两人的第三次意见不统一，是在L说了"然后那个大猩猩第二天又变成了玩具"之后，Y一连说了很多个"不是"和"错"，但是并没有陈述理由。在L的讲述中，包含了她对故事的解读：大猩猩变回玩具表示"大猩猩是玩具变的"。文字里说的是"安娜醒了，看到了那只玩具大猩猩"。文字中包含着多义性，Y似乎对此有所发现，L却没有察觉。Y第四次反驳则有些奇怪，明明是"祝生日快乐"，他却说不是，这可能是Y想通过反驳取得说话的主动权，也可能是他非常追求文字上的准确表述，与文本内容稍有不同就会指出来。对于文字表述的准确性这一点，从他前后的反应都可以看出来，他一再地表现出对文字准确性的关注。在复述的最后Y提到去动物园的愿望，L提到"好像想起了什么"，然后两人却不了了之，漏了爸爸亲吻安娜的那幅图的重要内容，也没有提及 C 最喜欢的最后一句话"安娜很快乐"。就故事本身的叙述而言，安娜下楼后并没有具体发生什么事，写得比较含蓄，落脚点是安娜的快乐情绪。而两人在复述中更关注大情节的走向，鲜少提及人物的情绪。同样在被询问是否喜欢这个故事时，两人也显示出情绪的缺乏。

摘录 5-15

N：你们觉得这个故事你们喜欢吗？

Y：还行。

L：还行。

Y：她老学我。

L：我没学你。

在花了很长时间细致入微地复述故事后，两人对故事的态度仍是有所保留的。这与 Z、C 完全不同，Z、C 都是大叫着"喜欢"，Y、L 的"还行"则表示一般，没有特别喜欢也没有不喜欢，显示出对文本缺乏热情。然而儿童读者对一个故事的观点可能会随着阅读的逐渐深入而有所改变，所以暂且把"还行"作为 Y、L 的初始印象。当 L 表达了和 Y 同样的观点后，Y 开始抵触，他似乎不喜欢别人学他说话或和他说同样的话。为什么别人说和 Y 一样的话就是在学 Y？这是 Y 以自我为中心的判断。两位对话者在互动中的竞争关系越来越明显，Y 更倾向于反驳而不是赞同，他乐于指出 L 发言中的问题而不是赞赏对方回答中的出色部分。在整个互动过程中，他们经常互相指出对方的问题，鲜少出现他们互相赞赏或者在对方观点的基础上深入探讨的状况，这种互动方式和 Z、C 相比不够积极。随后 Y、L 之间不良的互动关系愈演愈烈，比如说访谈者询问是否有较喜欢的部分时，Y 开始翻书，同时一口气说了很多"有"。

摘录 5-16

L：（一直在翻书）嗯，不是这个。

Y：别学我呀。

L：我是想找那个。

# 第五章　研究结果三　儿童读者之间的互动

Y：超人（指有大猩猩超人的那幅图画，见正文第21页）。

L：不是，你找超人，我才不找呢。

Y：我不想找超人。

L：我更不想。

Y再次提醒L不要学他，L也开始进行反击，对Y想找超人的行为持无理由的否定态度。在这种态度的影响下，Y突然改变了自己的看法，两人翻书寻找的过程演化成一种切实的竞争。超人是首先引起Y注意的，也是较有性别喜好特征的符号。L后来提及的洋娃娃也是带有性别喜好特征的符号。Y不满于别人"学"他，这里涉及他对自我的认识问题，设计自己和别人的界限以及自身权益的维护。一种良性的互动原本就是要求双方能够互相学习的，而Y的态度从某种程度上阻止了这种良性的互动。有趣的是，虽然Y多次警告L不要学他，他自己却在"学"封底的评论。摘录5-17是笔者请两人评价故事时的状况，L认为故事"有想象力"，因为"玩具变成真的了"，而Y则回答不了，他也采取了"学"的方式。

摘录 5-17

N：Y觉得呢？（Y沉默了至少四秒，L笑）Y觉得这故事还行吗？

Y：嗯。

N：那评价一下呗，觉得怎么样啊？

Y：不知道怎么评价。

N：（笑）不知道怎么评价，没事，想说什么就说什么。

Y：好看。（L笑。）

N：好看在哪（儿）啊？那别人要问你怎么好看了呢？

Y：（Y发现了图书封底的书评，开始读起来。）2000年国际安徒生大奖。（L和N都笑了）

N：（笑）它获了大奖你就觉得好看啊？别人要问你说，这个故事好看在哪儿，你怎么说啊？（Y沉默了两秒）想怎么说？L说有想象力。

Y：（沉默三秒之后开始继续读封底的书评）具有奇特的原创力

的——

N：（大笑）那是别人说的话，不是你说的话。（Y自己也笑了。）
或者这么说吧，这个故事有哪些——（被Y打断。）

Y：可亲动人。（L笑。）

N：什么动人？再说一遍。

Y：可亲、动人。（还是封底的评论。）

　　Y没有选择学L，他"学"的是封底看似权威的评论。笔者认为此处Y"不知道怎么评价"的反应是很诚实的，评价是有一定难度的，需要一定的技巧，从哪些角度去评价也是需要学习的，当然也不排除此刻Y没有兴趣评价。对目前的Y而言，或许只能讲到"好看"的程度，这一评价也是包含个人好恶的，但这似乎不是Y的真实想法。之后，Y表示这个故事"没意思"，他更喜欢看"刺激的"，这些评价都是情绪性的短语，可见其评论方法的缺乏及由此造成的不自信。当访谈者继续追问好看在哪里时，Y开始念书评。笔者反思自己的提问设计是有一定难度的，而Y对权威评论的借鉴初看是由于没有自信且没有形成可供表述的自我认识，其实也是他学习的一种途径。由此可见，儿童在进行意义建构的过程中确实需要依赖和学习成人的方法及语言，类似"有想象力"这样的评价也是借助了成人语言和价值判断的一种评价。"好看"则是儿童的语言，但用它来评价文本显得虚弱而单薄。当访谈者表示希望听到Y自己的观点时，Y仍旧在读封底的评论，这似乎是Y面对问题时紧急学习如何评论，或评论应该是什么样的。他学习的方式是模仿，最后可能因为无法速成，所以只能照搬照抄。然而，Y找到的评论词仍旧是形容词，并没有获得对评论技巧或评论角度的认知。此外还要注意的是，Y回答完问题后就停止了思考，似乎已完成了任务，不再寻求新的答案，这与Z很不同。L也表现出同样的状况，比如在Y回答不出某些问题时，L表示"不关我事，反正不是我说的"，可见Y、L都不像Z、C那样好奇和爱思考，不像Z、C那样会对问题刨根问底。此外，L好几次发笑可能也会对Y的表述造成一定影响。

第五章　研究结果三　儿童读者之间的互动

回到两人所找的喜欢的画面。L被夜晚玩具变大的画面震惊，她说喜欢让她觉得不可思议的东西；Y则在不断翻书后发现找不到自己最喜欢的画。

摘录5-18

N：哪幅？这个啊，为什么喜欢这幅画？

L：因为那个……那洋娃娃本来应该是……在正常的生活中，洋娃娃本来应该是不会动的。然后她这个——（被Y插话。）

Y：（低声说）我找不到我最喜欢的。

L：（忽略了Y的插话）这个第一次她闭着眼睛；然后变大了，之后就……这最后一次就这样！都……这个……特别惊讶。

N：特别惊讶。你觉得它就是现实生活中不会出现这种事情是吧？然后他画出来了。

L：嗯，对。就喜欢那个有想象力的。

N：有想象力的。

Y：一切皆有可能。（有点故作神秘，世外高人般的语气。）

L：（质疑地）世界上可能这样吗？

Y：一切皆有可能。（N和L都笑了。）

N：Y有喜欢的画吗？

Y：（还在翻书）正在找。

N：如果没有的话也不一定非得说有。

Y：没有。

N：真没有啊。那你是不是不太喜欢这个故事？

Y：没太多喜欢。

Y经过判断后得出的结果"没太多喜欢"与他一开始对文本"还行"的观感是一致的，他也可以随便指一幅画说自己喜欢，但他没有这么做。在这里，Y仍是诚实的。然而，当L在表达自己的震惊时他并不关心，他沉于自身，对外界不感兴趣。将Y与同年级的Z做比较就会发现，个人的性格、情绪会极大影响他们对文本的判断和喜好程度。Z对很多事物都怀有好奇，情绪落差较大，而 Y 则很不相同。作为一种情感，"喜欢"既有不同读者对文本在喜欢的强烈程度上的区别，也有不同读者本身热情程度的差别。至于 Y 所说的"一切皆有可能"的评价，则是较为抽象的外在观念，与故事本身联系不紧密。这一观点 Y 强调了两次，表达了他对幻想和不合常理的事情的认同，这种不排斥的开放态度原本是值得赞赏的；但在互动后半段 Y 又表示"一切皆不可能"，且态度强硬，这一转变颇令人费解，下文还会继续分析。值得深究的是，Y 再现故事时非常详尽，应该对故事有较深的印象，但在表达阅读感受和评论时却不甚理想，一再表示"没太多喜欢"。在访谈中，凡是 Y 能回答的问题他还是比较积极的，而对某些超出他能力之外的问题，他就会一直保持沉默。在访谈中，Y 还询问过访谈需要多长时间，他着急回去赶作业，这或者可以解释他在访谈前期的焦急心态与不合作态度。读者进入阅读的期待不同，所获得的体验也会不同。从这一角度来看，Y 对此次阅读并没有期待，并且希望能尽快结束这次访谈，他不愿意思考也可能是因为他没有时间思考，这可能会对 Y 的反应产生影响。直到访谈者意识到这一点，帮他安排好各项事宜后，Y 才开始再次投入讨论，此时互动显得流畅很多。先来看 Y 担心访谈何时能结束之前的对话，他向访谈者指出自己不喜欢的画面是最后一幅图（见正文第 30 页）。

摘录 5-19

Y：这个最短。（指最后一页，见正文第 30 页。L 笑了。）

N：不喜欢这个，嗯。你光说不喜欢，得说理由，为什么不喜欢这幅画？这幅画怎么招你惹你了？

Y：这幅画太简单了。

L：对呀。

N：太简单了，你说画面太简单了吗？

Y：也不好看，觉得。

Y 不喜欢最后这幅图，这是完全在笔者意料之外的。Y 的不合作也让访谈者自身的耐心消磨殆尽。Y 给出的理由是"太简单"，Y 如此表述时似乎没有阅读到画面中的情感因素，也没有从故事角度对这幅画给出判断。

他喜欢与否的选择与 C 完全不同，给出的原因也完全不同。不过需要指出的是，对于其他高度写实的画面效果而言，这幅画确实和其他画的风格很不相同。笔者推测 Y 是从画面风格角度认为这幅画太简单了，且没有包含细节，这一观点在摘录 5-20 得到了印证。当然这也不排斥 Y 归心似箭，想以最快的方式结束这次对话。访谈者进而提示两人是否注意到前面有一幅画和这幅相似，两人开始寻找，L 连续两次指出的画都不对，最后 Y 找到了大猩猩牵着安娜的背影那张画（见正文第 22 页），并且承认很相似，L 说"唯一不相似的就是，这是猩猩，这是爸爸"。L 的这一判断和她之前说"玩具变活了"是前后一致的。访谈者询问 Y 这幅画也很简单，为什么他没有不喜欢这幅，Y 表示之前没看见。由此可见，L 和 Y 在第一次阅读文本时并没有仔细看图，他们确实更关注文字。平铺直叙的文字叙述很可能会让人觉得故事平淡，不够"刺激"，进而影响他们对文本的评价。接下来看 L 不喜欢的画面。

摘录 5-20

N：L 呢？

L：嗯——（还在思考。）

Y：（又开始念封底的书评，一字一顿）本书画家安东尼·布朗荣获 2000 国际安徒生大奖。（N 笑了。）

L：嗯——（还在翻找。）

Y：别老翻啦，把书都给翻……翻反啦。

L：（忽略了 Y 的打扰）这幅图。（安娜独自看电视那幅，见正文第 7 页。）

Y：这幅画结构那么难，你还选？

L：因为她那个看上去吧，她那个好像待在这儿光是看电视——（被 Y 打断。）

Y：你能……你能画成这样就服你了。

L：（忽略了 Y 的打扰）光是看电视，什么……什么事儿也没干，那种没意思，就不喜欢那种没意思的那种嘛。

N：哦。就觉得她光在看电视，没干其他的事情，觉得特别没意思是吧？

L：对。

Y：看电视没意思吗？

L 的选择和 C 一样，一方面体验到安娜的无趣，另一方面自己也感到无趣，所以不喜欢这幅画。这体现出她解读画面的移情能力。C 也有类似的反应，她很善于解读故事和画面中的人物情绪。然而 Y 的反应则和 Z、C 完全不同。Y 完成自己的部分之后，完全不再关注同伴的反应。他继续读封底的文字，似乎他对这些评论还是比较感兴趣的。在整个访谈中，他多呈现出指责、否定、不合作的态度，自己的心情似乎也不太好。对 L 的选择，Y 也持否定态度，他说"这幅画结构那么难，你还选"。这里有两层意思：一是这幅画结构复杂，很难画，画得很不错，不该选为不喜欢；二是他对访谈持应付态度，想节省时间。第一层意思在之后的对话中立刻被表现出来，Y 对 L 说"你能……你能画成这样就服你了"，可见 Y 这里是脱离故事和人物情绪之外对绘画技巧和效果的判断。同时 Y 不倾听、随意打断他人发言的行为也在这里显露无余。另一处反驳"看电视没意思吗"，则没有认真倾听完 L 的表述，只挑出其中一小段并根据个人经验来反驳。事实上，Y 并不是无法理解 L 的看法的。在访谈者与他沟通完作业问题，解决了令他忧心忡忡的事情之后，Y、L 继续互动，此时 Y 发表了新的看法。

摘录 5-21

Y：哎呀，这幅……这幅图（指安娜看电视）最难理解了。

N：不是吧？你觉得这本书很难理解吗？我觉得挺好懂的。你觉得这本书——（被 Y 打断。）

Y：我知道什么意思了！她爸爸不带她去动物园，她很闷、寂寞。

N：很闷很寂寞。

L：对，于是她就看电视。

N：嗯，你们从这个图里能看出她寂寞吗？

Y：（停顿两秒）表情。（L 笑了。）

N：表情呀。表情怎么了？

L：呃——嘴是平的。

Y：不是，就这样。（开始模仿安娜的表情。）

这是在Y刚解决阅读情绪问题的情况下给出的响应，表现出相对配合的态度。可见，Y完全可以理解L的观点，他对安娜看电视这幅画的理解、推测和表述都十分准确、完整。笔者原本觉得这幅图中安娜画得很小，表情很模糊，后来仔细一看安娜还真是有表情的，这又是Y对一处画面细节的关注。Y模仿和扮演安娜表情的行为和Z很像，但值得关注的是，Y自己的心情和Z的心情是有区别的，安娜的寂寞并没有影响到他自身的感受，他能够读出，但没有感同身受，所以也就没有更深的感触。

之后Y选了三幅不喜欢的画，分别是最后一幅爸爸握着安娜的手（见正文第30页）、安娜和玩具猩猩躺在床上（见正文第27页），以及大猩猩握着安娜手的这三幅（见正文第22页）。每选一幅，他就用手背重重拍一下图片。至于为什么选择安娜和玩具猩猩躺在床上那幅，Y表示"想不出来"理由。笔者认为Y的选择很难解释，但通过他的选择，我们或许能更加了解他的阅读感受。通过Y对安娜看电视画面（见正文第7页）的解读，说明他是能体验到图画中的情感倾向和人物愿望的，那么他也应该能明白最后这幅小画（见正文第30页）中的情感指向，为什么他会不喜欢最后一幅呢？有趣的是，他没有忽略这幅，还特别指明不喜欢这幅。令读者印象深刻的不一定是读者喜欢的，也可能是引起反感的，那么这幅画里的哪些因素令Y感到不喜欢呢？难道只是因为这幅画太简单，没有细节？可是，安娜和玩具猩猩面对面躺在床上的画面则是高度写实的，就绘画技巧来说非常精细。所以这应该不仅仅是画面风格或者画幅大小的问题。另外Y手背的拍打动作也显得有些粗暴，与这些画面中流露出的温情形成了反差。有趣的是，Y选的三幅画都充满着安娜愿望达成的满足感和安全感（除了没选爸爸亲吻安娜头顶的那一幅，见正文第29页），这和C选择的类型恰恰相反。当儿童读者被引入故事之中，将自己替换为主人公去经历故事的时候，他们可能会将主人公愿望的满足作为自身愿望的满足而获得身临其境的情感体验,这是文学阅读可能带来的移情效果。然而同样存在另一种情况:当儿童读者读完故事,甚至是非常仔细地阅读完故事后,却仍游离于故事之外,他们不会对文本中的人物产生同情,而是更倾向于把文本中人物的愿望达成作为完全独立于自我之外的他人愿望的达成来看待,因而会因主人公愿望的达成而更深刻地感到自我的不满足。当读者和人物形成这种类似的"竞争关系",文本则被读者当成自身之外的一面镜子,清晰地映照出自己生活的不如意。这是笔者对 Y 的言行进行推断的结果。Y 的课业繁重,在如此大压力下的 Y 首先需要的是发泄,这类"可亲动人"的故事比较难博得他最初的好感。再加上他在自我和他人之间划分的界限特别分明,拒绝代入式体验别人的感受和情绪,所以他能准确表述出文本中人物的心情,却很难真正进入他们的感情世界中,对别人的伤心、痛苦缺乏反应。这一点,与 Z、C 很不同。Z 很情绪化,语气中带有强烈的情感因素,而 C 则说她"生这个爸爸的气",因为他都不带安娜去动物园。Y 对此则表现出无所谓的态度,而且他容易拿自己和别人做比较,竞争意识也略强,不太乐于合作。因此,笔者认为或许是安娜愿望的满足激发和强化了他的缺失感,安娜的圆满与他自身形成对比,刺痛了他强烈的自我意识,甚至使他产生了嫉妒感,所以他才对此印象深刻且表示不喜欢。Y 个人的情感经历也印证了笔者的这一推断,这在后面的访谈中也有谈及。

摘录 5-22

N:这本书有让你们想起自己的经历吗?就比如说,有没有也遇到爸爸妈妈特别忙,然后自己想去哪儿就是不带你们去的?

Y:有!

L:有!(两人争先恐后地回答。)

Y:(低声地)我老爸什么(地方)都不带我去。

N:(笑)你老爸怎么着?说大声点,听不见你说什么。

Y:不带我去啊。

N:不带你去干吗呀?

Y:老是反悔。昨天说带我去看电影,现在也没带我去;然后呢,又说给我买表，什么都没买；完了到第三个星期，终于把表给买回来了，也终于带我去看电影了。

L：哎呀，那最后也是看了呀，呵呵呵。

Y：那这本书里，安娜还终于去动物园了呀。

L：哎呀。

Y：最后一句话还不是安娜带他去动物园了呀。（L和N都笑了。）

　　Y陈述了和安娜相当类似的经历，但在时间描述上有些混乱，"第三个星期"倒像是Y设想出来的，可以确定的是Y果然在进行比较，然而这种比较没有带来同情和代入感，而是竞争和攀比。这一信息从另一角度印证了刚才的推断，即文本作为一面镜子反衬出读者自我的缺失。在L描述妈妈不带她去海洋馆的时候，Y还插嘴说"就不带你去"。但在这里，一向注意准确性的Y犯了一个小错误，文本的最后一句话不是"安娜带他去动物园了"，而是"安娜好快乐"。Y在这里解读的似乎是最后一幅图（也就是他不喜欢的那幅，见正文第30页），而且他认为是安娜带爸爸去动物园，而不是爸爸带安娜去动物园，这里Y更强调的是安娜个人的愿望得到了满足，而不是因爸爸态度的转变而带来的幸福感。这里有微妙的差别，也可以看出同样关注愿望满足的时候，Y和C的关注点略有不同。

　　Y还提到他爸爸非常忙，按他的说法，"我爸……我爸忙。每次一回来，咣叽——第二天出去"。其中"咣叽"是象声词，很有喜感，用来形容爸爸回来、出去的速度之快。他爸爸经常去国外出差，Y甚至把"洛杉矶"说成了"落基山"，还问L"洛杉矶"和"旧金山"是不是在美国，可见他其实对爸爸的去向知之甚少。在现实生活中，Y也表现出对成人一定程度的反抗。比如在L提到妈妈说海洋馆太贵的时候，Y提出了质疑，"我们全家都去了，还贵呀？你不会去网上查查？"当L讲述自己在家的生活状况时，Y一直插话，嘴里默念"我喜欢玩游戏"。他不仅不倾听，还干扰了L的讲述。还有一些反抗表现在他的言谈之中，且看一例。

摘录5-23

N：哦。你不会说像安娜那样缩在墙角看电视，是吗？

L：不行，我妈不让我看电视。

N：哦，不让你看电视。

Y：哎呀，你妈太严格了。

N：那你自己在家不会偷着看啊？

L：自己在家里懒得看电视。

Y：我有时会偷懒。

L：就是写作业、写作业、写作业，然后打电话找那个……找小朋友去玩。

Y：不在家，我爸不在家，我爸让我玩半个小时，我玩了一小时二十分钟。

L：（笑）一小时二十分钟。

N：那他也不管你？

Y：他出差去了。

L：主要就是怕我妈那个到时候回来，一摸电视是热的，还不跟我急呀，呵呵。（N也笑了。）

N：你妈比你精，还知道回来摸个电视是热的，是吗？

Y：你就拿个凉的抹布铺上去，然后呢，等个半小时，拿下来。然后你妈回来，就表扬表扬。（L笑了。）

在这段互动中，Y做出几次回应：一次是认为L的妈妈太严格了；第二次开始讲述自己的生活，展示出不遵守爸爸规定的反抗精神；第三次是给L出主意，怎么不让妈妈知道自己看过电视。到目前为止，两人都极少再回顾文本去分析故事，这与Z、C组很不同。Z、C会在互动中不断翻阅文本，求证细节，用文本中的线索来论证自己的观点。Y和L显得对文本比较缺乏兴趣，与文本的互动也较少。在给文本作者提意见时，两人有了一次正面交锋，发表了各自的意见。

摘录5-24

N：尤其是L啊，我逮着你了。你说这书，觉得不咋的嘛，你要提意见吗？那这书要怎么着才好看呀？

Y：要生活，太离谱了。

L：离谱才好呢，多有想象力，呵呵。

N：觉得跟生活差太远了，太离谱了。

Y：（停顿了三秒）没兴趣爱好。

N：没兴趣爱好？

Y：就没兴趣。

N：哦。没兴趣，你是——比如对大猩猩这种动物、对动物没兴趣吗？

Y：（肯定地）对。

Y的意见很尖锐，认为故事"太离谱了"，可他之前还说"一切皆有可能"。L给出一个针锋相对的反面评价，"离谱才好呢，多有想象力"。可惜他们对观点的争论没有继续下去，双方也没有意愿去继续陈述事实以便说服对方。紧接着Y再次做出评价，不是从文本角度，而是从个人角度出发认为自己对文本"没兴趣"。这也是Y难以进入文本的真实理由，这种理由往往很个人化，比如不喜欢猩猩。不过笔者认为C对猩猩的认识和喜爱程度应该不会比Y更深，C却欣然接受了这个故事，而且C在互动中合作性和贡献度都很高，其中的理由也是值得推敲的。Y说不喜欢猩猩，并表示即便是把大猩猩全换成他最爱的猎犬，故事情节不变，他也不喜欢。Y还说要把玩具猩猩变大的那两页"拿去，涂掉"（删除的意思）。在他看来，有意思的似乎是现实中真实的"不离谱"的事情，而幻想故事就像是骗小孩的假玩具一样。这种"离谱的事情"就如同书中的玩具猩猩一样，安娜想要的是真的大猩猩而不是玩具猩猩，于是她就把玩具猩猩扔到墙角去了，而Y也因"太离谱"而不喜欢这个文本。

之后访谈还提到Y喜欢的动画片《喜羊羊与灰太狼》中的一集，有吃了大小药丸可以变大变小的情节，Y表示这可以接受，因为"那个是吃了东西的，这个（指大猩猩）是自然的"。也就是说，Y认为《喜羊羊与灰太狼》中的变化是有充足理由的，是可以解释或可能发生的。他还说到《喜羊羊与灰太狼》中的怪兽糖，强调"而且那个（糖）是，经过千——年研究出来的",即糖的来源也是可信的。对于《大猩猩》,Y则表示玩具"完全不能吃东西",此时L说"你就假装有个眼儿,给他塞里边儿去呗"。"假装"是一种自然游戏的态度,儿童会通过"假装"和"扮演"获得各种经历。在这里,相对于Y的坚持,L似乎在扮演和解的角色。而Y对《大猩猩》这个故事产生的断然拒绝态度,不仅体现出他自身的偏好,也与安娜对"真的"大猩猩的追求十分相似,却又与Y之前所说"一切皆有可能"的论断很不相符。

之后访谈者转向L询问修改意见,两人的对话很有分析价值。

摘录5-25

N:(转向L)你有什么意见吗?

L:那个……那个……那个……(一连说了好几个"那个",被Y打断。)

Y:那个什么呀?

L:嗯,那个……我想就是……把那个……(被Y打断。)

Y:哎呀(不耐烦地),把那个那个、这个这个——(被L打断。)

L:这个动物,可以不可以就是说,不画得那么的庞大、那么的动物。就是稍微弄个小一点的。

N:大猩猩这么大个?

L:呃。觉得不太好。就是……如果就是说第一次看吧……就是说那个……有的人就会觉得那个……刚看还没看后面的时候,可能有的人就会想,那猩猩这么大,会不会把她给吃了呀,呵呵呵。(Y在L此段答话中嘀咕了好几句,但都听不清楚,L忽略了他的嘀咕。)

N:你觉得猩猩会把她吃了?

Y:这猩猩是玩具啊。

L:不是,我说后头。

Y:它没有肺呀,怎么吃她?

N:行,你的意见就是说把它换个小一点儿的,没那么庞大的。你觉得庞大的动物很可怕,是吗?

第五章　研究结果三　儿童读者之间的互动

　　L：对。
　　Y：老师！（突然举手。）
　　N：你说。
　　Y：再说了，猩猩是吃草的，不是……不是吃草，吃食物的。
　　L：啊？吃食物。你没说是食肉动物。
　　Y：吃水果！水果类的，怎么可能吃人呢？谢谢。
　　L：万一有人不知道呢，你以为每个人的科普知识都这么丰富啊。
　　Y：有，除非傻子不知道猩猩的事。（边说边笑。）

　　L提的意见是把猩猩画得小一点，否则太可怕了。她说"可能有的人就会想，那猩猩这么大，会不会把她给吃了呀"，这里所说的"有的人"其实正是她自己。这理由很生动也很真实，夜晚出现在床头的巨大猩猩确实很让人惊恐，后一页小图中的安娜也把头蒙在被子里，只露出眼睛往外看。然而正是因为这样的惊吓，大猩猩之后的温柔举动才特别珍贵，安抚了安娜和儿童读者可能出现的害怕情绪。一年级的儿童读者也有和L类似的害怕，F表示更喜欢小动物，L也表示自己喜欢小小的洋娃娃，这与三年级的Z很不同，Z说他最喜欢恐怖的。这种差异是由个人喜好造成的，但不可否认的是，这幅画给儿童读者带来的震撼效果是一致的，画面在他们心里留下了深刻印象，只是因此而引发的各自喜好有所差异。

　　Y对L的观点提出反驳，他似乎认为猩猩即使变大了也还是玩具，因为玩具是没有肺的（口误，应该是胃）。然后Y突然举手发言，使访谈瞬间有了课堂的感觉，他指出猩猩不吃人。他在表述中不断纠正自己的言辞，可见他不仅关注别人的语言，对自己的语言表述也很注意。L的响应很妙，她说不是每个人的知识都这么丰富，不知道的人也会感到害怕。在此她没有反驳Y说法的可信度，而是认可了，并在此基础上说明即使猩猩不吃人，也可能把人吓死。在阅读中，读者的感受不是和事实联系在一起的，而是和心理上的认同感联系在一起的，也就是说"觉得有可能就会感到恐惧"。画面上大猩猩变活的时候，洋娃娃也被吓到了，洋娃娃很符合L的心理，所以L也最喜欢这个不起眼的小洋娃娃。值得关注的是，文本中的某些内容也许会让儿童读者感到惊恐或害怕,但相较于置身真实场景而言,阅读仍旧是有距离感和安全感的,并且读者能意识到这种安全感。进一步来讲,画面中再可怕的内容也是画出来的,不会出现在儿童面前或生活中,但同时他们又会被震惊或真正感到恐惧,这使得阅读可以产生既惊险又安全的阅读体验。

同时要注意的是,在完整表述前,L一连讲了好几个"那个",引起了Y的不耐烦。L在互动中的表现大致如此:对回答问题、交流和分享看法比较积极,说话较多,但质量不高,表达得也不太准确,有口头禅,常常说了一大堆话又好像什么都没说。因此Y总是会去打断她或插话,当L的表述过长时,Y也会说"哎呀!别说那么细"或者"直接点儿"。究其原因,一方面可能是Y的习惯使然,另一方面L的陈述也确实无法吸引他。内心有压力存焦虑的儿童往往很难静下心来听长篇大论,更何况这论述还表意不明。相比L,同年级的C则表达十分准确、简洁,能在第一时间清晰地表述自己的看法,这种语言表述能力对达成有效互动也是十分必要的。C对Z的某些表现和说法也表示过无奈和嫌弃,这里的Y也是。但C比较温和,Y的表达更直接,L则相对更不在意,常常忽略Y的反驳和插嘴。甚至两人翻书的过程都会出现问题,当Y、L急于翻找某页图画时一度发生了这样的状况。

摘录5-26

Y:啊,来,换那张去。(L笑了)太磨蹭了。

L:(L打开书本翻书页的过程不太顺利。)哎,打不开呀,人说了,齁沉(北京话,很沉的意思)。

Y:(不耐烦地)哎呀,甭作啦。哎哟,哎哟喂——(边抱怨边戳桌子)真有病啊你,哎哟喂!嘶——哎哟!我来我来。

L:(无奈地笑)好,我找到了。

翻书都能翻成这样,Y、L真是一对活宝。Y抱怨得很厉害,可见他非常不耐烦而且容易急躁,一开始自己不动手,还指挥L,对L做的又不满意。L则基本采取忍让和忽略的态度。Y对待问题的态度是比较固执的,不太容易妥协。在访谈中，他有好几个问题回答不出来，但也没有选择随便瞎说，比如在为作者提意见修改文本的时候。

摘录 5-27

L：没事儿，尽情地想吧。瞎说也没关系。关于这个的瞎说也没关系啊。你说怎么改，瞎说也没事儿。

N：嗯。

Y：反正不喜欢。

L：哎，呵呵——

Y：想不出来。

N：反正就是不喜欢。

Y：想不出来理由。

L：理由就是——你干脆就说因为不喜欢，所以不喜欢。

Y：唉，因为你太烦，所以我心里更烦。（L和N笑了。）

Y没有选择容易的做法（瞎说一个），而是承认自己说不出来。由此可以推断，虽然他在互动中的某些反应透露出不合作的态度，但这些反应是真实的，是有分析价值的。"为什么喜欢"这样的问题也确实有难度，儿童读者能较容易地探知自己喜欢还是不喜欢，但对喜欢和不喜欢的理由有时则无法给出明确的解释，C在面对此类问题时也是如此。L不断给Y出主意，想帮助他解决问题，但这似乎引起Y更大的烦躁。从访谈中得知，两人是前后桌，Y回答不出问题时还说让L来回答，因为"她（L）语文最好，我语文……我语文有点儿差，刚拿及格"。语文成绩好的L能回答自己回答不了的问题，是Y的预设，似乎语文成绩的高低也成了他划分是否能回答出问题的标准。到最后也说不出所以然来的Y，只能无奈地叹气。L再次建议他瞎说一个，Y又不愿接受，最后Y幽默地说："广播一个通知，广播一个通知，Y说不出来，Y说不出来。"

由于整个互动过程始终没有出现对爸爸和猩猩关系的疑问，于是访谈者提醒两人注意爸爸口袋里的香蕉。

摘录 5-28

N：你们有（没有）注意到他裤兜里装了个什么？

L：香蕉。

N：装了根香蕉，嗯。

L：我觉得像是——（被 Y 打断。）

Y：（急促地）哦，我觉得像大猩猩了！

L：大猩猩，有黄的吗？我觉得就是一根香蕉。

N：装了根香蕉。那为什么他那儿会……他会装一根香蕉呢？

L：哟，明白了！去看大猩猩的时候就可以喂大猩猩……喂大猩猩那根香蕉了。

Y：不！可！能！

L：有可能啊。

Y：我送你三个字——不！可！能！

L：本来就是啊，带她去动物园的时候就拿根香蕉喂大猩猩。

N：你觉得是拿来喂大猩猩的。

L：嗯。

Y：我送你两（应为"六"）个字——一，切，都，不，可，能！

N：你觉得不可能去喂大猩猩，那你觉得那香蕉是(用来)干吗的啊？

Y：便于携带，随便吃。（L 大笑。）

经过提醒，Y 首先有了预感，而 L 则表示否认，L 对香蕉的解释非常合理，合理到了匪夷所思的地步，一年级的 M 也有同样的解释。这是访谈过程中 Y、L 又一次比较关键的意见不一。Y 从最初的"一切皆有可能"到如今的"一切都不可能"，经历了相当大的观点转变。问题是，Y 只是说不可能，却不陈述理由去说服 L。而且他之后的回答也含糊其辞，似乎是在拒绝关于爸爸和大猩猩之间关系的想法，或者是继续采取不合作的态度，所以无法准确推断他说的"一切都不可能"是指爸爸不可能是大猩猩，还是 L 的观点不可能是对的。虽然 Z 在互动中也出现过前后矛盾的状况，但他的状况和 Y 又有所不同，Z 很容易就接受了自己的观点转变，并且会陈述理由。而 Y 到最后也没有就"大猩猩和爸爸长得很像"这一问题深入讨论下去，他采取抵触拒绝的态度，互动中看不到他想要思考和解决问题的主动性和好奇心，似乎只是为了应付而作答。

综上所述，在互动中 Y 和 L 表现出某些相似特质，同时也体现出差异性。从相似性上说，主要有以下几个方面：Y、L 阅读文本时都更关注文字部分，对图画观察不仔细。两人对故事的叙述非常详细，但是没有形成对文本的判断和观点。互动中两人都极少主动回顾文本，进而分析故事，与文本的互动不密切。两人在复述中都更关注大情节的走向，鲜少提及人物的情绪，即便是能够理解画面中传达的人物情绪，也没有感同身受的体验，尤其是 Y，事不关己的态度十分明显。Y、L 回答完问题后就停止了思考，似乎已完成任务，不再寻求新的答案。

两人在互动中存在竞争关系，尤其是 Y，他经常指出 L 发言中的问题，但并未提出建设性的观点，也不陈述理由。Y 经常处于指责、否定、不合作的态度，情绪比较烦躁，注意力不够集中，随意打断 L 的发言。此外，Y 对阅读文本没有形成事前的期待，这也影响到他互动时的情绪和状态。Y 一再表现出对文字准确性的关注，有时也会脱离故事和人物情绪对绘画技巧和效果做出判断。L 相对比较合作，乐于表达，但表意不清，有口头禅，对文本的理解趋于表面。同时她对 Y 的表现采取忍让和忽略的态度，在维持互动继续进行的同时也促使了 Y 的变本加厉。

### 3.3 儿童读者差异分析小结

上文分析了三年级四位儿童读者 Z、C、Y、L 的个体差异及其在互动中的表现，根据本章的访谈结果，笔者得出如下结论：个体差异在儿童读者的阅读和互动过程中确实存在，这种差异不仅表现在儿童读者的好恶及对文本的态度上，也表现在儿童读者的陈述方式及互动方式上。个体差异会对互动过程造成影响，有时甚至会左右互动过程的顺利进行；互动过程可能会反过来强化或削弱儿童读者之间的个体差异。此外，四位儿童读者在阅读和互动中不仅表现出一定的差异性，同时也展示出某种相似性，当然这里所谓的差异和相似都是从相互间的比较中获得的，具有相对性。

在儿童读者与文本的互动中，Z 和 C 随时都会翻阅文本，从中寻找证据或发现新的线索，而 Y 和 L 读完文本后则很少再翻阅；Z 和 C 会对文本信息片断做各种组合和重构，从而发现信息之间的联系，而 Y 和 L 则较少对文本信息进行思考和重构；Z 和 C 对画面的观察很仔细，注意细节和画面间的关联，同时也兼顾到文字，而 Y 和 L 比较专注文字描述，对画面关注较少。

笔者还发现，当儿童读者被卷入文本中时，个体差异影响了他们和文本人物的基本关系，从而影响他们对文本的判断。比如 C 非常关注安娜愿望的达成和爸爸的转变，她和安娜类似"朋友关系"，以安娜的快乐为自己的快乐，将安娜愿望的最终满足作为自身愿望的达成，因而获得身临其境的情感体验。Y 虽然能理解安娜的情绪，但仍游离于这种情绪之外，把安娜愿望的达成当作完全独立于自我之外的他人愿望的达成来看待，因而更深刻地感到自身的不满足，此时 Y 和安娜之间类似"竞争关系"，安娜愿望的达成反而使得 Y 产生不快情绪。这是读者在面对文本人物时产生的两种不同心态，心态的差异极大地影响儿童读者对文本的判断。

在儿童读者之间的互动中，Z 和 C 倾向于对对方表示赞同或反驳，且会陈述理由，对对方观点进行补充或发展，倾听时很专注；Y 和 L 更倾向反驳对方，但很少陈述理由或正面提出观点，Y 有大量攻击性的言论，L 时常选择忽略；Y 注意力比较分散，时常打断 L，L 的表述不是很连贯，表意有时不太清晰。

笔者还发现，Z 在表述中习惯于边思考边回答，他的表述过程即思考过程，他的观点时常游移转变或前后矛盾；C 倾向于思考成熟了再回应，她呈现出的是思维的结果而不是过程，她观点明确，非常关注文本的核心矛盾（安娜和爸爸的关系），在理由十分充分的情况下才会转变观点。C 对故事的好恶更多地建立在故事的情节发展和人物的情绪之上，Y 则完全根据个人好恶对文本做出判断，Z 则两者兼而有之。

儿童读者在阅读和互动中已然存在的个体差异需要被尊重。一本图画书是否优秀的评价标准是多元的，创作、出版、市场销售状况、读者反应等角度，都会成为判断图画书是否优秀的评价标准。在读者反应层面上，每个读者的个人好恶、接受和理解程度、年龄和性格，以及阅读和互动状况的偶然性，都可能影响他们对文本的判断。即便是阅读同一本公认的优秀图画书，也不可能每位儿童读者都能产生强烈的阅读效果或形成良好的阅读体验，这就要求在研究读者反应时要尊重儿童读者的个体差异。在阅读一本优秀的图画书的过程中，并不是说某个孩子没有读出味道来，就是他的理解存在问题或者他的阅读方式需要纠正。个人好恶在阅读中是难以避免的，也不应该被磨灭。对每位读者而言，能激发个人最大阅读兴趣的文本是不同的，包括儿童读者在内，都应该有自由判断和选择的权利。在阅读和互动中体现出的个体差异需要分情况进行判断和对待。有些差异来自读者对文本的不同态度，这些态度即使不属于主流也应被保留；有些差异则造成互动过程的不顺畅或者无效性，这些个体差异可以并需要被指出和纠正，从而得到一定程度的改善。

### 4.儿童读者互动状况及效果分析

儿童读者在互动中的个体差异与整个互动过程息息相关，下文将从儿童读者的互动状况出发，对互动效果进行描述和分析。为了深入而聚焦地分析互动过程，下文依然选用三年级 Z、C 组和 Y、L 组进行比较分析，一来便于和上文的个体差异分析进行对照，二来这两组互动状况非常具有代表性，具有深入阐释的必要。不同的儿童读者之间的互动是如何相互刺激、彼此激发的，又是如何相互协助和反驳的，在互动过程中遇到哪些阻碍、受到何种限制，儿童读者在此过程中所表现出的差异性又是如何发生作用进而影响互动过程的，这就是这一部分想要探讨的问题。

#### 4.1 Z、C 互动状况概述

通过表 4-3 可知，Z 和 C 在互动中表示赞同的次数远高于反驳的次数。Z 对 C 的观点进行了大量的补充，几乎每次赞同都有新的信息补充，而不仅仅是简单重复对方的意见。这种逐渐的积累大大增加了互动的厚度，使他们的对话拥有更丰富的信息。Z 在表达赞同态度时非常明确，大量使用"对""是的"这样明确的肯定性的词语。Z 会有意识地证明或解释自己的观点或反驳C的意见，以便说服别人，受到C质疑时会从文本中寻找证据或实地演示（如爬杆）。C并不主动表达或阐释观点，但经访谈者询问后则能思路清晰、表达准确地论证自己的观点。在某些观点交锋激烈的部分，两人会你一言我一语，观点交错累加，互相表示赞同并加以补充，在论证新的观点时形成了共同思考的合力。比如在讨论谜题时，双方的这种相互激发、互为补充、时而反驳、共同探索的互动状态就表现得尤为明显。

在表达反对态度时，Z和C都倾向于在反驳时讲述理由而不仅仅是表达观点，这使得他们的互动带有说服性，也为进一步的讨论提供基础。C的反驳非常细致，思路清晰，比如当访谈者问是因为安娜"自己一个人在那看电视"才觉得她挺可怜的吗？Z表示同意，C则说"也不是，就是因为她爸爸都不带她出去玩，她只能在这儿看电视"，C将画面中安娜情绪的前因后果讲得十分清楚。

Z和C对彼此的反驳意见都集中在讨论较为关键的与文本密切相关的话题上，而在个人喜好和个人经历表述时则很少对对方做出判断性响应（包括赞同、否定、忽略、攻击等判断）。在个人经历部分，他们各自讲述自己听到、看到或经历的事，很少对彼此的讲述做出直接判断，但又不能说他们忽略了对方的表述，他们实则很认真地倾听对方的表述，并在此基础上讲述自己的观点。他们讲述的经历虽然各不相同，但思路和脉络前后均有关联，这种个人经历的讲述也可视为响应的一种特殊方式。也就是说，在此过程中，儿童读者并不是简单表示赞同或否定，而是在各自讲述看似无联系的个人经历时形成经验上的分享和情绪上的共鸣，笔者将这种反应称之为"非判断性响应"。

Z会对访谈者的提问做出迅速反应，他反应时间很短，时常边思考边回答，而不是思虑成熟才响应，所以除一般儿童读者普遍具有的观点转变现象外，Z的响应常常前后不一致。这一方面是因Z的个性所致，另一方面也和他本身善于自我反驳的特质有关。他会持续思考文本中的重要问题（如谜题），会主动阐释新的观点并进行论证。Z、C都会反驳自己的观点，尤其是Z。Z在反驳自己的时候会同时陈述理由，且反驳自己的频率很高，并不断从文本中寻找理由来支持自己，明确提出新的观点，这大大推进了互动的有效性。

Z 对 C 的忽略主要是因为他急于说明自己的观点，有时也是因为要急于表达在文本中发现的新细节。在讨论令 C 情绪激动的看电视的画面（见正文第 7 页）时，C 两次忽略 Z 的发言，抢着表达自己的观点，这在整个互动中是很少见的。大多数情况下是 Z 打断 C，转换话题进行表述，而 C 则处于倾听状态，被 Z 打断后就不再继续之前的表述。Z 表达欲较强，时常抢先回答问题或打断 C 的发言。虽如此，Z 仍很关注 C 的发言，有兴趣去倾听 C 的发言，有时 Z 会询问 C 所说的是"真的吗"，有时会在自己打断 C 的表述后再次询问 C 的观点。还有一次，Z 打断 C，经访谈者提醒，Z 很有风度地接受，示意 C 先说。Z 在互动中还常常主动询问 C 的意见，表示出疑惑但愿意倾听的态度，使话题得以自然延续。Z 询问 C 的次数很多，有时通过询问向 C 寻求支持，或者以询问来安抚 C；此外 Z 还会询问访谈者问题，也会询问自己并自问自答。对于 Z 的询问，C 几乎都立刻做出了响应。

与同为三年级的 Y、L 相比，Z、C 在对话中从未出现攻击性言词，没有出现对他人的指责、抱怨、嘲笑等行为。在访谈者提出问题后，两人会私下讨论然后再开始回答。当 C 开始陈述故事大意时，已经讲完的 Z 认为 C 讲的和他要讲的一样，但他并未打断 C，而是轻声说出看法，只是陈述事实，没有表现出排斥态度或不良情绪。在相同情况下，Y 的态度差异很大。

综上所述，Z、C 这种良性的倾听和表达模式是促使他们的互动顺利进行且彼此启发、促进的主要因素。两位儿童读者在互动中潜移默化地互相学习，在表述不同意见中互相争论，这使得他们的互动具有较高的质量，最后得出的观点和结论是集两人之合力达成的。反观三年级 Y、L 组的互动过程和效果则并非如此，下文将就这一问题继续进行探讨。

4.2 Y、L 互动状况概述

表 5-2 的数据表明，不论是 Y 还是 L，表达反对态度的次数都远远超

过他们表达赞同对方的次数，尤其是 Y。Y 在反驳 L 时有同一态度反复出现的现象，这一方面是因为他固执于自己的表述，另一方面也是因为没有得到 L 的响应。Y 在互动中反对次数很多，他不仅反对 L 的观点，也会对文本中他无法接受的内容进行否定。他的反对态度大多带有情绪化，多是以反问形式提出，陈述理由的次数和正面提出自己观点的次数都非常少。当访谈者问及 Y 要如何修改文本他才会喜欢时，Y 想回应但不知如何响应，他不喜欢但不知道怎么改，这和 Y 对其他问题的表述方式很相似。反驳之所以无法进一步深入，是因为 Y 提出反驳的方式：Y 很少陈述反驳理由并提出建设性的意见；当他遇到困难时会诚实地表示自己回答不出；在遇到无法回答的问题时，他并没有继续探索的好奇，而是很快宣布放弃。Y 倾向于逃避问题，还为自己的逃避找理由，比如让 L 回答，因为"L 语文最好"。

Y 在互动中的响应具有一定的攻击性，他时常会指责抱怨 L，有时表现出排斥态度，有时进行言辞上的嘲笑。更有甚者，在 L 说妈妈不带她去海洋馆时，Y 说"就不带你去"，语气带有挑衅意味。谈及猎犬时，他反驳 L 称之为"狗"，说"把它放出来，能一口咬死你"，带有威胁口吻。L 对此大多采取忽略态度，有时 L 也会回以和 Y 相似的嘲笑，却从未指责抱怨过 Y 的言行，也未予以制止。由于 Y 的反驳常常与带有攻击性的言辞结合在一起，因此也造成了他的反驳难以深入从而形成话题。另外，我们也应该看到 L 对 Y 反驳的忽略所造成的影响。在对父亲的态度这一问题上，两人曾提出不同观点，然而 L 并未对 Y 所说的内容做出回应，而是仅对其表达方式提出质疑，Y 也没有进一步争论，两人并无继续交锋，这一话题便草草收场。

在表示赞同态度上，两人次数相当。Y 第一次表示赞同但被打断，之后极少表示赞同，另两次赞同均带有戏谑意味，较少对问题做出说明，只是单纯给出判断。Y 和 L 都存在这样的状况：即自己的观点与对方的十分相似，但在陈述时并未表示出对对方的赞同，而是各讲各的，有时还会认为对方在学自己。Y、L 补充对方观点的次数均为 2 次，都从未在对方观点的基础上进行拓展；在借鉴对方的观点和表达方式上，Y 次数为 0，L

为2次。他们很少表示出对某一事物的相似观点和兴趣，没有主动形成共同探讨某一话题的合力，其互动停留在表面。他们之间从一开始就存在一定的竞争关系，为互动的深入造成了阻碍。

　　Y和L在语言表述上都存在一定问题，这在某种程度上影响了互动的进程。Y对文本倾向于评价而不是描述，其评价具有概括性，多为短语或词语，完整的句子较少。Y语言表达能力不强，但对词语非常敏感，在表述时还经常通过一些肢体动作来表现自身的情绪，比如他回答不出问题时跺脚，非常不耐烦时戳桌子。L则相反，倾向于描述文本，但对文本的概况停留在比较浅显的层面。Y对此表示过不满，要求L"直接点儿""你说得太简单了"，但并没有得到L的响应或改进。

　　针对Y的指责和打断，L往往采取忽略态度，但有时也会受到Y的干扰，她表述的完整性会被这种干扰破坏掉。在L思考和表达过程中，时常出现停顿或表达不畅的状况。这时Y就会出言打断L的表述，而L时常忽略Y的打断，以便继续表达自己观点。这样的状况不断反复，Y被L忽略，试图打断L，Y变得不耐烦，同时忽略L的表述，再度试图打断L，又被L忽略。L通过忽略来对抗Y的干扰，但有时她也会忽略比较重要的信息，比如Y对书中爸爸的态度，还有Y认为大猩猩和爸爸的相似性。除L对Y的忽略外，L替Y响应访谈者提问的倾向也比较明显，L会揣摩Y的心思替他回答，也会给Y出主意该如何回答。有时她会催促Y回答问题，有时则充当解释者，为Y解释他没听明白的内容。这是L对Y表示关注的一种形式，它显示出L良好的意愿，但在实际互动中有时会产生相反的效果。比如，L的揣测会造成Y的反感，Y认为L说得不准确，需要进行纠正和反驳，Y最后甚至说"因为你太烦，所以我心里更烦"。对L的这种"协助行为"表示了无奈的指责。

　　综上所述，笔者通过考察Y、L的互动过程，发现互动过程强化了儿童读者所表现出来的个人特质和差异，儿童读者的个人特质和差异又极大地影响了互动的进行，对互动产生阻碍作用。Y、L两人的互动仿佛陷入恶性循环，使得讨论难以为继，且两人均无法从中获益。这种不良互动并非一人造成的，而是在双方的个体差异和互动模式共同作用下形成的；这种不良互动并非是在一开始就形成的，而是在不断的互动过程中通过双方行为和对话方式的不断重复、积累而逐步形成的。比如说，正是由于L的忽略，Y才肆无忌惮地反驳、指责和嘲笑，同时Y的这些行为也是为了获得L的注意；正是因为Y如此强的攻击态度和竞争意识，L又不得不继续忽略，否则互动就会变成争执，难以继续。同样，正是因为Y不乐于倾听，不断打断和干扰L，使得L的表述更加不清晰，因此Y就更没有耐心去听。正是在这样的恶性循环中，儿童阅读图画书后的访谈过程显示出不良的互动效果，儿童读者在这样的互动中能得到的收获也微乎其微。

### 4.3 不良互动原因及建议

上文已经对Y、L互动的基本面貌和个体差异做了细致的分析，下面再对产生这一现象的原因进行整理和归纳，探讨为何Y和L的互动不够深入，他们遇到了哪些问题，他们的言语和举止是如何对互动效果产生影响的。在此基础上，笔者将给出一定的建议，以求在儿童阅读图画书后的互动中规避这些问题，促使儿童读者形成有效的互动模式，使儿童读者能通过阅读和互动收获更多，为儿童读者获得更充沛而满足的阅读体验提供支持和建议。

对Y而言，首先，他没有对此次阅读活动的期待，繁忙的课业压力造成了他在访谈一开始的烦躁情绪，希望尽快结束谈话的意愿影响了他对文本的兴趣和解读，这是应该规避的。建议在阅读前先形成儿童读者的阅读期待，让他们预先知道自己将要读什么，带着期待来阅读，怀着兴趣放松下来阅读，从而避免焦躁不安的情绪，这是形成有效阅读和互动的前提。

此外Y、L对文字很关注，复述时侧重于回顾文字里的信息，对画面的阅读有欠缺。图画书阅读不同于一般的文字阅读，图画书是文字和图画共同叙事的，有时图画中的信息甚至比文字起到更重要的作用，偏重一方的阅读会影响儿童读者对文本的深入解读。建议在图画书阅读中增加相关介绍图画书特殊的阅读技巧的环节，增加儿童读者对文本本身的认识，帮助他们获得故事中隐含的信息。

Y和L再次翻看文本的频率比Z、C少得多,Y回答问题时想要翻书,L甚至还出言质疑"你还要从头翻书啊？"L一表示出不赞同态度,Y便合上了书。Z、C在互动时凡是遇到问题都会去文本中寻找答案或线索,有时候并不是完整阅读,而是跳读、略读、重点阅读,这些不同的阅读方式为Z、C与文本的互动打下了良好的基础。反观Y、L在这方面则比较缺乏。文本是可以反复阅读的,图画书的书页相对较少,故事相对较短,也有利于反复阅读。尤其是像《大猩猩》这样的图画中到处都有细节的图画书,儿童读者在不断地反复阅读中会有新的发现,会和文本形成新的交流,这也有利于进一步对故事的解读和阅读兴趣的提升。建议儿童读者在互动时形成反复阅读的习惯,加强和文本的交流,与文本对话。

　　Y在互动中很少认真倾听L的发言,当L表达和自己相同的观点时,Y不但不会表示赞同,反而认为L在模仿自己,存在较强的竞争意识;L发言时Y会根据自己的需要随意打断、插嘴或者自言自语,也出现过自顾自哼歌的情况。这是在互动中Y存在的最大问题,这使他无法将注意力集中在对话的主要内容上。Y的兴趣也容易转移,无法和L形成真正对话交流的模式,也无法从互动中真正获得启发。因此,二者并未产生有效的互动,基本是各自讲各自的。相较Z、C而言,Z也有抢着发言、打断C的情况,经提醒后就很注意,而且Z、C的专注度很高,很注意倾听对方的言论,能思考和分析对方的观点,并在此基础上进行衍生、拓展和积累,从而形成非常高效的学习过程。建议提醒儿童读者在互动中集中注意力,培养耐心倾听的习惯,不要随意打断、插话,要善于学习别人的长处,避免竞争意识,达成对话者之间的和平共处。

　　L在互动中表现出交流的愿望,在遇到冲突时也显示出和解的态度,在被打断时也没有太情绪化,而是忽略Y的打断并继续表达自己的观点,这是L为继续互动所做的努力。然而不得不指出的是,L虽然和Z一样倾向于边思考边表述,但是她需要更多的时间来组织语言,而这一状况让Y感到不耐烦。建议互动中的表述者不仅要有表达的欲望,还要有表达的能力,或者有意识地锻炼这种能力,使自己的表达更准确、简洁。

Y在访谈中经常反驳L的看法，有时候就细节问题纠缠不放，有时候抓住L不够准确的表述，指出她思维上的漏洞和语言上的错误，但Y主要不是就L的观点进行反驳，而是针对观点之外的其他问题，这种反驳往往具有竞争性。Y对观点的把握往往不是全局性的，有时会完全依照个人喜好来判断，Y也很少就故事的关键问题或线索与L进行对话。另外，反驳的合理方式应该是摆事实讲道理，以理来服人。而Y基本上只表明自己不赞同，但很少做进一步的分析，这也使得讨论很难深入。Y和L曾有两次非常有趣的争论点，他们就文本中的重要问题进行探讨并产生过较有价值的意见冲突，但都没有自觉地持续下去，而是很快转移了话题。Y在反驳时还经常使用指责或质疑的态度，不太顾及L的情绪。而Y回答问题时若感觉自己受到嘲笑或挑衅，则会立刻表现出言语上的否定，不愿意多说话，同时又很容易再度质疑和挑衅对方的观点。这体现出Y在表达不同意见时态度上的不够诚恳和技巧上的缺失。反观Z、C，两人遇到不同的意见时倾向于各自说明理由，互相补充观点，在双方的智慧和思考下共同解决问题，这就使得反驳和争论更加深入而富有洞见。反驳和争论体现的是不同意见之间的交锋，是一种高水平的对话，在互动中应允许反驳和争论的产生，应心平气和地就重要内容本身进行讨论，说明自己的理由，这是值得提倡的，也能使互动更丰富而深入。

　　从Y的表现来看，思考和表达对他而言并不是一件有趣的事。Y对回答问题的兴趣不大，只是为了回答而回答。一开始Y说话很小声，如果不询问就不会主动回答问题，但这并不说明他排斥讨论。Y对"寻找和再现"这类话题比较有信心，所以他会积极主动回答，而对思考归纳、探寻原因的问题则大多采取回避态度。Y会选择问题来回答，且回答问题时倾向于采用简单的方式，比如，若回答"没有"就不用再回答后续问题时，他会倾向于回答"没有"。回答过某个问题后，Y不会关注L对这个问题的反应，也不会再继续思考。这些问题都显示出Y并没有形成有意识、主动的理解文本的思考习惯，并且思考的后续潜力略有欠缺。然而，Y对语言非常敏感，对词语的准确性要求很高，词汇量也比较丰富，这是他的优势。建议在文本阅读中，除需要增强对人物情绪和情感的感受外，还要增强对故事情节的逻辑性的理解和思考，试图培养儿童读者思考的习惯，让儿童读者体验思考的乐趣，这样才能达到对文本的全面把握。

评论的技巧缺乏，也是 Y 在访谈中明显可见的一大问题。有时候 Y 并不是不想回答，而是不知道该如何回答，这时候他只能借助于封底上看似权威的评论。评论作品是需要技巧的，并不是用简单的形容词就能评论的，形容词充其量只能概括作品的某些特质或风格，却无法用以表述对作品的独特认识。从哪个角度进行评论、评论哪些方面，这是可以通过培养和训练获得的。建议在阅读中更多地提供给儿童读者可供评论的方式、策略和角度，让他们能更有效、更自如地评论文本。

Y 有他自己的想法，而且不易改变和妥协。L 与 Y 正相反，她是较容易妥协的，不太坚持，遇到问题多倾向于和解。Y 有时会有点自视甚高的感觉，比如他在说"一切皆有可能"和认为文本"很奇幻"时就是如此。但是有时 Y 也表现出缺乏自信的特质，比如他让访谈者去问 L，因为 L 语文成绩好，而他刚及格。在 Y 身上，自视甚高和不自信两者同时存在。笔者认为，讨论是一个互相学习的过程，双方各有长处，要形成互助，不能泾渭分明地各管各，也不能总是妥协或固守己见，更不应被先入为主的观念和判断捆住手脚；互动的双方应该是平等的关系，既相互独立又能展开对话，在互动中应该允许不同意见的表达，同时需要自信地表达自己的观点，这才能达成有效的沟通。建议在互动之前对讨论的目的、性质、过程有更深入的了解，以便更好地参与其中。

此外，Y 还明显表现出对文本缺乏兴趣，这可能是由于个人独有的好恶造成的。Y 表示不喜欢大猩猩，而同样是三年级的 Z 和 C 对大猩猩的喜爱很可能不会比 Y 多。然而，Z 和 C 都可以继续阅读并通过互动体验到故事的乐趣，为什么 Y 会固执于自己的好恶，将不喜欢的东西拒之门外呢？文学的阅读是一种体验式阅读，只有感同身受才能真正获得阅读的快感。体验文本中人物的心情，是一种很重要的阅读策略，比如 C 将自己代入到安娜的角色中，对爸爸的做法感到生气，后来她又将自己代入到爸爸的角色中，认为爸爸这么做是情有可原的。这种阅读策略为她深入理解人物提供了契机。Z 也在互动中多次将自己代入到画面中，比如封面的吊杆让他想起自己的爬杆经历，猩猩站在床头的恐怖让他想起自己去丛林的经历，爸爸扮猩猩的可能性让他联想到自己扮成骷髅吓爸爸妈妈的情景。Z、C 的这些对故事和画面的解读是具有个人意味且充满着读者自身的生命活力和情绪的。而 Y 则显示出对人物情感的忽视，也不太关心故事主人公安娜愿望的满足，他虽然能读出安娜的孤单却并未感同身受，这种较为冷淡的气质确实不利于 Y 浸入文本之中。对不易感受他人情绪的儿童读者，研究者应采用较为特殊的方式来应对。笔者建议要保持耐心，理解他们的反应及其冷漠背后的原因，引导他们建立理解故事的他人视角，在引导他们理解故事时要更倾向于情感体验，让这些儿童读者能更多结合自身的生活经验了解他人的情绪，并给予他们更多时间和机会去体验他人的心情和处境。

上述是笔者分析了 Y、L 互动中出现问题的原因，并基于分析结果给出的阅读建议。然而互动分析应该是整体分析，这一分析不仅包含互动形式，也包含互动中提出的观点、互动所涉及的内容等要素。要全面地考察互动效果，就要把儿童读者在互动中所获得的观点、收获囊括进来。整体而言，Z、C 对较为重要的谜题、人物和主题均有深入的讨论，并达成了观点转变。他们相互学习、互相激发，形成了对作品的新认识，呈现出较为典型的良性互动形态。而 Y、L 对谜题并未主动展开讨论，从数量上来说，提出的明确观点也很有限，也没有进行详细阐述，呈现出较为典型的不良互动形态。这在第三章和第四章已有详述，在此不再一一展开。

### 5. 理论建构

在分析了不同小组所呈现出的互动特质、儿童读者在阅读和互动中显示出的个体差异、儿童读者互动的具体状况及互动效果后，下文将在此基础上进行初步的理论建构。

#### 5.1 非判断性响应

非判断性响应是笔者在访谈中发现的在儿童读者之间产生的一种特殊

响应，这种响应不同于儿童读者在交流观点时产生的赞同、反驳、忽略和攻击等主要判断方式，而是以某种非价值判断的方式做出的回应。这一响应主要发生在儿童读者表述个人喜好或个人经历时，儿童读者往往在对方的陈述基础上继续自己的表述，比如在对方表述喜好后紧接着表述自己的喜好，或者在对方讲述个人经历之后也讲述自己的个人经历。

儿童读者之所以采取这种响应方式，是因为他们已经意识到自身与他人对文本的认识的差异，比如对文本的喜好，比如文本会使自身联想起哪些个人经历。这些基于个体差异的内容不同于关于文本本身的观点。在文本的观点上，互动组的儿童是可以相互辩驳的；而基于个体差异的非价值判断内容是读者的个人权利和领地，是他人难以干涉的。在这种情况下，他们会对这些印满读者个人印记的表述采取特殊的响应方式，即以同样表述自我喜好和自我经历的方式与对方达成某种分享和交流。非判断性响应是读者互动中十分重要的一种响应，只在特殊情况下产生，体现出儿童读者对他人与自身差异性的认识，同时展示出对他人和自身阐释权利的初步意识。

5.2 小组互动的整体特质

笔者发现，在同一小组的互动中存在某些整体特质。所谓整体特质是指以讨论小组为单位，同组的儿童读者之间通过互动形成某种共通和趋同，最终形成了互动小组的整体风格、质量和特性。这一概念充分解释了小组内部在互动过程中所体现出的整体面貌和趋同性，同时将不同的讨论小组区分开来。即便讨论的是同一文本，也会形成不同的小组互动的整体特质。

儿童读者作为阅读同伴的关系的生成，从某种意义上来说促成了小组互动的整体特质。儿童读者之间的差异性则为小组互动的整体特质的形成奠定了基础。小组互动的整体特质是在互动过程之中形成的，是通过不同小组之间的比较获得的。这一概念是一个相对概念，不是绝对概念。有些小组的整体特质表现明显，有些则相对比较模糊；有些相对固定，有些时刻变换。小组互动的整体特质并不是唯一的，可能由好几个特质共同构成，这些特质的累加最终勾画出这一小组与其他小组进行互动过程的不同之处。

从小组互动的过程来看，儿童读者显示出对文本进行组织把握的不同路径，主要有演绎路径和归纳路径两大类。然而，这两大类并不是为了将讨论小组分类的，而是为了在两个点之间连出一条直线，不同的讨论小组可按其整体特质列于这条直线上的任何一点上。也就是说，小组互动的整体特质不是一个分类概念，而是一个连续统概念。

同样道理，如果在文本和读者之间画出一条直线，不同的小组互动特质则可能列于这条线的任意一点，甚至还可能在互动过程中进行移动。如果小组互动特质倾向于文本，就表示小组成员在互动中更倾向于讨论文本，小组成员更倾向于在文本基础上进行思考，根据文本的信息做出判断，不断参考和翻阅文本。如果小组互动特质位于这条直线更靠近读者自身的那一端，那就表示小组成员在互动过程中融入了更多自我意识和个人因素，将文本染上更多个人色彩，小组成员更倾向于以个人化的方式来解读文本。

我们可以以各种对特质的描述作为两个支点，并通过连接这两个支点找到某一讨论小组在这一特质维度上的位置。由此更可见，小组互动的整体特质是相对的，具有实时性和变幻不定的特点。读者的个体差异、阅读文本的不同，或者各种互动因素的改变，都可能会对小组互动特质产生影响，进而改变这一整体互动特质。需要指出的是，即使是同样两位读者在阅读同一文本时也可能会产生不同的互动特质，这是由互动特质的敏感性造成的。任何微小的因素改变，如阅读环境、阅读情绪、阅读时间，都可能对小组互动特质造成影响。小组互动特质是此时此刻的特质，不是固定不变的。然而小组互动的整体特质则是通过对整个互动过程的概括而获得的，相对具有稳定性。

此外还需要说明的是，本书所讨论的小组互动整体特质虽然只限于两位读者之间，但由此可以推测这一特质也完全可能存在于更多读者之间。只要这些读者建立起了阅读同伴关系，并在某一时刻组成了讨论小组，那么他们所组成的小组则通过实际的互动过程而自然具有某种整体互动特质。小组互动的整体特质这一概念暗示出更广泛意义上的阅读互动圈和阅读共同体存在的可能性，关于这两个概念将在后文中论述。

5.3 良性互动和不良互动

如果我们对小组的互动效果进行评价，则可大致分为良性互动和不良互动两类。提出这样的概念不是为了将小组互动状况进行归类，而是为了在良性和不良的两个支点中找到互动小组所处的位置，以此对互动状况和互动效果进行评价。

由上文分析可见，良性互动和不良互动都有其典型状况，比如三年级的Z、C组属良性互动的典型形态，三年级的Y、L组则属不良互动的典型形态，通过分析这两个互动小组的互动过程和效果，我们可以得到关于良性互动和不良互动的普遍面貌。

对于互动效果的评价不仅涉及具体的互动形式，也关系到互动中提出的观点、互动的内容，以及儿童读者在互动中的获得。在Z、C组中，乐于倾听和积极表达的互动模式促使他们的互动顺利进行且彼此启发和促进，在这一互动中两位儿童读者互相学习、互相争论、彼此激发，使得他们的互动具有较高的质量，最后得出的观点和结论是集两人之合力达成的。这就是良性互动的典型面貌。在Y、L组中，两人的互动仿佛陷入恶性循环，他们相互反驳、指责，并未提出关于文本的明确观点，且两人均无法从互动中获益。这是不良互动的典型状态。这种不良互动往往是由多方面的原因造成的，比如双方的个体差异和互动模式，并非一人之过。

无论是良性互动还是不良互动都不是从一开始就形成的，而是在不断的互动过程中通过双方行为和表达方式的不断重复、积累而逐步形成的。互动过程强化了儿童读者所表现出来的个人特质和差异，儿童读者的个人特质和差异又极大地影响了互动的进行，对互动产生促进或阻碍作用。

此外还需要说明的是，儿童读者之间的互动研究是具有相当重要的意义的。在读者反应理论中，潜在读者往往是指能够以最理想的方式解读文本的读者，而现实中的儿童读者往往被认为难以承担这样"理想"的身份，因其逊于成人读者的阅读水平和能力而容易受到质疑。互动过程为儿童读者提供了一种既能保持个人独立性又能集众人之力与文本进行互动的方式。一旦保持良性互动，儿童读者就能集合众位儿童读者的智慧和力量，形成对文本超过一人之力的解读，这将是非常有益而有效的阅读方式。现实中的单一读者或许无法达到文本所期望的理想读者的高度，而多位读者通过互动过程的共同努力则能挖掘出隐藏于自身的强大力量，极大地提升自身和他人的阅读体验和阅读效果。关于这一问题也将在第六章中详述。

### 5.4 儿童读者的特质和差异

根据上述研究发现，儿童读者之间存在差异性，这一差异是儿童读者在阅读和互动中体现出来的自身特质，及其与其他儿童读者之间的差异。儿童读者在阅读和互动中的差异性主要体现在三个方面：儿童读者和文本的关系、儿童读者和自我的关系、儿童读者和儿童读者之间的关系。

在儿童读者和文本的互动中，有的儿童读者倾向于关注文字，有的倾向于关注图画。有的儿童读者乐于在阅读完文本后反复翻阅和重温文本，有的儿童读者则读完之后很少再次阅读。有的儿童读者对文本的判断更多是基于故事的情节和人物的情绪，而有的则是更多基于个人喜好。有的儿童读者倾向于相当客观地阐释文本，站在中立者的角度对文本做出评价；有的读者则会以自身的强烈情绪对文本加以渲染，模糊文本的本来面目，将文本染上强烈的读者个人色彩。有的读者会和人物产生"朋友关系"，以其快乐和悲伤为自己的快乐和悲伤；有的读者则事不关己，并未被卷入到人物的情感世界之中。

在儿童读者与自我的互动中，有的儿童读者非常善于思考，会从不同角度去思考同一问题，有时还会继续思考自己无法解释的问题；有的读者则将回答问题当成任务，给出答案之后便不再费心思索。有的读者喜欢反驳他人，对他人的观点、说话的方式、词语的使用都会加以反驳；有的读者则喜欢反思自我，不断质疑自己的观点并达成超越。有的读者多次与自身交流，在原有观点的基础上达成观点转变；有的读者则固守于某一观点。有的读者倾向于在文本阐释中代入大量个人经历；而有的读者只有在访谈者要求时才会联系自身经历。有的读者会明确地表述个人喜好；有的读者则可能在互动的过程中改变了喜好，获得了新的阅读体验。有的读者的个人喜好会影响对文本的判断；有的读者则具有更大的包容性和接受度，即使不是非常喜欢也能够接受。有的读者对解读文本的自我有清晰的认识，有的读者则尚未意识到这一阅读主体的存在。有的读者喜欢深思熟虑后再表达观点，有的读者则倾向于边思考边表述。

在儿童读者之间的互动中，有的读者更喜欢表述，会争取说话的主动权；有的读者则相对比较沉默，更愿意倾听，需要询问才会回答。有的儿童读者合作意识很强，愿意配合提问；有的读者则相反。有的读者倾向于表示欣赏和赞同；有的读者则一味反驳对方，对阅读同伴有诸多不满。有的读者乐于倾听同伴的观点，注意力非常集中；而有的读者则容易开小差，不关心同伴的表述。有的读者观点表达非常明确、简洁；有的读者则表意不清，需要很长时间才能完整表述一句话。

上述只是现实中的儿童读者所表现出的差异性的一小部分，可见这是一份怎样宏大、细碎的清单。一旦我们面对现实中的读者，就无法回避其自身所具有的差异性问题，这是研究现实读者反应理论中非常重要而现实的一个理论问题。现实中的儿童读者是各式各样的，其自身的特质体现在互动过程中，并通过与其他儿童读者的比较而形成个体差异。个体差异是形成小组互动整体效果的前提，也是形成良性互动和不良互动的可能性因素。

儿童读者的个体差异需要被尊重。我们无法要求不同的儿童读者对同一文本达成统一的认识，事实上这样的统一认识是不存在的。读者有权利对文本做出富有个人特质的反应和判断，并通过阅读和互动使文本为其自身所有，使文本成为"属自己"的文本。从根本上来说，互动的目的并不是为了消除差异性，而是为了让儿童读者认识到文本理解的多样性和丰富性。文本解读并不存在唯一答案，即使创作者的创作初衷也不是理解文本的唯一路径，对文本的理解和阐释是见仁见智的问题。儿童读者应该有自由判断和阐释文本的权利。阅读和互动中体现出的个体差异需要分情况对待。有些差异来自读者对文本的不同态度，比如个人好恶在阅读中是难以避免的，即使不是普遍的好恶也不应该被磨灭；有些差异来自对文本的不同阐释和见解,通过文本和互动体现出来,这些差异往往很珍贵,因为其显示出从不同角度、不同视野理解文本的可能性,是对文本内涵的丰富和拓展;还有些差异则对互动环节造成影响,在这些差异中,如果是主要引起互动过程不顺畅或无效性的因素,那么就需要被指出和纠正。

## 三、本章小结

本章专注于探讨儿童读者和儿童读者之间的互动。第一部分对儿童读者之间的互动状况进行数据呈现。第二部分在此基础上对不同小组呈现出的互动特质、儿童读者在互动中显示出的个体差异性、儿童读者互动的具体状况及效果进行分析,重点探讨了三年级Z、C组和Y、L组的互动效果和四位儿童读者在阅读和互动中所体现出来的个体差异,并在此基础上进行理论建构,提出非判断性响应、小组互动的整体特质、良性互动和不良互动、儿童读者的特质和差异四个概念,并对其进行初步阐释,详细论述会在第六章进行。

# 第六章 结论

本章将在前五章研究发现的基础上对理论进行修正、深化和补充，总结创新点，提出研究建议，反思研究局限并进行后续研究的展望。

## 一、回顾第三至五章的主要发现

发现一：通过研究儿童读者对文本谜题的反应发现，儿童读者在阅读后续阶段普遍存在观点转变，这一转变建立在读者与文本、读者与自身以及读者与读者之间的互动之上。

文本信息和读者对文本的判断之间的距离，为儿童读者的观点转变提供了前提。观点转变的动力是为了达成对文本的一致性构筑。儿童读者在与自身和其他儿童读者的互动中不断深入阅读文本，并在反思自己之前观点的基础上，经历质疑、发现、选择、关联等思维过程，从而重构文本，并在对文本的一致性构筑中形成观点转变，为形成全新的格式塔奠定基础。某些儿童读者会进一步在观点和观点之间建立联结，并意识到选择的多重性，在此基础上达成对多义性文本的"和解性认识"。

发现二：通过分析儿童读者对文本人物和主题的反应，笔者发现儿童读者对文本中父亲的态度普遍经历了由反感到同情的转变，他们可以从超越儿童视角的角度来解读文本，而文本则为读者的观点转变提供条件。

文本中的不同人物，无论其在文本中占据何种地位，都有可能为读者所发现并根据"视野与主题"结构形成立场。多义性并不是文本本身所具有的，而是读者通过阅读和讨论发现的。文本本身经过读者这一互动过程，会生成新的文本，即由读者构建的文本。由于读者自身的差异，文本向他们呈现出不同的面貌，他们建构起的新文本各不相同，由此多义性才得以产生。文本是一面镜子，让读者得以映照出自身，对文本的重新解读也是读者对自身的再度发现。

发现三：通过分析儿童读者之间的互动过程，笔者发现儿童读者在阅读中体现出个体差异性，他们在互动中逐渐生成阅读同伴关系，小组形成一定的互动特质，基本存在良性互动和不良互动两种形态。

儿童读者对文本的讨论再现了他们的思考过程。同一组的儿童读者在互动过程中相互影响和作用，进而形成某种小组互动特质，这一特质体现在小组互动形成观点的路径上，这一路径主要有演绎路径和归纳路径两大类；同时也体现在小组和小组之间所呈现出的整体风格和面貌上。这些特质是相对而言的，具有实时性和变幻不定的特点。个体差异在儿童读者的阅读和互动过程中确实存在，这种差异不仅体现在他们的好恶和对文本的态度上，也体现在他们的陈述和互动方式上。个体差异会对互动过程造成影响，有时甚至会左右互动的进行。个体差异也会被互动过程影响，互动过程会反过来强化或削弱儿童读者之间的个体差异。

以下两个层次的图表（图6-1和图6-2）将更为简洁直观地呈现上述研究发现，同时也为下文进一步进行理论性讨论提供参照：

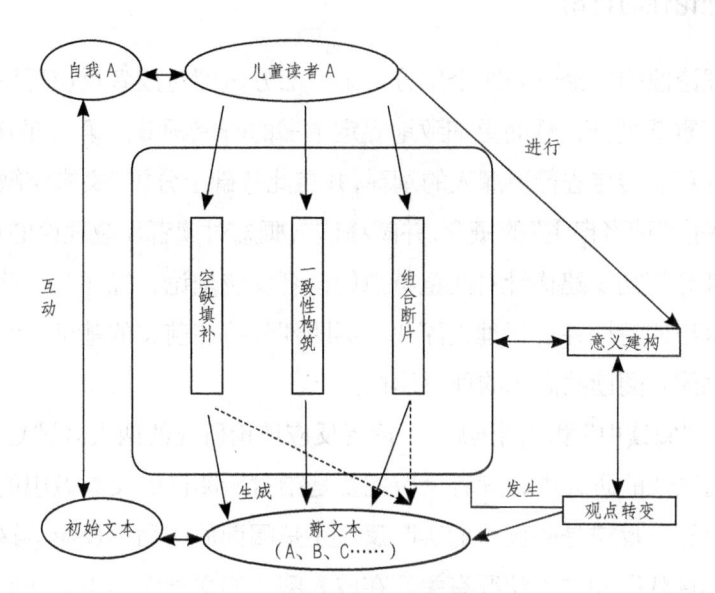

图6-1 单一儿童读者对文本的反应

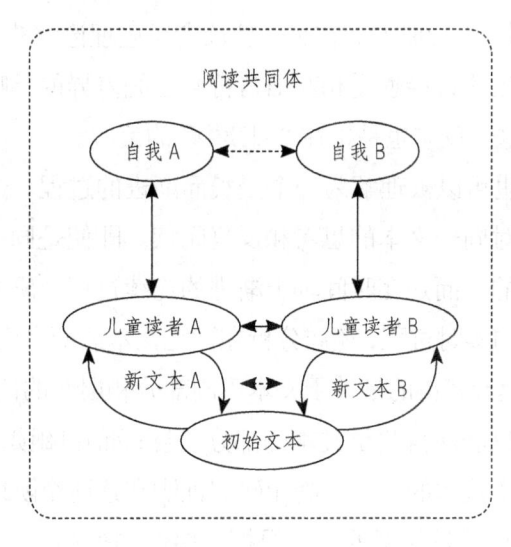

图6-2 儿童阅读小组对文本的反应

## 二、理论性的讨论

理论性的讨论分为四个部分。第一部分试图对读者反应理论的研究区域进行重新划分，从而更细致地界定本书的研究领域。第二部分将对前文提到的观点转变进行更深入的阐释，并在此基础上分析"文本空缺"的概念，从而提出"读者自主"的概念，并阐释这一概念对读者反应理论的重要意义。第三部分将初步建构针对儿童特点的读者反应理论，描述儿童读者在研究中反映出的特性并进行理论深化。第四部分将在前文的基础上继续进行阅读互动圈和阅读共同体的理论建构。

### 1. "阅读中"和"阅读后"：读者反应理论研究的两大区域划分

在以往的研究中，读者反应主要是指对所阅读的文本做出的反应，并未区分这一反应是阅读时的实时反应还是阅读后的后续反应。这可能与成人的阅读状况和文本状况有关。在成人阅读的文学作品中，一般以文字符号为主，篇幅大多较长。在这样的文本中，对于阅读中的反应状况的分析会成为重点。例如，伊瑟尔提出的"游移视点"正是基于文本符号间的视点转移而在"阅读中"形成的。在另一位读者反应理论家费什（1989）看来，读者对文本所产生的直接感受和对语言符号之间差异的品味，构成了读者对文本的反应；这一反应也是指在"阅读中"的反应。

然而，阅读也可以被理解为一个漫长而渐进的过程。这里不是指泛泛的阅读，而是指对同一文本的思考和反复阅读。即使是同一文本，阅读也不是一次性完成的，而是在时间轴上渐进的连续过程。研究读者反应不仅要分析阅读文本的实时过程，还应分析在读完文本后所产生的一系列反应。在这两个阶段，读者获得的是关于文本不同部分和层面的信息。总体而言，在阅读中，读者只能获得关于文本的部分信息；而在阅读行为结束后，读者所获得的是文本整体的信息。尚无研究证明在这两个阶段读者对文本的反应方式和反应特质是相似的，而根据一般性的推测，二者应有所不同。因此，笔者认为，这两个领域应该分别进行研究。细分研究领域将会促进分析的深入，提高研究的准确性，开辟新的研究空间。因此，在儿童阅读反应的研究中，细分研究领域具有重要的意义。

中国社会科学出版社1991年出版了由金元浦、周宁翻译的伊瑟尔的重要著作《阅读活动——审美反应理论》(The Act of Reading: A Theory of Aesthetic Responses)，然而伊瑟尔的这一著作在中国艺术研究院马克思主义文艺理论研究所在1989出版的《读者反应批评》一书中却被翻译成"阅读行为"。阅读行为和阅读过程是两个的不同概念，指向不同的研究对象。阅读既是行为也是过程，从广义上来说，完整的阅读过程包括阅读中和阅读后。而只有在阅读中，实时的阅读行为才产生。随着阅读的完成，实时的阅读行为也就终止了。相较而言，非实时的阅读过程却有更长的时间跨度，在阅读文本结束后一段时间甚至是很长时间内，读者对文本的反应仍可能继续生成和改变，这些反应都属读者反应需要研究的范围。至今，有关阅读后续反应的研究仍是空白，尤其关于阅读完文本后的讨论以及在这一过程中产生反应的研究仍未受到关注，而这恰恰是值得分析和研究的读者反应理论中的重要领域之一。

再来看本书所聚焦的研究领域，正是儿童读者阅读完图画书文本的后续反应，而且不是在相当长的时间内对文本的观点和感受，而是在阅读完文本之后立刻进行表述和讨论过程中对文本的反应。这一时间点显示出本书研究范畴的特殊性，也使得现有的读者反应理论与本书的研究目的、研究材料之间存在一定差异性，这种差异主要表现在三个方面。首先，本书所研究的并不是读者实时阅读中产生的反应，而是在阅读完整个文本，对文本有了整体了解之后产生的反应，是对文本整体的综合性理解和评价过程。也就是说，本书所研究的是伊瑟尔阅读理论的后续阶段。其次，伊瑟尔所针对的文本只是以文字为主要符号构成的文学文本，而本书所选择的文本则是文图共同叙事的，而且图画这一视觉符号在叙事的过程中起到举足轻重的作用。再次，本书针对的读者是儿童读者，这有别于一般的成人读者的反应研究。

综上所述，读者反应是在时间轴上生成的连续反应，读者反应同时包括在阅读文本的过程中的反应，以及在阅读完文本的后续过程中所产生的一系列反应,因此对读者反应的研究也应区分"阅读中"和"阅读后"。在明确了研究领域之后,下文将继续阐释读者和文本之间的关系。

## 2. 观点转变、文本空缺和读者自主

在创作过程中,作者可能会做某些有意的设计,从而使文本留有空缺(GAP),吸引读者去填补,伊瑟尔称之为"文本的召唤结构"或"传达结构"。然而从读者阅读的角度来看,读者并不是依照作者的预期去填补空缺的,而是相当主动地在自身经验、意愿和倾向性的基础上,对文本中的断片进行创造性联结,从而达成各自的理解。这些理解相互之间可能是矛盾的,从而形成缺口。下文将从观点转变和文本空缺(GAP)两个角度分别进行理论补充和建构,并在此基础上揭示出阅读中的读者自主的观念。

### 2.1 观点转变及其深层基础

根据第四章和第五章分析可知,观点转变是一个儿童读者不断获得观点并重构的过程。从定义上讲,观点转变是指读者先形成观点,然后通过反驳和反思发现矛盾,寻找证据,从而形成新的观点的过程。这一过程不仅存在于文本阅读行为中,也出现在阅读完文本之后的思考、讨论中。这些观点之间存在本质上的不同或对立。

伊瑟尔提出过游移视点的概念。伊瑟尔认为,"读者的任务不仅是接受,而且还要自己去组织所接受的东西。他的组织方式从他在阅读过程中视点的不断转移中就可见出。"[①] 然而读者对文本的重组不仅仅局限在视点的转移,也包括从文字和图画中获得的各种信息之间进行组合、理解和阐释,从而获得对故事走向和意义的新认识。笔者提出的"观点转变"不同于"游移视点"概念,是指读者通过构建所形成的整体观点上的转变,这一观点不仅仅局限于视点上的转换,而是在文本的各种信息进行综合、重构基础上而形成的对文本整体内容的观点。这一观点上的转变和游移是读者在阅读完成后继续与文本互动的证明,体现了读者和文本的关系不仅局限在实时的文本阅读过程中,这一关系在阅读完成后依然存在。"观点转变"和"游

---

① 沃尔夫冈·伊瑟尔:《阅读活动——审美反应理论》,金元浦、周宁译,中国社会科学出版社,1991,第117页。

移视点"的不同主要表现在下述方面：第一，"观点转变"的主导者是读者，"游移视点"的主导者是文本。读者的观点有所转变，文本的视点进行游移，这是完全不同的两件事情。第二，"观点转变"适用于阅读后续过程中，但可以推测出阅读中同样具有类似的状况，而"游移视点"是在阅读中提出的概念，会随着阅读行为的结束而终止，只有在再次开始阅读行为时，文本的游移视点才可能被再度激活。第三，伊瑟尔认为"游移视点"促成了对文本的一致性构筑，同时激发这一构筑获得新的可能，然而读者的"观点转变"是伴随着对文本的一致性构筑而产生的，在重构信息断片的基础上形成的对文本的一致性构筑是促成读者观点转变的深层动因。

伊瑟尔认为，读者对文本的构筑需要文本所提供的召唤性结构，读者通过对其填补来完成对文本的一致性构筑。他认为在读者和文本的互动中，文本作为不可或缺的独立性存在对读者的反应起到一定的制约和限制作用。伊瑟尔的理论从某种程度上来说是不彻底的读者反应理论，他虽然提出了读者的能动性，将读者引入到文本阅读中来，将研究视角对准阅读行为，但他主要的概念建构如游移视点、召唤性结构、文本空白都是基于文本本身的。在伊瑟尔看来，读者的反思和超越自身已有观点的特性并不全然是读者自创自发的，而是在文本的敞开中寻找到了其可能性与合理性，伊瑟尔虽然在读者和文本之间架起桥梁，但他更偏重文本的作用。

然而，建构是读者的建构，读者通过建构将"初始文本"转变成为自己所有的"新文本"，并在对初始文本进行一致性构筑的过程中达成观点转变。笔者通过之前的分析发现，观点转变的过程不仅是儿童读者与文本的互动过程，也是儿童读者与自身的互动过程，同时也包含着读者和读者之间的互动。读者在阅读中和阅读后都同时存在着这三种不同层面的互动，这三种互动相互作用和影响，建立起一个较为典型的阅读互动圈。读者在阅读过程中始终具有主动选择是否建构以及如何建构的权利，生成的新文本更像是印刻上读者个人色彩和观念意识的自我的属物。因此，读者不是与文本组成的两极关系中的一极，而是以自身的能动力量包裹住文本并在此基础上建构属于自己的"新文本"的读者，他们具有非常强大的力量，他们在自身之中和自身之外组成的互动圈通过连接而形成无限广阔的网络体系，通过相互交流和讨论将形成更为强大的阅读共同体，这就是笔者将在下文论及的读者自主的概念。不过在阐释读者自主的概念之前，我们先来看一下伊瑟尔理论中的另一个重要概念"文本空缺"。

2.2 伊瑟尔文本空缺理论的反思和补充

伊瑟尔提出了空缺和空白两个概念。在伊瑟尔看来，空缺意味着"填空"的需要，而空白则显示出"联结"的需要。"空白暗含着文本各不同部分的相互联结，尽管文本自身并未这样明说。"[①] 在这里，笔者将对空缺这一概念进行理论补充。

第一，空缺并不是文本的空缺。虽然从表面上空缺位于文本的信息断片之间，然而在文本的哪些位置存在空缺，如何去理解这些空缺，这些并不是由文本本身决定的，判断和行使"填空"权力的主体都是读者。读者对文本中空缺的发现促成了空缺的形成。也就是说，在阅读的实际过程中，并不是文本向读者提出问题，而是读者自己向自己提问，然后自己来回答这一问题。这是一个具有读者个性和强烈个人意识的对文本的发现和选择的过程。空缺不仅仅是文本提供的，更应是读者对文本的个人选择，是被读者发现并经过读者判断和解读之后才真正得以实现的，并展示出其作为空缺对文本的意义和对读者的意义。

第二，空缺是在文本阅读中被发现的，在阅读完整个文本后，读者对空缺的新发现仍会继续生成。在图画书文本中，故事是由文字和图画共同讲述的，空缺的发现呈现出不同的走向和面貌。在访谈中，我们可以看到儿童读者是如何在有限的信息内对封面、环衬、小图、扉页等的图画做出反应的，他们的猜测和想象、对人物的判断，以及对故事发展的可能性的揣测，都展示出发现空缺的基础。图画书从封面、环衬、扉页就已经开始讲故事了，这些页面透露主要信息，呈现故事的"枝梗"，而画面和画面之间的大跳跃亦促成空缺的生成。封面给出什么样的信息固然重要，然而封

---

[①] 沃尔夫冈·伊瑟尔：《阅读活动——审美反应理论》，金元浦、周宁译，中国社会科学出版社，1991，第220页。

面所没有提及的信息也同样重要，这些信息的表述方式和隐蔽方式都影响着空缺的形成，并和儿童读者产生对话，进一步生成阅读感受。儿童读者通过阅读不同的信息断片，发现新的空缺，探寻不同的可能性，在画面和文字、画面和画面的组合之中，辨认出故事走向和人物情绪的不确定性，由此产生自己的判断。

同时在读者阅读完整个文本之后，由于来自读者生活世界的新刺激和自我超越的自发性，在对整个文本的理解基础之上的新的空缺可能会再次展示出来，比如对文本中爸爸的繁忙工作的设想和同情态度就是儿童读者对新空缺的发现和新态度的生成。从这个意义上来说，文本的潜在空缺是有层级的，有些空缺容易被发现，有些涉及比较远离读者生活的人物，或者是作为自我之外的他者被意识到的某些人物，儿童读者对他们的生活、情绪、动机和渴望的发现则需要相对较长的时间和进一步的阅读，以及对他者的包容体谅之心，这些空缺较难被发现。

第三，读者可以在哪些位置发现空缺，这也是值得关注的问题。需要声明的是，笔者不是要分析空缺处于文本的哪些位置，因为空缺并不是文本所固有的，而是读者在文本中发现的。图画书文本和一般的文字文本有所不同，那么在图画书文本中哪些位置有潜在的空缺呢？笔者认为，潜在的空缺除了存在于文字中，还存在于图画中，以及画面和文字、文字和文字、画面和画面之间的中断上，此外在图画书的翻页上（两页之间）都可能有潜在的空缺。文字文本中的空缺这里不再详述，笔者主要根据图画书文本的特殊性对伊瑟尔文本空缺理论进行补充。

在画面叙事中所包含的潜在空缺有以下几种：1.画面上看到的是行为，则动机是空缺；2.画面呈现出场景，则情绪是空缺；3.当某一事物出现，对其出现原因的解释是空缺，尤其当一件事物与周围环境不和谐时，这种不和谐迫切地要求读者思考和解释，比如爸爸裤袋中露出的香蕉；4.在限制性视角所形成的画面中，读者所能看到的有空缺；5.画面的引申意义也会形成空缺，比如安娜坐在大床上，床架如监牢一样把她包围起来（见正文第9页），这幅画面中包含的象征意味也形成某种空缺，要求儿童读者对此做出进一步的思考，了解安娜的处境和心情。同样的状况也出现在书中描述安娜和父亲关系的那几幅占据整个单页的大图上（见正文第3、5、6页）。在访谈中，儿童读者对安娜独自看电视的画面反应很大，几乎所有的读者都特别提到了这幅画。之所以会如此，我认为也是和隐藏（空缺）于画面中的心理空间所形成的心理感受的强烈程度有关。这幅画在塑造安娜和爸爸的关系上，通过画面表达的情绪是很饱满的，比之厨房那幅（见正文第3页）读者更能理解到安娜的孤单和可怜。其他几幅图，比如在厨房或者在书房，所描述的还是相对比较日常的场景，而正文第7页的图则非常抽象和写意，删除了房间里其他东西，只留下安娜、电视和空旷的房间，营造出非常强烈的心理空间，而这正是画面要求读者去发现的，让读者去体验在这种状况下安娜的情绪。这种要求越强烈，儿童读者在阅读过程中所感受到的冲击就越大，通过这种方式，他们和文本与人物达成了某种共鸣。

第四，处于文本不同位置的空缺的重要性也是有所不同。儿童读者通过发现某些空缺，能更好地理解故事的内容，体验人物的情感，但即使没有发现这些空缺也不影响解读故事，它们只是起到锦上添花的作用，是文本阅读的额外价值。然而有些空缺则非常关键，如果作者没有发现这些空缺，则可能对整个故事的理解和评判都会有偏颇。对于起关键作用的空缺，潜在作者往往会有所侧重地通过文字和图画的描述来有意识地引导读者发现这些必须发现的空缺。空缺就像一道道门，跨过了这一道道门，文本就可能向读者呈现出完全不同的面貌。

第五，空缺不是孤立的，它们是相互联系而存在的。伊瑟尔将空缺和空白割裂开来固然有其合理之处，然而两者之间更存在不可分割的联系，空缺是空白的断片，空白是空缺的联结，所以空白所具有的联结属性同样也是空缺所具有的。空缺存在于事物与事物的联系之中，所指向的并不是呈现出或表述出的事物本身，而是与对事物的呈现和表述方式有关，它是文本可以忽略或隐藏的那部分内容，是需要给出答案却未被文本解释的内容，是应该说出却并未说出的那部分，是一整张"拼图"中至关重要的一块。

第六，空缺并不是固定不变的。读者从文本中发现的空缺在整个阅读过程中不断改变着形状，在新提供的信息和已有信息的缝隙之间逐渐呈现出来。这其中有部分原因是事物的联系往往存在着多种可能性。即使在读者读完整个作品之后，他们会得到相对完整和全面的信息去解读文本，然而这仍旧不代表所有的空缺都已经定型或者被发现，而只是空缺呈现出相对比较完整的形态之一。图画书是可以反复阅读的，在不断的阅读过程中读者可能又会有新的发现，获得新的信息，改变空缺的形状和整个文本的面貌。总而言之，空缺不是一幅已完成的画作中某些固定不变、先期预设的因素或空间，而是一幅未完成的画作，这幅画作在接连不断的变化中改变自身的形状和面貌，通过获得的信息和信息组合之间的变化，空缺的形状也随之改变，可供发现的空间也随之改变。经过以上改变，读者便开拓新的通道，建立新的限制，塑造出新的故事和包裹在其背后的新的想象空间。这一观点不仅适用于图画书，也适用于纯文本书。纯文本书也会以文字的形式提供少量信息，以使读者获得对文本面貌的片段式了解，有时也会在章节和段落之间刻意形成故事的某种非连续性，这种断裂感也会使读者获得某种不同的阅读体验。而图画书以文字和图画结合的方式，在讲述（文字）和沉默的存在（图画）之间营造出跳跃感和断裂感，更易于空缺的产生和形状变换。同时需要注意的是，这一状况不仅发生在阅读中，在阅读后的后续讨论过程（即对文本进行再阅读和再思考的过程）中也是如此。这一观点也可以解释为什么儿童读者在讨论谜题和立场时多次改变自己的看法，这和读者在讨论中改变、修正自己的想法从而获得对文本的新发现和新体验是相通的。

第七，在词语运用上，笔者不认为空缺需要以"填补"来完成，"填补"一词中始终包含着文本对读者的塑形，这也是伊瑟尔的理论强调的。正如上文分析所展示的，笔者认为应以"发现"来阐释读者意识到空缺的状态并给予响应，这些响应包括读者的思考、想象、联想、反思、质疑和一致性构筑等多种心理状态。

综上所述，通过对空缺的重新审视，笔者发现空缺并不是文本所固有的，而是在读者的阅读中被发现并进行思考、反思、联想和想象，根据读者的特质进行响应，并在此基础上构筑起的"新文本"。阅读的目的不是填空，空缺是读者阅读的结果，是通过读者的能动力量才得以真正实现的。下文将在此基础上进一步提出读者自主的阅读观念，并阐释其在理论上的意义。

2.3 读者自主及其在研究中的意义

笔者所指的"读者自主"并不是说读者不需要文本或者文本并不重要，而是指在阅读过程中，读者通过阅读将初始文本转化为"新文本"，使文本染上读者的个人特质而生成新的意义，在这一过程中读者必须发挥一定的自主性。

"读者自主"这一概念主要表现在三个方面：1. 读者可以自己做主，不受初始文本或他人想法的支配，从这点上来说，"读者自主"否定了文本的中心和权威，确立了读者在阅读中的地位；2. 读者可以自己选择、判断和确定文本内容和意义生成，这表明读者在阅读过程中是握有决定权的；3. 读者是有独立存在能力的个体，即使在阅读群体中也仍然表现出一定的独立性。也就是说，读者可以选择是更尊重文本或是更强化自身特质，也可以自主选择是进入文本深入思考还是游离在外不为所动，也就是说读者可以按照自己的意愿决定参与和卷入文本的方式，从而来完成自身与文本的关系建构。无论读者在这一过程中采取何种选择和判断，与文本形成和确立何种关系，在这一过程是否建构起属于自身的新文本，他们都相对于文本保持着独立自主的状态，笔者将其称为"读者自主"。

伊瑟尔虽然将读者引入了文学研究，探讨了文本和读者之间的相互关系，提出了读者的能动性和读者对文本的建构，但是他的理论是不彻底的读者反应理论。如果从读者反应的角度去看待文本分析，首先会发现文本分析的写作者也是文本的读者，所谓的对文本的分析说到底仍然是一种读者反应。伊瑟尔说："然而，读者却永远不能从文本中得知他的看法准确与否。"[1] 这一说法揭示出他的理论中存在的问题。什么才是准确的看法？与

---

[1] 沃尔夫冈·伊瑟尔：《阅读活动——审美反应理论》，金元浦、周宁译，中国社会科学出版社，1991，第199页。

文本相吻合的就是准确的，不与文本相吻合的则是不准确的吗？然而无人可以判断或给出标准确定怎样才是与文本相吻合的，因为文本本身是不可知的。于是可能有人会退一步说，与作者的创作意图相吻合的则是准确的，未与作者的创作意图相吻合的则是不准确的。姑且不论作者的创作意图是否能强烈准确地体现在文本中，作者的创作意图对读者的阅读会施加怎样的影响呢？答案并不是确定无疑的。作者和读者之间隔着文本，作者是通过文本与读者交流的，作者如果试图对读者施加影响也必须通过文本这一载体。而读者是自主的，阅读或不阅读、进入或不进入是读者具有的权利，读者可以对文本做出自己的解读，可以接受和拒绝他人的解读，可以从文本中创造出属于自己的新文本，而这正是初始文本向读者揭示出意义和面貌的过程，也是读者和初始文本建立关系的过程。

笔者通过分析访谈资料发现，对文本的解读也与读者自身的个性及阅读时的情绪息息相关。读者对文本的解读，使得文本不再是其自身，而是通过阅读而染上了读者的特质和情绪的文本。在此过程中，读者完成了对文本的把握和阐释，使文本真正成为"读者的文本"。由于仅仅用文本的概念无法解释这一现象，所以前文提出了初始文本和新文本的概念。初始文本和读者所理解的新文本是不同的，初始文本是不可知的，而新文本则是属于读者的，是为读者所理解和感受到的文本。新文本的概念本身彰显出读者在阅读过程中的追求满足和自我超越的状态，读者不是需要完全依赖于文本的弱者，而是可以将初始文本转换为新文本的读者。读者互动圈和读者共同体的建立将会进一步彰显出读者在阅读中的重要价值和强大力量。

读者自主这一观念对于研究和教学领域都具有非常重要的意义，它确定了读者在阅读中的自主性和独立性。当文本的权威被彻底打破，当文本的不可知得以揭示，读者对文本的解读将难以维持标准答案。读者对文本的解读本身就可能存在很大差异，过去我们所认为的误读可能会被作为某些个性化解读悬置起来，假以时日或许能获得认同，而不是过早地被铲除干净。

读者自主的概念是否应该包括儿童读者？答案是肯定的。这一概念正是从对儿童读者的研究中生成的。笔者认为，并不是说儿童读者必须从阅读中得到了什么成人认为惊人的结论，或者真正言之有物，阅读才有意义；如果按照费什的观点，把阅读（和广义上的理解）作为一个事件，那么这一事件发生的每个部分都有意义，每一次阅读的事件都是意义的具体化，包括那些交流过程并不流畅的环节。而从本书研究结果来看，儿童读者对文本的深入探讨和创造性建构足以说明他们作为一名合格读者的水平和能力是不容怀疑的。一般的读者反应理论并未涉及儿童读者，下文将在此基础上对儿童读者的阅读反应理论进行建构。

### 3. 针对儿童特点的读者反应理论建构

以往读者反应理论针对的多是成人读者，很少有研究关注到儿童读者这一群体。因此，笔者期望对相关理论进行补充和建构。这一部分主要分为两个方面：第一方面回答儿童读物文本的理想读者是怎样的，第二方面是对儿童读者群体的特殊性的概括。

#### 3.1 儿童文本的理想读者是怎样的

读者反应理论家都对文本的潜在读者提出了较高的要求，比如费什（1989）在他的感受文体学中将文本读者定义为有识的读者，这一读者有点类似理想的或者说理想化了的读者。费什界定的"有识读者"是这么一个人：第一，对构成那篇作品的语音运用自如的说话者。第二，完全掌握了成熟的说话者运用于理解的语义知识。其中，语义知识包括词汇学知识，也就是同时作为一名创造者与理解者的体验，搭配概率知识、成语知识、专业或其他术语知识，等等。第三，具有文学才华。费什对读者提出的这一要求，明显是与儿童读者不相符的。从儿童读者的年龄分布来看，他们难以达到作为理想读者或"有识读者"的标准，即便是对一些成人而言，理想读者或"有识读者"也会作为一种读者理想悬置起来，而并非能够完全达到。此外，费什的这一读者形象与现实存在的读者是相区别的。费什认为，有识读者既不是个抽象概念，也不是一个现实的活生生的读者，而是两者的混合物——一位竭力使自己有识的、实实在在的读者。

费什所要求的是有知识的读者，他对文本阐释的定义是读者在阅读中的每时每刻对语言的反应，这种自我解读确实需要有知识的读者即学者型读者才可能完成。在对现实儿童读者的研究中发现，儿童读者并不具有这种把握自己在阅读过程中产生的反应的自我意识，对这一感受的把握和分析往往是由笔者作为访谈者和数据的分析者才能实现的。然而，在某些情况下，儿童读者在阅读文本过程中产生了丰富和个性化的感受，这些感受值得被记录和分析，以获得有关儿童读者阅读的相关资料，探寻理论深化的可能。从另一方面来说，儿童读者或许达不到理想读者的要求，然而他们也可以进行阅读，他们也有发表对文本的观点和感受的需求。在读者自主的阅读观念中，不同读者对文本产生的不同看法，生成的不同体验，不能简单以好坏或对错来区分。因为文本自身的权威性是可以被打破的，每位读者都有平等的地位去阐释文本。儿童读者的观点和感受即使未与成人完全吻合，即使被成人认为是稚嫩的理解，也仍然是有价值的。

同时也要看到，费什所针对的是文学文本。读者在接触语言细节以及文本中的语句、短语等时所做的决定、期待、预测等，移植到图画书中，则成为对文字叙述、图画叙述、基于两者关系并翻页的决定、期待、质疑、预测等，这些感受有异于纯文本组合带来的感受，并不对读者的理解能力和文学能力提出过高的要求。也就是说，在儿童读者对图画书乃至儿童文本的反应中，理想读者并非是根据读者的知识结构、生活经验、理解水平等单方面加以判定和衡量的，而是要考虑到具有更为复杂的关联，包括与文本的创作意图及其达成程度、文本自身所期待的所谓"适合的读者"相关联。文本会对读者进行选择，同样读者也会选择文本，这种选择是相互的。

儿童文本有其自身对潜在读者的要求，这一要求有别于非儿童文本的要求，而过去的读者理论的概念都难以涵盖儿童读者这一群体。那么儿童文本所期待的理想读者是怎样的呢？笔者认为童书文本的理想读者应具备以下三个特点：

第一，对文本保持长久的敏感和兴趣，能接受开放性答案，并在阅读讨论结束之后继续与文本保持联系。

第二，能在关注文字的同时关注图画，重视细节，并创造性地理解文图关系，从而获得自己观点。

第三，能反思自己的观点，并加以超越。

同样儿童文本的理想读者并不是现实中的某一位读者，而是一位抽象的读者，但他同时又应有现实中的儿童读者的某些特质。从笔者自身被儿童读者激发的经历来看，现实中的儿童读者也具有成为文本所期待的理想读者的潜质。

当我们转而研究现实读者的时候，就必然会面对读者的个性化解读。从对儿童读者的研究中，笔者发现个性化解读是需要保护和促成的一种特质，这种特质会在儿童读者身上自然显现。他们在讨论中会形成令笔者震惊、给笔者以启发和触动的观点，但有时也会出现对所认识的事物维持刻板印象的倾向，如儿童读者对扉页中女主人公的认识和评价，比如一年级学生对父亲的头发、衣服颜色等形象的判断。如果把目光投向现实中的儿童读者，他们又具有哪些特质，下文将从理论上给予概括。

### 3.2 现实中儿童读者的特质

现实中的儿童读者千差万别，他们对文本的理解也千差万别，他们在不同的情境下阅读文本，所获得感受和体验也千差万别。在千差万别中，笔者试图概括出本次研究中所呈现出的儿童读者的特质，这一概念将有别于心理学、教育学等其他学科对儿童的特质阐释，而是从阅读反应的角度，通过有限的资料分析整理出来的。笔者认为，这一读者特质并不是普遍有效的，但从某种程度上反映出在当代中国的社会环境下，在北京这类现代化都市中，小学年龄段的儿童读者身上所体现出的某些特质，以期望其具有一定的启发意义。下面主要从三个方面进行概括：对单一性的追寻和确认、大声思考（Think Aloud）、儿童读者与儿童文本的关系建构。

#### 3.2.1 对单一性的追寻和确认

笔者发现，对单一性的追寻和确认存在于各组访谈之中，尤其表现在对谜题和主题的阐释上。除三年级的Z在分析作品谜题的时候提出了"有三种可能"的开放性答案外，各年级的读者们都试图从中选择最有可能的一个答案来作为最终结论，而难以同时接受几种可能。由此我们可以发现，儿童读者对不确定的文本存在某种无意识的排斥，试图从中择其一而定论的意向在某种程度上促成了儿童读者的进一步思考，使他们从中感受到文本给他们设置的挑战，他们不断质疑和反思已有的答案，来探寻那个看似"显然"存在的"最终答案"，在这一过程中他们对文本的理解不断得到深化，这是儿童读者对单一性追寻的积极的一面。然而这种意向也促成了访谈中普遍出现的"总结陈词"，也就是说，儿童读者们倾向于在讨论的最后对问题有一个相对确定的答案，以此来展示讨论的结果，为讨论画上句点。

暂且不论儿童读者是出于自身的内在需求或是已形成的阅读习惯表现出这样的行为，我们可以先分析这一行为产生的后果。从某种程度上来讲，"总结陈词"一方面帮助儿童读者对所讨论的问题进行梳理，加深印象；另一方面又因其开放性和多样性的欠缺而堵塞了重新思考和再次解释问题的其他可能性。"总结陈词"往往具有封闭性，它们为讨论画上句号的同时也为儿童读者的继续思考和探索画上句号。文本和读者之间的直接联系始于阅读开始的那一刻，其相互影响和关联则始终持续下去。虽然读者因为个人情况不同，与文本产生的关联强弱和方式各不相同，但若在阅读完文本、继而在分析讨论之后仍能对文本保持思考和兴趣，这也是值得鼓励的。从这一角度讲，封闭式总结对文本和读者关系的进一步深化起到了阻碍作用。

当然这其中也存在特例。三年级的 Z 在讨论中实现了超越观点，即完成了对审美对象的丰富性探索，同时保持了三种可能性的解读；五年级的 W 也从某种程度上实现了超越观点，她的梦境和爸爸扮演的观点同时存在。而大多数儿童读者的总结则对推进文本的理解并未起促进作用。三年级的 C 虽然确认了 Z 提出的多种可能，却将可能性缩减为二选一，其总结对维持文本和读者的后续关系并无益处。当然并不是所有儿童读者都能坚持到讨论结束，也有人会因缺乏兴趣而中途放弃，比如三年级的 L 和 Y。

### 3.2.2 大声思考（Think Aloud）

怎么想就怎么说，这是很多儿童读者在访谈中表现出的一个显著特质。他们并不认为自己所给出的答案就是最终答案，也可以毫不留情地舍弃自己已有的认识和答案。在思考的过程中，他们的思维过程并不是全然内化的，而是多在讨论和表述的过程中显示出思维和情感的组织过程。伊瑟尔曾提到读者在阅读文本过程中对文本信息的重新组织，对儿童读者来说这种思维和情感的重组过程多是在表述过程中完成的。他们在语言表述中整理着自己的思路，形成自己的观点，同时继续思考，调整自己的认识，对自我观点形成反思和质疑。这种特质在某些儿童读者身上表现得尤其明显，比如说Z，他对文本做出的反应非常迅速，他在表述的过程中组织思想和语言，而不是思考成熟了再发言。相对而言，同组的C就显得没有那么活跃，她的表述更多是内化过的，当然这种特质可能只是因为她的阅读同伴表现出如此高的积极性和表述热情时才予以较为明显的展现，并不能由此说明这是她的常态和一贯风格。然而在访谈中，C表现出在访谈者主动要求她时才会回答，但她并不是无法回答。恰恰相反，她的表述简洁、准确，而且答案前后的一致性很高。即使在这种情况下，笔者仍能看出她在和Z讨论谜题时思考的过程和思想的转变。可见她若遇到某个她无法立刻理解和获得答案的问题时，她会乐于去表述自己的想法，表达自己的认识和困惑。然而，对某些对她而言比较明确的问题，她则倾向于从内部进行迅速和完整的把握。无论是Think Aloud还是Think Inside都是一种思维方式，这两种倾向不仅存在于阅读中，在理论研究和艺术实践中也同样存在。比如姚斯和伊瑟尔在提出理论时的不同特质，比如米菲的作者和史努比的作者[1]在创作中也同样存在类似状况。从他们各自取得的理论和艺术成就来看，无论是哪种思维和创作方式都具有其自身的优势。就同为三年级的Y、L而言，Y更为内化，他不愿意主动表述，喜欢卖关子；而L则乐于主动回答问题，只是在表达技巧和表述质量上略有欠缺，但他们在组织语言时都表现出较为明显的思维过程的痕迹。

　　随着哲学的语言学转向，海德格尔提出语言是人类存在的家园（海德格尔，2004），将语言提到一种前所未有的重要地位。大声思考也被认为

---

[1] 米菲是荷兰著名画家迪克·布鲁纳创作的经典动画人物，诞生至今60年未改变过形象。而美国查尔斯·舒尔茨的创作方式则恰恰相反，其创作的卡通形象史努比自20世纪50年代诞生以来，形象一直在发生改变直至最终定型。

是一种学习策略，彰显出语言作为思维方式的重要地位；在阅读后续讨论中可以看出，大声思考作为把握思想的一种有效方式，对于形成观点与反观思想都存在积极作用。儿童读者总体更倾向于大声思考，大声说出自己的思维过程，而不知道这思想的洪流会把他们载向何方。文本为他们设置的障碍和挑战延长了他们阅读的时间，以及对文本进行感受、把握的时间。因此，他们对于不同人物视点的整体性把握、从不同视野到不同主题之间的转换，可能会存在相较于成人而言较明显的时间差，这也为他们的观点转变提供了一部分依据。当儿童读者以大声思考的方式表述出自己思想过程时，也为深入研究儿童阅读反应提供了良好的契机。

### 3.2.3 儿童读者与儿童文本的关系建构

儿童读者在阅读中同样存在读者自主的现象，但是这并不妨碍他们和文本建立起自己的关系，他们与文本的关系呈现出某些年龄阶段的特质。

笔者在高年级读者身上发现，他们和初始文本保持着距离，他们对联系自我经历非常克制，始终把注意力集中在文本上，就事论事地进行分析和讨论。在阅读观念上，他们属物我两分，也就是说儿童读者作为阅读主体对文本（阅读对象）做出的判断和评价是外在的、相对客观的。然而，在本研究中还能看到另一种倾向——儿童读者和初始文本的高度融合，也就是说儿童读者始终将自我带入到文本中，以这种方式来体验文本，从而获得对文本的完整认识。这种倾向在低年级的儿童读者中表现得尤为明显，他们在访谈中始终会谈到自己如何，对照着文本内容联系自身经历。而同样的状况在三年级的儿童读者中则有所缓解。由此可见，在一年级到五年级的儿童读者身上逐渐呈现出从自我主观转向文本客观的过程，由典型的频繁的代入式阅读转化为就事论事的评价。

低年级读者的带入式阅读更倾向于阅读体验的获得，此时读者和作品的分界是模糊的，读者倾向于和文本进行比较亲密的接触，往往能以较快的方式达成对文本的直观感受。从这个意义上来讲，代入式阅读也是一种有效的阅读策略。然而这种阅读策略也会存在一些问题，尤其是对尚未熟练运用它的儿童读者来说，自我意识有时会反客为主，从而削弱他们对文本的关注，使他们将重心集中在自我上，在阅读过程中出现注意力不集中、产生大量无关话题的问题。因此，这种阅读策略也会混淆儿童读者对文本的敏感把握。

通过进一步分析高年级读者与文本的关系，笔者发现他们更倾向于与文本保持一定距离来进行阅读和欣赏，这种阅读策略在更高的层面上展现出读者的自我和独立性，它不同于代入式的以自我为中心来理解文本的策略，但也有着内在的共同之处（都离不开读者的自我）。两相比较，低年级读者的"自我"显示出的层次较为浅表；而高年级读者将文本与自我分离并审视文本的那个"自我"，具有高度的自觉意识，更深刻地体现出读者自主的观念。

如果从建构新文本的能动性上来衡量，低年级读者的代入式阅读体现出某种以初始文本为基础的填充式阅读。当儿童读者的个人经历和感受大量涌入到初始文本中时，儿童读者基于此来理解文本，固然会形成对文本的切身体验，然而由此形成的文本面貌在多大程度上达成了"新文本"之"新"则是值得商榷的。将文本变为新文本的能力，应体现在对文本创造性的阐释中。高年级读者在自我之外对文本进行评价，他们对文本的理解程度和创造性往往并不比那些不断代入自我经验的低年级读者差，有时还会略胜一筹。他们在与初始文本保持距离的同时，也建立起属于自身的"新文本"。

综上所述，儿童读者和儿童文本关系的建构，会随着年龄增长呈现出不同特质。在小学低年级到高年级的儿童读者身上呈现出从自我主观向文本客观的转变过程，由频繁的代入式阅读转为就事论事的评价过程，同时其建构新文本的能力也随着年龄增长而呈上升趋势。

### 4.阅读共同体的理论建构

笔者不仅探讨读者和文本的关系，也把视角转向读者和读者之间，探讨读者之间的关系。在第五章，笔者论述了儿童读者互动的状况，两位儿童读者形成了最小范围内的读者互动圈。读者互动圈不是一个现实存在、可见和可触摸的事物，而是通过读者之间的交流而形成的可被意识到的网络互动系统。需要明确指出的是，文本并不是互动圈的中心，互动过程也并非全然是围绕文本展开的，这一互动圈并无中心。

在访谈中，我们可以看到儿童读者讨论过程受到多方面的影响，除响应笔者的提问外，他们会按照自身的理解和倾向去对文本进行评价，并表述自我。这种读者自发产生的对文本的解读和自我表述倾向使文本并不是理所当然地占据在互动和讨论的中心位置，有时读者会以自身也未察觉的方式使文本与自身发生关联，以自身经验响应文本并对文本进行解释，这些解释有时会不自觉地延伸到离文本很远的地方。无论是一年级的儿童读者频繁地联系自身经历去响应文本，还是部分五年级的儿童读者凭借自身的强烈个性为文本覆盖上带有个性化色彩的解读，或是部分三年级读者带有较为典型的拒绝文本阅读的排斥态度，都带有某种消解文本中心的意识，使读者自身在阅读中彰显出来。这种读者和文本之间的抗衡始终存在，这种抗衡以非常微妙的关系维系着读者和文本之间的关联，读者与文本之间也在读者的对话和影响中不断获得新的平衡。因为儿童读者在对话过程中不仅要平衡和文本的关系，也要根据阅读同伴的个性和阅读反应进行调整，以获得并巩固自身在新建立的阅读互动圈中的位置，在互动中承担一定的任务，从而影响互动圈的形成。这里所说的任务并不是他人交代某位儿童读者必须完成的任务，而是在互动过程中自发形成的，会对互动形态产生影响的某种承担。比如在五年级 W、B 的互动中，W 是当仁不让的主讲者，她思路活跃，想象丰富；而 B 并不试图占据主讲位置，他更乐于充当配角，且非常积极地参与到互动之中，在 W 表述完后立即迅速而默契地对 W 做出回应，这使他俩的互动非常默契、高度吻合。W 和 B 是同班同学且关系较好，他们将已经形成的某种互动方式代入到文本阅读中。W 和 B 在互动中有他们各自的位置和需要完成的任务，这些位置和任务不是任何他人分派的，而是他们在自身互动过程中摸索出来的，是符合双方特质和需求的。

当然也有一些儿童读者更倾向于立足文本，以文本为中心。但他们在解读文本过程中也会体现出强烈的个人特质，使文本和自我相结合，使文本成为属于自己的文本,这也为文本的去中心化奠定了基础。这一文本不再是初始文本,而是经过读者解读后不断呈现出新面貌的"新文本",包含着读者对文本的反应和观点,以及对这种反应和观点的各种表达方式和表达过程,正如上文所说的,这种表达具有数据性质,可以被转化为文本。此处所指的新文本是属读者个人的"新文本",无论通过何种方式获得,受到何种影响,最终都是被读者承认从而为读者所有的文本形态。

由于新文本的建立和读者自我意识在阅读中的彰显,初始文本难以占据互动圈的中心位置。每位读者仿佛是这一互动圈中的一个支点,透过自身和其他读者产生联系,也和文本产生联系。需要特别指出的是,网状互动圈结构的每一个联结点位置虽然是读者,但是这一读者并不是指确定不变的读者个体,而是指每位读者在互动过程中产生的对文本的各种反应和转变过程,确切地说,每一支点其实正是上文所说的经过读者解读后呈现出的"新文本"。这一支点远远不像看上去那样确定、牢固,而是处于不断生成变化的动态过程。每个支点都随时具有转变和生成的可能,这将构成一张不断变化的动态的大网,这张网也不是平面的,而是具有时间维度的立体空间,因为在不同的时期,每位读者的观点也会有变化,随之而来的整个阅读和互动过程也会有变化。

在阅读互动圈的基础上,笔者将进一步提出阅读共同体理论,并进行初步阐释。本书第三章曾讲到单一的文本信息和读者判断之间存在距离,而信息断片之间所可能形成的各种纷繁复杂的联结和组合则进一步拉大了这一距离。笔者认为,阅读共同体是缩小这一距离、丰富文本和读者世界关联的有效方式。它架起桥梁,让读者从个人的选择和探索中抬起头来,发现自身之外的世界和文本迷宫的广阔。它的起点是如此稀松平常的事情——翻开一本书,开始阅读。然而,在阅读中,在对阅读的讨论中,在对讨论的研究中,因为有不同读者的参与,一个多元的、多中心的阅读星系形成了,而且和星系一样迅速生长和膨胀。从这个阅读星系中,我仿佛可以想见那更为广阔的、无穷无尽的宇宙。阅读和讨论帮助人们从感受角度形成一个团体,同时又能在这一团体中保留自身的独立性,这是非常美妙的体验，也是一种富有意义的感受。

在笔者自身的经验中，当笔者为儿童读者的观点所激发时，笔者尤其强烈地感受到自己身处于某种特殊的团体之中，并作为这一团体的一分子而存在，这是某种叩动心灵的体验和发现，伴有强烈的情感体验和认知上的收获。我们并不是因为文本被关联到一起，而是由于每位读者的个人参与和主动性，使这一团体向我们打开了大门。笔者认为，某些儿童读者或许并不能切实感受到这一团体所具有的强烈魅力，比如三年级的Y，因为他在互动中持有拒绝进行下去的态度，他始终在自我之中，不愿与同伴L共同阅读，也并未感受到其中的乐趣，而只是在被动地完成某一任务。但即使如此，Y和L的阅读共同体也确实存在，只是它呈现的方式十分粗糙，阅读同伴之间较少沟通和关联，与文本并未形成令读者自身印象深刻的对话，互动圈的支点本身模糊而脆弱，这使得整个互动呈现出某些不良状况，而产生的互动圈文本则显得暗淡、浅显而缺乏力量。

在良性的阅读共同体中，读者既可以不断深入到自我和内心之中，也可以转过身来观看外在的世界和他人的内在。阅读共同体提供了多层面、多角度、多视野及其相互间关联和对话的可能性，同时也给予读者保持自身独立性的机会。读者可以选择接受或不接受阅读同伴的意见，他们具有维护自己观点的自由，同时也具有改变自己观点的自由。下文将进一步就与之相关的概念做深入探讨。

4.1 阅读互动圈和阅读行星系

在前文中，笔者指出文本并不是阅读互动圈的中心，阅读互动圈是无中心、多层面、多角度的，犹如不断运动、膨胀和向外扩展的行星系。作为立体网状结构的互动圈同时包含着时间维度，每位读者在不同时期对文本的不同理解也被纳入其中，网状结构的每一支点其实正是上文所说的经过读者解读后呈现出的"新文本"。

阅读互动圈是一个自然形成的阅读体系，即只要阅读过程发生，阅读互动圈就会自然生成。阅读互动圈主要包括三个层面的互动：读者与文本的互动、读者与自身的互动、读者与读者的互动。前两个层面的互动在阅读中便已发生，而这三个层面的互动在阅读后续的讨论中均会发生。在这三个层面的不断变换运转下，阅读互动圈成了一个不停运动的、具有生成性和发展性的整体。在互动圈中，无论是读者还是文本都是在运动之中的。

无论伊瑟尔还是费什都提到了读者与作品的运动状态。伊瑟尔是这么说的："当读者接触到文本提供的一些角度，把不同的所见相互联系起来时，他便使作品及它自身处于运动状态。"[1] 然而同时他又指出阅读交流的特殊性："阅读中的相互作用与社会交际中的相互作用的一个明显的区别是，阅读不是面对面的交流。一部文本在它与读者的接触中，自身不能随机应变。"[2] 这两处论断是矛盾的，但如果用"初始文本"和"新文本"的概念则可以顺利解决这一难题。在与读者的接触中，难以"随机应变"的是"初始文本"，然而经过读者阅读建构起的"新文本"则是处于不断的转变和运动之中的。这些"新文本"作为阅读互动圈网络中的支点，使得整个互动圈具有不断生成转变的特性。此外，伊瑟尔之所以认为阅读不是面对面的交流，是因为他所指的阅读是处于"阅读中"这一阶段的，这一阶段随着文本阅读的完成而结束。在这一过程中，读者与文本的交流自然不是人与人之间面对面的交流。然而需要指出的是，阅读活动还包含着阅读的后续讨论阶段，其中涉及大量读者和读者之间面对面交流的可能性，而且即使在阅读中，也存在着读者与自身的交流。

阅读互动圈将阅读中和阅读后续阶段的整个阅读过程都纳入其中，呈现出阅读所具有的交流本质，这是具有进步意义的。然而，阅读互动圈这一概念也具有一定的局限性，主要在于它不足以描述这一互动的自发性质和内在动力。因此，笔者进一步提出阅读行星系这一概念，试图借助于宇宙学的概念来为下一步研究提出问题。

---

[1] Iser, W., "The reading process: A phenomenological approach," In *Reader-response criticism: From formalism to post-structuralism*, J. P. Tompkins ed. (Baltimore: Johns Hopkins University Press, 1980), pp50—69.
[2] 沃尔夫冈·伊瑟尔：《阅读活动——审美反应理论》，金元浦、周宁译，中国社会科学出版社，1991，第199页。

## 第六章 结论

  阅读的个体、群体和文本仿佛置身于一个行星体系之中。这一体系同样适用于阅读过程中和阅读后续讨论阶段。迫切需要解决的问题是，在阅读行星系中，同样存在自转和公转的运动，那么是谁围绕谁转呢？是文本围绕读者还是读者围绕文本？笔者认为两者皆否，而是双方围绕一个自身之外的共同中心转，而这一中心就是读者建构出的"新文本"。文本和读者对这一新文本产生影响，同时新文本作为公转中心也对读者和文本各自产生影响。而共同中心的位置是由读者和文本的关系与力量对比所决定的。如果读者自身的个性或特质足够强大，或者读者足够自我，那么新文本所在的中心就会更靠近读者位置；如果读者更倾向于基于文本进行建构，则共同中心位置则会倾向于靠近文本；还有一种可能是双方势均力敌，那么这一共同中心则可能在文本和读者连线的中心位置。这一中心位置不是固定不变的，而是随着读者和文本的关系变化和力量比例的变化而产生相应的变化。

  同样，读者和文本的运动可以以自转来解释，读者在自转的同时也围绕"新文本"公转，这既显示出读者自主的状态，又揭示出读者与自身的互动，以及读者在这一过程中所受到的外力的影响，通过这些共同的作用来呈现和改变自身。

  阅读行星系的模型与宇宙中的某些状态存有相当的契合度，故而运用这一概念来解释阅读中的互动体系。宇宙在以令身处其中的人难以察觉的方式扩张着，这同样也很符合阅读的实际状况。阅读也是一个逐渐膨胀的过程，因思维的碰撞、情感的汇聚、观点的角逐，这一行星系以相当快的速度变换、交替、融合、对立，并再度变换、交替、融合、对立……从而以上述种种方式持续运动，并生成新文本。正如笔者在前文中所指出的，如果可以将阅读互动圈和阅读行星系作为文本来看待，或者以某种方式将其生成和运动作为文本保存下来，那么它们则具有相当重要的数据价值。它们是超越初始文本和读者个体的、研究互动关系和动力模型的完整、系统的文本数据，这为研究读者阅读开辟了颇有价值的空间和思路。

  当然这一概念本身也具有局限性。此模型只能说明读者和文本、读者和自身、读者和读者之间的相互关系,及其所普遍维持着的运动状态,却无法说明上述三个层面之间所产生反应和对话的具体形态和方式。这是一个宏观模型,是以笔者为研究工具和研究对象,结合笔者在研究中所受到的启发,采用以访谈小组的方式进行阅读讨论的研究过程,由此得出阅读讨论组的互动模式。然而在互动过程中的微观方面,这一模型仍然是不足够的,有待于后续的研究和讨论。

### 4.2 阅读共同体核心理论

笔者认为,阅读共同体具有把身处其中的读者联系在一起的力量,使读者可以在保持自身独立性的基础上倾听和了解他人的观点,在向内探求自身的同时向外扩展,发现自我之外的世界和他人的内在。下文将对这一理论进行深入建构,要回答的问题主要包括:阅读共同体是什么?它是如何形成的?阅读共同体的意义、阅读共同体中读者的权力和身份是什么?引力和动力的来源是什么?

#### 4.2.1 阅读共同体的概念、形成和影响

阅读共同体是在阅读互动圈的基础上形成的。儿童读者通过阅读活动相互熟悉、相互影响,建立起阅读同伴的关系并组成讨论小组,共建出一个团体,这就是阅读共同体。

在阅读共同体中,儿童读者之间形成一定的互动特质,共同影响着阅读的深度、思想的透彻度和观点的表达方式,营造出互相激发、彼此促进和学习的阅读状态。阅读共同体是一种合力,存在于单个读者之间,也能容纳多位读者的共同参与。需要说明的是,阅读共同体不仅包括儿童,也可以包括成人,并不要求统一读者年龄,可以尝试混龄阅读。当然,要使不同年龄段的儿童参与到阅读共同体之中并达到较好效果,也要细致考虑年龄这一因素。阅读共同体可形成的范围非常广泛,不仅可以发生在课堂上,也可以发生在课外的任何地方,只要符合一定的条件,即参与者都阅读过同一文本并开始讨论这一文本。

阅读共同体并不是固定的组织,而是一种可自由结合、解散的团体,具有较大的灵活性。它是因阅读过程的展开而实时形成的,也会因阅读和

讨论过程的结束而暂时解散。但它的影响并不仅仅局限于单一的阅读和讨论过程，它以某种微妙而不易被察觉的方式改变着参与者作为读者的体验，从而对后续的阅读活动产生影响。这种影响或许难以衡量，但是无论在单一个体组成新的阅读共同体的过程中，还是在阅读同伴重聚时，无论是阅读同一文本还是阅读其他文本，之前自阅读共同体得到的经验和体会都会以印象、记忆或者其他的方式留存在个体之中，并通过个体继续产生影响。

要特别指出的是，读者反应理论的旗手费什（1989）曾在他的感受文体学（Affective Stylistics）这一理论中提出"阐释共同体"（Interpretive Community）的概念，这与笔者所说的"阅读共同体"是完全不同的两个概念。"阐释共同体"从属于语言的规则系统，是在读者阐释文本时所使用的一种隐含机制。张廷琛主编的《接受理论》所收录的费什的《文学在读者：感情文体学》一文中指出："如果说一种语言的人共有一套各人已不知不觉内化了的规则系统，那么理解在某种意义上就会是一致的，也就是说，理解会按照大家共有的那个规则系统进行。"而笔者所谓的"阅读共同体"则是发生在阅读中和阅读后续阶段的，是因为读者之间、读者和文本之间的相互关系及见解的异同而构成的交流和对话关系的综合团体。

阅读共同体具有非常重要的作用。首先，从交往理论上来看，它使阅读成了人与人之间、人与书之间交流的平台。社会交往中人与人之间的体验的距离，这是已经获得验证的、我们难以体验到他人的体验，这正是交往产生距离的根本原因。然而阅读共同体提供了一个机会，让读者互相交流分享，并深刻地揭示出阅读在人际交流方面的特性。文本应该成为读者表达自我、审视和反思自我、与他人达成交流的通道。文本要为读者所用，而不是读者为文本所限制。在本次研究中也是如此，笔者并不认为自己可以还原儿童读者在阅读这本图画书当时的切身体验，而只能通过访谈方式获取他们对所阅读的图画书的认知和评价，观察他们的思维过程和表述情况，从而揣摩他们阅读的心理过程，分析图画书文本对他们做了什么，由此打开理解儿童读者和倾听儿童读者的一扇大门。

其次，正如上文已经多次提及的，个体读者的反应是众多读者反应中的一个，读者在某一时刻建构起的新文本只是在初始文本基础上的一种形态。从这个意义上来说，建立阅读共同体，使读者通过与其他读者交流而获知自己的局限性，倾听他人的想法，从另一个角度进入文本，提供开放性的讨论环境和交流机会，这是阅读共同体的根本价值所在。

最后，就儿童读者角度而言，阅读共同体也具有尤为重要的价值。儿童读者并不需要自己多有学识，才能完成费什所期待的读者对文本的反应。儿童读者从与自身、与其他儿童读者和成人读者的联结中挖掘和引发出巨大的思想力量，这一力量是无穷的，是不停地运动着的。他们可以通过组成阅读小组形成阅读共同体，交流和探讨对文本的看法。对儿童读者而言，这是非常有效且有益的一种阅读方式。当然这种方式对于成人读者而言或许同样有效且有益，然而其对儿童读者的阅读具有更为重要的意义。

4.2.2 阅读共同体中读者的权利和身份

阅读共同体是以阅读为主要活动的团体。它有别于课堂教学，是基于对文本的讨论自发形成的，并不带有过多的目的性。在阅读共同体中，读者有权利对作品保持沉默或者不予认同，读者有权利继续阅读和讨论，也有权利结束阅读和讨论。这些特点同样适用于儿童读者。并不是所有读者都需要对某部作品保持高度的兴趣和专注度，同时由于阅读共同体中读者的阅读、讨论过程具有很强的偶发性，我们也无法用对某一文本的阅读、讨论效果评价某一儿童读者的整体阅读水平和能力。同时，笔者在研究中发现，兴趣并不是阅读文本并进行分析和讨论的前提，也就是说，即便是对作品的兴趣和评价不高的读者也同样可以参与文本讨论，并从中获得较多收获和启发。

罗森布拉特（1985）认为，个体的阅读行为是个体和群体生活进行时的一部分，是受一系列特定因素影响的个体与文本间的交互行为。笔者发现，在阅读共同体中，读者自身的个性并没有被抹杀，而是通过对整个阅读共同体产生影响来显现自身特质，身处阅读共同体中的读者既是独立个体，同时又是阅读共同体中的一员，既保留了个体的某种属性，同时又具有群体的性质。此外，处于阅读共同体中的儿童读者之间也存在某种关联。同一小组的读者展示出某种相似性，这种相似性是建立在个体差异性基础上的。比如有些读者在同伴提出某一观点后并没有口头表述自己赞同或反对，但在之后的表述中就会自动引用对方的观点，表示出默认对方观点存在某种程度合理性的倾向。这种模仿倾向与类同性并不仅仅局限在观点方面，有时出现在潜在阅读策略、和文本对话的方式等方面，甚至有时也会出现对对方思考方式的模仿。由于现实情况的偶发性和错综复杂，笔者并未深入了解单一读者的个性和阅读习惯，所以难以简单判断某些行为是出于模仿还是纯粹基于个性。然而正如第五章所论述的，各个阅读小组在某种程度上显示出某些不同层面的相似特质，显示出潜在的互相学习和互相强化的倾向。各个阅读小组成员出于对某种策略和方式的认同而迅速将某种行为内化，并在自己阅读和思考中尝试，而一方的观念或行为认同又会反过来对另一方造成影响。这种相互影响和相互学习的内在机制的形成又会进一步影响整个讨论的过程，进一步塑造阅读共同体的氛围，有时甚至会决定阅读与讨论的走向和收获。

4.2.3 阅读行星系的假设

为了建构阅读共同体理论，我们需要先阐释某些核心概念。下文将借助宇宙星系的概念进行假设，从力学的角度就阅读共同体中各因素的相互影响进行分析，进而阐释读者、文本在阅读共同体中所受到的作用力。这一部分所提出的概念为：阅读中的万有引力、阅读向心力和阅读离心力。

阅读中的万有引力：万有引力定律是艾萨克·牛顿提出的，主要应用于数学、自然哲学、物理学等学科，这里将借用"万有引力"的概念来阐释笔者的观点。在阅读共同体中，读者和文本、读者和自身、读者和读者之间都存在着因阅读活动而产生的一定的牵引力和约束力，这种作用力是两两相互的，又共同形成更大的合力。这一读者、文本、自身两两之间具有的作用力可被称为"万有引力"。每位读者和每一文本所具有的对其他事物的作用力的大小强弱和作用方式都不尽相同。阅读也可以是一种力量的角逐。力的来源纷繁复杂，主要包括文本、社会情境、读者个人及阅读策略和交流方式及障碍等因素。

阅读向心力：如果阅读共同体中的读者、文本之间能够产生足够的相互吸引的关系，形成的向心力就能保持讨论的继续。其中"心"指的是所有身处其中的读者与"新文本"之间的合力中心，是阅读行星系中所有参与者和文本共同生成的力的中心。然而由于两两之间也存在力的作用，身处阅读共同体中的读者可能受到来自不同方面的力的影响。所以阅读共同体不是单一中心，而是多中心、多交互、多层面的。

阅读离心力：阅读共同体中有向心力同样也有离心力。阅读离心力指的是整个阅读过程中，在读者和读者之间，读者和文本之间，甚至读者和自身之间相互排斥的力量。有时候读者间的竞争关系过强，读者间互相防备，或者某些环境和情绪因素，或者对于文本的本能的不喜欢和无法接受，都会形成斥力，从而成为阅读过程中的离心力。

在这里要特别说明的是，自我意识在阅读万有引力中的作用非常微妙，读者自我的代入可能是促使向心力形成的重要因素，也可能是产生离心力的因素。自我意识过强可能会造成读者在表述中过于强调自己的经历和体验，从而无意识地忽略对文本的关注，比如一年级的儿童读者更喜欢在文本中频繁联系个人经验，而有些五年级的读者则看待任何事物都能从中读出欢乐，这些现象都显示出比较强烈的自我意识。然而在一般情况下，儿童读者鲜有对自我的明确意识。这种意识包括意识到自己在说什么或做什么，并对自己的观点和行为进行反思、判断和修改。比如当五年级的读者过于快活兴奋而跑题时，他们会主动阻止自己的行为，将注意力重新拉回到文本中来。

需要强调的是，以上只是一个假想的模型，用以引发想象和提出问题，至于这一模型是否符合现实，超出了本研究的范围。

### 5. 提出的重要概念

下文将列出及简单说明以上讨论所提出的重要概念。

#### 5.1 观点转变

研究发现，观点转变的现象普遍存在于儿童读者的阅读反应中。本书从理论上论述了读者"观点转变"的合理性，并与伊瑟尔的重要概念"游移视点"相对照，分析两者的关联与不同。"观点转变"指读者通过构建所形成的整体观点上的转变，这一转变不仅是读者视角和视点上的转换，也是读者在对文本的各种信息进行综合、重构基础上所形成的对文本整体内容的再认识。这一观点上的转变和游移是读者在阅读完成后与文本继续产生互动的证明。在转变的过程中，读者才是主导者。观点转变是发生在儿童读者与文本、儿童读者与自身、儿童读者和其他儿童读者之间的互动中。通过深入的论述，本书确立了"观点转变"的概念地位及其在读者阅读过程中的重要而普遍的价值。

5.2 意义个体化

笔者认为，意义不是文本所具有的，而是读者建构的；意义不是原本自带的，而是逐渐生成的；意义的产生不是一蹴而就的，而是经历了不断变化、转换、调整、平衡的过程。通过对意义的追寻，读者形成不同的观点，并在这一过程中达成观点转变。意义的生成具有某种偶然性，意义是相对于读者个人的意义，个体发现意义的时间和契机、发现的意义的具体内容、对自身的影响和感受等因素不同，生成的意义就会不同。脱离读者的个性的普遍的意义是不存在的，从这个意义上说，意义是个体的意义，意义只有作用于个体才能彰显其价值，这就是意义个体化。这一概念进一步确立读者在阅读中的主体地位和重要价值。

5.3 自主

本研究认为，文本从根本上来说并没有打破读者的自主性，文本的内容（包括谜题、人物和主题）都要经过读者的把关才能为读者所理解或接受，文本中的所有信息都要接受读者的判断才能真正为读者所消化，而创造性阐释则更依赖于读者重构文本的能力。文本不但没有打破读者的自主性，反而使读者的自主性进一步强化和凸显。读者在对文本进行个人解读后，建构出属于读者自己的新文本。读者不是需要完全依赖文本或必须处处以文本为首的弱者，而是具有强大潜能的可以转换"初始文本"为"新文本"的读者。

5.4 非判断性响应

非判断性响应是读者互动中十分重要的一种响应，只在特殊情况下产生，体现出儿童读者对他人与自身差异性的认识，同时展示出对他人和自身阐释权利的初步意识。它不同于在交流观点和看法时产生的赞同、反驳、忽略和攻击等响应方式，而是以某种非价值判断的方式做出回应。非判断性响应主要发生在表述个人喜好或个人经历时，儿童读者往往在对方的陈述上继续自己的表述。

5.5 小组互动的整体特质

同一小组的互动存在某些整体特质。所谓整体特质是指以讨论小组为单位，同组的儿童读者之间通过互动形成某种焦点目标和方向上的共通和趋同，最终形成了互动小组的整体风格、质量和特性。这一概念充分解释了小组内部在互动过程中所体现出的整体面貌和趋同性，同时据此将不同的讨论小组相互之间区分开来。即使读者讨论的是同一文本，也会形成不同的小组互动的整体特质。儿童读者的阅读同伴关系的生成，从某种意义上来说促成了小组互动的整体特质。儿童读者之间的差异性则为小组互动的整体特质的形成奠定了基础。小组互动的整体特质是在互动过程之中形成的，是一个相对概念，而不是绝对概念。

5.6 良性互动和不良互动

如果我们对小组互动过程和互动效果进行评价，则可大致分为良性互动和不良互动两类。所谓良性互动，是指互动双方能聚焦于所讨论的内容，在倾听对方观点的基础上表达自己的观点，顺利进行沟通和交流的互动过程。所谓不良互动，则是指由于个体差异或互动模式等外在与内在原因，互动双方存在沟通和交流障碍，从而使得阅读讨论难以继续进行的互动过程。笔者提出良性互动和不良互动的概念不是为了将小组互动状况进行归类，而是为了在良性和不良的两个支点的连线中找到互动小组所处的位置，以此对互动状况和互动效果进行评价。比如同为良性互动的小组，也可能存在各种不同的状况，有的小组成员能够相互补充、彼此增进，形成讨论的合力；有的小组虽有互动，但点到即止。这两种小组良性互动存在程度和效果上的差别。同时需要说明的是，无论是良性互动还是不良互动，都不是从一开始就已经形成的，而是在不断的互动过程中通过双方行为和模式的不断重复、积累而逐步形成的。互动过程强化了儿童读者所表现出来的个人特质和差异，儿童读者的个人特质和差异又极大地影响了互动的进行，对互动产生促进或阻碍作用。

5.7 初始文本、新文本和互动圈文本

由于文本概念无法准确表述阅读过程中读者的能动性及其对文本所进行的主动建构，故而本书提出了"初始文本"和"新文本"两个概念。初始文本是指最初为读者所阅读的文本，这一文本往往有看似固定的形态，是通过纸质书籍或电子书籍的形式保留下来的，可以被不同的人反复阅读。新文本是指读者在阅读过程中或阅读后的讨论中构建起的文本，这一文本不同于初始文本，每一读者所建构的新文本的面貌也可能十分相似或完全不同。读者在阅读过程中始终具有主动选择是否建构以及如何建构的权利，生成的新文本与其说是初始文本的分身，不如说是印刻上读者个人色彩和观念意识的自我的产物。新文本的概念本身彰显出读者在阅读过程中的自主状态。

经过读者阅读和讨论的"初始文本"将成为"新文本"，在众多读者建构起的"新文本"的基础上，会呈现出崭新的不同形态的"互动圈文本"。互动圈文本同时包括读者阅读初始文本时所产生的反应、这些反应生成的过程，不同读者之间相互影响和交流的过程，以及文本被讨论和不断扩大自身作用的过程，包括观点的生成、观点的转变、质疑和反思、不理解、获得的乐趣等。所有这些因为阅读和讨论初始文本而产生的诸种形态，形成了一个更为错综复杂的带有多种生成可能性和发展潜能的文本，这一概念将读者和文本共同纳入其中，甚至可以继续容纳不同读者加入的生成性的文本形态。所谓生成性，是指互动圈文本并不是固定可见的，在不同的时刻可能会面临不同的状况和变化，因为不同读者的参与、各种元素的介入都可能会影响文本的生成，从这个意义上来讲，互动圈文本的生成是偶然的，是不可复制的，也是动态性的变化过程。

5.8 阅读互动圈和阅读共同体

阅读互动圈是一个自然形成的阅读体系，即只要阅读过程发生，阅读互动圈就自然生成。阅读互动圈主要包括三个层面的互动：读者与文本的互动、读者与自身的互动、读者与读者的互动。前两个层面的互动在阅读中便已发生，而这三个层面的互动在阅读后续的讨论中均会发生。在这三个层面的不断变换运转之下，阅读互动圈成为一个不停运动的、具有生成性和发展性的整体。在互动圈中，无论是读者还是文本都是处在运动之中的。阅读互动圈这一概念容纳阅读中和阅读后续阶段的整个阅读过程，呈现出阅读所具有的交流本质。

阅读共同体是在阅读互动圈的基础上形成的。儿童读者通过阅读活动相互熟悉、相互影响，从而建立起阅读同伴的关系并组成讨论小组，共建出一个团体，这就是阅读共同体。在阅读共同体中，儿童读者之间形成一定的阅读和讨论氛围，共同影响着阅读的深度、思想的透彻度和观点的表达，营造出互相激发、彼此促进和学习的阅读状态。阅读共同体是一种合力，存在于单个读者和单个读者之间，也能容纳多位读者的共同参与。

### 5.9 阅读向心力、阅读离心力和阅读中的万有引力的假设

由于阅读互动圈这一概念具有一定的局限性，不足以描述儿童阅读图画书时互动的自发性质和内在动力，因此本书提出阅读行星系这一概念模型作为假设，试图借助于宇宙学的概念来提出问题。阅读的个体、群体和文本仿佛被置于一个行星体系之中，这一体系同样在阅读过程中和阅读后续讨论阶段都适用。双方围绕一个自身之外的共同中心在转，而这一中心就是读者建构出的"新文本"，这一共同中心的位置由读者和文本的关系与力量对比所决定。

若我们以上述假设来思考和建构阅读共同体理论，需要阐释某些核心概念，包括其中涉及的阅读共同体的向心力、离心力和其他万有引力及其转化。这三个概念与阅读行星系的概念相契合，从力学的角度分析阅读共同体中读者、文本所受到的作用力。

阅读向心力是指如果阅读共同体中的读者、文本之间能够产生足够的相互吸引的关系，二者形成的向心力就能保持讨论的继续和展开。"向心力"的中心是所有身处其中的读者与"新文本"之间合力的中心，是阅读行

星系中所有参与者和文本共同生成的力的中心。

阅读共同体中有向心力同样也有离心力。阅读离心力指的是整个阅读过程中在读者和读者之间、读者和文本之间、甚至读者和自身之间相互排斥的力量。有时候读者间的竞争关系过强，读者间互相防备，或者某些环境和情绪因素，或者对于文本的本能的不喜欢和无法接受，都会形成斥力，从而成为阅读过程中的离心力。

本书借助于牛顿的万有引力来阐释在阅读共同体中，读者和文本、读者和自身、读者和读者之间都存在着因阅读活动而产生的一定的牵引力和约束力，这种作用力是两两相互的，又共同形成更大的合力。这一读者、文本、阅读共同体的其他读者两两之间具有的作用力可称之为"万有引力"。阅读是一种力量的角逐，从力的角度而言，阅读共同体是一个力的集合。形成万有引力的因素纷繁复杂，主要包括文本因素、社会情境、读者个体差异、阅读期待、阅读时的情绪、专注度、阅读策略、交流方式等因素，而这些不同引力亦会互相转化。

5.10 "阅读中"和"阅读后"：对阅读过程的划分

本研究将阅读的完整过程划分为两大阶段：一是以阅读行为主导的实时文本阅读过程，这一过程随着文本的阅读结束而结束；另一个过程是阅读完文本之后思考和讨论文本的过程，这是阅读的衍生和后续阶段，也是阅读活动中至关重要的过程。先前的读者反应理论大多研究的是第一阶段，而对第二阶段的关注有所欠缺，本书试图弥补这一空白。

5.11 理想的儿童读者

现实中的儿童读者千差万别，不同儿童读者对文本的理解也千差万别。他们在不同的状况和情境下阅读文本，所获得的感受和体验也千差万别。在这千差万别之中，笔者试图概括出本次研究中所呈现出的儿童读者的特质。这一读者特质不是普遍有效的，但从某种程度上反映出在当代中国的社会环境下，在北京这类现代化都市中，小学年龄段的儿童读者身上所体现出的某些特质，主要有以下三方面：一是对单一性答案的追寻和确认；二是"大声思考"，说出自己实时的思维过程；三是在儿童读者与儿童文本的关系建构方面，随着年龄增长呈现出不同特质，从小学低年级到高年级的儿童读者，逐渐呈现出从"自我主观"转向"文本客观"的过程，由频繁的"代入式阅读"转为以"就事论事"为主的评价过程，同时其建构新文本的能力也随着年龄增长而呈上升趋势。

已有的读者反应理论针对的是一般读者，并未真正关注到儿童读者这一群体，已提出的"潜在读者""理想读者"等概念也并未从读者的年龄角度予以区分。笔者试图破除这种对读者年龄一概而论的状况，将视角聚焦于儿童读者，初步建立起针对儿童特点的读者反应理论，主要分为两个方面：首先概括出儿童文本的理想读者是怎样的，然后再阐释现实中呈现出的儿童读者的特质。

理想的儿童读者一般包括下述三个方面特征：1. 对文本保持长久的敏感和兴趣，能接受开放性答案，并在阅读讨论结束之后继续与文本保持联系；2. 能在关注文字的过程中关注图画，重视细节，并创造性地理解文图关系，获得自己的观点；3. 能反思自己的观点和看法，并加以超越。

5.12 阅读星系的想象

本书对阅读共同体的理论进行了建构，在读者互动圈的基础上进一步提出了阅读行星系的概念，借用宇宙学的概念阐释阅读理论。

阅读共同体随着阅读过程的展开而实时形成，也会因为阅读和讨论过程的结束而暂时解散。但阅读共同体的影响并不仅仅局限于单一的阅读和讨论过程，它以某种微妙而不易察觉的方式改变着参与者作为读者的经验和体验，从而对后续的阅读活动产生影响。它使阅读成为人与人之间、人与文本之间交流的平台；使读者通过交流获知自己的局限性，倾听他人的想法。在阅读共同体中，读者有权利对作品保持沉默，有权利继续阅读和讨论，也有权利结束阅读和讨论。身处阅读共同体中的读者既是独立个体，又是阅读共同体中的一员，既要保留个体的某种属性，同时又具有群体的性质。

5.13 对空缺理论的修正和补充

以往理论认为文本空缺是文本所固有的，本书反驳了这一观点。笔者认为空缺是读者对文本的个人选择，是被读者发现并经过读者判断和解读之后才真正得以实现的。空缺是在文本阅读中生成的，在阅读完整个文本后对空缺的新发现仍会继续生成。空缺形成于读者所经历到的文字里、画面中，以及画面和文字、文字和文字、画面和画面之间的中断，在图画书的翻页（两页之间）也存在空缺。处于不同位置的空缺的重要性也是各不相同。空缺不是孤立的，它们相联系而存在。空缺不是固定不变的，从文本中发现的空缺在读者的整个阅读过程中都在不断转变，在新提供的信息和已有信息的缝隙之间显现出来。空缺是读者阅读的结果，是通过读者的能动力量才得以真正实现的。

### 6. 由研究者身份引发的重要思考

在整个研究过程中，笔者身兼多重身份，既是访谈资料的收集者，也是数据的分析和研究者，同时还有一个非常重要的身份——文本的读者。

在访谈之前，笔者需要设计访谈问题和研究方案；在访谈中，笔者作为访谈者向儿童读者提问；在后续研究中，笔者对数据进行整理和分析。这是笔者作为研究者在研究中所承担的各种身份。与此同时，笔者也是文本的读者，这一身份隐含于研究过程的始终。从最初选择图画书《大猩猩》作为研究材料开始，到后来在访谈中倾听儿童读者对文本的观点，再到后来对儿童读者的反应进行分析阐释，笔者需要不断地阅读文本，笔者作为文本读者的身份始终存在。如果将目光投向更久远之前，其实早在这项研究开始之前，笔者就已经接触到这一文本了。从第一次阅读图画书《大猩猩》开始，笔者就已经是文本的读者了。从这个意义上来说，笔者作为文本读者的身份比作为研究者的身份更为漫长。在开始这项研究之后，笔者才真正作为研究者与文本建立起了新的关系。

准确地说，作为研究者，笔者的研究对象并不是文本，而是儿童读者对文本的反应。然而在这项研究中，文本承担着不可或缺的作用。只研究儿童读者的反应而不研究文本，这是研究本身所不允许的，事实上也难以做到。在对儿童读者的反应进行研究的同时，笔者仍然需要不断重读文本，此时笔者是作为读者和研究者两种身份来面对文本的。这两种身份相互兼容，在某些时刻笔者可以既是读者也是研究者，而在另一些时刻，则可能会更倾向于其中某一身份。这两种身份也相互补充，相互促进。笔者作为读者为研究的不断深入奠定了基础，提供了可能；而研究者在整个研究过程中获得的所有与文本相关的体验和启发，则都成为笔者作为读者的某种获得，为笔者作为读者的经历添上了浓墨重彩的一笔。

然后笔者并不是一般意义上的读者，而是旁观了儿童读者讨论文本的"沉默的读者"。笔者在数据搜集的过程中作为访谈者与儿童读者进行了面对面的交流，倾听他们对作品的意见，了解他们的想法和态度，虽然并未发表自己的意见或直接参与讨论，但以"沉默的读者"身份旁听了他们的整个互动过程，并在之后长时间对数据的整理和分析的过程中不断重温他们的互动过程。当然这里的"沉默"并不是说研究者在访谈中没有说过一句话，而指笔者作为访谈者并没有真正参与到儿童读者之间的讨论中去，只是作为提问者、观察者和记录者参与到访谈中。这主要是为了在访谈中更多倾听儿童读者的观点，并使他们可以尽量不受影响地表达这些观点。然而，这一沉默态度使研究者自身与文本、与儿童读者的关系容易被忽略。其实对文本而言，研究者从根本上来说首先是文本的读者，随后才是分析者、评价者和研究者；而对儿童读者而言，研究者与儿童读者一样平等地面对文本，却作为两位儿童读者组成的讨论组之外的另一个视点存在，且笔者提供了不同于儿童读者的成人读者的视点。

读者和研究者这两重身份使得笔者具有得天独厚的优势，不仅可以探讨儿童读者的想法本身，也可以探讨想法产生和转变的过程，同时也能探讨文本本身的多义性对此所奠定的基础和提供的空间，为笔者真正步入"文本和读者的互动"提供了便利。尤其富有价值的是，这项研究所显示的不仅仅是读者与文本之间的互动，也有两位读者之间的相互讨论和激发。而研究者作为读者的介入，可以提供一个新的维度，在两位儿童读者的讨论组之外形成了多位读者之间的互相激发关系。

笔者所具有的多重身份使整个研究和分析过程变得尤其富有挑战性。当笔者在描述儿童读者是如何通过思考和讨论改变他们对文本看法的时候，其实也在记录和整理自身如何通过思考和研究改变自身对文本的看法。从这个意义上说，笔者作为文本的读者之一，笔者的研究本身具有丰富的研究价值。

在分析访谈稿的过程中，笔者曾尝试把自身作为研究对象来进行反观和分析，并将自身纳入到儿童读者的互动圈中进行考察，以期望笔者的个人经历及对文本阅读的体验能建设性地拓宽本研究的广度和深度，在文本和读者的互动、儿童读者和儿童读者的互动之间建立新的观察视角和研究维度，以便能深入探讨读者的观点转变、对文本的再认识和重塑过程、普遍意义上的阅读共同体和互动圈的建立等相关问题。

下文将真实记录访谈本身和研读访谈稿对自身的触动，并对此进行反思和分析。这一部分的研究材料主要是笔者在分析转录稿过程中所做的点滴记录，之后将这些记录整理成文，并同时进行分析和反思；这些研究材料所记录的分析反思与形成触动和感悟在时间上有明显的先后。

需要指出的是，笔者自身作为读者的特殊性使下文所做的描述（包括感受和影响）及受到的启发与其他质性研究一样，并不具备推而广之的普遍性。然而笔者试图将自身放在与其他研究对象（12位儿童读者）平等的地位来面对文本，并记录自己与文本的互动过程以及这一过程如何受到其他儿童读者的触动和影响，并通过对这一过程的分析和反思试图为儿童读者和成人读者共同阅读文本提供经验，为前文中已建构的针对儿童特点的读者反应理论和阅读共同体理论、读者反应理论的方法论层面提供进一步的思考。

## 6.1 研究者自身作为读者对文本的再认识

下文将把笔者自身作为读者和研究对象，记录自己前前后后对该文本的自然理解过程，讲述儿童读者的观点是如何点燃笔者的思考、激发笔者对文本的情感的。在这部分研究中，笔者将从研究者自身角度出发，将自身作为文本的读者和旁观整个讨论的"沉默"的倾听者，真实详尽地记录这一再认识过程，并对这一过程进行反思。

笔者在研究过程中不断受到儿童读者讨论的激发与触动，他们的观点有时令笔者惊奇、不解，有时则令笔者沉思或震惊，这些观点引发了笔者对文本持续的再思考，帮助笔者达成了对文本的新认识。这些认识主要表现在文本的谜题、人物和主题以及由此形成的立场、文本的其他细节等方面。笔者将分别从上述三个方面阐释从中获得的启发、感受。

6.1.1 研究儿童读者的立场时所受到的启发

在研究儿童读者对文本中人物的态度、对文本主题的认识时，多位读者对父亲表示了同情，并依据对谜题的认识转变进行了主题的认识转变。笔者在分析过程中受到了很大的触动，并重读文本，发现了这种理解的合理和可能性。因为受到三年级Z、C访谈稿的激发，突然从另一个视角（也就是父亲的视角）去理解这个故事，笔者发现了之前从未发现过的可能性，理解了身为父亲的无奈和孤独。这种立场的转变令笔者颠覆了笔者之前的认知，达成了自身的观点转变和对文本的"重新认识"。经过儿童读者的解读，爸爸也像玩具大猩猩一样突然变活了，在我们心里有了生命，有了呼吸，有了喜怒哀乐。

在访谈中，三年级C的想法最初触动了笔者。在访谈中，C一直表现得稳重、有礼、思路清晰，对作品的评价很客观，而且观点确定。然而在谈到爸爸的行为时，C少见的表示出激动情绪。她的态度是有转变的，她最初说生这个爸爸的气，后来认为爸爸是出去赚钱了。这是她从自己的生活经验中为爸爸找到的解释，还是文本为她提供了这个契机？要全面探讨儿童读者为何会形成对父亲的同情态度，仅凭目前手头的数据还不够，然而通过阅读文本可以发现，文本确实为这种观点提供了一定的支持，使此种解读同样合情合理。

需要提及的是，笔者受到触动的时间并不是在研究一开始。虽然在研究前期阅读访谈稿的过程中笔者已知晓儿童读者的这一态度，但并未有所触动，甚至还曾感到不解。多位访谈者对父亲这一形象表示出明确的同情态度，甚至认为故事的主题表达了"父母的爱"，这一观点令笔者感到十分惊讶。因为故事中的父亲始终忙于工作，忽略安娜的需求，不满足她的愿望，常常喊累，也从不陪她做什么。父亲几乎是作为安娜愿望的对立面而存在的，作为成人的笔者，曾在很长一段时间内始终认为这本书是站在儿童的视角，向成人展示出儿童的需求，需要陪伴、渴望亲近，以故事中父亲的缺席来引起成人的反省。这是《大猩猩》这本书对于成人读者的意义所在。成人读者认为书中的儿童视角是比较鲜明的，即潜在作者更多地站在儿童的立场上理解儿童，描述他们的需求和愿望，从而对成人世界的漠不关心提出质疑。然而儿童读者对这一问题的反应则完全在笔者的意料之外。

但笔者在尚未理解儿童读者的观点时，并没有因儿童读者的某一态度和观点与自身观点不同，便认为他们的观点是与文本所试图表现的内容不相吻合的，也不会认为这是由于他们的阅读水平和能力所造成的某种理解偏差。笔者只是将这一疑团暂时搁置一旁，继续分析和思考。直到研究后期，也就是2014年，笔者才从持续不断地研读访谈稿的过程中，突然明白了儿童读者这一态度的由来，以及他们的想法和理由。这一过程中有两点是很重要的，一是重读文本，二是深入思考并重读访谈稿。在这一过程中，笔者试图沿着儿童读者的思路去理解故事，这才发现了自己过去从未发现过的新的观点，这一发现极大地激发了笔者自身作为读者的强烈感受和体验，就好像终于看见了一个硬币的两面，刷新了对文本的理解，并深深意识到自己过去的理解只是认识到此文本的一种可能而已。

这一过程对笔者而言并不是简单的，而是经历了漫长的时间之后的顿悟。同样，从儿童读者的对话中我们也可以看出，他们对于父亲的同情并不是一蹴而就的，而是在阅读和讨论过程中渐渐生成的。在儿童读者对文本的想象和建构过程中，原本模糊不清的父亲形象才真正开始完整和丰满起来，变得有人情味，变得可以被理解和体谅。C说这部作品是要表达父母的爱，在笔者看来，这个答案恰恰体现C对父母的爱。文本是一面镜子，在读者和文本互动的过程中，读者对文本的理解和阐释所反映的并不仅是文本所要表达的真实，而且也是读者本身所感受和体验到的真实，在读者的观点中呈现出来的恰恰是他们自身的模样。也就是说，表面看是读者对文本做出反应，其实是读者透过文本做出彰显自身的反应。

尤其需要注意的是，这一对父亲的同情态度并不是C个人的观点，而是普遍存在于三个年龄段儿童读者中，因此尤其需要引起高度关注。这些儿童读者的年龄与作品的主人公安娜更为接近，他们可以无阻碍地从父亲的角度去看整个事件，对父亲的冷漠给予理解，并为他的行为寻找善意的理由。他们淡化了笔者之前所理解的作品的批判价值，使笔者读出了从未感受到的温馨和感动。在这样令人伤心的现状下读出希望和感动，这本身就是一件打动人心的事。这次阅读提供给我们这样一个尚未被普遍证明的事实：当成人试图通过文本来理解儿童的心灵和渴望时，儿童读者也正在通过文本来理解成人的情感和无奈。借助于文本，读者不仅达成了世界和自我之间沟通的可能，也达成了儿童和成人之间沟通的可能。

儿童读者对文本的新发现可以说是颠覆了笔者对这本图画书的认识，激发了笔者新的思考，让笔者切身体会到自己观点的转移以及由此而带来的心灵上的触动，甚至通过这一转变让笔者感到自己"重新认识"了《大猩猩》这本书，这对笔者作为读者在阅读文本的过程中具有非常重要的意义，对整个研究而言也具有不可估量的价值。之所以此观点转变具有如此重大的意义，我们可以用格式塔理论来解释。伊瑟尔（1991）认为，在格式塔的形成过程中，我们实际上参与了文本，这意味着我们正是在自己生产的格式塔中实现自身的。这即是我们何以常常在阅读中为作品所深深感动，从而进入另一种生活的原因。我们对文本的理解首先产生于自身的经验之中，作为成人的笔者在阅读过程中更倾向于从成人对孩子可能性的忽视的角度对文本做出判断，并得出自己的结论，由此而形成了对文本的封闭性解读，即格式塔的形成，然而我们一般都不考虑大量其他可能性。"但是这些可能性并未消失，原则上它们总是滞留于今而将其暗影投射于已经放逐了它们的格式塔之中。"[①] 当笔者受儿童读者的观点激发，与笔者原本认识迥然不同的其他可能性便从边缘地带的暗影中被激活，获得了新的机会展现自身，并重组成新的格式塔。"我们在阅读中的选择导致了可能性的过剩，因而必须保留实质性可能而捐弃其余，这些可能性与那部分被置之于中心之外的不熟悉经验结合起来，从其实质性存在中生发出'宁静的遐

---

[①] 沃尔夫冈·伊瑟尔：《阅读活动——审美反应理论》，金元浦、周宁译，中国社会科学出版社，1991，第152页。

想'。这一遐想逐渐积累，终于打破已形成的格式塔，进而引起我们理解活动的重新取向。这就是读者之所以常常在人物和事件经历了意义变动后产生深刻印象的原因；我们是以一种'全新的角度'去观察它们的。实际上，这就是说我们的选择方向业已改变，'宁静的遐想'——如那些最终保留的实质性可能——现在已改变了我们先前的格式塔。"[1]伊瑟尔称其为"宁静的遐想"，并认为其是通过读者内在的转变独立完成的。而在笔者的研究中，儿童读者独立完成了这一转变，而作为文本读者的笔者则是通过儿童读者的观点激发发现并完成了这一转变。通过对文本的讨论和观点的交流，对文本的认识在不同的读者之间流转，进一步促成了对文本的一致性构筑，通过观点的交流，新的格式塔的影响被扩大化。

"生动的一致性构筑被读者自己用以生产不一致性，而且，由于他既意识到了这种不一致性，又意识到了产生它们的过程，所以读者便越来越深入于文本之中。"[2]这里伊瑟尔提到了读者被卷入文本之中的条件，意识到这种不一致性且意识到生产他们的过程，但他认为读者是"被"卷入的，格式塔本身就携带着自我修正甚至自我毁弃的因子，这将会对读者产生影响。而在笔者的研究中，无法看出这种被伊瑟尔认为是"内含于"文本中的格式塔的不一致是如何对笔者产生影响的，因笔者所获得的影响是完全来自儿童读者，而不是来自文本的。笔者也并不是"被动的"卷入文本中，而是具有相当能动性地进入文本，并从文本中反观自身。在读者阅读之后讨论文本的过程中，这种不一致性和产生矛盾并试图解决的主动过程呈现在讨论中，多位儿童读者讨论的过程与他们重构文本的过程相吻合，也就是说，新的观点不是已然出现然后被讲述的，而是在讨论过程中生成的，讨论帮助读者意识到文本对自身的价值以及自身与文本的关联。同样的状况发生在笔者身上，虽然笔者并未参与讨论，但是研读和整理资料的过程

---

[1] 沃尔夫冈·伊瑟尔：《阅读活动——审美反应理论》，金元浦、周宁译，中国社会科学出版社，1991，第152页。

[2] 沃尔夫冈·伊瑟尔：《阅读活动——审美反应理论》，金元浦、周宁译，中国社会科学出版社，1991，第157页。

同样是思考和重构的过程,是一种无声的讨论得以在内部生成的过程。在这一过程中,笔者强化了与文本的关联,笔者也通过阅读访谈数据得以与儿童读者之间建立起关联。有些儿童读者并未与文本产生更为印象深刻的联系,可能正由于没有意识到这种不一致性,或者不愿意去思考以从中获得解答。有些儿童读者由于不喜欢或者不愿意,甚至是主动选择不进入文本。

尤为重要的是,在阅读读者对文本反应的研究资料时,笔者发现读者的反应优先于文本,文本在这些诸多反应中隐去了它自身的形状和样貌。我们难以评判文本本身是怎样的,或者它可能是怎样的,亦可以说文本本身是不可知的,唯一可以知晓和被分析的只是读者对文本的反应。这种反应包括多个方面,有时形成观点,时常会有转变;有时甚至没有形成观点,甚至只是感觉;有时观点或许一开始显得难以理解,因为文本切实存在,这本图画书此刻就放在某个书店或图书馆的书架上,继儿童读者阅读之后他们也保持原样。然而,为什么说文本不可知呢?越是深入研究读者的阅读过程,笔者越是发现无法再讲清楚文本是怎样的或者文本是如何呈现的。文本自身是不可知的,我们难以描述文本原本是如何的,我们只能描述我们看到和理解了的文本是如何的,而我们所讲述的一切文本都包含着读者的印记,是经过读者理解的文本,而不是文本自身。从这个意义上来讲,真正让文本变得可知的是读者,是读者的阅读、思考和讨论。

对文本的重新认识是读者的认识,我们难以说明文本是否试图如此或文本究竟如何,而只能讨论对文本的反应。这种重新认识为研究带来了重要启示:儿童读者的观点为文本阐释添加了重要的一笔,使作品在新的解读中呈现出新的面貌,焕发出新的光彩。这种激发和启示不仅存在于成人对儿童的影响,同样也存在于儿童对成人的影响和作用之中。由此我们更可以看出读者在面对文本时的平等地位,以及得到收获、启发和所生成的观点的平等性。笔者在上一节所记录的正是自己认识的转变和由此所受到的震撼,是读者在阅读文本并进行阐释时思维发生的质的飞越,是形成新观点时所产生的真实的心理感受。通过文本,人们互相理解并探索自身,通过讨论,人们彼此交流想法和观点,这同时也揭示出亲子阅读和同伴阅读的意义，不仅为课外阅读也为课堂阅读教学提供了参考的价值。

6.1.2 研究谜题时所受到的启发和反思

在访谈中遇到一个很大的难题：在访谈稿中，儿童读者的说法有时会前后矛盾，观点并不统一，有时甚至会在同一个孩子身上产生完全相反的观点。这一度使笔者对访谈数据的真实性产生了怀疑，笔者多次思考孩子们所表示的是否是他们真实的想法。或者即使在他们试图表达真实想法的过程中，是否可能出现因为他们表达能力上的限制而无法十分准确地传达自己想法的情况？这个问题对笔者至关重要，因为如果无法确定访谈数据的真实性，研究要如何进行下去？

这一现象在三年级的Z身上表现得尤为突出，同时在三年级的Y身上也时常发生。一年级和三年级的多位访谈者在访谈过程中也会存在前后看法上的改变和不一致，有时还出现游移和不确定现象，且在有关谜题的问题上表现得尤其明显。作为实际参与的访谈者，笔者在和访谈对象相处的过程中发现，他们真挚而坦率，他们的言谈举止都表现出毫不做作的样子，在讲述时也完全没有顾忌。在访谈过程中，Z乐于表达，愿意告诉笔者他们现在知道的所有事情，而且怀着很大的热情和好奇去做这件事，令笔者感到他也一样在享受着这一过程。Y虽然有时会采取不合作的态度，或者无法回答问题，或者在别人讲述时插嘴，但是他始终不愿意为了获得容易的答案而采取言不由衷的方式，比如随口编一个或者瞎讲。直到现在笔者还能清晰地回忆起那段时间每天下午去学校和他们聊图画书的情景，只要重新去听访谈录音，他们的形象和言行就会再次活灵活现地出现在眼前。从自身的判断而言，笔者不觉得他们有故意隐瞒想法和观点的嫌疑，整个阅读和访谈过程是非常自然、欢乐而闲适的。

那么所面对和必须要解决的问题是：如果孩子们并没有可以隐瞒或伪装自己的想法，如果他们所表达的是他们真实的想法，那么为什么他们的观点有时会前后相互矛盾呢？在思索这一问题的过程中，笔者发现了儿童读者在面对和进入文本时的动态过程，发现了读者观点转变的某种必然性：随着对文本认识的深入，随着讨论的进行和他人观点的介入，儿童读者会调整自身对文本的原本态度。这一点在Z身上表现得特别明显，因为Z的表述过程几乎完全再现了他的思维过程。这或许与Z的性格习惯有关，他并不是逻辑性严密的性格类型，说话较容易产生歧义。然而巧合的是，《大猩猩》的叙事也是如此，有很多线索和细节，埋下了不少伏笔，设置了谜题，留下了空间，使故事的解读易产生多义性。感觉Z是性格使然，他夸张、热情、毛躁，他也代表着一部分儿童的形象。文本则是经过精心设计的，两者有无意和有意之别，但是这种一致性或许会使儿童在理解前后并不统一、叙述并不那么完整严密的故事时，感到熟悉、亲切或更易接受。这种故事的潜在叙述者和现实读者的叙述方式之间的联系十分有趣，都有前后矛盾的地方，都不统一，此一时这样彼一时那样，也许这种相似性让两者更易于互相理解。

正是通过对Z的细致分析，加之对其他读者反应的综合思考，结合对儿童读者产生变化的诸多观点的深入考察，笔者发现儿童读者在解读一本图画书并对其做出反应的过程中，他们观点的获得并不是一蹴而就的，也就是说，这种反应并不是静止的，而是一个不断发展变化、不断接受新的刺激、不断重组和整合的动态过程。在此过程中，儿童读者不断思考，重读文本，重构信息，结合他人的观点，反思和质疑自身，生成对文本的逐渐深入的认识。

当然，前后矛盾不同于观点转移，前后矛盾是儿童读者对文本产生反应的一种普遍现象，而观点转移是笔者提出的一个理论术语。前后矛盾现象可能是由多方面的原因造成，一旦这种矛盾是儿童读者有意识的、有理由的转变，则这种矛盾暗示出对自身的超越，是对文本的不同观点的生成，则称其为"观点转变"。笔者作为读者的自身经历，某种程度上印证了"观点转变"过程，因为笔者在研读文本和倾听访谈的过程中自身原本的观点也产生了变化。通过这些转变的最初生成，逐渐发展和丰富，产生对抗、选择和超越，经历了这一系列过程之后，文本会因读者的观点转变而向读者本人呈现出崭新的面貌，而读者也因此更深入地走进文本和读者自身。无论是成人读者还是儿童读者，都存在这种观点转变的潜在动力和可能性。

不同之处在于，某些儿童读者会以"大声思考"的方式将自己所想大声说出来，并在表述的过程中不断调整自己的观点。而大多数的成人读者和一部分儿童读者则会采用内在思维的方法，将转变和论证过程放于内心，因而表述出的就是相对肯定的成型的观点。这恰恰展示出不同的儿童读者在阅读和讨论文本时所呈现出的自身特性。

在访谈中，三个年龄段的儿童读者大都出现了观点转变。不过有时他们提出的观点并不明确，有时他们并未对观点进行解释，因此显得前后矛盾。儿童读者提出自己的观点之后，没多久就改变了想法，也许有人会认为这是他们的立场不够坚定，也可以说"还没有站定立场"。然而笔者认为，他们不固执于已有的观点，愿意顺从于自己的内心，不断深入探索故事的表现，正是孩子作为读者最为打动笔者的地方。这让笔者看到了他们思维的活跃，以及他们在对文本进行意义建构的过程中生成的更多潜力和可能性。哪怕在访谈过程中，儿童读者自身存在的各种局限性十分明显，但这仍然无法掩盖他们独有的智慧和声音。

当儿童读者处于互相讨论、激发、补充，或者相互反驳、质疑、反思的过程中，儿童读者的观点和态度呈现出更多转变的可能。由此笔者发现不仅是在阅读过程中儿童读者的观点可能产生转变，在后续的讨论过程中，即使儿童读者已经对文本有了整体的把握，他们仍会更新自身对文本的理解，使文本呈现出不同的面貌。这种更新和发现有时会延伸到很久之后，有时当场就会发生。通过笔者自身作为"沉默的读者"的介入，扩大了儿童读者的互动圈，建立了两人讨论小组之外的另一个成人视点，笔者意识到自身虽然没有直接发言，但是作为读者和倾听者也以某种特殊的方式参与到这一互动之中，并成为互动圈的一部分。

基于上述发现，我们或许可以做这样的思考：这种互动可以不断引入新的读者，产生新的想法，再次经历互相激发的反应过程，从而形成一种无中心（无权威认识、无标准答案、无社会阶层界限）的读者反应圈。笔者认为这是一个多层次的、相互关联的复杂的反应体系，而且这一体系中的每个反应源（指的是现实中的读者）都是在不断发展变化着的。同时随着作品的流传，这一读者反应圈可以无限扩展下去，使无论是不同地域、还是不同时代的人都可以加入这一反应圈，并由此产生新的刺激和反应。不过有时也会因为客观因素产生某些限制，比如不同时代的读者反应很可能在现有的科技条件下，只存在单向的激发，即前人对后人的激发和反应，而后人的观点与想法将无法再达到前人那里。在同一时代位于不同地域的人们也可能存在这样的单向激发的现实情况，比如由于某一地区的发展水平的限制，相关的信息无法传达给当地的读者，存在只有单向或者完全隔绝无法互动的状态。这种情况是可能发生的，但是从理论上来说，只要沟通的渠道是畅通的，沟通的主体即读者保持着相对的独立性，那么这种读者反应的互动圈就能不断扩展下去，形成一张无形的大网，网中的结点就是独立的读者（包括儿童读者在内）。有趣的是，有时候读者也可以选择不交流或者根据情况选择交流的时机，这样的选择多基于不同的目的，比如有时是为了获得更多的不受他者影响的独立反应。笔者在很长一段时间内没有去看安东尼·布朗对自己作品的阐释，就是为了在作者的影响之外获得对文本本身的阐释和体验，而当合适的时机出现时，作者观点的介入和阅读也许会成为一个激发读者反应的新的生长点。

### 6.1.3 其他令笔者震动的儿童读者反应

笔者受到儿童读者的激发而产生的对文本的新解读不仅包括上述方面，还有很多细节，在他们讲述的字里行间。下文将对这些启发做出概述。

摘录6-1

N：亲呀？那你们为什么看到这个就觉得是结婚了呢？

C：因为她跟的是一只大猩猩亲的。

Z：对，而且这还有一个领带。

N：还有一个领带，领带怎么了？

C：这是画的。

N：领带怎么了？

Z：呃，领带——

C：而且谁都能戴领带。

Z：呃，我觉得这是个男的，然后这个小姑娘是个女的嘛。所以我就觉得男的和女的结婚了。

当 Z 指出大猩猩系着一个领带（其实应该是领结）的时候，C 的响应是"这是画的"。如果我们把这句话补充完整，会发现 C 正在暗示这是一幅图，这幅图应该是由某个人"画出来"的，而不是真的。之后 Z、C 在讨论扉页的小女孩时 C 说"我觉得她爱画画"，某次重读访谈稿时笔者突然恍然大悟，这个故事很有可能就是由别人画出来的，而且安东尼·布朗还把潜在作者画了出来，"作者"就是在扉页里"正在画画"的小女孩。而这整本书都是由安娜自己画出来的故事，这是怎样不同的理解啊。笔者突然有了新的看法，将潜在作者纳入到文本中，这一观点并不是儿童读者明确提出的，但是在他们的讨论中包含了相关的认识，给笔者以启发。否则要如何解释安娜在扉页中是在画画，而不是在做其他事情呢？如果进一步去想，我们或许可以把安娜画画这件事和文本中的好几处有趣的画面结合起来，比如蒙娜丽莎的猩猩画像，又比如生日清晨贴在墙上的画（见正文第 29 页），这幅画看上去更像安娜画的，五年级的 I 曾提到过这幅画，她对画面的观察非常仔细。

摘录 6-2

I：就是我感觉这幅画像是在她经历过之后画的。（指安娜生日当天墙上的那幅画。）

N：嗯，这个墙上的这幅画。

I：对。

N：是她经历过这些事情之后画的。

I：对。

N：哦。

I：因为，爸爸戴这个帽子，然后也是穿成这样，然后也是牵着她的手。然后前头有一幅画呢，也是牵着她的手去那个……就是这幅。（指前面大猩猩牵手小女孩的那幅）只不过一个正面，一个反面。

访谈中，I 两次注意到墙上的画，一次是安娜卧室里的画，她说是安娜自己画的，生日当天墙上的画她认为是安娜经历过之后画的。她还把这幅画作和之前大猩猩牵着安娜手的那幅画（见正文第22页）联系起来，认为这两个场景是这幅画的正反面，这也是令人震惊的发现，而且这一发现与故事联系十分紧密，也指向对谜题的发现。这种相似性的暗示在不断累加，使读者随之发现的过程变得格外惊心动魄。如果我们把安娜在画画的画面和整本图画书是"画出来的"认识结合起来，就会发现故事中被"画出来的安娜"和"正在画画的安娜"之间形成了某种呼应和可能性，使故事主角和文本的潜在作者重合，使故事获得了更有趣而多样化的解读。

此外在研究过程中，受到 Z 的启发，笔者也开始重新思考另一个问题：如果大猩猩真的是爸爸装的，爸爸是如何装得能够以假乱真，不被安娜发现也不被读者发现的？五年级的 W 给出了她极富想象力和童话色彩的解释。而笔者对此思考的结果是，确实存在这种可能性。我们姑且再次不论作者的创作意图，而只是针对文本进行解读，存在十分合理的解释。这种解读涉及另外一个细节——月亮。在中文版图画书中，共有四处画面画出了月亮，在文字中则丝毫没提及。这四幅画分别是：封面、安娜和大猩猩在门厅（正文第13页）、大猩猩抱着安娜荡在树枝上（正文第15页）、大猩猩和安娜跳舞（正文第25页）。四幅画面中的月亮都是圆圆的满月，而且无一例外地高挂在大猩猩出现的那个夜晚的天空中。在中国的传统文化中，圆月意味着团圆，我们说"花好月圆"，然而在西方月圆之夜则有狼人变身的传说。圆月会对人类和动物产生影响的说法已经在西方流传了很多年，孩子们会被教导在月圆之夜外出是不安全的，因为这一晚吸血鬼出没、狼人变身。不知是巧合还是刻意的安排，狼人变身的说法与爸爸变成了大猩猩的观点相当类似，这样就解释了中国的儿童读者们认为大猩猩是爸爸装扮的，却无法解释他是怎么装扮的。鉴于月圆之夜对中国人和西方人而言意味着完全不同的感受和体验，由英国画家创作的这本《大猩猩》或许在西方的文化环境中更容易产生与"月圆之夜变身"类似的联想。要再次重申的是，虽然无法探究这到底是文本的巧合还是作者的精心安排，至少我们会发现，图画书的作者为这一系列奇异事情的发生选择了一个非常合乎情理的时间因素。由于文化差异，中国的儿童读者虽无法明确获得这一信息的暗示，却似乎并没有对他们的阅读和理解造成影响。这是笔者在研读访谈稿的过程中，在分析和解读文本的基础上得出的新认识，当然要确证这一认识还需要其他数据的辅助。

同样在谜题讨论中，笔者最初认为将这个故事解释为"梦"是相当常规而无特色的解释，也是非常具有现实性的解释。说它常规是因为所有的幻想故事都可以用这一方式来解释，甚至因此就完全不需要再做任何解释了（其实是回避了解释），因为梦醒之后，幻想自然而然就结束了。从创作角度而言，笔者认为这是幻想故事和童话写作中最为初级的写法之一，也最容易掌握，谁都会写。因为是梦，创作者似乎就可以随意乱编而不必有所顾忌。说它具有现实性是因为梦体现了对不合常理、无法解释的事情的某种拒绝的态度，因为不合常理，不可能出现在现实中，所以只能用梦来解释。在读者的这一解释中，包含着对现实和梦境截然分离的理解，并通过这种方式极力维护了现实的合理性，寻找合理性的意图贯穿在访谈的始终。笔者认为，这可能是存在于小学年龄段儿童读者身上比较普遍的现实主义态度。这一年龄段的孩子似乎不相信某些事情真的会发生，他们倾向于对故事做现实性的解读，他们对真实发生的事情更感兴趣，即使不是真实发生的，也要形成一定的真实感。他们易于接受和信赖的都是现实中证实过且不违背常识的东西，童话和幻想对于这个年龄段的孩子来说似乎是已远离的、难以真正被接受的。总体而言，笔者对于用梦境来解释幻想故事是不认同的，认为这是对所有惊心动魄、不合常理的事情最合理也是最无趣的解释。然而笔者在访谈中发现，儿童读者们似乎很能接受安娜是在做梦这件事，而且文本似乎也不遗余力地展现了安娜可能真的一直在梦境中，这促使笔者开始反思对"梦"这一解释的原有认识。

Z 认为倒数第二幅画面中的蛋糕是假的，之后他又提出安娜是在做梦。多位儿童读者都提出了关于梦的解释。一年级的 Q 还说明了理由。

摘录 6-3

Q：对，我看那 Hello Kitty，那眼睛（指安娜房里的其他玩具）全都是做梦的，我刚开始还以为都是真的呢。可是她是从"真的"开始做的梦。

笔者跟随 Q 的思路重新阅读这幅画，突然发现了一个从未发现过的细节：安娜的眼睛是闭着的。这一细节本身也许并不能清晰地说明什么，因为就这一画面表现出的温暖情绪而言，安娜闭起眼睛来享受着爸爸的亲吻也是很有可能的事。而且此时的安娜低垂着头，目光下垂也是正常的。这一发现却仍旧让笔者感到惊讶，并隐约有了模糊的预感，这预感的来临是十分突然而且难以预料的。笔者也从图画书中寻找线索并对自己的预感进行证实，发现从大猩猩出现之后每一幅画面中的安娜都是闭着眼睛的。安娜的脸不是模糊的侧脸，就是背对读者，即使能看到眼睛的地方也没有安娜睁开眼睛的画面（只除了在床头蒙着被子的一小幅，瞪圆的小眼睛也不太清晰，见正文第 12 页）。这是文本有意的设计吗？现在我们可以撇开这个问题，因为文本本身是不可知的，至少我们可以说，文本对于安娜在做梦的解释是抱有支持态度的，安娜闭着的眼睛为梦境这一解释找到了扎实的证据。然而如果真的是梦，那梦是从什么时候开始、什么时候结束、又是如何展示在画面上的呢？这是十分难解的。H、Q 曾自发地指出梦是从哪里开始，又是到哪里结束的。W 说的显出她想法的改变，并指出安娜从真实的生活进入梦境的过程。从中我们可以看出他们对现实和梦境有意识地区分。

摘录 6-4

Q：对，玩具，然后她就……她就看——（被 H 打断。）

H：她就看旁边，她就抱着它，然后就——（被 Q 接话。）

H、Q：然后她就开始做梦了。

Q：做梦就是从这儿开始，然后全都是梦了。（指从猩猩变大的三连张开始。）

H：对。

N：哦。从这儿开始就都是梦了。

Q：嗯。

H：从这里，从……从……从这儿——呃，不对！从这儿开始，从这儿。（反复几次，最后指向猩猩变大的三连张。）

Q：对，从这儿，全都是——

H：对的，全都是——

H、Q：梦了。

N：哦。你们觉得是做梦了，嗯？

H：到……到结……到——（被Q打断。）

Q：（大声地）对，这人也不会这样的。

H：对呀。

N：那她的梦到什么地方结束了呀？（两人开始翻找。）

Q：呃。梦到——

H：这……这梦到——

Q：嗯，反正不是最后一页。嗯，就——

H：就是梦到这儿。（指第二天早晨安娜在床上的图画。）

Q：对，那梦到这儿了，然后这个就……就到早晨了。

H：对！

N：哦。

Q：然后，这个就开始不是梦了，这个就是她真正的爸爸啦。

两人共同指出安娜从真实的生活进入梦境的时间，有趣的是他们并不认为做梦是在晚上，而是在收到玩具猩猩之后。Q翻到后一天，指出猩猩变大的三连画（见正文第10页），并认为梦从这里开始。由于画面在左页上方，文字在左页下方，所以Q指出的是从画面上的情节并进行区分。H指出好几处作为梦的开端，可见他是有过游移的，最后选择认同Q的意见。值得指出的是，H一度想要表述梦境是到哪里结束，被Q以无关话题打断，之后两人一致认为梦境到安娜和猩猩睡在床上的画面为止（见正文第27页）。这是对于梦境开始和结束的比较常规的思考，笔者在此基础上继续思考：那幅爸爸亲吻安娜头顶的画（见正文第29页），读者的第一反应可能更倾向于认为这是真的早晨,真的爸爸在亲吻真的安娜。这一场景会不会也是安娜的梦境或幻想呢?左页的文字和右页的画面如此不匹配,爸爸和安娜应该在面对面说话才对。安娜可不可能仍旧在她自己的梦中?或是作者只是想做个对照,因为安娜也曾经默默站在爸爸的椅子后面,而这幅画只是说明现在一切都变好了?也就是说,安娜如何知道自己醒了,而不是在梦中梦见自己醒了。这样的思考使笔者对清晨爸爸亲吻安娜的画面有了新的认识,在为其多义性感到震惊的同时,也形成了完全不同于之前的另一种解读方式。

　　值得一提的是,之后笔者在此基础上再次重读文本,又有了新鲜的发现:安娜闭着眼睛的情景不仅出现在夜晚降临时,还出现在大猩猩变活之后的冒险中,而且是贯穿在整本图画书中的。在文本中的所有图画(包括封面在内)中,安娜的眼睛全部都是闭着的,或者目光下垂,或者模糊不清,或者是直接出现背影。这一发现仍令笔者感到惊讶,仍然无法也没有必要确定作者的创作意图,至少有一个事实是可以肯定的:文本一次也没有试图去描绘过安娜的眼睛,甚至还用了长长的刘海去遮住安娜的眼睛。这为安娜身处梦境提供了非常有力的支持,同时模糊了原本以为的现实和梦境的界限。这种对梦境的不确定性也因为安娜闭着的眼睛弥漫到了整个文本之中。不仅是夜晚才可能有梦境,白天也可能做梦,况且梦中也会出现白天发生的事情吧?所有的故事(包括文字和图画)会不会都是安娜的一个梦呢?当然,这只是笔者在多位儿童读者的共同激发下延伸出的对文本的一种新的理解,但这种理解给笔者带来了全新的体验,并且切实感受到了文本自身的开放性结构对阐释的影响。文本的开放性结构使文本具有了极为广阔的被阐述的空间和各种阐释的可能性,从而促成了文本的多层次和多义性,也为读者(包括儿童读者、成人读者)的反复阅读、重读提供可能。其中最令笔者震惊的是,这样的文本设计和解读模糊了梦境和现实的界限,使得读者无法在沉默的图画和简洁的文字中辨认哪些是梦境,哪些是现实。这一结果与图画书这种文图结合的表达方式密切相关。从这个意义上来说,正是因为文图结合的优势,读者对梦的解释被扩大化、被哲理化了。它并不是笔者之前认为的单纯的创作方法，而是包含着对更高层面、更普遍意义上的哲学探讨，蕴含着相当的复杂意味，是读者可以百思而不得其解的有趣问题，同时也涉及对真实性、现实以及真假的深刻判断。

综上所述，上文中从多个方面呈现笔者在解读儿童读者对文本的反应中受到的启发，以及由此而引发的进一步思考。从某种意义上来讲，笔者对文本的再认识过程，与多位儿童读者在讨论文本时反驳自身以获得新观点的过程十分相似，这一现象在三年级的 Z 身上表现得尤为明显，在其他多位儿童读者身上也有所体现。在访谈中，Z 表现出来的对文本的思考和状态、集中而持续地讨论自己和阅读同伴 C 的观点、反思和质疑已有解读中的问题、提出问题并寻求解答、持续地探寻各种可能性，并从文本中寻求支持，同时反观阅读同伴的反应，从中发展和补充自己的观点，这些都是笔者在进行研究时同样在做的事情。这就为读者作为研究者提供了可能性。读者对文本的分析和解读方式、读者试图靠近文本及其与文本产生关联的方式，都与研究者所做的十分吻合。不同之处大概有以下几方面：首先，相较于儿童读者对文本的反应，笔者具有更强烈的自我意识和自省精神，用来探索自身和他人对文本的反应，以及在与其他读者互动过程中的反应。其次，相对于只是作为读者的儿童读者，笔者具有更强的目的性去完成某一目标明确的研究任务。因此，笔者对自身的反省与觉察、自身的思维方式、论述的合理性和分析解读的角度都做过比较严格的考虑，对访谈数据进行了整体把握，更为有意识地通盘思考了如何行文论述、分析，以及研究将走向何方。

6.2 对研究方法的启示

在研究读者反应时，研究者不仅是数据的分析者，同时也是文本的读者，也就是说，研究者自身作为文本读者同时也具备成为研究对象的可能。将研究者作为研究对象，这在研究者观察分析他者之外，提供给研究者对自身进行观察和分析的机会，也提供给研究者将他人和自身进行比较、观察不同读者之间相互影响和作用的整个过程的机会，这都是以其他理论进行质性研究时所不具备的。在一般的量化研究中，研究者和研究对象是截然分开的，研究者在研究对象之外建立支点和视角来观察分析研究对象，以获得数据。在一般质性研究中，研究者将自身作为研究工具来观察和分析研究对象，获得对研究对象带有研究者个人印记的某些重要认识，这样的研究中代入了研究者的主观体验，然而研究者和研究对象仍然是分开的。而在研究读者反应时，研究者同时也会作为研究对象被研究；研究者不仅要研究他者，也要研究自身，这两种视角是相辅相成的。身为研究对象的笔者有可能拓展研究者的直观感受和体验，为深入研究建立内在体验的维度，促使研究者保持高度自觉和自省，并在此基础上观察他者，分析他者，以提高研究的深度。以上思考也是笔者在阐释学研究方法上得到的新体会。

关于这一方法论上的思考有如下重要意义：研究者和研究对象都是因研究需要而被赋予外在身份，这种身份不是固定不变的，即使在同一次研究中，研究者和研究对象之间也可以相互转换，也可以同时由一人兼任。这就对研究者提出了更高的挑战，不仅要求他们能作为读者以开放和轻松的心态去感受自身文本阅读和讨论的过程，感受自身与文本进行对话和沟通，还要求他们能保持在互动过程中对他人反应的相当敏锐的洞察力，要求他们作为阅读同伴去与其他读者进行沟通和对话。在此基础上，他们还同时被要求记录他们自身在研究过程中的诸多感悟、情绪和获得，并对这些感悟、情绪和获得的生成过程和这一过程为自己带来的触动和启发保持高度的敏感性。在研究过程中，笔者在研究者身份和研究对象身份之间来回转换，但笔者并不认为这种身份的转换有多困难，恰恰相反，有时是非常自然而流畅的。笔者有时会倾向于其中的一个身份，即只是作为读者或只是作为研究者，但更多时候笔者感到自身同时兼具这两种身份。比如在阅读访谈稿时，从表面上看笔者似乎是作为研究者在分析所获得的数据，但其实笔者感到自身在阅读一个更大更复杂的文本，这种"阅读"使笔者成为"这一文本"的读者。

也就是说，更重要的是，在研究读者反应时，研究者对读者反应的研究过程将会转化为新的研究数据。这从根本上是由研究者作为读者的身份决定的。研究者也是读者，研究者对文本的研究会转化为读者反应的一部分，这是一个不断累加、相互影响的读者对话过程。在这一过程中，随着新的读者的介入，新的研究者的出现，在阅读互动圈中会建立一个新的支点，从而获得与其他读者、其他研究者彼此之间的发散性的关联。也就是说，研究者可以作为研究对象被自己研究，也可以作为研究对象的一部分为他人所研究。固然，在进行其他质性研究中，我们也需要对研究过程进行反思，然而没有哪种反思比研究读者反应更为彻底。在读者反应研究中，各因素彼此联结产生一张四通八达的网络，在这张大网中，研究者对自身的反思和分析已成为新的研究数据，成为新的研究资料的一部分，这就是由读者建立起的"互动圈文本"。

综上所述，尝试将研究者作为研究对象，并将研究过程转化为新的研究数据，是笔者在研究过程中的意外收获。而对未来研究阅读反应理论而言，对这一身份转换的可能性的思考也许有十分重要的意义。研究者兼具研究者和研究对象两种身份，这将为研究者提供丰富的观察维度和视野，为研究开辟新的空间，同时也向从事相关研究的研究者提出了更高而全面的要求。本书由于研究的侧重点不同（无法根据研究问题收集更多数据）和研究设计上的局限性（比如只有一位成人读者等），很难再对这一问题进行更深入或者系统的探讨。但在将来的研究中，相信这会成为一个非常不错的切入点。甚至不同于本次由笔者独立完成的研究，未来的读者反应研究也可以由两位乃至多位研究者合作，这样在研究者之间也会产生对话和互动的可能，这将大大促进对文本、对儿童读者、对研究者之间交流和互动的研究，这将是一项非常激动人心的研究。整个研究过程将会形成新的数据和新的文本，可供研究者自身和他人进行重复阅读和反思。

## 三、建议

### 1. 对研究者的建议

在理论层面上，首先，要加强对整个阅读过程的两个阶段的研究，有意识地区分这两个阶段，明确若笼统指称阅读过程所造成的种种问题，并对此加以避免。研究者不仅要专注文本阅读中的读者反应，也要关注文本阅读后续及讨论阶段儿童读者的反应。

其次，要对读者反应理论中的读者群体进行细致的分类研究。这在研究现实读者时很有必要，这样可以更好地深化研究内容，开拓研究方向，有益于读者反应理论的继续建构。在对现实读者的研究中，对儿童读者的研究又显得至关重要。儿童读者是读者中的重要群体，由于广义上的童书的读者对象涵盖0到18岁的读者，故而对儿童读者的研究也可以划分具体的年龄段，研究不同年龄段的儿童在阅读中的特性和差异。研究者既可以以成人为参照进行研究，也可以比较不同年龄段的儿童，还可以进行混龄研究或儿童和成人读者的共同研究，这些研究都将具有非常重要的理论价值和实践意义。

### 2. 对创作者的建议

一本图画书是否优秀的评价标准是多元的。从创作、出版、市场销售状况、读者反应等多个维度出发，我们都会形成不同的判断标准。下文将试图从读者反应角度出发，就本书的结论继续思考，对文本创作者提供一定的建议。

首先，在故事层面，《大猩猩》这一文本存在着某些相互矛盾的因素，蕴藏着文本的难解之谜，儿童读者反而读得津津有味，他们不断思考其中的不合理之处，读出了深意和温暖。这些细节和情节中前后矛盾的地方，在留给人无限想象和猜测空间的同时，也似乎通过文本向我们暗示：世界不是一目了然的。这似乎是优秀的图画书的特质，这类图画书往往能引起儿童读者长久的思考和反应。有时候它似乎告诉我们并不需要把故事编得合情合理，如果你这么做，儿童读者们就不需要再做什么了，留点空间给他们吧，让他们也参与进来。当故事中出现不可解释的事物时，或许对孩子的意义更大，让他们意识到不止一种可能性。不是所有事情都要合乎情理，生活是很复杂的，事情没有看上去这么简单，有我们百思不得其解的东西存在。

其次，文本的多义性虽然是由读者来建构的，然而文本仍然为这一多义性的生成提供条件，为儿童读者提供镜像去反观自身。大量留白，文字叙述的简洁性，图画中藏着许多具有"隐蔽"特点的细节，许多沉默的没有言说出来的内容——这或许是图画书的优势所在。通过文字和画面设计决定说什么，不说什么。文本蕴含着产生丰富意味的多种可能性，这种可能性为儿童读者的进一步探索提供了潜在的有力的支撑。

再次，文本的情感指向和价值判断既明显又隐蔽，这也是好作品的特质。好几位儿童读者对安娜的孤单表示了感同身受的伤心和难过。几乎所有的读者都提到了安娜独自看电视的画面，这幅画面中包含着高度抽象的心理空间、强烈的情感指向和象征意味，却完全能为儿童读者所体会到。作者对父亲的判断又不动声色地隐藏在字里行间中。作者并未做出价值判断，却将这一机会留给了读者，由此才有了那么多对父亲表示同情态度的儿童读者。他们为父亲寻找理由，试图达成父亲与安娜的和解。这一过程显示出文本和读者之间通过交流而形成的富有情感张力、触动人心的阐释和对话。

最后，是要注重细节，让儿童的每次阅读都会有新的发现。儿童对书籍的阅读呈现出反复性的特点，他们对爱读的书会怀有持久的热情反复阅读，并在重复阅读过程中持续得到快乐。五年级的 W 每翻到喜欢的蒙娜丽莎和猩猩超人就会大笑，有时还会特意翻到这一页再来看看。儿童读者在读完整本书后，在思考和响应时仍旧会回到文本去完成某些印证。不断发现新的信息对他们而言非常重要，能继续更新他们对文本的认识。

### 3. 对教育工作者的建议

对文学阅读的理解不仅影响了文学理论和批评的进程与走向，同样也渗透到教育和教学领域，对文学阅读的教与学都有着重要的影响。那么作为和儿童直接接触的教育者和家长而言，可以从本书的结论中获得怎样的启发呢？主要包括以下方面。

第一，在读者和文本的关系方面。笔者认为，意义来自读者，读者不是被动接受文本的，而是有一个主体建构的过程。这一观念同样适用于儿童读者。作者中心和文本中心的盛行，在很长一段时间内决定了我们阅读和教学的方式，即主要通过研读作品、揣摩作品的语言文字，来分析和理解作者的创作意图，由此形成对文学阅读的集体教学模式和对作品的单一化解读。基于这样的阅读观的研究者认为，阅读同一作者所著的同一作品的某一段落，将得到对这一段落的标准认识，这一认识是客观和普遍性的，因此对作品的解读就被模式化和标准化，甚至可以设立标准答案来测试学生的理解能力和欣赏水平。这样的教学观念和教学方式是需要反思的。在这样的研究中，研究者在分析读者阅读文学作品过程中，在某种程度上会忽略读者对作品的个人感受，要求读者从作品中寻求的是作者已经蕴含于作品中的目的。其实对于作品的意义的分析与解读是一个长期动态的过程，融合了读者自身的感受和体验的思维过程和心理过程，有时是需要等待的，意义只有在针对读者个人时才能彰显出其价值。要在此基础上理解意义个体差异，改变文学阅读的观念，将是一个长期和艰难的过程，却是十分有意义的，这会从根本上改变我们对阅读的认识和对阅读教学的看法。

第二，在阅读中要十分尊重儿童读者的差异性，允许不同的读者表达不同的意见和对文本的个性化解读，避免标准答案对儿童读者的思维禁锢，还儿童读者以阅读和阐释的权利。

从观点转变的角度来看，儿童读者对文本的差异性解读来源于信息与判断之间的距离，以及他们对文本中的信息断片建立联结的不同方式。我们不能简单以好坏或对错来区分不同的观点。阅读的目的不是为了消除差异性，至少在课堂之外的阅读正是为了形成差异性才建立的。我们并不是说三年级的 Y 到最后要能理解创作者试图在书中所表达的意味，这样才是达到阅读的目标。阅读和讨论是为了让儿童读者理解到文本的多样性和丰富性，没有唯一的答案，即使创作者在创作初期的设计也不是理解此书的唯一答案。所以要改变以往对所谓"误读"的认识，接受并讨论所谓的"误读"，使其获得应有的价值。

第三，在对儿童读者的认识上，我们不要小看儿童读者，不要因为他们的阅读水平、识字量、理解能力有限，而认为他们与一般的读者相比有差距，要尝试去倾听儿童读者的声音，向他们学习，并从他们身上发现与成人的不同之处，学会欣赏和理解他们的思维方式，支持和保留他们对文本的创造性解读，在此基础上帮助他们提升阅读能力。我们在相信他们能力的同时，也要看到他们的差异和不足，只有在此基础上，教育者的协助才真正对儿童读者有益。

第四，在阅读讨论方面，我们要认识到阅读文本之后进行讨论的重要意义。教育工作者要在集体阅读教学之外形成阅读共同体，不仅要儿童读者阅读，还要为儿童读者提供讨论、分享作品的机会，并将其习惯化和普及化。教育工作者还要破除追求标准答案和以教学为目的的阅读方式，还阅读以本来面目，让儿童读者能在阅读共同体中自由表达自己的想法。在阅读过程中，读者不仅要与文本交流，也要和阅读同伴交流，要提供机会让儿童读者进行讨论，提供机会让他们能够学习如何准确地表达自己的观点并反思自身，提供技巧让儿童读者能够学习如何评价一部作品。要明确阅读要求，使他们能够更耐心，更集中注意力倾听他人的观点，接纳他人的背景和个体经验，学习在别人观点的基础上进行补充和联系。

第五，为了达成良性互动，使更多的儿童读者在互动中获益，需要有意识地关注互动过程，帮助儿童形成阅读向心力，转化阅读离心力，使得读者和读者之间的互动可以顺利进行。

第六，在确定互动小组时，教育工作者要对讨论小组成员的个人情况有所了解，理解能力强的和稍弱的互相搭配。也可以多次讨论同一文本，从而产生几个不同的阅读共同体，使学生有机会与更多的阅读同伴讨论，有机会接触到更多的观点。此外，还要对互动小组的儿童数量进行控制，以达成最好的分享效果。

第七，教育工作者要特别关注那些无法从阅读中获益的儿童，要分析原因，因人制宜进行协助。比如较少进行观点转变的儿童读者存在某些特殊的阅读习惯和倾向，包括较少对文本信息断片进行重组和联系、更倾向于接受已有的解释。儿童读者相对缺乏批判性思维的原因，可能包括以下几点：没有对文本信息进行内部加工；不了解图画书的特质，很少关注图画信息；在对话交流中遇到障碍。针对不同情况，教育工作者可采取不同措施对儿童进行协助和指导。

第八，给儿童充分的自由想象和建构故事的空间，使他们在访谈中获得更大的阅读乐趣。五年级 W、B 两人几乎是自问自答，只用文本的两页图来编故事，有很多想象的成分，解构出了一个相对比较完整的故事，而且还提到了故事结尾部分爸爸裤袋里露出的香蕉。在图画书给出更多的图画和文字信息之后，孩子脑海中的故事才逐步确定下来。儿童读者对文本的阅读和理解本身就是一个不断变化的过程。作为成人读者和老师，在教学前可能就已阅读完这个故事，了解了故事所讲的是什么，所以在阅读过程中就会认准那个已经确定的故事，试图以此引导孩子，并以为这才是正确的方向和真正要讲的故事。这一做法是需要反省的。图画书是一页页翻、一段段话去读、一幅幅图去看的，因此读者是一点点得到信息、慢慢猜测和摸索出故事的全貌的，这才是阅读中的真正的历险。从这个角度说，一本图画书在阅读过程中可能会展现出无数个想象中的故事。这是因为，故事本身不是确定的，在阅读过程中不断改变着自己的样貌。孩子的很多想法之所以会不断变化，是因为他们会根据新得到的信息不断调整自己心里的那个故事。从这点上来说，边阅读边讨论的过程也是很值得研究的。成人读者也许会觉得作品会提供给我一个故事，而他们之所以去阅读也是为了去读作者想讲的这个故事。而儿童读者似乎并不满足于作者将要讲的故事，他们会不断去挑战和想象自己编出的故事。教育工作者要给予儿童读者这么做的空间。

第九，提供给儿童读者反复阅读和讨论的机会。阅读是一次探险，是一个可以不断反复也不会厌倦的过程，这就是阅读的魅力和惊喜。优秀的图画书是可以反复阅读的，要提供给儿童读者这样的机会，只要他们愿意，就要鼓励他们不断去阅读和思考同一文本。

## 四、研究局限

由于时间和精力有限，本书在研究过程中存在一定的局限性，反思如下。

首先，在最初的研究设计中，笔者并未发现阅读中和阅读后这两大研究阶段的划分，这一划分是在深入分析资料和研读理论的基础上发现的。因而，笔者在最初的设计中只对阅读后儿童读者的反应进行了收集，而未对阅读文本过程中的反应进行收集，这从某种程度上缩小了研究范围。当然，之所以如此，也存在现实原因，在实际收集数据的过程中，当笔者征询儿童读者的意见时，他们都更倾向于默读文本，在阅读中很少发表言论或做出反应，故而未收集他们在阅读中的相关反应。

其次，笔者在研究初期并没有及时记下自己对文本的所有感受和认识，这原本可以作为研究中的重要资料进行分析和反思的。之所以如此，是因为正是在研究的逐步深入中，笔者才真正发现了自身在研究中极为重要的地位：不仅作为读者和研究对象，同时也是儿童读者阅读小组之外的另一位成人读者，亦受着儿童阅读反应的牵动。可惜的是，当笔者意识到这些资料的重要价值之时，已经错过了记录的最好时机。唯一保留下来的是在被 Z、C 对父亲的同情态度所打动时，感到自己重新认识了文本后所记录下来的文字。而未及记录的部分，笔者只能回忆当初的感受和想法，却无法如实地记录下来。通过阅读讨论和分析研究之后，笔者再也不可能回到当初的状态，写下当初在起点时能写出的东西。从深入文本的角度而言，如今笔者对文本的认识远胜于当初，然而从过程研究的角度而言，过程中的每一个阶段都是不可复制的，是唯一的、动态的阅读体验过程，初期的看法和感受相较于后期的看法和感受而言同等重要。

再次，在研究的设计过程中，笔者并未想到会对读者和读者之间的互动进行大量探讨，对于阅读互动圈的建构也是在整理和分析资料的过程中逐步发现的，故而在设计之初虽然设置了两位读者一起访谈的方式，但是仍由访谈者为主导提出问题，由两位儿童读者给予回答。这原本是为了让每位读者都有发言的机会，使访谈者可以及时询问每位读者的意见，却在无意中提供了儿童读者之间相互交流对话的机会，两人一组也同时形成了阅读讨论的最小单位，具有一定的典型性，促成了互动研究的深入。然而我们也要看到，这一讨论小组并不是儿童读者自发形成的，整个讨论过程也并未完全按照儿童读者的自身意愿发展，话题和讨论的走向某种程度上仍由访谈者掌控，所以这属有外力作用的互动过程，而不是一般情况下由儿童读者自发形成的互动状态，这是需要明确的。要讨论儿童读者自发形成的互动状态，这样的阅读共同体的建立还需要进一步的研究论证。

## 五、研究展望

笔者所进行的上述研究还只是对读者反应的初步研究，所进行的理论建构也只进入开始阶段，需要后续大量的研究予以完善。下文将对未来的研究方向和研究思路进行展望，对书中已提及却未及展开论述的内容给予总结，留待之后研究。

第一，在读者反应理论继续深入的方向上，我们可以从以下两个方面努力：细分读者群体、细分文本。一般的读者反应理论主要针对以文字为主的文本，且并未切实关注到儿童读者这一群体，本书所思考和建构的是后一方面，即建构针对儿童特点的读者反应理论，对于文图结合来叙事的图画书文本则并未进行系统建构，对于图画书文本的特殊性也只是在行文中略有提及，后续研究可以在此方向上拓展。研究者可以继续深入分析儿童读者对画面的理解和看法，尝试建立文图结合的图画书阅读反应的特殊性，作为对读者反应理论中的文本研究的扩大和理论补充。

第二，一般的读者反应理论三要素包含读者、文本与情境。笔者将关注点集中在读者与文本、读者与自我、读者与读者之间，并未对情境问题进行深入探讨。社会情境的问题确实可能会对儿童读者的阅读产生影响，比如，从微观角度来讲，学校的教学方式、对阅读的已有指导和认识、行为规范、功课的繁重程度等等；从较大范围来讲，文化差异、历史问题、价值观等多个方面的因素，都可能对儿童读者的反应产生影响。因本研究较少涉及这一层面，难以形成明确的有关此的结论，需要后续研究来证明。儿童读者自身所处的社会体系，所受到的关注和在家庭、社会中获得的经验也会对他们的观点、立场和价值判断产生一定的影响，比如访谈中普遍表现出的对父亲的同情态度。在这一点上，中西方孩子所需要面对的问题并不相同，父母对待他们的方式也不相同，故而他们对父亲形象的态度也不相同。儿童读者自身所处的社会情境在阅读活动之外会对他们产生一定的影响，这一影响可能会投射到他们的阅读过程中，从而影响他们对文本的理解和阐释。当然，这样的推断需要进一步的比较和论证才能证明。

第三，有关儿童读者在阅读文本的文化差异方面的研究有待深入。笔者在第三章谜题中谈及对月圆之夜的理解时，曾提及中国的儿童读者因文化差异无法获得这一信息的暗示。但是，这似乎并没有对儿童读者的阅读和理解造成影响，对这一方面的研究未及展开，可作为后续研究内容。

第四，对于"误读"的研究。由于各种理由，儿童读者会对文本产生某些"误读"，或者说被认为是"误读"的言论，对"误读"的深入研究将显得必要而有趣。比如读者以自身所处的情境所形成的价值观、态度和认识来思考文本，而文本或许并非在相同的社会情境中产生和创作出来的，这其中就会产生某些"误读"。在本次访谈中也出现类似情况，然而儿童读者能以崭新的方式去理解文本，有时会达成对文本的重新认识，有时会形成问题，悬置在心头，引发他们对文本的进一步思考。这些所谓的"误读"，只要是读者真心的想法，即使确定是作者在创作过程中没有表达或被误解的认识，也不能说是完全没有价值的，甚至简单认为那是错误的。对"误读"的研究将会进一步深入揭示出读者和文本之间的关系。

第五，笔者通过分析发现，读者对文本的喜爱与读者对文本进行讨论中的收获之间并不始终存在正比关系，有时表示不太喜欢这一文本的读者反而能从文本中获得更多。从表面上看，似乎当儿童读者对一本书表示出喜欢的态度，这种情感倾向会使他们更容易进入故事，从而可能从中挖掘出更多的东西。然而这种情况并不是总是发生的。在不断的讨论过程中，读者形成了对谜题和主题更深的理解，这一现象也值得研究者进行更深入的研究分析。

第六，儿童读者对故事和现实关系的观念探索。在研究中出现耐人寻味之处在于，三年级 Z、C 对大猩猩"不可能做的事情"的讨论展示出他们讨论这一问题的预设：大猩猩和人是不同的。（见摘录 3-8）在现实生活中，大猩猩不可能会做人做的事情。然而为什么他们两人都会预设故事中的人物只会做现实生活中才会发生的事情？许多寓言或儿童故事不也是有动物拟人化的写法吗？这是值得深究的问题。两人似乎不断以现实生活中的常识来评判文本中的故事和人物。他们到底是如何理解文本，又是如何来理解故事的呢？故事对他们来说到底是什么？这一问题也有待之后的研究来完成。

第七，对于儿童读者反应研究的进一步深入。这是读者反应研究的重要组成部分，本书所做的研究只是开端，后续可从儿童读者的年龄阶段划分、性别划分等多方面进行研究，同时也可以针对不同内容、不同种类的图画书进行继续深入研究，对不同地区、不同学校的儿童进行抽样，扩展研究样本的广度。

第八，对于阅读共同体理论的深入。后续可结合交往理论，对阅读交往这一范畴进行深入研究，加强对阅读互动圈和阅读共同体的理论建构，完善阅读行星系的概念和模型，从读者和文本、读者和自身、读者和读者三个层面上深入探讨其相互间的互动和影响。在两人阅读小组之外加强对三人、四人等小组的测试和分析，对相隔一段时间之后同一儿童读者阅读同一文本所产生的观点进行研究，都将深化对阅读共同体的理论探讨。

# 附　录

## 附录1　小组讨论的问题列表

### 一、基本问题：

- 这本图画书有你们喜欢的地方吗？为什么？
- 这本图画书有你们不喜欢的地方吗？为什么？
- 这本图画书有哪些地方让你们觉得印象深刻？
- 有没有什么地方觉得看不明白的？

### 二、概论性问题：

- 看这本书的封面，你们猜这会是个什么样的故事呢？
- 说说这个故事吧。
- 看完这个故事你们心里有什么感觉？
- 你觉得作者写这个故事是想表达些什么呢？
- 这本书里有没有什么事情在你身上也发生过？
- 这本书有没有让你想起你看过的电视节目、电影或者读过的其他书？
- 如果这本书的作者问你，这本书有哪些可以改进的地方，你会怎么说？
- 如果你跟自己的朋友介绍这本书，你会怎么说？

## 附录2

### 表4-1 一年级H、Q关于人物和主题的讨论

| 人物 | 序号 | H | Q |
|---|---|---|---|
| 对人物的描述 | | | |
| 安娜 | 1 | （1）嗯，看电视！<br>（2）就在一个小角落里。<br>（3）特别孤单。 | （1）她就……特别的孤单。<br>（2）她就觉得特别无聊。 |
| 父亲 | 2 | （1）（边指边说）嗯，这个——愁眉苦脸的。<br>（2）公司的员……员工多了，然后呢，休息就多了。 | （1）他以前那种脸特别难看，后来他就……他就有点儿好看了。<br>（2）对，愁眉苦脸的，跟它（大猩猩）的脸差不多。<br>（3）对，有时间陪安娜了。肯定他工资变高了。 |
| 父亲 | 3 | 因为安……安娜，高兴……（两人争先恐后地说，声音叠在一起。） | 因为他想让那个安娜……前天……她高兴一下，然后明天就不用特别麻烦了。 |
| 父亲 | 4 | （1）对（赞同冷酷。）。<br>（2）（笑得）开心。<br>（3）因为他愁眉苦脸。<br>（4）（提高声调）感觉他是总经理。 | （1）我觉得（爸爸）特别冷酷。后来就对她超级暖，对呀，超级暖。笑得这么开心。（边说边翻书。）<br>（2）你看，他上班还嘟嘴呢。因为他特别烦得慌嘛，脑子乱。<br>（3）他就特别想多招点儿员工。<br>（4）感觉他特别有钱。 |
| 主题讨论 | 1 | 那个动物是我们的朋友。 | 我就觉得是那个……那个……就是动物是那个人类的最好最好的朋友了。 |
| 主题讨论 | 2 | （1）大猩猩应该当她爸爸。然后……然后她爸爸应该去找……应该去……我也不知道怎么说，就是……就是……就是独立一个人生活。<br>（2）让大猩猩陪女……他女儿，或者他和……他和那个大猩猩还有他女儿住在一起。 | （1）我就觉得这个……那个……越往后她就越快乐。<br>（2）我就感觉到，这个大猩猩应该当她爸爸，那个爸爸应该当她梦中的那个人（笑）。 |

续表

> 补充说明：
> 　　在人物描述上，Q在一开始复述故事内容时就提及安娜独自看电视的画面，表示安娜很孤单，H赞同。H和Q都表示没有不喜欢的地方，非常喜欢这本书。他们提及爸爸不带安娜去动物园，但并未对爸爸表示出不满。对于爸爸为什么要扮成大猩猩，Q的回答是不仅是让安娜高兴，同时还带有打发安娜的意思。当访谈者问及一开始爸爸对安娜怎么样时，两人都觉得爸爸特别冷酷，后来就超级暖，且都认为爸爸是大老板，忙于工作招员工，为爸爸找理由。
> 　　在主题上，序号1为一开始的观点，序号2为访谈最后再次提问作者想表达什么时的响应。

表4-2　一年级M、F关于人物和主题的讨论

| | 人物 | 序号 | M | F |
|---|---|---|---|---|
| 对人物的描述 | 父亲 | 1 | | 这一张她爸爸根本就不理安娜（指着安娜和爸爸在厨房那张画）。就当……安娜不……安娜不是他女儿似的，嗯……光看报纸。 |
| | 父亲 | 2 | （1）也没有时间带她去那个动物园看大猩猩。（2）这女的都快成男的了，男的都成女的了。 | 安娜每天早上……每天醒来，而且那个爸爸不理她，安……安娜问他问题他……他也不回答。（后面这个爸爸）感觉像妈妈似的。 |
| | 父亲 | 3 | 第一天换到那个……第二天，第二天换到周末，这不对。 | （1）这里老不喜欢。（指爸爸伏案工作，安娜站立一角的图。）（2）到了这一张也不喜欢。（下一页。）（3）我觉得爸爸不好。（4）对，真是的。她爸爸太狠了。（语气中充满了埋怨和不满。） |
| | 父亲/安娜 | 4 | 他不知道他……他女儿想……她想知道大猩猩是什么样的。然后到最后他知道了。 | （1）我感觉伤心。（2）之前安娜特别想去看大猩猩的时候，爸爸不带她去。（3）还有那个安娜，我还想问一下那个安娜应该提前跟爸爸说一下，"爸爸，我特别想了解大猩猩，您……您有时间就带我去行吗？"这样爸爸才会带她去，这样……这么有礼貌。 |

续表

| 对人物的描述 | 安娜 | 5 | 而且从这儿跑下去很容易摔……摔了。（指冲下楼梯的图。） | 安娜有点儿太冲动了。 |
|---|---|---|---|---|
| 主题讨论 |  | 1 | （1）它有善良的心。<br>（2）大猩猩与人那个……那个好有感情。 | （1）（边想边说）他可能想表达……想表达大猩……你看起来大猩猩特别凶猛，可是它也有善良的时候。<br>（2）因为这个是在故事里，所以大猩猩对人有一颗善良的心，如果是真实世界的话就不会。<br>（3）他想表达爸爸和女儿之间的事，就是想表达那个女儿你要去干什么先跟爸爸说清楚了，然后爸爸有时间就带你去，没有时间就下次带你去。 |

补充说明：

  F在M表述不喜欢的图画时突然提及爸爸和安娜在厨房的画面，并进行描述。在谈及清晨醒来那幅图中的爸爸像妈妈时，F认为爸爸穿红色的毛衣，染黄色的头发，像女的。F指出两页爸爸不理安娜的图并读出文字，最后认为"爸爸不好""太狠了"。在访谈者提问看完故事有什么感觉时，F表示"伤心"，认为爸爸没有在安娜特别想去动物园的时候带她去，而M为此做出解释，认为是爸爸开始不知道，后来才知道。F在此基础上转而认为是安娜没有和爸爸说清楚，所以爸爸不知道。

  在主题方面，仍是F先表述"它也有善良的时候"，M赞同，可F继而反驳了自己观点，将故事和现实世界区别开来，指出作品主题在真实世界不适用。

  访谈者进一步询问故事是否说到爸爸跟女儿之间的事，F重述了安娜要和爸爸说清楚愿望的观点。M指出安娜从楼梯上跑下去很容易摔了，F认为安娜过于冲动。

表4-3 三年级Z、C关于人物和主题的讨论

| 人物 | 序号 | Z | C |
|---|---|---|---|
| 对人物的描述 / 父亲 | 1 |  | （1）因为这段她爸爸终于能有时间带她去动物园了。<br>（2）嗯，很忙。<br>（3）嗯，是因为她过生日了。 |

续表1

| 人物 | 序号 | Z | C |
|---|---|---|---|
| 安娜 | 2 | （1）因为我最喜欢看快乐的书，刚才我看那个安娜非常的快乐。（喜欢的理由。）<br>（2）嗯，我能从中看出来安娜有点儿伤心。（不喜欢的理由。）<br>（3）他都走了，她就在这儿看大猩猩的电影……<br>（4）然后还吃着零食饼干什么的，看起来挺可怜的。 | （1）老师，我觉得是从这幅图看出来的。（安娜看电视的那幅。）<br>（2）因为她爸爸都不带她去看大猩猩……<br>（3）她就在那儿看电视。<br>（4）嗯。（赞同可怜。）<br>（5）也不是，就是因为她爸爸都不带她出去玩，她只能（重读了"只能"）在这儿看电视。<br>（6）感觉很伤心。 |
| 大猩猩 | 3 | （1）我喜欢这张，特恐怖！（大猩猩变大站在床头的那张图。）<br>（2）这大猩猩——（模仿猩猩发出叫声，结果咳嗽了。） | |
| 安娜/大猩猩 | 4 | （1）（马上接话）我也喜欢封面！<br>（2）对。（赞同开心。） | （1）老师，我还喜欢封面。<br>（2）他们两个很开心。 |
| 父亲 | 5 | （1）我不喜欢这幅。（指爸爸和安娜在厨房的那张。）<br>（2）您看她爸爸在那儿看报纸，理都不理她。<br>（3）对。（赞同C）您知道为什么最后祝她生日快乐吗？肯定是他反思了。<br>（4）他现在开工了，然后挣了钱。（接C的话。） | （1）而且我还不喜欢这个小女孩问爸爸，爸爸说忙这些。（指文字）我生这个爸爸的气。他从来都不带这个小女孩去玩。<br>（2）也……也可能是这个……她爸爸……也可能是她爸爸那个……平常工作，是（因为）他没钱带她去动物园。他努力挣钱，他正在挣钱。 |
| 安娜 | 5 | 印象最深的就是，大猩猩和小女孩快乐的时候。 | 因为这个小女孩很快乐。（对书中最后一句话印象深的原因。） |

对人物的描述

续表2

| 人物 | 序号 | Z | C |
|---|---|---|---|
| 安娜/爸爸 | 6 | （1）对，很快乐。刚开始想呜呜呜（表示哭），后来就高兴了。<br>（2）对。（赞同C）您看他看着报纸，理都不理她。 | （1）刚开始很伤心，后来就很高兴。（读完故事的感受。）<br>（2）因为这个小女孩，她爸爸都不带她出去玩。 |
| 大猩猩 | 7 | 那猩猩看来挺爱她的呀！ | |
| 安娜 | 8 | 吓唬他一下！（接C的话。） | （1）我知道为什么。这个小女孩觉得爸爸终于有空了，所以想那个……（解释安娜站在爸爸椅子后面的原因。）<br>（2）嗯，就是，好玩。<br>（3）因为她……安娜还以为周末的时候她爸爸就会带她去那个动物园，所以她很兴奋，她从后头想吓唬吓唬爸爸。 |
| 爸爸 | 9 | （1）有！非常非常！（被问到爸爸是否有变化。）<br>（2）就是这个爸爸原来不理她，理都不理她，"喂，别管我！回来！"（开始角色扮演了）然后他呢，就后来——（模仿出很温柔的语气。）<br>（3）对，非常自愿地说。 | （1）我觉得她、她爸爸提前（口误）……理都不理她，老说没空，后来他一下子……也没等安……安娜去对他……对他提要求，他就直接自愿地说要带她去动物园。<br>（2）嗯。（被问到爸爸是否有变化。） |
| 主题讨论 | 1 | （1）我想他肯定经历过这样类似的事。（指本书作者。）<br>（2）他想表达伟大的、伟大的、伟大的——父爱！<br>（3）也就是母爱和父爱。 | （1）嗯，父母对小孩子的爱。<br>（2）我觉得是这个父亲之前很忙，是因为他正在努力挣钱，想带这个安……安娜去好好地玩一玩。<br>（3）父母……父母的爱。 |

表4-4 三年级Y、L关于人物和主题的讨论

| | 人物 | 序号 | Y | L |
|---|---|---|---|---|
| 对人物的描述 | 爸爸/大猩猩 | 1 | 很相似。（两幅背影图相似。） | 唯一不相似的就是，这是猩猩，这是爸爸。 |
| | 安娜 | 2 | 看电视没意思吗？ | （1）这幅图。（不喜欢安娜独自看电视那幅。）<br>（2）因为她看上去吧……她那个好像待在这儿光是看电视——<br>（3）光是看电视，什么……什么事儿也没干，那种没意思。 |
| | 安娜 | 3 | （1）我知道什么意思了！她爸爸不带她去动物园，她很闷、寂寞。<br>（2）不是，就这样。（开始模仿安娜的表情。） | （1）对，于是她就看电视。<br>（2）呃——嘴是平的。 |
| | 父亲 | 4 | （1）好累呀！腰酸背痛！<br>（2）不是故意的呀。（质疑L。）<br>（3）怎么可能？（质疑爸爸故意喊累。）<br>（4）那不可能你自己的女儿不想要吧？ | （1）态度就是，不想回答安娜的一些问题。就是说，老是不愿意回答。比如说，这里本来……好像可能……本来是有时间，他……但是故意就说没时间，第二天还是没时间。周末他还故意喊累，那个爸爸……那个不愿意——<br>（2）有可能，因为它（指绘本《大猩猩》）这儿说，他从来都不陪她做什么。 |
| | 大猩猩 | 5 | 这猩猩是玩具啊。（质疑L。） | （1）呃，觉得不太好。（认为大猩猩这个人设不好，太大。）<br>（2）刚看还没看后面的时候，可能有的人就会想，那猩猩这么大，会不会把她给吃了呀，呵呵呵。 |

续表

| 人物 | 序号 | Y | L |
|---|---|---|---|
| 对人物的描述 — 爸爸 | 6 | （1）有。我也不知道，你呢？（被问到爸爸前后是否有变化。）<br>（2）哎呀，他早就知道她喜欢大猩猩啦！ | （1）前面那个爸爸……那个不愿意……就是说很忙，不愿带那个安娜去玩啊……<br>（2）后面那个……那个……她爸爸就是……<br>（3）在她生日的时候，她爸爸是想……就是带着那个……主动邀……主动带着那个安娜去玩。<br>（4）因为他看出来安娜喜欢大猩猩了。 |
| 对人物的描述 — 爸爸/大猩猩 | 7 | （1）哦，我觉得像大猩猩了！（经过提示发现了香蕉。）<br>（2）不！可！能！（质疑L香蕉喂猩猩的说法。）<br>（3）便于携带，随便吃。<br>（4）（转向L）我都说了这个爸爸长得像猩猩，你还不信。 | （1）一样！就衣服不一样。<br>（2）呃，不都一样嘛！俩眼睛，一（个）鼻子，还有一（个）嘴巴。<br>（3）哟，明白了！去看大猩猩的时候就可以喂大猩猩……喂大猩猩那根香蕉了。 |
| 主题讨论 | 1 |  | 想表达……想表达这个女孩喜欢猩猩，呵呵呵。 |

补充说明：

关于作品主题，L提出明确的观点"女孩喜欢猩猩"。在人物认识上，她还提到爸爸故意喊累。这两个观点都得到了Y的响应，Y都表示了不赞同，但是他的响应只局限在反驳的层面，没有提出任何有建设性的观点。对L前一个观点，Y认为"你讲得太简单"，并未对其进行补充；对L后一个观点，Y认为爸爸不可能故意喊累，因为安娜是自己的亲女儿，Y结合自己的经验得出这一判断，但他没有更深入地联系文本或从文本中进一步寻找信息来支撑自己的判断。

表4-5 五年级I、D关于人物和主题的讨论

| 人物 | 序号 | I | D |
|---|---|---|---|
| 对人物的描述 / 安娜 | 1 | 真的大猩猩。（接D的话。） | 因为她知道昨天那个大猩猩带她去看动物园里的……（说明最后安娜为什么快乐。） |
| 安娜 | 2 | 这块儿也都是画的猩猩，特别喜欢猩猩。（指出了几处图画背景中的猩猩。） | |
| 大猩猩 | 3 | （1）就感觉这个大猩猩一点儿也不……一点儿也不伤害人。<br>（2）对，很和善那样的，然后也不是说那个特别凶猛那样的。 | |
| 安娜 | 4 | | 这个小女孩搂着大猩猩，说明小女孩非常喜欢大猩猩。嗯——而且，看电影，都是……旁边贴的都是大猩猩的电影。（大猩猩和安娜买电影票那张。） |
| 安娜 | 5 | 那还有一种可能，就是爸爸终于在她生日那天，终于答应带她去看真猩猩了。（关于安娜最后为什么快乐。） | 嗯。 |
| 大猩猩/安娜 | 6 | （1）而且他们这两个在一块儿特别快乐。<br>（2）也是特别高兴那样。（指安娜的表情。） | （1）对，因为你看大猩猩吃……吃东西在那儿笑，然后眼睛都眯起来了。（指大猩猩和安娜吃东西的图。）<br>（2）也是，笑。（指安娜的表情。） |
| 爸爸 | 7 | （1）嗯，前面的爸爸……前面的爸爸一直在忙着工作呀。后面的呢，然后爸爸带那个小女孩出去玩儿去了，带自己女儿出去玩儿，出去看大猩猩去了。<br>（2）这个他还戴着领结，就是也是工作，这个就变得特别轻松那样的。<br>（3）特别忙，就不管安娜了，我感觉。（关于故事前面的爸爸。） | （1）嗯。（赞同I。）<br>（2）而且前面的爸爸一句话就拒绝，而且前面的爸爸还推辞。<br>（3）对。（关于爸爸后面是否变得主动。） |

续表1

| 人物 | 序号 | I | D |
|---|---|---|---|
| 安娜/爸爸 | 8 | （1）特别不高兴。（指安娜与爸爸在厨房那张图中安娜的表情。）<br>（2）因为爸爸不带她去。<br>（3）也是特别严肃。 | （1）对，不高兴。特别伤心。<br>（2）因为爸爸不带她去。<br>（3）爸爸那脸也是一种不高兴的脸。<br>（4）就不带安娜去。 |
| 爸爸 | 9 | （1）有笑容了。（指故事结尾的爸爸。）<br>（2）就感觉虽然他头发挡住了爸爸的那个脸的那个表情，但是我感觉他还是笑着的。 | 和安娜和颜悦色地说。 |
| 安娜 | 10 | （1）对，全是蝴蝶什么的。（指看电视那张图中的墙面。）<br>（2）嗯，安娜特别孤独，我感觉。爸爸没时间去陪她。<br>（3）自己做的，就是光是一个面包，然后抹上果酱，然后再夹一层就那样的。 | （1）这幅画还感觉安娜还特别喜欢别的动物，因为这壁纸全是一些动物。（指安娜独自看电视的那张图。）<br>（2）安娜特别喜欢动物，常常想去看大猩猩，大猩猩肯定是她最喜欢的动物，但是她还喜欢别的动物。<br>（3）而且她特别喜欢看电视，肯定……看的电视我感觉肯定是一些关于动物或大猩猩的片子。<br>（4）安娜脸上并没有露出笑容。<br>（5）她那个饭都是自己（做的。）<br>（6）而且特别孤独，没有一个人来陪伴她。 |
| 安娜/爸爸 | 11 | 爸爸特别忙碌，不带那个孩子出去。但是在她过生日那一天，就……就放下所有的工作就带她出去了。（描述故事让人感动的部分。） | 嗯，安娜的爸爸总是忙，总是没有时间照看……嗯……安娜，使安娜特别孤独；可是一到后来，嗯……安娜的爸爸可能也没什么……可能放下自己的工作来陪陪安娜，然后让安娜快乐起来。 |

（表头左侧纵向）对人物的描述

续表2

| | 人物 | 序号 | I | D |
|---|---|---|---|---|
| 对人物的描述 | 爸爸 | 12 | （1）因为那是她过生日啊！（关于爸爸为什么后来就带安娜去玩了。）<br>（2）爸爸可能也有一点儿改变。<br>（3）也开始关心（她）。<br>（4）因为他看到安娜这个样子，然后呢（吸一口气），如果到以后……如果到以后的话他也能改变一些。（指爸爸能看到安娜独自看电视的样子。） | （1）嗯，她爸爸能……一直能那样。（说明安娜过完生日之后爸爸会怎么样这个问题。）<br>（2）对，有点儿改变了。不再那么严肃……对那个安娜也……开始陪伴着她。<br>（3）对，也开始关心安娜了。 |
| 主题讨论 | | 1 | 他喜欢大猩猩。（指作者。） | |
| | | 2 | （1）嗯，然后呢，他想表达人和大猩猩是友好的。<br>（2）也应该有自由。 | （1）对，人和所有动物都是友好的。动物、人能天天出来玩，动物也应该能放（出来），不应该……<br>（2）对，动物也应该有自己的自由。人和人平、人和动物（是）平等的，应该。 |
| | | 3 | （1）想让她快乐。（指爸爸。）<br>（2）孩子快乐，然后呢，所以他扮成这样。 | （1）对，爸爸也爱自己的孩子，想让自己的孩子快乐，所以——<br>（2）嗯。 |

补充说明：
　　两人最初对主题的概括都停留在安娜喜欢大猩猩，以及由此引申出的人与动物的和谐相处上。当访谈者提问主题是否有改变后，两人同时总结出爸爸因为爱自己的孩子扮成大猩猩的主题。I之后还说这本书让她觉得感动，"爸爸特别忙碌，不带那个孩子出去。但是在她过生日那一天，就……就放下所有的工作就带她出去了。"再次表示对父亲的体谅和同情。

表4-6 五年级W、B关于人物和主题的讨论

| 人物 | 序号 | W | B |
|---|---|---|---|
| 对人物的描述 — 爸爸/大猩猩 | 1 | （1）对。就是晚上他穿着那大猩猩的衣服，然后带她出去。<br>（2）真的！他……他是她爸。 | 嗯，有可能。 |
| 对人物的描述 — 爸爸/大猩猩 | 2 | （1）大猩猩穿的是爸爸的大衣，戴的是爸爸的帽子，他说大小正合适。<br>（2）肯定这是爸爸。 | （1）所以八成是爸爸。<br>（2）嗯。就今天晚上她爸爸扮猩猩肯定会被累死的。 |
| 对人物的描述 — 大猩猩 | 3 | （1）还有这个，哈哈哈。（指动物园里两个特写的大猩猩。）<br>（2）（笑得停不下来）因为这个很恶心，哼哼哼！<br>（3）因为它不像那只所谓的大猩……大猩猩。（解释为何笼子里的猩猩不快乐。） | （1）（笑）这个也很搞笑。<br>（2）皱纹多了点。 |
| 对人物的描述 — 安娜 | 4 | 我只能由此得知，安娜很孤独。（关于爸爸没时间带安娜去动物园。） | |
| 对人物的描述 — 爸爸 | 5 | （1）爸爸给我严肃——（指父女在厨房那一幅，被B打断。）<br>（2）小心翼翼！严肃、娴静、小心翼翼！像是刚刚被灌了水银，已经死掉了，但是他一直会保持那个样子。<br>（3）我觉得他现在很严肃，我觉得他太严肃了。<br>（4）不像（开始翻书），这幅（指安娜生日那幅），而且这幅画里的比那幅画里的帅。<br>（5）那幅太工作化了，这幅那爸（爸）还能怀孕呢！<br>（6）这幅我觉得这爸爸他开朗了一点点，而且金黄色的头发柔了一点点，不像这个死板的钢铁。 | （1）他很开心，你看。（让W换个角度看这幅画。）<br>（2）对。（赞同爸爸后面更帅的说法。） |

续表1

| 人物 | | 序号 | W | B |
|---|---|---|---|---|
| 对人物的描述 | 爸爸 | 6 | 我觉得大……那个大猩——爸爸其实也很爱女儿的，为了女儿他宁愿扮成大猩猩。 | |
| | 安娜 | 7 | 可以体现出来，爸爸没时间带她去，她只能就像一个在孤独牢笼里的人一样。（指安娜坐在床上手捧猩猩玩具那张。） | |
| | 安娜 | 8 | 带给我一种孤独的感觉。那么大的房间！那么一点点的电视和那么一点点的安娜。（指安娜独自看电视那张。） | 非常孤独，非常孤单。 |
| | | 9 | 我觉得安娜也是个喜爱动物、喜爱大猩猩的人，肯定的。 | 我同意她的看法。 |
| | | 10 | 我觉得它这个就能衬托出她的孤独。（指安娜独自看电视那幅图对阴影的运用。） | |
| | 爸爸/大猩猩 | 11 | 是。（赞同B的观点。） | （1）就是广大观众能看到，其实啊，这个大猩猩就是她的爸爸。（解释爸爸裤兜里为什么有香蕉。）（2）因为只有大猩猩比较爱吃香蕉。 |
| | 安娜/爸爸 | 12 | 因为她爸爸呀，看来因为她知道她爸爸还是喜欢她的，他还是想带她。（解释安娜后来为什么快乐。） | 对。 |
| | | 13 | （1）是因为他们到半夜了，这个安娜肯定很懒，她睡得比较早，大概她……大概她……前一年大概就睡了。（2）然后呢，她爸爸就在这一年里，忙着……（长篇大论了爸爸可能为安娜做的事情。） | 她爸爸会被累坏的。 |

续表2

| 人物 | 序号 | W | B |
|---|---|---|---|
| 主题讨论 | 1 | （1）她爸为了让她女儿高兴，自己扮成大猩猩。<br>（2）中心思想赞扬了爸爸，括号，大猩猩爱女儿。<br>（3）爱女儿爱到疯了，自己忘了自己是谁，结果把自己当成大猩猩了！（自己大笑。） | |
| | 2 | （1）因为他和他女儿发生了同样的故事。（指作者为什么创作这本书。）<br>（2）我觉得他……他是一个很爱想象、很不切实际的。（指作者。）<br>（3）我觉得这个……他写这个的原因可能是他女儿也挺孤独的，而且他女儿也非常喜欢大猩猩。即使不喜欢大猩猩，她肯定也喜欢红……红屁股猴子。 | 很有可能哟，鼓掌！ |
| | 3 | （故事）想表达父女之间的love呢。 | 对对对对对！她表达的看法，就是我的看法。 |

补充说明：

在对父亲的态度上，两人一开始就达成与父亲的和解，均对父亲表示了同情态度。W明确提出"主题是表达父亲的爱"，她还解释安娜是睡美人，睡了一年，父亲在这一年里完成了各种工作，修剪草坪、录制电影，还招呼同事一起来装扮，这一切都是为了自己的女儿。B认为"她爸爸会被累坏的"，在解读安娜看电视的画面时，虽对爸爸略有微词，但不是很强烈，访谈后期又再次提及爸爸的辛苦。

# 参考文献

[1] 陈苗苗. 儿童发展心理学视野下的国外图画书创作——兼谈对中国原创图画书"走出去"的启示[J]. 出版广角，2014，17.

[2] 陈子典. 儿童文学欣赏：成人与儿童的比较[J]. 教育导刊：幼儿教育，2004（10）：57-61.

[3] 顾爱华. 小学生阅读图画书的反应[D]. 上海：上海师范大学，2014.

[4] 郭恩惠. 儿童与成人对儿童图画故事书的反应探究[D]. 台北：台湾师范大学家政教育研究所，1999.

[5] 海德格尔. 在通往语言的途中[M]. 孙周兴，译. 北京：商务印书馆，2004.

[6] 黄慧珊. 儿童对幻想性图画书的反应[D]. 台北：台湾师范大学家政教育研究所，2002.

[7] 廖介晖. 小学低年级儿童对生气主题图画书的诠释[D]. 嘉义：台湾嘉义大学幼儿教育学研究所，1998.

[8] 林祯川. 小学四年级学童对Leo Lionni故事绘本主题诠释之研究[D]. 嘉义：台湾嘉义大学幼儿教育学研究所，2002.

[9] 刘峰. 读者反应批评：当代西方文艺批评的走向[J]. 文艺理论与批评，1988，2：129-138.

[10] 刘永明. 沃尔夫冈·伊瑟尔与文学接受理论[DB/OL]. (2008-09-15) [2015-06-23]. http：//blog. sina. com. cn/s/blog_5bddefc60100awlv. html.

[11] 龙协涛. 读者反应理论[M]. 台北：扬智文化事业股份有限公司，1997.

[12] 罗曼·英加登. 对文学的艺术作品的认识[M]. 陈燕谷，译. 北京：中国文联出版公司，1988.

[13] 马新国. 西方文论史[M]. 北京：高等教育出版社，2008。

[14] 斯坦利·费什. 文学在读者：感情文体学[G]//张廷琛. 接受理论. 成都：四川文艺出版社，1989.

[15] 沃尔夫冈·伊泽尔. 文本与读者的相互作用[G]// 张廷琛. 接受理论. 成都：四川文艺出版社，1989.

[16] 沃尔夫冈·伊瑟尔. 阅读活动——审美反应理论[M]. 金元浦，周宁，译. 北京：中国社会科学出版社，1991.

[17] Arizpe E, Styles M A. Gorilla with 'Grandpa's Eyes'：How Children Interpret Visual Texts-A Case Study of Anthony Browne's Zoo[J]. Children's Literature in Education，2001, 32（4）：262-281.

[18] Arizpe E, Styles M A. Children Reading Pictures [M]. London and New York：Routledge Falmer, 2003.

[19] Bleich D. Readings and feelings：An introduction to subjective criticism[M]. Urbana, Il：NCTE, 1975.

[20] Bleich D. Subjective criticism [M]. Baltimore：Johns Hopkins University Press, 1978.

[21] Britton J. Literature in its place [M]. Portsmouth. NH：Heinemann, 1968.

[22] Chambers A. Tell me：Children, reading, and talk[M]. ME：Stenhouse, 1996.

[23] Culler J. The pursuit of signs: Semiotics, literature, deconstruction[M]. Ithaca, NY: Cornell University Press, 1981.

[24] Fish S. Interpreting the Variorum[M]// J P Tompkins. Reader-response criticism: From formalism to post-structuralism. Baltimore: The Johns Hopkins University Press, 1980: 164-184.

[25] Glesne G. Becoming qualitative researchers: An introduction[M]. 2nd ed. New York: Longman, 1999.

[26] Hancock M R. A celebration of literature and response: children, books and teachers in k-8 classroom[M]. USA: Prentice-Hall Inc., 2000.

[27] Hickman J. A new perspective on response to literature: Research in an elementary school setting[J]. Research in the Teaching of English, 1981, 15: 343-354.

[28] Karolides J N. Reader response in elementary classrooms: quest and discovery[M]. Mahwah, NJ: L. Erlbaum Associates, 1997.

[29] Kiefer B. The potential of picture books from visual literacy to aesthetic understanding[M]. Englewood Cliffs, NJ: Prentice Hall, 1995.

[30] Lechner J. Picture books as portable art galleries[J]. Art Education, 1993, 3(1): 34-40.

[31] Lewis D. Going along with Mr Gumpy: polysystemy and play in the modern picture book[J]. Signal, 1996, 80: 105-119.

[32] Madura S. An artistic element: four transitional readers and writers respond to the picture books of Patricia Polacco and Gerald McDermott[C]// National Reading Conference Yearbook. [出版者不详], 1998, 47: 366-376.

[33] Martinez M G, Roser N L. Children's responses to literature[M]// J. Flood,

D. Lapp, J R Squire. Handbook of research on teaching the English language. 2nd ed. New York: Macmillan, 2003.

[34] Mines H. The relationship between children's cultural literacies and their readings of literary texts [D]. Brighton: University of Brighton, 2000.

[35] Morrow L. Young children's responses to one-to-one story reading in school settings [J]. Reading research quarterly, 1988, 23: 89-107.

[36] Moya A J G. Engaging readers through language and pictures. A case study [J]. Journal of Pragmatics, 2011, 43: 2982-2991.

[37] Newkirk T, Mclure P. Portsmouth [M]. NH: Heinemann, 1992.

[38] Nodelman P. The pleasures of children's literature [M]. New York: Longman, 1992.

[39] Peterson R, Eeds M. Grand conversations [M]. New York: Scholastic, 1990.

[40] Rosenblatt L M. The transactional theory of the literary work: Implications for research [M]// C R Cooper. Researching response to literature and the teaching of literature. Norwood, NJ: Ablex, 1985: 33-53.

[41] Rosenblatt L M. The reader, the text, the poem: The transactional theory of the literary work [M]. Carbondale and Edwardsville: Southern Illinois University Press, 1994.

[42] Schwandt T A. Qualitative inquiry: A dictionary of terms [M]. Thousand Oaks: Sage, 1997.

[43] Short K. Literature as a way of knowing [M]. New York: Stenhouse, 1997.

[44] Short K, Pierce K. Talking about books creating literate communities [M]. Portsmouth, NH: Heinemann, 1990.

[45] Smerdon G. Children's preferences in illustration [J]. Children's Literature in Education, 1976, 30: 97-131.

[46] Stewig J. Looking at picture books [M]. Fort Atkinson, WI: Highsmith, 1995.

[47] Schwandt T A. Qualitative inquiry: A dictionary of terms [M]. Thousand Oaks: Sage, 1997.